C.R. SCOTT

W0467503

# Jack FROST

*Geküsst von Eis und Schnee*

IMPRESS

© privat

**C. R. Scott**, bürgerlich Carina Regauer, wurde 1984 in Schleswig-Holstein geboren und hat Literatur studiert. Egal ob fantastisch, prickelnd oder verträumt – ihre Liebesromane begeistern ihre Leser*innen. Sie ist als Bestseller-Autorin Mitglied im Montségur Autorenforum und in der Jury für den Selfpublishing-Buchpreis. Wenn sie mal nicht schreibt, geht sie am liebsten mit ihrem Mann und dem gemeinsamen Hund im Wald spazieren und lässt sich für neue Geschichten inspirieren.

Für alle, die nicht nur den eiskalten Schnee sehen, sondern auch die einzelne und strahlend weiße Flocke, ihren sagenhaften Schimmer, all ihre kleinsten sowie feinsten Verästelungen … und so vieles, vieles mehr, was dem bloßen Auge im winterlichsten Winter verborgen bleibt.

Flockenzauber, Spiegeleis,
Zuckerwelten, magisch weiß.
Knisterofen, Weihnachtsglanz,
Watteschnee und Schneemannstanz.

Doch in diese Wunderfülle,
diese Winterwaldidylle
schreitet starr die Lawinenarmee,
zertrampelt den Zauber und reinsten Schnee,
schneidet mit der Kälte Wut
alles zunichte, was eben noch gut.

~ Lilia Ellis

# Prolog

**Jack**

Ich verstehe dich nicht, Mutter. Warum hast du das getan? Nun kann also ein einzelner Mensch uns Wächter sehen. Eine junge Studentin, die sich wenig mit der Umwelt befasst und kaum einen Sinn für die Bedeutung der Jahreszeiten hat, schon gar nicht für den Winter. Was versuchst du damit zu bezwecken? Diese junge Frau könnte mich wahrnehmen, sobald ich mich ihr zeigen würde, hast du mir erzählt. Aber wozu soll das gut sein? Das wird nichts ändern – hat uns das die Vergangenheit nicht gelehrt? Die Gabe, die du Kristen Miller verliehen hast, ohne dass sie davon überhaupt etwas ahnt, ist nichts weiter als ein Tropfen auf dem heißen Stein ... genau genommen auf dem riesigen, brennenden Felsbrocken, der uns schon bald zu zermalmen droht.

Aber gut, Mutter, du hast deine Gründe, die sich mir eines Tages erschließen werden. Nichts anderes hast du mir zugesichert und meine Neugierde auf diesen Tag kennt keine Grenzen. Wenn ich ehrlich bin, spiele ich sogar mit dem Gedanken, dein Angebot anzunehmen und mich Kristen zu offenbaren. Womöglich erkennst du etwas in dieser jungen Menschenfrau, das ich noch nicht sehe.

Dennoch muss ich auf Nummer sicher gehen, denn uns rennt die Zeit davon. Ich verstehe deine Motivation, deine Verzweiflung, deinen Frust, dein Leid. Das sind die Dinge, die du und ich seit geraumer Zeit miteinander teilen, und dies haben wir den Menschen zu verdanken. Die Lage, in die sie uns gebracht haben, lässt uns keine andere Wahl: Wir müssen handeln, neue Wege gehen, umdenken, mutig sein, zu radikalen Mitteln greifen.

Wie so oft inspirierst du mich, Mutter. Jüngst habe ich meine eigenen Pläne geschmiedet, um unser Schicksal in die Hand zu nehmen und zum Guten zu wenden. Nur für den Fall, dass dein ungewöhnlicher Versuch, der mit dieser Kristen zu tun hat, nicht ausreicht. Unsere beiden Maßnahmen könnten sich sogar ergänzen. Ich für meinen Teil denke jedenfalls in größeren Dimensionen. Was ich vorhabe, könnte alles verändern. Vielleicht wirst du sogar stolz auf mich sein.

Nie war ich fester entschlossen den Schneid aufzubringen, den es jetzt braucht, und durchzugreifen.

# 1.

**Kristen**

Die Sonnenstrahlen kitzeln mich an der Nase, als ich zurückgelehnt auf dem Beifahrerplatz sitze und mein Gesicht zum Himmel gereckt halte. Die große, pechschwarze Sonnenbrille schützt meine Augen vor dem grellen Licht, während der Fahrtwind für eine angenehme Kühlung sorgt.

»Soll ich die Belüftung in der Rückenlehne einschalten?«, fragt Teresa mich und ihr Blick schwenkt für einen kurzen Moment von der Straße herüber zu mir.

Mit einem zufriedenen Grinsen im Gesicht sehe ich sie an. »Nein, du weißt doch, wie sehr ich es liebe, wenn es so warm ist.«

Grinsend gibt sie Gas und überholt einen Lastkraftwagen, was den warmen, trockenen Fahrtwind für einige Sekunden verstärkt. Damit habe ich kein Problem. Um dem Klischee einer Cabrio-Mitfahrerin zu entsprechen, habe ich es mir nicht nehmen lassen, mir ein Seidentuch mit Leopardenmuster um die braunen, schulterlangen Haare zu wickeln.

Außerdem lenkt Teresa den Wagen ihres Vaters sogar besser über den Asphalt, als ich gedacht habe, und so kann ich mich entspannen und die Landschaft, die an uns vorbeizieht, auf mich wirken lassen.

Im roten Cabriolet rollen wir über die Interstate 25 quer durch Colorado. Mit ihren kurvigen und hügeligen Abschnitten gleicht die Fahrt auf der zweispurigen Autobahn fast schon einem Achterbahntrip und dank Teresas gutem Fahrstil rollen wir wie auf Schienen. Mal fahren wir an riesigen Agrarfeldern vorbei und mal ist die Landschaft grün bewachsen. Vor uns in der Ferne sieht man die imposante Gebirgsformation der Rocky Mountains, an dessen Rand nicht nur Denver, sondern auch Colorado Springs liegt. Nach wie vor fühlt es sich an, als würde die Sonne mit ihrer wohligen Wärme meine Haut streicheln. Da ich Shorts und ein Tanktop trage, kann sie das an vielen

Stellen meines Körpers tun. Einen Moment lang mache ich die Augen zu, strahle vor mich hin und genieße den Moment, der es mir erlaubt, meine Seele baumeln zu lassen.

*Ich liebe den Sommer und wünschte er würde das ganze Jahr bleiben.*

Einige Zeit später erreichen wir das Zwischenziel unserer kurzen Spritztour, mit der wir den Kopf vom Lernen freibekommen wollen, und fahren in Colorado Springs ein. Am Garden of the Gods parkt meine beste Freundin den Wagen und wir schnallen uns ab.

Im nächsten Moment ist mir ihr Lächeln sicher. »Und, Kristen, bist du zufrieden mit meinen Fahrkünsten?«

Lachend nehme ich das Kopftuch ab. »Ich werde dich vor deinem Dad gut dastehen lassen, wenn du das wissen willst.«

Sie grinst zufrieden und steigt aus. »Sehr gut. Dann wird er mir Sebi auch anvertrauen, wenn wir übernächste Woche zum Taylor-Swift-Konzert wollen.«

Darüber, dass sie den Chrysler Sebring ihres Vaters mal wieder liebevoll Sebi nennt, schmunzele ich. »Das wäre super.« Ich tue es ihr gleich, öffne die Tür auf meiner Seite und verlasse das feuerrote Fahrzeug.

Kaum habe ich die Tür wieder zugemacht, betrachte ich die Kulisse, die wir vor der Nase haben: Inmitten von saftigen Pflanzen ragen braune Felsformationen hervor, dahinter sieht man grün bewachsenes Gebirge, das schließlich im viertausend Meter hohen Pikes Peak wortwörtlich gipfelt. Der obere Teil des Berges ist mit Schnee bedeckt, weil er in eisiger Höhe liegt. Bei der bloßen Vorstellung daran, mich dort oben aufzuhalten, lege ich wenig begeistert die Stirn in Falten. Bergsteiger, die sich in gefährliche Höhenmeter und unberechenbare Windstürme vorwagen, müssen unfassbar mutig sein – nein, verrückt trifft es eher.

Wir setzen uns in Bewegung und vertreten uns die Beine.

»Wie kalt ist es dort oben wohl genau?«, frage ich und halte mir die Hand an die Stirn, um im Gehen noch mal zum Berg hochzuschauen, ohne dass das Sonnenlicht mich blendet, denn meine große Sonnenbrille habe ich im Auto gelassen.

»Kalt genug, um deinen Fuß erfrieren zu lassen«, ärgert Teresa mich und richtet sich die kurzen blonden Haare, ebenso wie ihre Sommer-Latzhose. »Bis er ganz dunkel ist und abfällt.«

»Igitt«, mache ich und merke, wie mir meine blühende Fantasie zum Verhängnis wird.

»So ein Quatsch«, meint ein Mann, den ich auf Mitte zwanzig und somit etwas älter als uns schätze. Offenbar wollte er uns gerade überholen und hat unseren Wortwechsel mitbekommen. Nickend deutet er auf den Berg. »Auf dem Pikes Peak ist doch kaum noch Schnee übrig, so schnell, wie der schmilzt.«

Teresa bleibt stehen, genau wie der Typ und ich. »Ich sehe es doch aber klar und deutlich«, entgegnet sie. »Dieses weiße Zeug da oben. Noch muss es da also kalt sein.«

»Aber hast du den Schnee mal mit der Menge verglichen, die noch vor dreißig, vierzig Jahren dort herumgelegen hat?«, fragt er streng.

Sie zieht die hellen Brauen hoch. »Äh, nein?«

»Hättest du das gemacht«, fährt der Fremde, der uns einfach angesprochen hat, nüchtern fort, »dann wäre dir aufgefallen, dass der Schnee auf dem Pikes Peak rückläufig ist, so wie eigentlich überall auf der Welt. Das liegt natürlich an der ansteigenden Durchschnittstemperatur, aber das interessiert ja kaum jemanden.« Der Kerl ist nicht zu bremsen. »Der heutige Tag ist leider ein gutes Beispiel für den Klimawandel. So heiß, wie es gerade ist, war es in Colorado früher nur selten. Unser Bundesstaat war immer für seine milden Temperaturen bekannt, aber das gehört langsam der Vergangenheit an, ebenso wie bald Eis und Schnee.«

»Das mag sein«, stimmt Teresa ihm zu und verzieht nachdenklich den Mund.

»Aber mal angenommen«, werfe ich ein, »es würden sich plötzlich alle Menschen für den Umweltschutz interessieren, oder sagen wir zumindest mal die Hälfte aller Menschen.«

Ernsten Blickes nickt der Mann. »Das wäre ja ein Traum, damit ließe sich viel bewirken.«

»Aber was könnte diese Hälfte deiner Meinung nach tun, so ganz konkret?«, frage ich und zucke mit den Achseln.

»Ich habe auch keine Universallösung parat.« Überfragt hebt er die Hände.

»Wir hätten zum Beispiel nicht mit dem Auto herkommen dürfen, was?«, mutmaßt Teresa und zeigt sich schon fast reuevoll.

*Allerdings*, lese ich daraufhin in seinem vorwurfsvollen Blick und dem tiefen Seufzen, das er von sich gibt. »Der Punkt ist: Jeder kann schon mit Kleinigkeiten seinen Teil zum großen Ganzen beitragen. Allein schon wenn jeder zweite Mensch auf der Welt …«

Mehr bekomme ich von ihrem Gespräch nicht mit, denn obwohl ich es nicht uninteressant finde, zieht mich der Anblick des Pikes Peak aus irgendeinem Grund magisch an. Er fasziniert mich und ich verspüre plötzlich das starke Bedürfnis, mich ihm zu nähern. Wie gebannt schaue ich auf den großen Berg und halte ihn mit den Augen fixiert, während ich einen Schritt auf ihn zugehe. Normalerweise halte ich mich von Gebirgen und Schnee fern. Das mag seltsam erscheinen, bin ich doch in Denver aufgewachsen, einer Stadt, die ebenfalls nahe der Rocky Mountains liegt und als Anlaufstelle für viele Touristen gilt, die von dort aus in die umliegenden Skigebiete fahren. Aber so ist es. Dunkelheit und Kälte sind nichts für mich. Vor allem Kälte, denn selbst wenn Schnee das Tageslicht grell reflektiert, kann ich mich beim besten Willen nicht für den Winter begeistern. Kälte macht mich lustlos und müde, macht es mir schwer, fürs Marketingstudium zu lernen oder für meinen Nebenjob im Restaurant aufzustehen. Der Schnee, der im Winter auf Denver fällt, führt nicht selten zum Verkehrschaos, dann passieren Unfälle und Menschen werden ernsthaft verletzt. Darüber hinaus hat Kälte für mich schon als Kind für das Gegenteil von Leben gestanden … eben für den Tod. Als unsere damalige Schulklasse einen Skiausflug gemacht hat und ich den Hang hinabgestürzt bin, wurde mir das klar. Dass ich mir dabei das Bein gebrochen habe, war die eine Sache, aber wie groß letztlich die Lawine wurde, die ich ausgelöst habe, als sie unten im Tal ankam, hat mich erschreckt und sich in mich eingebrannt. Seitdem meide ich Skigebiete und halte mich im Winter, so gut es geht, drinnen auf – verreisen mag ich dann schon mal gar nicht.

Der schneebedeckte Gipfel des Pikes Peak erinnert mich an alle meine Ängste. Diese eisig kalte Bergspitze steht für all das, was jede Faser in mir fürchtet: Kälte, Höhe, Härte. Eis, Schnee, Lawinen. Weiße Flocken, die wie Zuckerwatte wirken und in Wahrheit eine unberechenbare Gefahr darstellen.

Ich starre noch immer auf den großen vereisten Berg und stelle erst nach einigen Augenblicken fest, dass ich mich inzwischen viele Meter von Teresa entfernt habe. Genau genommen bin ich ein gutes Stück den Wanderweg entlanggegangen und stehe nun umgeben von anderen Touristen hinter einer braunen Felsformation, die mir die Sicht auf den Parkplatz versperrt. Als ich zu dieser Erkenntnis komme, erschrecke ich vor mir selbst und frage mich, was mich gerade dazu gebracht hat, wie in Trance auf den Pikes Peak zuzusteuern, obwohl ich dort auf keinen, wirklich gar keinen Fall hinmöchte. Irgendetwas in mir hat mich zu dem Schnee, den ich gesehen habe, hingezogen, dabei lässt sich das beim besten Willen nicht logisch erklären. Zweifellos bin ich heute irgendwie komisch drauf. Es ist, als hätte sich irgendetwas tief in mir verändert, ohne dass ich sagen kann, ob das eben gerade passiert ist oder schon vor einigen Tagen. Ich wüsste auch gar nicht, was genau das sein sollte. Es ist so verwirrend!

*Wie auch immer*, denke ich mir und will zurückgehen. Dabei schwenkt mein Augenmerk vom Berg in Richtung Felsformation, bleibt jedoch auf halber Strecke an einem kontrastreichen Blickfang haften: Fernab des Wanderweges, zwischen immergrünen Büschen, steht ein junger Mann. So hell, wie seine Haut aussieht, so dunkel sind sein Haar und seine Kleidung. Vor allem die pechschwarze Lederjacke irritiert mich, ist sie doch für einen so heißen Sommertag wie heute viel zu warm. Aber das ist es nicht allein, was mir an dem Fremden auffällt: Seit er in meinem Blickfeld aufgetaucht ist, scheint auch er mich für keine Sekunde aus den Augen zu lassen.

*Kann das sein?*

Zunächst bin ich mir auf der Entfernung nicht sicher. Als ich aber die Augen hinter meiner Sonnenbrille etwas zusammenkneife und ihn schärfer in den Fokus nehme, habe ich keinen Zweifel mehr. Ohne auch nur einmal zu blinzeln, starrt der Typ mit der Lederjacke, die hier völlig fehl am Platz ist, mich an. Und ich gaffe zurück.

*Wie unheimlich ist das denn?*

Als wäre das nicht schon seltsam genug, habe ich den Eindruck, dass er enttäuscht von mir ist, denn nun schüttelt er mit gemächlichen Bewegungen den Kopf, nach wie vor ohne den Blick von mir abzuwenden. Dabei ergibt das erst recht keinen Sinn.

Leicht öffnet sich sein Mund, als wolle er etwas zu mir sagen, und zwar …

»Kristen!«, ertönt es laut von rechts. Ich reiße den Kopf in jene Richtung. Hinter dem braunen Felsen sehe ich Teresa zum Vorschein kommen und mich zu sich winken. »Was machst du denn?«

»Ich komme!«, rufe ich.

Instinktiv schwenke ich den Blick zurück auf die Stelle, an der eben noch der mysteriöse Fremde gestanden hat, doch nun ist er nicht mehr da.

*Wie im Film*, kommt es mir in den Sinn. *In einem Horrorfilm.*

Dementsprechend beunruhigt schaue ich mich um, allerdings kann ich den Mann nirgendwo entdecken. Schulterzuckend wende ich mich ab und begebe mich zu Teresa.

»Wolltest du auf große Wanderung gehen?«, empfängt sie mich amüsiert. »Dafür haben wir definitiv die falschen Klamotten und vor allem Schuhe an.«

»Ich habe mir nur kurz die Beine vertreten«, rechtfertige ich mich.

»Aha«, macht sie, gefolgt von einem Schnaufen. »Sorry, dass ich im ersten Moment gar nicht gemerkt habe, wie du weggegangen bist. Aber dieser Ben hat ein paar echt gute Fragen gestellt, über die wir dann gesprochen haben.«

»Dann war es sowieso gut, dass du dich mit ihm allein unterhalten konntest«, antworte ich, während wir zum Cabrio zurückgehen, »denn anscheinend hat er es dir angetan.« Amüsiert schmunzle ich. »Ben also, ja?«

»Hey«, stellt sie klar und hebt den Finger, »ich will nichts von dem Kerl.«

»Dann ist er nicht dein Typ?«

Teresa steckt die Hände in die Seitentaschen ihrer blauen Latzhose. »Noch immer habe ich keinen bestimmten Typ Mann. Wozu auch? Ich bin jung und gehe auf die Uni, da hat die Liebe Zeit.«

»Absolut.« Darauf schlage ich mit ihr ein.

***

Wir steigen zurück in Sebi und schnallen uns für die Rückfahrt an. Während ich mir das Kopftuch wieder umbinde, startet Teresa den Motor.

Kurze Zeit später haben wir Colorado Springs hinter uns gelassen und rollen über die Interstate 25, diesmal auf der entgegengesetzten Fahrbahn.

Kaum fahren wir wieder zurück in Richtung Denver, bin ich mit meinen Gedanken bei dem wundersamen Erlebnis, das ich hinter der Felsformation hatte.

Habe ich mir den Kerl in den pechschwarzen Klamotten nur eingebildet? Das klingt einerseits verrückt, würde aber andererseits zumindest zu meinem seltsamen Verhalten gegenüber dem Pikes Peak passen. Mit seinen perfekten Gesichtszügen hat der Fremde wortwörtlich zu fantastisch ausgesehen, um wahr zu sein.

Angestrengt kneife ich die Augen zusammen und fasse mir an die Schläfe.

Dies bemerkt Teresa sofort, obwohl sie die Fahrerin ist. »Alles okay?«

»Ja, ich denke, ich habe einfach einen Sonnenstich. Wahrscheinlich hätte ich mehr trinken sollen.« Ich nehme die warme Wasserflasche aus dem offenen Fach in der Beifahrertür und schraube sie auf.

»Hättest du wohl«, höre ich sie sagen, während ich den ersten großen Schluck nehme. »Mit so etwas ist nicht zu spaßen, okay?«

»Alles gut.« Ich schraube den Verschluss wieder aufs Gewinde der Flasche. »Ist ja nichts passiert.« *Ich hatte bloß kurz Halluzinationen, wie es scheint.*

Aber Teresa ist nun mal fürsorglich, wenn es um mich geht. Dass sie eben zunächst gar nicht mitbekommen hat, wie ich mich von ihr entfernt habe, war eine Ausnahme und muss wirklich daran gelegen haben, dass sie sich angeregt mit diesem Ben unterhalten hat.

Nur zu gut kann ich mich daran erinnern, wie Teresa auf der Grundschule einem Jungen mal die Nase blutig gehauen hat, nachdem dieser mich zu

Boden gerempelt und ausgelacht hatte. Seit einer Ewigkeit sind Teresa und ich die besten Freundinnen und haben dafür gesorgt, dass wir an derselben Uni studieren und uns eine Studentenwohnung teilen. Genauso lang fühlt sie sich schon dafür verantwortlich, dass es mir gut geht.

Aber auch wenn *ich* sie noch nie vor einem Typen verteidigen musste, beruht das natürlich auf Gegenseitigkeit. Wir sind füreinander da. Und sollte es eines Tages erforderlich sein, dass ich mich für sie einsetze, um sie zu beschützen, dann würde ich es ohne zu zögern tun.

»Kann ich Musik anmachen?«, frage ich.

»Na klar – solange es gute ist.«

Lachend kopple ich mein Smartphone mit den Lautsprechern des Cabrios und will das neue Album von Taylor Swift auswählen. Doch plötzlich gerät der Wagen ins Schleudern und es drückt mich ruckartig zur Seite.

»Teresa!«, rufe ich panisch aus und halte mich reflexartig am grauen Armaturenbrett fest.

»O mein Gott«, höre ich sie noch verängstigt kreischen, »was ist das?«

# II.

**Kristen**

Stöhnend und blinzelnd komme ich zu mir und versuche mich zu orientieren, versuche überhaupt irgendetwas zu erkennen. Um mich herum ist alles weiß, als wäre ich im Himmel bei den Wolken gelandet. Mir dröhnt der Kopf und ich fühle mich benommen. Meine Sonnenbrille ist zerbrochen und hängt schief auf meinem einen Ohr, sodass ich sie mir abstreife und neben meine Füße fallen lasse.

*Bin ich tot? Was ist passiert?*

Als das Bild vor meinen Augen schärfer wird, habe ich ein Déjà-vu: Inmitten der grellweißen Fläche bleibt mein Blick an etwas Dunklem haften, das durch seinen starken Kontrast, den es zur Umgebung darstellt, sofort heraussticht. Es ist der geheimnisvolle, gutaussehende Fremde, den ich vorhin schon einmal gesehen habe. Auch diesmal trägt er tiefschwarze Klamotten, doch im Gegensatz zu eben kommt er auf mich zu. Er könnte meiner Fantasie entspringen, weil es meinem Körper alles andere als gut geht. Oder – nachdem sich seine Nähe so real anfühlt – ein Todesengel sein.

*Dann bin ich wirklich gestorben und er hat in Colorado Springs bereits auf mich gewartet.*

»Was …«, bringe ich nur hervor und will die Hand nach ihm ausstrecken. So viele Fragen schwirren durch meinen Kopf, womit soll ich nur anfangen?

»Das wollte ich nicht«, sagt er leise.

Gemächlich bewege ich mich, doch die Nackenschmerzen, die ich habe, machen es mir schwer. »Was …«, wiederhole ich überfordert und sehe an mir herunter, nur um festzustellen, dass ich noch immer im Cabrio auf dem Beifahrerplatz sitze.

»Entschuldige«, höre ich den Fremden noch flüstern.

Als ich jedoch wieder zu ihm aufschaue, ist er verschwunden. Wie letztes

Mal. Verwirrt schaue ich ins weiße Nichts, das mich zu umgeben scheint. Dann ertönt neben mir ein Geräusch. Ich drehe den Kopf nach rechts und entdecke Teresa auf dem Fahrersitz.

»O Mann …«, bringt sie stöhnend hervor und fasst sich an die Stirn. Auch sie hat damit zu kämpfen, zu sich zu kommen. »Was war das?«

In dem Moment wird mir endgültig klar, dass ich nicht tot und im Himmel oder in der Hölle gelandet bin, sondern Teresa und ich am Leben sind.

»Geht es dir gut?«, frage ich.

Teresa blinzelt dem Weiß mit zusammengekniffenen Augen entgegen und wird davon offensichtlich geblendet. »Wo sind wir?« Auch sie wirkt überfordert vom Schock und dem Schmerz.

Vorsichtig steigen wir aus und schauen uns um.

»Wir sind von der Straße abgekommen«, bringt sie es auf den Punkt, als auch ich sehe, dass wir uns viele Meter von der Interstate entfernt auf einem Feld befinden.

*Wie konnte das passieren? So schnell waren wir doch gar nicht und mit einem anderen Auto sind wir auch nicht kollidiert. Oder etwa doch?*

Nach wie vor fällt es mir schwer klar zu denken. Mein Kopf fühlt sich an, als würde er mit einem Vorschlaghammer bearbeitet werden. Außerdem ist mir auf einmal verdammt kalt, an meinen Armen habe ich Gänsehaut und meine Zähne klappern. Ich kann nur noch unscharf sehen und habe Probleme, meine Umgebung richtig wahrzunehmen.

Sogleich will ich mich nach weiteren Verletzten umsehen, doch noch immer tut mir der Nacken weh. Außerdem verspüre ich einen stechenden Schmerz am Handgelenk, auch das muss ich mir beim Unfall angeknackst haben.

»Wir sind ins Schleudern gekommen«, ist sich Teresa inzwischen sicher und begutachtet die Blutergüsse, die sie an ihren Armen davongetragen hat. »Zum Glück haben wir uns nicht überschlagen.«

»Ja, das wäre bei einem Cabrio echt übel«, gebe ich ihr recht.

Dann schaut sie besorgt zu mir und legt die Hand auf meine Schulter. »Alles in Ordnung bei dir?«

»Ja, ich denke schon«, erwidere ich verunsichert und noch immer etwas neben der Spur. »Ich hatte zwar gerade wieder Wahnvorstellungen von irgend so einem Kerl ...«

»Wenn es weiter nichts ist?«, kommentiert sie mein Geständnis. »Anscheinend sind wir alle mit dem Schrecken davongekommen. Und ein paar blauen Flecken.«

Ächzend reibe ich mir den schmerzenden Hals und hoffe, dass es stimmt und ich keine schlimmeren Verletzungen habe. Dann fällt mir auf, dass Teresa sich erschrocken umschaut und als Erste von uns zu begreifen scheint, warum alles so weiß geworden ist. »Was ist das denn?« Hörbar stockt ihr der Atem. »Wie ist das möglich?«

Ich muss schlucken und kann es selbst kaum glauben. Noch immer zittern meine Finger vor Schreck und ich komme erst jetzt dazu, das, was ich vor mir sehe, richtig zu verarbeiten. »Das ist ja ... verrückt ...«, gebe auch ich verblüfft von mir.

Wohin ich auch blicke, zeigt sich mir die reinste Winterlandschaft. Schnee, Eis, Frost, all das mitten im Hochsommer, scheinbar von der einen Sekunde auf die nächste hat sich alles verwandelt.

*Das* hat unseren Unfall verursacht. Die Tatsache, dass mit einem Schlag die Interstate vereist ist.

Wie kann das sein?

***

*Unglück schweißt zusammen*, denke ich mir, als ich vor dem Fernseher sitze und mir seit Stunden die Nachrichten ansehe.

Schließlich habe ich nach wie vor nicht den besten Draht zu meinen Eltern, die sich, seit ich denken kann, nur für ihre Arbeit interessieren. Und doch bin ich nun hier bei ihnen in ihrer Wohnung und bleibe ein paar Tage. Die Universität ist vorübergehend geschlossen und auch sonst haben viele Einrichtungen und Geschäfte auf unbestimmte Zeit dichtgemacht, um sich neu zu organisieren. Endzeitstimmung ist aufgekommen, das hat Teresa und mich dazu bewegt, unsere Familien zu besuchen.

»Mittlerweile hat sich bestätigt, dass der plötzliche Wintereinbruch auf der ganzen Welt stattgefunden hat«, trägt die Nachrichtensprecherin ernst vor. »Selbst in der Wüste Dascht e Lut, dem offiziell heißesten Ort der Erde im Iranischen Hochland, wo im Jahr 2016 eine unglaubliche Höchsttemperatur von über achtundsiebzig Grad gemessen worden ist, herrschen extreme Schneeverwehungen.«

Als ich das höre, schlage ich die Hand vor den Mund und schüttle fassungslos den Kopf. Dabei spüre ich noch immer leichte Schmerzen im Nacken und im Handgelenk, die aber schon weniger geworden sind und glücklicherweise meine einzigen Nachwirkungen vom Unfall darstellen.

Mom befindet sich neben mir und macht ebenfalls nichts anderes, als wie versteinert dazusitzen und all die erschreckenden Eilmeldungen über sich ergehen zu lassen. Steif hält sie das rote Sofakissen umklammert und gibt keinen Ton von sich. Das wundert mich nicht. Genau wie alle anderen versteht sie nicht, was los ist. Absolut niemand scheint das zu tun, nicht einmal die klügsten Köpfe unseres Landes.

»Hier«, sagt Dad, als er ins Wohnzimmer zurückkommt, und gibt mir einen Kräutertee.

Ich schaue auf die hellgrüne Tasse, aus der es dampft, dann richte ich die Augen auf meinen Vater. »Normalerweise trinke ich ja keinen heißen Tee im Juli, das ist irgendwie ein seltsamer Gedanke.«

»Der wärmt dich und ist außerdem gut für die Nerven«, meint er und hält mir das Gefäß direkt vor die Nase.

*Er hat recht. Im Moment ist einfach alles anders.*

Lächelnd nehme ich die Tasse an mich. »Danke, Dad.«

Zwischen Mom und mir nimmt er Platz und stellt seine eigene Tasse, die er in der anderen Hand gehalten hat, auf dem Couchtisch ab. Merklich atmet er durch und bemerkt, dass Mom ihren Tee nicht angerührt hat, obwohl dieser inzwischen kalt ist. Besorgt sieht er ihr in die Augen. »Weiß man inzwischen mehr?«, fragt er.

»Nein …«, murmelt sie angespannt und kann ihren Blick nicht vom großen LED-Fernseher lösen. So habe ich sie noch nie erlebt. »Gerade wurde noch mal gesagt, dass sämtliche Wissenschaftler vor einem großen Rätsel stehen.«

»Das habe ich befürchtet.« Trübsinnig schaut er zu mir.

Ratlos zucke ich mit den Achseln und halte die Tasse fest, die meine Finger wärmt. Zwar ist es im Wohnzimmer meiner Eltern nicht kalt, doch durch den Stress ist meine Durchblutung momentan nicht die beste und ich bin sowieso schon immer eine Frostbeule gewesen, die schnell friert. »Natürlich sprechen schon viele darüber, dass die Vorkommnisse mit dem Klimawandel zu tun haben«, sage ich und muss dabei an Teresas Gespräch mit diesem Ben denken, »aber das allein ist noch keine plausible, vollständige Erklärung.«

Nüchternen Blickes nickt Dad. »Heißt es nicht, dass die Erde sich immer weiter aufwärmt?« Mit einer weiteren Kopfbewegung deutet er auf den Fernseher. »Wie kann dann so etwas passieren?«

Auf dem riesigen Bildschirm sieht man in HD-Auflösung, was er meint: den zugeschneiten Eiffelturm. Den zugefrorenen Loch Ness. Kamele, die nicht über Sanddünen, sondern Schneehügel stapfen. Sorgenfreie Kinder, die vergnügt draußen spielen und sich eine Schneeballschlacht nach der anderen liefern. Aber auch alarmierte Politiker, die verzweifelt über das Phänomen debattieren, und darüber, was zu tun ist. Umweltaktivisten gehen nun erst recht auf die Straße und protestieren, vielleicht ist Ben unter ihnen. Gewisse Gruppierungen sehen das Ende der Welt gekommen. Neue Sekten gründen sich. All das sind schon nach wenigen Tagen Folgen des globalen Winters, der mit einem Schlag über den gesamten Planeten hergefallen ist und seitdem unser aller Leben beherrscht.

»Eins ist klar«, bricht Dad die aufgekommene Stille. »Lange werden wir das nicht durchhalten.« Er nippt an seinem Tee.

Mehr als besorgt sehe ich auf meine Tasse, betrachte den aufsteigenden Dampf und stelle mir vor, wie eine Schneelawine ihn ersticken lässt. »Kein Mensch und kein Tier ist für den ewigen Winter geschaffen, oder?« Mit dieser Frage wende ich mich wieder meinen Eltern zu.

»Eskimos und Eisbären würden es wohl länger als viele andere durchhalten«, mutmaßt Mom.

»Aber ja«, ergänzt Dad ernst. »Sollten die Temperaturen nicht bald zumindest an einigen Stellen auf der Welt wieder steigen, haben wir ein riesiges Problem.«

»Hätten wir auf einmal überall Sommer und der würde für immer bleiben, wäre es das Gleiche in Grün«, wirft Mom ein und winkt traurig ab. »Jedenfalls ist da irgendetwas aus dem Gleichgewicht geraten, und zwar extrem.«

*Das ist übel*, geht es mir durch den Kopf und ich widme mich wieder den Nachrichten, die im Moment einer apokalyptischen Hollywood-Dystopie entsprungen zu sein scheinen.

Tatsächlich fühle ich mich, als wäre ich im falschen Film gelandet. Mehr als einmal habe ich in den vergangenen zwei Wochen gehofft, dass ich bloß in einem abgedrehten Albtraum gefangen bin. Doch dann vergeht wieder ein Tag, ohne dass ich aus diesem Horrorszenario erwache. Zwischendurch kneife ich mich und merke einmal mehr, dass dieser ganze Wahnsinn unsere neue Realität ist. Wenn wir Pech haben, ist sie das für immer. So jedenfalls prophezeien es bereits die Pessimisten unter uns, nicht zuletzt Verschwörungstheoretiker und Sektenanhänger, eben Leute, die ich vor kurzem noch belächelt hätte. Mittlerweile jedoch frage ich mich, ob sie recht haben könnten. Denn das, was momentan auf der ganzen Welt vorgeht, gab es noch nie. Höchstens vor Tausenden von Jahren in der Eiszeit und die ist für die damaligen Lebewesen bekanntlich nicht gut ausgegangen. Aber wie lässt sich der *jetzige* Wetterumschwung erklären, wenn er urplötzlich und auf dem ganzen Planeten auftritt? In dem Zusammenhang an höhere Mächte oder Aliens zu glauben erscheint mir inzwischen weniger gewagt, als ich vor ein paar Tagen noch gedacht hätte.

Dad lehnt sich zurück und sagt mit unheilvoller Stimme: »Uns rennt die Zeit davon.«

# III.

**Kristen**

Über den dicken roten Wollpulli, den ich anhabe, streife ich mir meinen beigen Wintermantel. Dann setze ich mir die weiße Mütze auf und stecke die dazu passenden Handschuhe in die Manteltaschen, um sie griffbereit zu haben. Schließlich wickle ich mir den gleichfarbigen Schal um den Hals. In den schwarzen gefütterten Stiefeln, in die ich geschlüpft bin, marschiere ich zur Haustür.

Unweigerlich fällt mir damit ein weiterer Grund dafür ein, warum ich mich nicht für den Winter begeistern kann, egal ob er zur Adventszeit oder völlig unerwartet und entgegen jeder Logik Ende Juli kommt: Bei winterlichen Temperaturen nach draußen zu gehen ist ein umständliches Unterfangen, denn bis man sich fertig angezogen und in genügend Schichten gepackt hat, dauert es ewig. Ich hasse das, dafür fehlt mir die Geduld.

Aber es nützt nichts. Da die Uni erst nächste Woche wieder ihre Pforten öffnet und auch viele andere Einrichtungen in einer Art Lockdown-Modus ausharren, weil niemand versteht, was los ist, fällt mir die Decke auf den Kopf. Meine Eltern lenken sich mit ihrer Arbeit als hochangesehene Ingenieure im Homeoffice ab, das geht für mich jedoch nicht, denn ich kann weder in die Bibliothek gehen noch ins Restaurant zum Jobben. Inzwischen bin ich zwar wieder in der Studentenwohnung, aber im Gegensatz zu Teresa bin ich ein Einzelkind und habe keinen großen Bruder, den ich in dieser verrückten Zeit besuchen kann, so wie sie es gerade tut. Nachdem ich gefühlt die letzten achtundvierzig Stunden ununterbrochen vor dem Laptop verbracht habe, um die Horrornachrichten weiter zu verfolgen, muss ich unbedingt an die frische Luft und mir die Beine vertreten. Ganz freiwillig, ohne Ziel. Dass ich das mache, obwohl es draußen saukalt ist, will echt etwas heißen.

Genau in dem Moment, als ich das Gebäude verlasse, in welchem ich mit Teresa zur Miete wohne, fängt es an zu schneien.

*Das war ja klar.*

Ich ziehe die Mütze weiter nach unten über meine Stirn, in der Hoffnung, dass mir dadurch etwas weniger von den eiskalten Flocken ins Gesicht und vor allem in die Augen wehen. Anschließend setze ich mich in Bewegung und stapfe mitten im eigentlich sommerlichen Denver durch den Schnee. Beißende Kälte frisst sich in meine Wangen, Nasenspitze und auch Lungen. Bibbernd ziehe ich die Handschuhe schon nach wenigen Minuten an.

Es ist so bizarr. Dort, wo jetzt Restaurants geöffnet haben und Menschen davor an den Outdoor-Tischen sitzen sollten, sehe ich verbarrikadierte Geschäfte, vor denen Schneeschieber an die Wand gelehnt stehen. Kaum ein Auto rollt über die Straße, denn zu viele haben Angst davor, einen weiteren Wetterumschwung zu erleben und einen schlimmen Unfall zu haben, wie es beim plötzlichen Wintereinbruch passiert ist. Stattdessen tollen Kinder auf der Straße und haben den Spaß ihres Lebens, weil sie sich mit kleinen und größeren Schneebällen bewerfen. Außerdem habe ich die Innenstadt noch nie so ... leer erlebt. Man könnte fast meinen, dass der sogenannte Sommerwinter Denver guttut und der Metropole ermöglicht sich einmal von den Menschen- und Automassen, die sich hier normalerweise tummeln, zu erholen. Aber ich weiß es besser und bin mir darüber im Klaren, dass das, was gerade mit der Welt passiert, auf lange Sicht eine Katastrophe ist.

Nachdem ich eine Weile gen Südosten spazieren gegangen bin, erreiche ich den Cherry Creek State Park. Inmitten von einigen anderen Fußgängern gehe ich den Weg entlang, vorbei an den schlagartig kahl gewordenen Bäumen, die in den letzten Tagen erschrocken ihre Blätter abgeworfen haben. Letztlich stehe ich vor dem Stausee, für den Denver über die nordamerikanischen Grenzen hinaus bekannt ist. Staunend lasse ich den Blick schweifen und betrachte den einst künstlich angelegten Cherry Creek Lake. Schnee ist im Winter zwar nicht ungewöhnlich an diesem Ort, aber da der See über drei Quadratkilometer groß ist und bis zu acht Meter Tiefe hat, kann ich mich nicht daran erinnern, ihn jemals komplett zugefroren gesehen zu haben.

Nun hingegen haben sich ein paar wahnwitzige Jugendliche aufs Eis vorgewagt und springen gerade grölend auf dem See herum, wohl ohne genau zu wissen, wie dick die gefrorene Schicht ist und wie lange es im Park noch so kalt bleiben wird. Drei junge Männer, die ich auf höchstens siebzehn schätze, zähle ich auf dem Eis. Stolz posieren sie und winken den jungen Frauen, die am Ufer stehen, zu. Als würden sie gerade grenzenlosen Mut beweisen anstatt puren Leichtsinn. Darüber kann ich nur verständnislos den Kopf schütteln und ihnen wünschen, dass keiner von ihnen ins Eis einbricht.

Ich wende mich ab und setze meinen Weg, der kein Ziel kennt, fort. Als ich tiefer in den Park hineingelange, erreiche ich eine Stelle, an der die kahlen Bäume besonders dicht nebeneinanderstehen. Zwischen ihnen sehe ich Kinder vergnügt im Schnee herumtollen und merke, wie sehr ich mich für die Kleinen freue, weil sie nicht in Panik geraten sind, sondern das Hier und Jetzt feiern ... eben das Beste aus der Situation machen, anstatt sich zu verkriechen.

*Als Kind kann man das ja machen. Aber als Erwachsener ...*

Plötzlich überkommt mich ein Gefühl der Einsamkeit. Ich bleibe stehen, ziehe den einen Handschuh aus und krame mein Handy hervor, um zu prüfen, ob mir jemand geschrieben hat. Wie ich sehe, gibt es ein paar neue Nachrichten in der Chatgruppe, die ich mit Teresa und ein paar anderen Kommilitoninnen habe:

Was macht ihr dieses Wochenende?

Keine Ahnung, so weit plane ich nicht im Voraus.

Genau, bestimmt ist bis dahin die Welt sowieso untergegangen.

Mal was anderes: Habt ihr schon die neuen Fotos von Sebastian auf Instagram gesehen?

Ja! Nicht zu fassen, dass er sein Motorrad zum Schneemobil umgebaut hat.

Ich finde es eher erstaunlich, dass er mit dieser Laien-Konstruktion immer noch am Leben ist.

Ist er das denn? Seit vorgestern hat er kein neues Bild mehr gepostet.

Nachdem ich die neuen Zeilen gelesen habe, ziehe ich auch den anderen Handschuh aus und schreibe meinen Freundinnen zurück:

Also vor unserer Wohnung kann Sebastian gerne jeden Morgen schneeschieben, oder Teresa? Er schuldet uns sowieso noch ...

*Platsch!*

Weiter komme ich nicht mit dem Tippen, denn auf einmal sehe ich nichts mehr und meine Wangen werden innerhalb weniger Sekunden unangenehm kalt. Soeben ist mir ein dicker Schneeball ins Gesicht geflogen und da ich nicht hingesehen habe, habe ich nicht einmal ansatzweise versucht auszuweichen. Dementsprechend hat mich der große, gefrorene Ball wortwörtlich eiskalt erwischt und schiebt sich gerade der Schwerkraft zum Opfer fallend über meinen Mund nach unten.

Entgeistert wische ich den Schneebrocken mit der freien Hand aus meinem Gesicht.

»Ups!«, höre ich eine piepsige Stimme rufen, darauf folgt Gekicher.

Blinzelnd stecke ich das Smartphone weg und befreie mein Gesicht vom restlichen Schnee. Dann entdecke ich die Kindergartenkinder, denen ich die Abreibung zu verdanken habe: Rechts und links vom Weg stehen sie zwischen den Bäumen, anscheinend bekämpfen sich zwei Fronten, in deren Schusslinie ich geraten bin.

»Passt doch auf!«, schimpfe ich genervt und verenge vorwurfsvoll die Augen.

»Entschuldigung«, beteuert ein Mädchen im türkis-gelben Schneeanzug.

Kopfschüttelnd schnaufe ich und klopfe mir die restlichen Flocken vom beigen Mantel. Dann bemerke ich, dass sämtliche Kinder, die in die

Schneeballschlacht verwickelt gewesen sind, noch immer stocksteif dastehen und mich angucken.

Wenn ich so darüber nachdenke, haben sie mir unbeschwert und fröhlich besser gefallen.

*Wann genau habe ich eigentlich aufgehört, wie sie zu sein, wenn es um den Winter geht? Das muss an dem Tag gewesen sein, als ich meinen Skiunfall hatte.*

Eben noch habe ich daran gedacht, wie toll es ist, dass die Kinder im Hier und Jetzt leben und das Beste aus der Situation machen. Wie kann auch ich aus der Situation das Beste machen, und zwar für uns alle?

Ich kneife die Augen weiter zusammen und setze ein Grinsen auf. »Na wartet«, murmle ich und ziehe mir die Handschuhe wieder an. Dann gehe ich in die Knie und nehme eine gehörige Portion Schnee in die Hände, damit erhebe ich mich wieder und fange an einen großen Ball zu kneten.

»Oh-oh«, macht eins der Kinder und lacht vorfreudig, als ihm klar wird, was ich vorhabe.

Auch die anderen fangen an zu quietschen und zu prusten.

»Meine Rache wird grausam sein«, verkünde ich mit alberner Stimme, stapfe auf die Jungen und Mädchen links von mir zu und knete den Schneeball fester.

»In Deckung!«, ruft der eine Junge und rennt los.

Ein Mädchen schreit auf und ergreift ebenfalls die Flucht. »Das Monster kommt!«

»Frechheit«, kommentiere ich meinen neuen Spitznamen mit einem Schmunzeln und gehe ebenfalls ins Laufen über.

Gespielt panisch hetzen die Kinder zwischen den Bäumen von mir weg, dicht gefolgt von mir, dem attackierenden Monster.

Schließlich bremse ich ab, ziele auf den Jungen, der als Erstes in meinen Fokus gerät, und feuere meinen Racheball ab. »Nimm das!«

»Daneben, daneben!«, ärgert er mich und führt einen Tanz auf, der mich zweifellos provozieren soll.

Ich mache ein Geräusch, das gruselig klingen soll, und stürme auf die Bande zu. Kreischend und lachend rennen sie wieder vor mir weg.

»Jetzt haben wir sie!«, erklingt es hinter mir von einem Mädchen.

Also bleibe ich stehen und drehe mich um.

»Auf das Monster!«, führt sie ihre Soldaten an, die sich unterdessen mit neuen Schneebällen bewaffnen.

Auch die Kinder, denen ich nachgejagt bin, versammeln sich um mich und schaufeln sich Schnee vom Boden, um ihn zusammenzupressen und zu Kugeln zu formen.

»Alle gegen einen, wirklich?«, beschwere ich mich, kann allerdings immer noch nicht aufhören zu grinsen und forme ebenfalls meinen nächsten Schneeball.

Bevor ich jedoch dazu komme ihn abzufeuern, weist das Mädchen die anderen Kinder an mich mit vereinten Kräften niederzustrecken: »Los, Angriff!«

Mehr Schneebälle, als ich zählen könnte, werden aus sämtlichen Richtungen auf mich gefeuert. Kreischend lasse ich den Schnee fallen und reiße die Hände schützend vors Gesicht. Nicht alle Bälle treffen mich, dennoch sind es mehrere, die gegen mich prallen. Obwohl mir natürlich keiner davon ernsthaften Schaden zufügt und ich diesmal auf den Kälteschock, den sie auslösen, vorbereitet bin, gebe ich leiderfüllte Geräusche von mir und fasse mir theatralisch an die Brust. »Das … ist unfair …«, wimmere ich und sacke zu Boden, als hätten sie mich, das Monster, erlegt.

Die Kleinen brechen in Jubel aus und feiern ihren Sieg.

»Kinder!«, höre ich eine Frau rufen. »Kommt, wir gehen weiter!«

Während ich mich aufrichte, laufen sie davon und folgen dem Ruf der Erwachsenen.

*Jetzt haben sie mich hier doch einfach so liegen lassen,* denke ich mir, schüttle den Kopf und muss noch immer ihretwegen lachen.

In der darauffolgenden Sekunde lasse ich mich mit dem Rücken nach hinten zurück in den Schnee fallen und betrachte den grauen Himmel, auf den mein Blick nun automatisch gerichtet ist. Tatsächlich fühle ich mich, als würde ich auf Zuckerwatte liegen. Das entlockt mir das nächste Grinsen und verleitet mich dazu, etwas zu machen, wozu ich mich schon seit langer Zeit nicht mehr habe hinreißen lassen: Ich fange an die Arme sowie Beine zu bewegen und hinterlasse den Abdruck eines Schneeengels in den strahlend weißen Flocken, auf denen ich weich gebettet liege.

Kurzerhand blitzt eine unschöne Erinnerung in mir auf und ich sehe eine Lawine einen Hang hinabrollen.

*Das ist lange her,* sage ich mir daraufhin in Gedanken. *Hier im Park kann dir das nicht passieren, auch nicht, wenn du einen Schneeengel machst.*

Diese Erkenntnis lässt mich ein weiteres Mal lächeln und ich betrachte den ergrauten, wolkenüberzogenen Himmel, aus dem es jederzeit neue Flocken schneien könnte.

»Interessant«, vernehme ich auf einmal eine männliche Stimme, von der ich nicht sofort ausmachen kann, woher sie kommt.

Verwundert richte ich den Oberkörper auf und schaue mich um. Seltsamerweise ist weit und breit niemand zu sehen, egal wohin ich den Kopf drehe.

»Dabei dachte ich«, spricht die fremde tiefe Stimme weiter, »dass du dem Winter schon lange nichts mehr abgewinnen kannst.«

Als ich diese Worte höre, erkenne ich, wo sie ihren Ursprung haben: In dem kahlen Baum, der mir am nächsten ist, sitzt jemand auf einem dicken Ast. Lässig lehnt er gegen den Stamm und lässt ein Bein nach unten baumeln. Das ist allerdings noch nicht das Verrückteste an der ganzen Sache: Der junge Mann trägt pechschwarze Kleidung und ich erkenne sein Gesicht wieder – im Garden of the Gods und unmittelbar nach dem Autounfall habe ich es schon mal gesehen.

»Du!«, entfährt es mir erschrocken und ich springe auf, um ein paar Schritte zurückzuweichen. Mit aufgerissenen Augen starre ich zu ihm hoch und schüttle entschieden den Kopf. »Dich gibt es nicht.«

Seufzend wendet er den Blick von mir ab und starrt müde ins Leere. »Du bist nicht die Erste, die das behauptet. Im Gegenteil, jedes Jahr verleugnen mich mehr und mehr von euch.« Nun sieht er mich wieder an und gestikuliert mit der Hand. »Ist euch je in den Sinn gekommen, wie verletzend das für mich ist?«

*Wovon redet er bloß?*

Außerdem …

»Du bist nicht real«, wiederhole ich, eher zu mir selbst gesprochen als zu ihm, in dem Versuch mich zu beruhigen. »Ich fantasiere nur wieder.« Leider stelle ich fest, dass auch diese Erkenntnis alles andere als beruhigend ist.

Mit einem sicheren Satz springt er vom Baum und landet gekonnt auf den Füßen. »Ich bin so real wie die erfrischend beißende Kälte, die du auf deiner Haut spürst, wenn ein Kind dir einen Schneeball ins Gesicht wirft, den es mit leuchtenden Augen geknetet hat.«

Kurz halte ich inne und muss überlegen. »Das hast du gesehen?«, will ich wissen und lasse mich für einen kurzen Moment verunsichern, ehe ich den Kopf schüttle. »Klar hast du das – du bist meinem Unterbewusstsein entsprungen und weißt alles, was ich weiß.«

»Das bin ich nicht, aber das war schwer zu übersehen«, kommentiert er und tritt ein paar Schritte auf mich zu. »Ebenso wie die Tatsache, dass du gerade Spaß hattest.« Er hebt einen Mundwinkel. »Das hat mich sogar noch mehr überrascht als der Umstand, dass du mich wahrhaftig sehen und hören kannst. Dann ist es also wahr: Du bist die Auserwählte.«

»Auserwählte«, wiederhole ich ungläubig und runzle die Stirn. »Für was?«

Er zuckt mit den breiten Schultern, mit denen er die schwarze Lederjacke perfekt ausfüllt. »Keine Ahnung, das wüsste ich auch gerne. Wir werden sehen.«

*Wie bitte? Irgendwie wird dieses Gespräch mit jedem weiteren Wort kurioser.*

Und überhaupt …

»Ist dir gar nicht kalt in den Klamotten?«, muss ich ihn einfach fragen. »Oder ist es dir wichtiger cool auszusehen, als es warm zu haben?«

Eindringlich sieht er mich an und mir fällt auf, dass im Gegensatz zu mir kein dampfender Atem aus seinem Mund oder seinen Nasenlöchern kommt. »Du findest, dass ich cool aussehe?«

Darauf weiß ich nichts zu erwidern, zumal mir auffällt, wie ungewöhnlich hellblau seine Augen funkeln.

»Mir ist nie kalt«, fügt er trocken hinzu, als ich ihm eine Antwort schuldig bleibe.

»Und im Garden of the Gods war dir auch nicht zu heiß?«, möchte ich wissen.

Er schüttelt den Kopf. »Nein. Aber eins versichere ich dir: Ich bin kein Produkt deiner Fantasie.«

*Kann das stimmen?*, frage ich mich und spüre, wie mich eine magische Kraft zu ihm zieht. Ähnlich habe ich es beim Pikes Peak erlebt, als der Berg noch der einzige Ort weit und breit gewesen ist, auf dem Schnee gelegen hat.

Automatisch mache ich zwei Schritte vor und trete näher an ihn heran. Anschließend hebe ich die Hand, damit sie die letzten Zentimeter überwindet, die noch zwischen uns liegen. Behutsam und doch entschlossen wandert mein Zeigefinger zu seiner Brust und tippt ihn an. In der Tat spüre ich den Druck, der dadurch entsteht, klar und deutlich an meiner Fingerspitze. Umso gebannter sehe ich ihm anschließend in die Augen.

*O Gott! Ich bilde mir den Kerl nicht bloß ein, sondern er steht in Fleisch und Blut vor mir!*

»Bist du fertig?«, fragt er und neigt den Kopf etwas zur Seite.

»Es gibt dich wirklich ...«, spreche ich es mit leicht bebenden Lippen und einer unverkennbaren Faszination in meiner Stimme aus.

»Halleluja!«, ruft er halb feierlich und halb veralbernd aus, reißt die Arme in die Luft und dreht sich von mir weg, um ein paar Schritte hin und her zu gehen. Schnell landet sein Blick wieder bei mir und er legt ein zufriedenes Lächeln an den Tag, das ihm ausgezeichnet steht – aber das ist in Filmen bei den Serienkillern auch immer der Fall. »Ein schönes Gefühl, so etwas von dir zu hören, das muss ich zugeben.«

»O-kay?«, wundere ich mich weiter.

Alles klar. Nicht *ich* bin verrückt, sondern dieser Typ. Allein schon deswegen sollte ich unser mehr als seltsames Gespräch beenden und das Weite suchen. Schließlich muss ich inzwischen, nachdem dies nicht unsere erste seltsame Begegnung ist, annehmen, dass der Kerl mich verfolgt.

Anstatt weiter darüber nachzudenken, gebe ich ein gehetztes »Ich muss los« von mir, mache auf dem Absatz kehrt und gehe. Steif setze ich einen Fuß vor den anderen, so schnell ich kann, ohne in ein auffälliges Rennen überzugehen, das ihn dazu anstacheln könnte mich zu jagen. Kein weiteres Wort bekomme ich von dem fremden Mann zu hören. Nicht ein einziges Mal bleibe ich stehen oder werfe einen Blick über meine Schulter, um nachzusehen, ob er überhaupt noch da ist oder wieder einen mysteriösen Abgang hingelegt hat. Das ist mir einfach alles eine ganze Spur zu seltsam. Also verlasse ich den Park und begebe mich nach Hause.

Zwei Straßen vor dem Gebäudekomplex mit den Studentenwohnungen gucke ich dann doch nach hinten und prüfe, ob er mir folgt. Glücklicherweise scheint das nicht der Fall zu sein.

*Gott sei Dank.*

Das war eine Begegnung der verrückten Art, wie ich sie schnell wieder vergessen will, und zwar mit allem, was dazugehört: seinem abrupten Auftauchen, dem eindringlichen Blick in seinen hellblauen Augen und nicht zuletzt der Anziehungskraft, die ich einen Moment lang zwischen uns gespürt habe und die sich erst recht nicht logisch erklären ließe.

***

Als ich zwei Tage später Teresa vor unserer Ein-Zimmer-Wohnung höre, stürme ich zur Tür und reiße sie auf, um sie zu begrüßen. »Hey«, sage ich freudig und falle ihr um den Hals.

Lachend taumelt sie mit mir etwas nach hinten, lässt aber schnell ihre Reisetasche fallen und erwidert die Umarmung. »Wow, das nenne ich ein nettes Empfangskomitee.«

»Es war einfach zu still hier ohne dich«, gebe ich offen zu und drücke sie weiter, ehe ich sie wieder ansehe. »Die meisten unserer Kommilitonen sind immer noch bei ihren Familien und die Uni hat noch zu, da habe ich angefangen mich einsam zu fühlen. Und wer fühlt sich schon gerne so?«

»Ich verstehe, was du meinst«, erwidert sie, geht an mir vorbei und stellt im dunkelgrau gestrichenen Zimmer die Tasche ab. Dann dreht sie sich zu mir um und atmet mit ernstem Gesicht durch. »Das ist momentan einfach eine verrückte Zeit.«

Ich folge ihr in den Raum, in dem ganz klassisch in den beiden Ecken beim

Fenster unsere braunen Holzbetten stehen, und mache die Tür zu. »Das kannst du laut sagen. Ich hätte nie gedacht, dass wir mal eine solche globale Krise miterleben würden. Eigentlich passiert so etwas doch nur in Büchern und Filmen.«

Teresa entledigt sich ihrer Mütze, ihrer Jacke und ihren Schuhen, dann wirft sie sich mit dem Rücken auf ihr Bett. »Man kann wohl schon jetzt sagen, dass diese Zeit in sämtliche Geschichtsbücher eingehen wird.«

Nickend begebe ich mich zum Fenster zwischen unseren Betten und starre nach draußen. Dabei fixiere ich nichts Bestimmtes, sondern blicke einfach auf den Schnee, der seit dem merkwürdigen Wintereinbruch um keinen Zentimeter geschmolzen zu sein scheint. Wann immer die Stadt die Straßen räumen lässt oder Menschen vor ihren Häusern die weißen Flocken zur Seite schieben, rieselt neuer Schnee vom Himmel, der die freigeschaufelten Stellen schnell wieder zudeckt. Als wäre eine höhere Macht am Werk, die die winterliche Landschaft überall auf der Welt kontrolliert.

»Wie auch immer«, meint Teresa und richtet sich auf. »Ich habe eben gesehen, dass jemand im Garland Park aus der Not eine Tugend gemacht und eine Eisbahn eröffnet hat. Gehen wir Schlittschuhfahren?«

Mit großen Augen sehe ich sie an und weiß im ersten Moment nicht, was ich dazu sagen soll. »Schlittschuhfahren – ich?«, frage ich und zeige auf mich selbst, als hätte sie soeben vorgeschlagen, dass ich mich im Zoo in den Tigerkäfig begeben soll. »Ich habe doch gar keine Schlittschuhe.«

»Na und? Ich auch nicht, jedenfalls nicht hier, die liegen noch bei meinen Eltern.« Gelassen zuckt sie mit den Achseln. »Dort kann man sich welche leihen, das stand auf dem Schild am Parkeingang. Ich schätze mal, die Leihgebühr ist gleichzeitig das Eintrittsgeld.«

Noch immer zögere ich und stehe überfordert da. Es ist gerade einmal achtundvierzig Stunden her, dass ich ein positives Wintererlebnis in Form einer amüsanten Schneeballschlacht hatte. Das war das erste dieser Art seit vielen Jahren und ist letztlich in einer mehr als seltsamen Begegnung gemündet, an die ich eigentlich nicht mehr denken will. Und jetzt soll ich mich freiwillig aufs Glatteis begeben und auf kleinen, scharfen Schienen darüber schlittern?

»Komm schon, das macht Spaß.« Teresa steht auf, greift mich am Handgelenk und zieht mich zur Tür. »Vor allem solange die neu errichtete Eisbahn noch nicht überfüllt ist.«

»Ist es eine künstlich angelegte Bahn?«, frage ich und lasse mich ein paar Schritte mitziehen.

»Absolut, sie befindet sich *neben* dem Lollipop Lake, nicht *darauf*. Uns kann also nichts passieren.« Sie lässt mich los, aber nur um sich die Jacke anzuziehen. »Und du weißt ja: Ich passe auf dich auf.« Als sie bemerkt, dass ich trotzdem skeptisch dastehe, legt sie den Kopf schräg. »Kristen, du hast eben gesagt, dass du dich einsam fühlst.«

»Ja, schon … und hilflos, wie wir es wohl alle gerade sind.«

»Eben! Was gäbe es da Besseres, als sich mit der besten Freundin unter Menschen zu begeben und den Winter zu genießen, der einem diese Emotionen eingebrockt hat?«

Ein paar Sekunden lang muss ich darüber nachdenken, aber dann wird mir klar, dass sie recht hat. Eben noch wollte ich sie fragen, ob wir uns für den restlichen Tag im Zimmer einschließen, uns mit Süßigkeiten vollstopfen und einen Filmmarathon hinlegen. Das wäre etwas, das wir gemeinsam tun würden und bei dem ich definitiv in meiner Komfortzone bliebe. Aber vielleicht bedeutet das Beste aus einer Situation zu machen aktiver zu werden. Was könnte mich wohl besser ablenken von diesem Gefühl der Hilflosigkeit, als meine Grenzen neu zu setzen? Eine Schlittschuhfahrt würde genau das tun.

»Okay«, sage ich und lächle. »Ich bin dabei.«

Teresa grinst. »So gefällst du mir.«

***

Als wir die Eisbahn erreichen und ich erkenne, dass sie tatsächlich noch nicht allzu voll ist, da sich ihre Existenz erst herumsprechen muss, bin ich erleichtert.

»Sehr gut«, kommentiere ich den Anblick, während wir uns zum Verleihstand begeben. »Nur ungefähr fünfzehn Leute werden es gleich mitbekommen, wenn ich mich bis auf die Knochen blamiere. Damit kann ich wahrscheinlich leben.«

»Sechzehn Leute«, ärgert Teresa mich und zeigt auf sich selbst.

Damit entlockt sie mir ein Lachen, welches sich allerdings schnell wieder verflüchtigt, denn nun stehen wir vor dem Stand, an dem uns ein Mann mittleren Alters empfängt.

»Zweimal?«, fragt er direkt.

Ich nicke.

»Ja«, sagt Teresa und holt ihr Portemonnaie aus der Jackentasche hervor. »Deine Gebühr geht auf mich, immerhin habe ich dich überredet.«

»Das ist auch das Mindeste, da du mich in wenigen Minuten auf dem Gewissen haben wirst«, necke ich sie zurück. »Entweder weil ich mich verletze und verblute oder weil ich vorher im eiskalten Fahrtwind auf der Bahn erfriere.«

»Du übertreibst«, findet sie und bezahlt. »Wäre es gefährlich, würde ich es nicht mit dir machen. Entspann dich. Du bist warm angezogen und gleich wird dir noch viel wärmer werden. Außerdem …« Sie stupst mich an und spricht leise weiter: »Hier gibt es weder Skier noch Lawinen.«

Weil sie mir damit einmal mehr zeigt, wie gut sie mich kennt, schenke ich ihr einen warmen Blick und beschließe im selben Moment meine Nervosität endlich über Bord zu werfen. »Aber eins ist klar«, ist es mir dennoch ein Bedürfnis festzuhalten. »Ich werde gleich auf dem Eis keine gute Figur machen.«

»Hauptsache, wir haben Spaß.«

»Welche Schuhgrößen?«, will der bärtige Mann wissen und bleibt damit aufs Wesentliche beschränkt, als würde er sicherstellen wollen, dass ich es mir nicht doch noch anders überlege.

Keine Sekunde später nennt Teresa ihm sowohl ihre als auch meine Größe, damit ist mein Schicksal endgültig besiegelt: In wenigen Momenten werde ich, der wohl am wenigsten winteraffine Mensch auf diesem Planeten, Schlittschuh fahren.

Als es Minuten später so weit ist und ich mir die Schuhe so fest zugebunden habe, wie man es bei Schlittschuhen machen soll, ist Teresa natürlich die Erste, die sich aufs glatte Eis wagt. Dort, wo eigentlich um diese Jahreszeit saftig grüner Rasen zu sehen sein sollte, begibt sie sich auf die künstlich angelegte und somit einbruchsichere Eisbahn, die gut zu den schneebedeckten Blumenbeeten und laublosen Bäumen passt, von denen die Bahn umgeben ist. Wie selbstverständlich setzt sie einen Fuß vor den anderen und dreht sich mal eben um die eigene Achse, was laienhaft umgesetzt sein mag, aber für mich ein Ding der Unmöglichkeit darstellt.

»Kommst du?«, fragt sie mit einem erwartungsvollen Grinsen und reicht mir sogar die Hand.

Ich entscheide mich aber lieber dafür, mich am Rand festzuhalten, während ich die Bahn betrete. Als würde ich auf Stelzen laufen, stapfe ich aufs Eis. »Nur um das festzuhalten: Ich wachse gerade über mich selbst hinaus.«

Teresa lacht und verschränkt die Arme, die sie anscheinend nicht braucht, um die Balance zu halten, vor dem Oberkörper. »Ja, das tust du. Ich bin stolz auf dich. Und lass mich raten: Du denkst gerade nicht über den globalen Winter nach.«

»Nein, ganz sicher nicht«, stimme ich in angespanntem Ton zu und konzentriere mich darauf, nicht umzufallen. Dennoch dauert es nur ein paar Sekunden, bis ich das erste Mal ins Rutschen komme und hinzufallen drohe. Mir entfährt ein erschrockenes Geräusch und meine freie Hand fängt zu paddeln an.

»Vorsicht.« Geistesgegenwärtig greift Teresa unter meinen Arm und hilft mir zur Balance zurückzufinden.

»Danke ...«

»Du bist zu angespannt«, meint sie. »Dabei bist du alles andere als unsportlich, Kristen. Stell dir einfach vor, du würdest Inline skaten. Dass es ein ähnliches Prinzip ist, weißt du. Du musst dich nur lockermachen.«

»Inline skaten«, wiederhole ich nickend. »Okay.«

Ohne dass ich mich an Teresa oder der Bande festhalte, entspanne ich die Muskeln und fange an mich zu bewegen, als hätte ich vier Rollen unter meinen Schuhen, die mich über Asphalt tragen sollen. Auf einmal ist es, als würde ich nicht mehr gegen den Boden arbeiten, sondern ihn für mich nutzen. Mit jedem Schritt, den ich mache, gleite ich schneller und sicherer übers Eis. »Ha!«, platzt es zufrieden aus mir heraus und ich drehe mich im Gleiten zu Teresa, gerate dadurch kurz wieder aus dem Gleichgewicht, kann mich aber fangen, bevor ich umkippe.

Lachend schließt sie zu mir auf. »Geht doch.«

Wir nehmen uns an die Hand und drehen Seite an Seite unsere Runden über die Bahn. Irgendwann lassen wir uns los, damit wir uns freier bewegen können. Je selbstsicherer ich dabei auftrete und je weiter ich mich in die Mitte vorwage, umso mehr trauen mir die anderen Schlittschuhfahrer zu, was sie mir zeigen, indem sie näher an mich heranfahren. Sie reagieren auf mich, so wie ich aufs Eis reagiere, alles ist im Einklang miteinander. Ich habe den Spaß meines Lebens und strahle vor mich hin.

»Danke«, sage ich deswegen zu Teresa, als sie langsamer wird. »Das war eine super Idee.«

Sie hält an und ich tue es ihr gleich. »Auf jeden Fall. Ich glaube aber, dass ich mir die Schlittschuhe eine Nummer größer holen muss. Diese hier drücken mir zu sehr auf die Füße.«

»Ist gut, bis gleich.« Schon setze ich mich wieder in Bewegung und will meine nächste Runde drehen.

»Wie ich sehe, kommst du kurz ohne mich zurecht«, ruft sie mir noch vergnügt hinterher.

Darauf reagiere ich mit einem Lächeln und fahre in die nächste Kurve. Diese erwische ich eigentlich auch gut, doch dann fällt mir hinter der Bande eine Person auf, deren Anblick mich aus dem Konzept bringt. Er ist ein dunkler Blickfang inmitten der hellen Schneelandschaft und der bunten Winterkleidung der anderen Menschen.

*Er ist hier*, denke ich mir noch, da komme ich auch schon ins Straucheln und plumpse auf den Hintern.

»Ist das meine Schuld?«, ertönt es dicht neben mir. »Das tut mir leid.«

Verdutzt blicke ich hoch und sehe, dass er auf einmal direkt vor mir steht. *Wie ist er so schnell hergekommen, ist er etwa über die Bande gesprungen?*, frage ich mich, ehe mich die Erkenntnis trifft, dass er meinen uneleganten Sturz mitbekommen hat. Als Nächstes wird mir klar, dass er mir die Hand hinhält, um mir hoch zu helfen.

Anstatt mich dagegen zu sträuben, ist mir schnell bewusst, dass mir sein Arm tatsächlich behilflich sein könnte, um beim Aufstehen nicht erneut eine plumpe Figur zu machen. »Danke«, sage ich deswegen und lege meine Finger vertrauensvoll in seine Hand.

Daraufhin packt er fest zu und zieht mich auch schon hoch, als wäre ich leicht wie eine Feder. Mit dementsprechend viel Schwung lande ich versehentlich in seinen Armen und auf einmal sind unsere Gesichter sich unfassbar nah.

Wie gebannt sehen wir uns an.

»Verzeih mir«, raunt er und mir fällt auf, dass dies schon mindestens die dritte Entschuldigung ist, die er mir gegenüber ausspricht. »Manchmal schätze ich wohl meine Kräfte falsch ein.« Er sagt es so fernab jeder Arroganz, dass ich mir beim besten Willen nicht vorstellen kann, dass er das als blöden Anmachspruch meint.

*Spätestens jetzt liegt es auf der Hand, dass er mich verfolgt.*

Nervös räuspernd vergrößere ich den Abstand zwischen uns und senke den Blick auf seine pechschwarzen Schlittschuhe, die ganz anders aussehen als die, die man sich beim Stand leihen kann.

»Witzig, dass wir uns hier wiederbegegnen«, sage ich und richte mir die Mütze, die beim Sturz verrutscht ist.

»Ich finde es ja eher witzig, welche Entwicklung du momentan durchmachst.«

Verwirrt ziehe ich die Augenbrauen hoch. »Wie bitte?«

Lässig hebt er einen Mundwinkel. »Ist es nicht erstaunlich, wie die Menschen über sich hinauswachsen können, wenn eine Krise sie dazu zwingt?«

Ich zucke mit den Schultern. »Das kann man jetzt so oder so sehen.«

Der Fremde fängt an sich so selbstverständlich mit seinen dunklen Schlittschuhen auf dem Eis zu bewegen, als wäre er darauf geboren worden. »Man könnte doch sagen, dass der globale Winter genau die Chance darstellt, die die Menschen so dringend gebraucht haben.« Sicher und gekonnt fährt er übers Eis, dreht sich schnell und bremst vor mir so scharf ab, dass ich leicht zusammenzucke.

*Also doch ein Angeber.*

»So würde ich das ganz bestimmt nicht sagen«, stelle ich klar und stemme die Hände in die Hüften. »Dieser plötzliche Wintereinbruch auf der ganzen Welt führt zu vielen Problemen für alle von uns.«

Auffordernd nickt er. »Und welche Probleme haben überhaupt erst zum Wintereinbruch geführt?«

Wieder einmal spricht er in Rätseln und ich werde aus dem Fremden ebenso wenig schlau wie aus der Tatsache, dass ich es auch diesmal nicht sein lassen kann, mit ihm zu reden. Dabei hatte ich nach der letzten Begegnung eigentlich beschlossen, dies sein zu lassen.

Vielleicht liegt es daran, dass hier mehr Menschen anwesend sind und ich sogar Teresa in der Umgebung weiß. Ja, womöglich lasse ich es deswegen wieder zu, dass wir uns unterhalten. Hinzukommt diese unsichtbare Kraft, die es mir schwermacht, mich seiner Nähe zu entziehen. Mit unseren letzten Bemerkungen jedenfalls haben wir uns gegenseitig zum Schweigen gebracht und sein cooles Lächeln ist ihm vergangen. Trotzdem stehe ich noch immer da und keine einzige Zelle meines Körpers denkt daran, mich von ihm zu entfernen.

»Ich bin übrigens Jack«, lässt er verlauten, als er zur Sprache und zu seinem Selbstbewusstsein zurückfindet. Ein weiteres Mal reicht er mir die Hand, aber so wie er sie dreht, bietet er mir keinen formalen Händedruck an, sondern dass ich mich erneut an ihm festhalte, damit wir zusammen eine Runde über die Eisbahn drehen.

Verunsichert blicke ich auf seine große, starke Hand, die von keinem Handschuh gewärmt wird, dann zum Verleihstand, wo ich Teresa nicht entdecken kann, und schließlich in seine eisblauen Augen. Erneut geschieht etwas, das ich nicht mit Logik erklären kann, und ich lasse meine Hand mit seiner verweben. Obwohl ich im Gegensatz zu ihm Handschuhe trage, deren Stoff meine Haut von seiner getrennt hält, bekomme ich Herzklopfen. Mit Jack Händchen zu halten fühlt sich so falsch und richtig zugleich an, dass es mich durcheinanderbringt. Im nächsten Moment setzen wir uns gemeinsam in Bewegung und gleiten übers Eis, als wären wir fest zusammen … oder würden uns zumindest näher kennen.

»Ich bin Kristen«, stelle ich mich nun ebenfalls vor. Beim Weiterfahren halte ich meinen faszinierten Blick auf ihn gerichtet und lasse mich von ihm führen. Das mag mehr an meiner Überforderung liegen als daran, dass ich ihm vollends vertraue.

Auch Jack lässt mich nicht aus den Augen, als wir unsere Runde über das Eis fortsetzen. Mit Druck hält er meine Hand fest und sieht die ganze Zeit zu mir. Trotzdem gelingt es ihm, dem Gegenverkehr gekonnt auszuweichen und mich sicher einmal im Kreis herumzuführen. Mit ihm Hand in Hand Schlittschuh zu fahren fühlt sich tausendmal aufregender an, als es mit Teresa zu tun. Dabei kenne ich ihn doch gar nicht.

*Was will er von mir und was möchte ich von ihm?*

Kaum haben wir den Punkt erreicht, an dem wir zusammen losgefahren sind, halten wir an und lassen uns los. Dennoch stehen wir weiterhin dicht voreinander und sehen uns in die Augen, als gäbe es nur noch uns beide. Die Atmosphäre zwischen uns knistert gewaltig, wie ich es noch nie erlebt habe, obwohl ich immer noch davon überzeugt bin, dass irgendetwas mit ihm nicht stimmt. Auch wenn ich nach wie vor keinen Schimmer habe, was das sein soll.

Meine Augen werden schmaler und mustern ihn. »Wer bist du?«, flüstere ich.

Jack öffnet den Mund, um zu antworten. »Ich …«

»Da bin ich wieder!«, ruft Teresa.

Davon lässt er sich unterbrechen und dreht den Kopf in die Richtung, aus der sie auf uns zukommt.

Zufrieden strahlend rollt sie auf neuen Schlittschuhen an. »Schon viel besser«, meint sie. »Jetzt drückt es nicht mehr.«

Ungebremst steuert sie auf Jack zu, wahrscheinlich weil sie bereits entschieden hat mich vor ihm zu beschützen.

Um etwaigen Spannungen zwischen den beiden zuvorzukommen, deute ich auf ihn und sage: »Teresa, das ist …«

In der Sekunde überrollt sie ihn einfach, nein, sie fährt durch ihn hindurch.

»Huh!«, mache ich erschrocken und taumele auf meinen Schlittschuhen nach hinten. Mit weit aufgerissenen Augen starre ich Jack an, als wäre er ein Geist, den Teresa einfach nicht bemerkt.

Auf Jacks Lippen hingegen zeichnet sich ein schelmisches Grinsen ab. »Ups«, behauptet er lässig, als wäre ihm ein Missgeschick passiert, das ihn aber nicht weiter kümmert.

»Was zum Teufel …«, bringe ich bloß unter Schock hervor.

# IV.

**Kristen**

»Hey, was ist los?«, fragt Teresa, ohne ihre gute Laune abzulegen. Merklich unterdrückt sie ein Kichern. »Sag mal, hast du gerade echt Selbstgespräche geführt? Das sah von Weitem nämlich so aus.«

Perplex wende ich mich ihr zu und weiß nicht, was ich denken oder sagen soll. »Äh …« Als ich wieder zu Jack sehe, hat er seine übliche Nummer abgezogen und ist längst spurlos verschwunden.

*Was war das gerade, wie ist das möglich?*

»Hallo, Erde an Kristen«, hakt Teresa einerseits amüsiert und andererseits verwundert nach.

»Teresa«, sage ich mit eindringlicher Stimme.

»Ja?«, entgegnet sie lachend.

*Hast du ihn gerade etwa nicht gesehen?*, frage ich sie, allerdings allein mit meinem Blick.

Denn im Grunde kenne ich die Antwort bereits. Ohne Zweifel würde sie anders reagieren, wenn sie mitbekommen hätte, dass sie gerade durch Jack hindurchgefahren ist. Sie kann ihn nicht wahrnehmen, so viel steht fest.

Aber wie kann das sein? Er war hier. Ich habe ihn nicht nur gesehen und gehört, sondern mich mit ihm unterhalten. Zwischen uns hat eine Interaktion stattgefunden, wir haben aufeinander reagiert. Auch mein Körper, als wir uns berührt haben, weil ich ihn spüren konnte. Sogar gerochen habe ich ihn, wobei ich seinen Geruch nicht wirklich beschreiben kann, denn er hatte etwas an sich, was mir vollkommen neu war. Irgendwie erfrischend herb und … nicht von dieser Welt.

Was mich erneut zu der Frage bringt, was hier vorgeht!

»Alles okay?« Nun entscheidet Teresa sich doch dafür, sich Sorgen um mich zu machen, und legt die Hand an meine Stirn, wofür sie meine Mütze etwas nach oben schiebt. »Du siehst blass aus.«

»Blasser als Jack?«, flüstere ich in meiner Überforderung.

»Wie bitte?« Sie nimmt die Hand von mir. »Heiß fühlst du dich nicht an. Aber vielleicht hast du dich dennoch unterkühlt.«

»Nein, das nicht.« Hastig schüttle ich den Kopf und fasse mir an die Schläfe. »Ich glaube, ich verliere gerade den Verstand. Genau genommen schon seit einigen Tagen.«

Ratlos schaut sie mich an und denkt über meine Worte nach. Dann lächelt sie wieder. »Dieser verrückte Winter macht uns allen zu schaffen.«

Das mag sein. Aber ist es das allein, was mich einen fremden Mann sehen, fühlen und riechen lässt?

Das bezweifle ich.

***

Als ich abends allein in der Wohnung bin, weil Teresa damit an der Reihe ist, in den Waschkeller zu gehen und unsere nassen Klamotten aufzuhängen, zögere ich nicht und setze mich an den Schreibtisch, um Recherchen anzustellen. So aufgewühlt, wie ich bin, seit Teresa durch Jack hindurchgegangen ist, muss ich unbedingt herausfinden, was los ist – mit ihm oder mit mir. Deswegen habe ich den Laptop aufgeklappt und suche im Internet nach allen möglichen Schlagwörtern, die mir zu den merkwürdigen Ereignissen einfallen: *Geist, Halluzinationen, Wahnvorstellungen, psychische Erkrankungen, die sich auf den Tastsinn auswirken ...*

Zunächst führen sämtliche Versuche ins Leere, zumal ich mehr und mehr davon überzeugt bin, dass ich mir den Fremden nicht nur eingebildet habe. Doch dann, als mir die Idee kommt, Suchbegriffe wie *Fantasiegestalt* mit seinem Namen zu kombinieren, werde ich schließlich fündig:

*Jack Frost.*

Angespannt lese ich mir einen Lexikonartikel dazu durch, in dem es heißt:

Jack Frost ist eine seit Jahrhunderten übermittelte volkstümliche

Figur und symbolisiert den plötzlich eintretenden Winter sowie damit verbundene Katastrophen.

Natürlich erinnere ich mich an Jack Frost, also an die Version, die ich als kleines Mädchen durch ein Bilderbuch kennengelernt habe. Seit ich dazu in der Lage gewesen bin, habe ich mir immer selbst vorgelesen. Meine Eltern haben meistens lieber gearbeitet, anstatt zusammen mit mir Geschichten zu lesen, als ich aus dem Kindergartenalter rausgewesen bin. Jedenfalls gab es da dieses eine Buch über die Jahreszeiten, darin ging es in einem Kapitel um Jack Frost. In meiner Erinnerung war er allgemein für den Winter verantwortlich und derjenige, der ihn Jahr für Jahr zu den Menschen brachte. Dass er konkret mit Unfällen in Verbindung gebracht wird, die im Winter passieren, hatte ich nicht mehr im Kopf. Wenn ich so darüber nachdenke, macht ihn das zum Bösewicht. Wobei es ja nur ein Märchen ist, um das sich Erwachsene kaum scheren.

»Was heißt das alles jetzt im Klartext?«, sage ich laut zu mir selbst. »Dass es Jack Frost wirklich gibt und ich mich mit ihm unterhalten habe?«

***

Auch Stunden später finde ich keine Antwort auf diese beunruhigende Frage. Hellwach liege ich im Bett und kann nicht einschlafen. Stattdessen wälze ich mich von der einen Seite zur anderen und muss aufpassen, dass ich Teresa nicht aufwecke. Mit jeder weiteren schlaflosen Stunde, die verstreicht, wird mir klarer, dass ich mich nach einer Erklärung sehne.

Deswegen treffe ich am nächsten Tag eine Entscheidung: Früh morgens, als Teresa noch schlummert, stehle ich mich aus dem Bett, ziehe mich leise an und verlasse die Wohnung. Obwohl es draußen kalt und düster ist, zwinge ich mich ins Freie, um mir zu beweisen, dass der mysteriöse Fremde nicht Jack Frost aus den Märchenbüchern ist.

Und so streife ich ziellos durch die Straßen, während das sommerlichwinterliche Denver noch weit davon entfernt ist, zu neuem Leben zu erwachen. Letztlich lande ich wieder im Garland Park und begebe mich zur

Eisbahn, auf der sich jetzt um diese frühe Uhrzeit niemand befindet. Verloren stehe ich da und schaue mich demonstrativ in alle Richtungen um, hoffend, dass ich Jack hier irgendwo treffe, weil er wie sonst auch immer plötzlich aus dem Nichts auftaucht. Inwiefern es vernünftig ist, als junge Frau allein im Dunkeln in einen Park zu gehen, stelle ich nicht infrage. Nur eins zählt: Ich muss das ein für alle Mal klären. Erst dann werde ich wieder schlafen können.

Dieser Wissensdrang wird belohnt, denn auf einmal, als ich mein Augenmerk schweifen lasse, taucht niemand anderes als Jack in meinem Blickfeld auf. Obwohl ich genau darauf aus gewesen bin, erschrecke ich auch diesmal und halte hörbar den Atem an.

»O Mann …«, murmle ich und fasse mir durchatmend ans Schlüsselbein. »Jedes Mal ist es das Gleiche.«

»Wenn ich dich nervös mache«, deutet er meinen Kommentar richtig und kommt näher, »warum suchst du dann nach mir?« Auch heute trägt er unter anderem die schwarze Lederjacke.

»Bist du Jack Frost?«, komme ich auf den Punkt und sehe ihn mit erwartungsvollen Augen an.

Er zögert, doch ich habe nicht den Eindruck, dass er verunsichert ist. »Du kennst die Antwort.«

Ich lege den Kopf etwas zurück und vergesse ein weiteres Mal für einen Moment zu atmen. »Beweise es.«

»Nicht, dass ich das nötig hätte«, entgegnet er unbekümmert, hebt allerdings in der nächsten Sekunde die Hand und zielt mit dem Zeigefinger neben mich.

Als ich ein Knirschen vernehme, drehe ich mich um und sehe im schwachen Licht der Parklaternen, wie der Baum hinter mir auf einmal von einer dicken Eisschicht umhüllt wird. Ich reiße Augen sowie Mund auf und stehe geschockt da. Mein Blick schwenkt zurück zu Jack. »Du bist es wirklich!« Ich weiß nicht, ob ich lachen oder weinen soll, und mache ein lautes Geräusch, das zu beidem passen würde. Meine Hände schnellen an meine Wangen. »Ich fasse es nicht.«

»So wie die meisten Menschen«, merkt er an und lässt in seinen Worten einen vorwurfsvollen Ton mitschwingen.

»Na ja … können sie dich denn normalerweise sehen?«

Dazu sagt Jack nichts, zumindest nicht mit Worten, dafür taucht sein Blick tiefer in meinen.

»Bin ich die Einzige, die sich sehen kann?«, versuche ich sein Verhalten zu interpretieren.

Er nickt. »Die Erste und die Einzige.«

»Aber warum?«

Bevor er antwortet, zaubert er sich mit wenigen Handgriffen eine Liege aus Eis und lässt sich darauf nieder. »Das ist eine sehr gute Frage, auf die ich die Antwort auch gerne wüsste.« Hinterm Kopf verschränkt er die Hände und lehnt sich zurück, wieder findet sein Blick meine Augen. »Ich hatte gehofft, das könntest du mir sagen. Immerhin hat sie mir nicht verboten mit dir zu sprechen – was auch unlogisch wäre, bedenkt man, dass sie es war, die deine besondere Fähigkeit möglich und mich darauf aufmerksam gemacht hat.«

»Sie?«, wundere ich mich und trete dichter an ihn heran, um die Liege aus Eis genauer unter die Lupe zu nehmen. Kurzerhand schaue ich mich um und stelle sicher, dass sonst niemand hier ist, der sich über mein Verhalten wundern könnte.

»Keine Sorge, mich sieht ansonsten niemand«, versichert er mir.

Ich wende mich wieder Jack zu, der es sich noch immer auf der Liege gemütlich macht.

Ein weiteres Mal spüre ich die starke Anziehungskraft, die er auf mich ausübt, und ich kann mich nicht davon abhalten, die Finger auszustrecken. Sie suchen allerdings nicht ihn, sondern landen auf der Liege aus Eis neben seinen Beinen. Eben ist sie noch nicht da gewesen, Jack hat sie aus dem Nichts hervorgezaubert und ich möchte wissen, ob ich sie trotzdem ertasten kann. In der Tat spüre ich den Druck an meinen Fingerspitzen und die Kälte in meinen Körper dringen.

»Aber alles, was du erschaffst, können die Menschen sehen.« Ich lenke meinen Blick von der Liege zurück auf ihn. »Nur dich selbst nicht.«

Mit ernster Miene dreht er den Kopf weg. »Das gehört dazu, wenn man ein Wächter ist. So war es schon immer.«

»Ein Wächter?« Ich schlucke. »Gibt es noch mehr von deiner Sorte?«

Jack hat ein umwerfendes Lachen, das muss ich ihm lassen. »Wie viele Jahreszeiten kennst du denn?«

»Es gibt drei weitere Wächter«, schließe ich daraus.

»Bingo.« Er zaubert sich einen Schneeball in die Hand und fängt an ihn hochzuwerfen und wieder aufzufangen wie einen Baseball. »Jeder von uns kümmert sich um die Gestaltung einer Saison.«

»Ganz allein?«, möchte ich wissen.

»Nein, wir haben Helfer, die Wiskels.«

»Wiskels …«, murmle ich, um mir den Namen einzuprägen. »Davon habe ich noch nie gelesen oder gehört.«

»Selbstverständlich nicht, woher auch?«, entgegnet er und wirkt nach wie vor gelassen. »Dass es Kindergeschichten über uns gibt, die einigermaßen zutreffen, war pures Glück, deswegen existieren sie neben tausend weiteren Theorien, die ihr Menschen über die Jahreszeiten aufgestellt habt. Die Namen, die ihr uns einst gegeben habt, haben wir nur deswegen übernommen, weil wir vorher keine hatten. Los, frag mich noch etwas.«

Ich stutze. »Was?« Meine Stirn legt sich in Falten. »Du genießt es richtig, endlich mal mit einem Menschen zu reden, nach all den Jahren …« Das bringt mich ins Grübeln, denn optisch könnte er glatt in meinem Alter sein. »Wie alt bist du eigentlich?«

Nachdenklich verzieht er das Gesicht, schnauft durch und scheint nachzurechnen. »Keine Ahnung.« Jack lässt den Schneeball verpuffen und dreht sich auf der Eisliege auf den Bauch. »Seit wann gibt es die Jahreszeiten? Das war lange, bevor ihr Menschen damit begonnen habt, die Zeit zu messen.«

»Es gab euch Wächter schon vor uns Menschen. Wow, das muss einsam gewesen sein.«

Da setzt er sich aufrecht hin und sieht mich ernst an. »Ist es immer noch.«

»Selbst mit uns Menschen und euren – wie heißen sie – Wiskels?«

»Was ist mit dir?«, lautet seine Gegenfrage. Da er wohl nie lange stillsitzen oder -stehen kann, springt er auf den nächstgelegenen Baum und lässt sich kopfüber von einem Ast baumeln. »Kristen Miller aus Denver.«

Ein Schauer läuft mir über den Rücken, als er mir in Erinnerung ruft, dass er mich aus irgendeinem Grund bereits kennt, wenigstens ein bisschen.

»Wie alt bist du?«, fügt er an.

*Okay, ganz so viel weiß er wohl doch nicht über mich, wenn es da schon aufhört.*

»Ich bin zweiundzwanzig«, lasse ich ihn wissen.

Kopfüber am Ast hängend verschränkt er die Arme vor der Brust. »Das ist nicht sonderlich alt.«

»Nein«, erwidere ich trocken, »und ich bezweifle, dass ich mich nach ein paar Jahrtausenden so gut halten werde wie du.«

Ein weiteres Mal lässt er mich sein tolles Lachen hören. »Das nehme ich als Kompliment.« Tatsächlich sieht er aus, als wäre er zwischen achtzehn und vierundzwanzig Jahre alt.

»Alterst du denn überhaupt, Jack Frost aus ...?«

»Simerra«, vervollständigt er meinen Satz, dann lässt er sich fallen und landet gekonnt auf den Füßen, wie schon beim letzten Mal, als er in meiner Gegenwart von einem Baum gesprungen ist. »Mit den Bäumen hier darf man das ja wenigstens machen«, kommentiert er, aber ich verstehe nicht, was er damit meint. »Und nein, solange ich denken kann, sehe ich schon so aus wie jetzt.«

»Abgesehen von den Klamotten«, mutmaße ich.

Sein Blick ruht auf mir und er tritt einige Schritte auf mich zu. »Du begreifst schnell.«

Auf einmal sind wir uns wieder unfassbar nahe und ich kann meinen eigenen wilden Puls im Hals spüren. Etwas in mir schreit regelrecht danach, die Hand nach Jack auszustrecken und ihn zu berühren. Sein volles dunkelbraunes Haar. Die helle, makellose Haut. Diese tollen markanten Gesichtszüge. Das muss die Faszination des Fremden und Unbekannten sein.

So dicht, wie er noch immer vor mir steht, kommt in mir die Frage auf, ob er Menschen genauso interessant findet wie ich ihn. Im Gegensatz zu mir weiß er um die Existenz der Menschen allerdings schon seit langem und dürfte in all den Jahrtausenden genug Zeit gehabt haben uns zu studieren, zumal es ihm ein Leichtes ist, dabei unentdeckt zu bleiben. Wenn es aber stimmt, dass ich die Erste und Einzige bin, die ihn wahrnehmen kann, macht mich das eventuell doch zu einer interessanten Person für ihn.

*Kreuzen sich deswegen neuerdings unsere Wege, Jack? Weil ich aus einer Laune der Natur heraus aus der Reihe tanze und du dir davon zumindest eine Zeit lang erfrischende Unterhaltung erhoffst?*

»Kristen«, raunt er meinen Namen und sieht mir tief in die Augen.

Mein Mund wird trocken. »Ja?«, bringe ich zart hervor und verliere selbst bei diesem kurzen Wort fast gänzlich die Stimme.

»Hör auf mir zu antworten. Du führst schon wieder Selbstgespräche, für die man sich über dich wundern könnte.« Frech grinst er und zwinkert.

*Wie kommt er jetzt darauf?*

Im darauffolgenden Moment höre ich hinter mir Geräusche, sodass ich mich umdrehe und nachsehe. Wie ich erkennen kann, dämmert es inzwischen und andere Menschen kommen in den Park. Da verstehe ich, worauf Jack hinauswollte: Sollte ich mich weiter mit ihm unterhalten, könnte das für Außenstehende, die ihn nicht wahrnehmen, komisch wirken. »Danke für die Warnung«, flüstere ich und drehe mich wieder zu Jack …

Dieser ist jedoch nicht mehr da.

Überrascht schaue ich mich um, nur um erneut festzustellen, dass er die Chance genutzt und sich unbemerkt aus dem Staub gemacht hat.

Seufzend schüttle ich den Kopf und trete den Heimweg an.

*Wie oft will er diese Nummer noch bei mir abziehen?*

Langsam könnte man meinen, das wäre *unser Ding*.

***

In den nächsten Tagen bin ich noch weniger ich selbst als zuvor schon. Hat mich vorher der wundersame Kälteeinbruch bereits seelisch belastet wie sicherlich die meisten Menschen, so kommt nun noch hinzu, dass ich um Jack Frosts Existenz weiß und mit ihm gesprochen habe.

Selbst als die Universität ihre Tore wieder öffnet, finde ich nicht zu meinem alten Selbst zurück. Die Vorlesungen gehen weiter, man kann in die Bibliothek gehen und auch viele Aktivitäten rund um die eigentlichen Kurse finden wieder statt. Die University of Denver hat sich neu organisiert und innerhalb kurzer Zeit von ihren Sommerangeboten aufs Winterprogramm umgestellt, auch vorgesehene Exkursionen wurden umgeplant und an die neuen Wetterverhältnisse angepasst. Alles in allem gibt die Uni ihr Bestes, um auf die Situation zu reagieren und uns Studenten zu helfen, so gut wie möglich in den Alltag zurückzufinden. Bestimmt ist das für einige Studenten und ihre Eltern wirklich eine kleine Stütze zwischen all den negativen Schlagzeilen, die sich in den Medien gegenseitig überbieten. Dort ist von kaputten Ernten an vielen Orten auf der Welt die Rede, von frierenden Obdachlosen, die überrascht wurden, von Hunderttausenden bedrohten Existenzen, vom massiven Anstieg der Grippewelle, von rapide steigenden Fällen von Depressionserkrankungen, Menschen mit Vitamin-D-Mangel und vielem mehr.

Auch für mich ist die Aussicht darauf, Kommilitonen und Professoren wiederzusehen, ein Lichtblick gewesen. Ich habe darauf gebaut, dass ich dieses Gefühl der Hilflosigkeit, das sich in meiner Brust eingenistet hat und mich lähmt, dadurch endlich loswerden würde. Doch meine Begegnung mit niemand anderem als Jack Frost hat alles verändert.

Auch nach einigen Tagen sitze ich in einem der vollen Vorlesungssäle und habe damit zu kämpfen, mich auf die Dozentin zu konzentrieren und ihr zuzuhören, als sie uns neue Begriffe aus dem Bereich des Mikromarketings erklärt. Immer wieder schweifen meine Gedanken ab und landen bei ihm, Jack. Nach wie vor muss ich verdauen, dass es ihn gibt und ich ihn angeblich als einziger Mensch sehen kann. Aber das ist noch nicht alles, denn seit sich mein erster Schock gelegt hat, beschäftigt mich neuerdings noch eine weitere Frage: Wenn Jack der Wächter des Winters ist, warum unternimmt er dann nichts gegen die globale Klimakatastrophe, die über die Erde hereingebrochen ist? Ich vermute, dass er deswegen Simerra verlassen hat und zu uns gekommen ist. Versucht er uns zu helfen und findet bisher keinen Weg oder nicht die Macht das zu tun?

***

Auch als ich am späten Nachmittag in der Bibliothek an einem der Computertische sitze, kann ich an nichts anderes denken. Gedankenversunken starre ich auf den Bildschirm und kann es nicht sein lassen, im Internet Recherchen über Jack Frost anzustellen. Nach eineinhalbstündiger Suche lande ich wieder bei dem Lexikonartikel, den ich mir bereits durchgelesen habe. Ein weiteres Mal studiere ich die Zeilen – und stolpere über eine Angabe, der ich zuvor im Schock kaum Beachtung geschenkt habe: Jack Frost, er …

> … symbolisiert den plötzlich eintretenden Winter sowie damit verbundene Katastrophen.

Schon einmal habe ich diesen Halbsatz gelesen und mich gefragt, ob ihn das nicht zum Bösewicht macht. Doch erst jetzt wird mir die volle Bedeutung dessen, was in dem Text über Jack Frost gesagt wird, bewusst. Vor allem ein Auszug fordert nun meine Aufmerksamkeit ein: *plötzlich eintretender Winter.*

»O mein Gott«, murmle ich fassungslos, mache den Computer aus und springe vom Platz auf. Hektisch schnappe ich mir meine Sachen und stürme aus der Bibliothek.

*Ich muss ihn sprechen, sofort.*

Mit großen Schritten marschiere ich über den Campus und überlege, wo ich nach ihm rufen kann, ohne dass jemand es mitbekommt und sich um meine psychische Gesundheit sorgen könnte. Teresa müsste schon zu Hause sein, doch mein Anliegen duldet keinerlei Aufschub, und so kommt unsere Wohnung leider nicht infrage.

*Denk nach, Kristen, denk nach.*

Endlich fällt mir etwas Brauchbares ein: Meine Eltern kommen bei all ihrer Liebe für die Arbeit ganz sicher nicht vor dem späten Abend nach Hause und noch immer habe ich einen Schlüssel zu ihrem Apartment. Also gehe ich dorthin, schließe die Haustür auf und rufe mehrmals laut in sämtliche Richtungen nach ihnen, um sicherzugehen, dass ich mit meiner Vermutung richtig liege.

*Gut. In dieser Hinsicht ist auf Workaholics Verlass.*

Kaum habe ich mich vergewissert, dass ich allein bin, rufe ich jemand anderen: »Jack!« Um sicherzugehen, spreche ich beim zweiten Mal seinen vollen Namen aus. »Jack Frost!«

Gespannt verliere ich jegliche Regung, wage es nicht einmal mehr zu atmen und warte ab.

Nichts. Die Stille, die mich in der modernen Eigentumswohnung meiner Eltern umgibt, ist beängstigend und wird von keinem Winterwächter gebrochen.

»Jack?«, versuche ich es noch einmal, wenn auch mit deutlich mehr Verunsicherung und leiser.

Keine Antwort, niemand ist zu sehen.

Enttäuscht trotte ich hinters Sofa zur großen Fensterfront und schaue auf die Innenstadt von Denver hinab, die winterlicher nicht sein könnte. Dabei ist es so falsch, dass hier im Hochsommer Schnee liegt, so falsch. Wie lange soll das noch so weitergehen?

»Verdammt, Jack!«, entfährt es mir verzweifelt und ich haue mit der geballten Faust gegen den Fensterrahmen.

»Immer mit der Ruhe«, erklingt es hinter mir.

Erschrocken drehe ich mich um und stelle fest, dass *Mister Lederjacke* tatsächlich gekommen ist und gelassen auf mich zuschreitet.

»Früher ging es nicht, ich musste einen Wiskel für seine nächste Aufgabe anweisen und rein zufällig bist du nicht der Mittelpunkt meines Lebens.« Mit einem Satz wirft er sich auf die Designercouch und macht es sich darauf gemütlich.

»Sehr witzig.« Meine Augen werden schmaler. »Rein zufällig bist du auch nicht der Mittelpunkt meines Lebens.«

»Warum kannst du es dann nicht sein lassen, nach mir zu suchen und neuerdings sogar zu rufen?«, fragt er, ohne mich eines Blickes zu würdigen. Stattdessen nimmt er die teure Vase auf dem Couchtisch in Augenschein.

Ich schnaufe. »Und warum konntest du es nicht sein lassen, mich vorher zu beobachten und dafür zu sorgen, dass wir uns überhaupt begegnen?«

Schlagartig erstarrt Jack förmlich zu Eis, mit Ausnahme seiner hellblauen Augen, die sich nun doch auf mich richten.

*Touché*, steht in seinem hübschen Gesicht geschrieben.

»Anscheinend interessieren wir uns beide für das Besondere«, sagt er dann und intensiviert seinen Blick.

»Meinetwegen«, lasse ich mich auf seine Behauptung ein. »Und weißt du, wofür ich mich ganz besonders interessiere?« Meine Mimik sowie mein Tonfall könnten vorwurfsvoller nicht sein und ich trete ein paar Schritte auf ihn zu. »Ich würde verdammt gerne wissen, warum du diese globale Winterkatastrophe über uns gebracht hast!«

Jack richtet den Oberkörper auf und hält meinem bösen Blick voller Entschlossenheit stand. »Siehst du?«, gibt er kaum hörbar von sich, bevor er lauter weiterspricht. »Genau das ist das Problem mit euch Menschen. Ihr fangt erst an euch die elementarsten Fragen zu stellen, wenn man euch in die Ecke drängt und keine andere Wahl mehr lässt. Und dann gebt ihr sofort anderen die Schuld.«

Meine Finger zittern und auch meine Lippen beben, als ich seinen Blick suche. Soeben hat er mit keiner einzigen Silbe versucht sein ungeheures Verbrechen an der gesamten Menschheit zu leugnen. Es ist also wahr: Er will uns gar nicht helfen, sondern er hat den globalen Winter überhaupt erst verursacht. Mit voller Absicht. Er, der auch nun wieder vollkommen gelassen wirkt und von dem ich bei unserer letzten Begegnung vielleicht für ein paar Minuten dachte, dass er gar kein so übler Kerl wäre. Ist das zu glauben? In aller Ruhe hat er sich immer wieder mit mir unterhalten, wohlwissend, dass er derjenige ist, der mir und allen anderen Menschen großes Leid zugefügt hat, welches für so viele Lebewesen auf der Erde schlimmer und schlimmer wird.

Leicht hebe ich den Kopf an und strafe ihn mit Verachtung. »Es stimmt, was man über dich sagt. Du bist der Böse.«

Wie verbittert er mich daraufhin ansieht, schnürt mir die Kehle zu und bestätigt leider meine Erkenntnis.

»Du hast keine Ahnung«, brummt er, steht auf und wendet sich zum Gehen.

Ohne zu zögern, eile ich ihm nach. »Dann erkläre es mir! Warum hast du das getan?«

Er denkt gar nicht daran, mir noch länger zuzuhören, und geht so energisch weg, als wolle er damit etwas klarstellen.

»Das ist Wahnsinn, Jack, verstehst du nicht?«

Widerwillig hält er an und wendet sich nun doch wieder mir zu.

»Wenn überall gleichzeitig auf der Welt Winter herrscht«, fahre ich aufgebracht fort, »bringt uns das in große Schwierigkeiten.«

»Was du nicht sagst«, kontert er sarkastisch. »Darum geht es doch.«

*Ich kann nicht glauben, was ich da höre!*

Dementsprechend entsetzt starre ich ihn an. »Du bist ... so verdorben ...«

»Ich verschwende hier nur meine Zeit«, meint er und hebt die Hände. »Und ich Blödmann dachte für einen kurzen Moment, die Gespräche mit dir könnten interessant werden. Was für eine Enttäuschung.«

Seine Worte machen mich wütend, so unfassbar wütend! Als ich dann auch noch sehe, dass er sich wieder abwenden will, erlaube ich mir zu grummeln und hebe mahnend den Zeigefinger. »Wehe, du lässt mich jetzt wieder einfach so stehen!«

Damit hat er anscheinend nicht gerechnet, denn auf einmal ist er wie versteinert und hält seine ungeteilte Aufmerksamkeit auf mich gerichtet. Im nächsten Moment zieht er eine dunkle Braue hoch und fragt: »Wie bitte?«

»Du verschwindest jetzt nicht wieder auf magische Weise in deine Welt, hast du verstanden?« *Ich will Antworten und vor allem eine Lösung!*

»Von mir aus«, erwidert Jack genervt und begibt sich zur Wohnungstür. »Dann lasse ich dich eben auf menschliche Art stehen.« Schon zieht er die Tür auf und verlässt die Wohnung. »Wenn dir das so wichtig ist.«

Erbost renne ich ihm hinterher ins Treppenhaus. »Du weißt ganz genau, dass es mir darum nicht geht und – hey, bleib gefälligst stehen!«

Nachdem er ein paar Stufen hinabgeeilt ist, hält er an und dreht sich wieder zu mir um. »Was willst du noch von mir, wenn ich in deinen Augen doch der Böse bin, der keine Ahnung hat?«

Keine Frage – er ist alles andere als begeistert davon, sich von mir

Vorwürfe machen zu lassen. Eigentlich müsste es ihm ein Leichtes sein einfach zu verschwinden. Aber er tut es nicht. Weil ich es ihm verboten habe. Viel mehr Entgegenkommen kann ich jedoch nicht von ihm erwarten, wie es aussieht. Alles an ihm strahlt aus, dass nicht mehr viel fehlt, bis er mich stehenlässt. Deswegen sollte ich mir meine nächsten Worte genau überlegen. Was kann ich ihn fragen, ohne ihn in die Flucht zu schlagen? Meine Frage nach dem *Warum* hat mich nicht weitergebracht, also muss ich es anders versuchen.

Das wiederum erinnert mich an das, worüber Teresa sich am Pikes Peak unterhalten und auch mein Vater gesprochen hat.

»Ist es wegen der Erderwärmung?«, versuche ich meine Vermutung auf den Punkt zu bringen und spiele mit den Fingern nervös am Ärmelsaumen meines senfgelben Pullovers. »Hast du es deswegen überall Winter werden lassen?« Mit langsamen Schritten nähere ich mich ihm. »Siehst du dich und den Winter in den Hintergrund gedrängt?«

Schwermut prägt seine Züge. »Nicht nur meinen Winter«, entgegnet er ernst. »Wenn ihr so weitermacht mit eurer zerstörerischen Lebensweise, geht der ganze Planet zugrunde. Auch die anderen Jahreszeiten werden dann nicht mehr so sein wie zuvor. Ihr macht alles kaputt. Alles.«

»Okay.« Ich achte auf eine sanfte Stimme. »Das verstehe ich.«

»Wirklich?«, stellt er meine Behauptung infrage. »Leider unternimmst du aber nichts dagegen, Kristen.«

Ich muss schlucken.

Jack drückt fest die Lippen aufeinander. »Wie die allermeisten von euch.«

»Ja, damit hast du recht«, gebe ich besorgt zu, »aber ...« Ich breche ab, denn was er mir soeben an den Kopf geworfen hat, macht mich ratlos.

»Irgendjemand musste etwas tun«, fährt er entschlossen fort, »und wenn ihr, die das ganze Unheil in Gang gesetzt habt, es nicht seid, dann muss ich eben etwas unternehmen. Genau das habe ich getan.«

»Aber machst du mit dem globalen Winter nicht auch alles kaputt?«, frage ich. »Wie sollen wir das überleben?«

»Ganz einfach: Indem ihr endlich zur Besinnung kommt und radikal umdenkt. Zeigt mir, dass ihr es ernst meint und wirklich etwas verändern wollt, dann lasse ich alles wieder so werden, wie es früher war.«

Fassungslos schüttle ich den Kopf. »Das ist nicht so leicht, Jack.« Ich begebe mich auf die nächste Treppenstufe und komme ihm damit noch etwas näher. »Du setzt die Menschen gehörig unter Druck, ist dir das nicht klar? Dabei verstehen sie deine Botschaft nicht einmal, wie auch?«

Auch er geht rückwärts eine Stufe weiter nach unten und vergrößert den Abstand zwischen uns wieder. »Die Zeit rennt euch doch sowieso längst davon – ihr wolltet es nur nie sehen. Nun zwinge ich euch dazu.« Er dreht sich um und poltert die restlichen Stufen nach unten. »Du solltest mir dankbar sein.«

Prompt nehme ich die Verfolgung auf und stürme ihm hinterher. »Halt, warte!«

»Lass mich endlich in Ruhe.«

»Bitte, lass uns zusammen eine Lösung finden«, schlage ich verzweifelt vor.

»Vergiss es einfach.«

»Wenn die anderen wüssten, dass es dich gibt ...«

»Das führt doch zu nichts.« Er erreicht die Haustür und reißt sie auf.

Da bekomme ich Panik, sodass ich nach seinem Handgelenk greife, kräftig an ihm ziehe und rufe: »Jack, stopp!«

Das ist ihm absolut zuwider, er reißt sich von mir los, brüllt ein wütendes »Es reicht!« und schleudert die Arme nach vorn.

Plötzlich schießen dicke Eissplitter von ihm weg in sämtliche Richtungen. Mit rasanter Geschwindigkeit jagen sie durch die Luft und bohren sich in alles, was sie auf der Straße finden: Autoscheiben, Schaufenster, Briefkästen, Werbeschilder – Menschen.

Hilflos sehe ich mit an, wie Passanten zu Boden stürzen, Glas in Scherben zerbricht, Straßenlaternen wie Knete verformt werden und Alarmanlagen anspringen. Auch mir drückt sich eine gehörige eisige Druckwelle entgegen und ich taumle zwei Schritte nach hinten. Zweifellos kann ich von Glück sprechen, dass ich noch im Gebäude stehe und keinen Eissplitter abbekomme.

Geschockt starre ich Jack Frost an und traue mich nicht einmal mehr zu atmen. Zu sehen wie stark und gleichzeitig böse er ist, raubt mir jegliche Fähigkeit mich zu bewegen. Jack erwidert meinen Blick und erkennt garantiert die blanke Angst, die er mir mit Leichtigkeit einjagt. Entschlossenheit und Verbitterung lese ich in seiner ernsten Miene, stärker als zuvor, als hätte ich alles noch schlimmer gemacht. Ohne sein Augenmerk von mir abzuwenden, führt er demonstrativ die Hände zueinander. Kurz legt er sich die Finger an die Schläfen, dann ist er weg.

Das, worum ich ihn gebeten habe, nicht mehr zu tun, hat er soeben gemacht: Er ist vor meinen Augen verschwunden.

Abgesehen davon, dass ich zittere, stehe ich stocksteif da und brauche mehrere Sekunden, um mich aus der Schockstarre zu lösen. Als es mir endlich gelingt, japse ich nach Luft und wage mich auf wackeligen Beinen aus dem Gebäude auf die Straße vor. Pures Chaos umgibt mich, Gebäude sind beschädigt und Menschen sind verletzt.

Panisch renne ich zu einem älteren Paar, das mit Schürfwunden auf dem Boden liegt. Die Frau hält den Kopf des Mannes, der seine Augen geschlossen hält und sich nicht mehr regt. Ein Eiszapfen hat ihn am Schlüsselbein durchbohrt und er blutet stark. Verzweifelt und überfordert ruft die Dame um Hilfe. Ich zücke mein Handy und wähle den Notruf. Ein schätzungsweise Dreißigjähriger eilt zu uns und leitet Erste-Hilfe-Maßnahmen ein, während ich mit dem Notruf spreche.

Das ist furchtbar ... Wie soll das weitergehen?

Alle fürchten sich vor diesem unheimlichen und gefährlichen Winter, der sich soeben einmal mehr als tödliche Bedrohung offenbart hat. Niemand versteht warum. Niemand außer mir. Ein Teil von mir fragt sich, ob Jack recht haben könnte und es nichts bringen würde, wenn ich den Menschen von seiner Existenz erzählen würde. Er sieht viel mehr Chancen darin, wenn sie annehmen, dass der globale Winter eine direkte Konsequenz des Klimawandels ist, den sie endlich aufhalten müssen.

Ich hingegen weiß nicht nur von seiner Existenz, sondern auch um sein wahres Gesicht. Davon, was er bereit ist zu tun, um die Erderwärmung zu stoppen. Jack Frost hat sich dazu entschieden, uns Menschen einen Denkzettel zu verpassen, der es in sich hat und noch viel mehr Opfer fordern könnte, als es bereits gegeben hat. Eines Tages könnte er den globalen Winter beenden, das habe ich aus seinen Worten indirekt herausgehört. Doch das könnte noch eine ganze Weile dauern und bis dahin droht der Schaden immens zu werden. Wenn wir Pech haben, wird dieser Tag niemals kommen.

*Was kann ich tun?*

# Interlog I

**Jack**

Ich verstehe es nicht, Mutter, nein, beim besten Willen nicht. Weil diese Kristen uns nicht versteht! Mich jedenfalls mitnichten.

Wofür genau hast du sie bloß auserwählt und ihr diese seltene Gabe verliehen – und warum hast du mich auf sie und ihre Fähigkeit aufmerksam gemacht?

Wenn du mich fragst, hat dies alles nur noch schlimmer gemacht.

Zugegeben, zunächst hat mich diese junge Menschenfrau fasziniert, könnte man schon fast sagen. Bei den ersten Malen, als ich sie beobachtet und mich mit ihr unterhalten habe, dachte ich, du willst mir Gutes tun, indem du meinen Fokus auf einen Menschen lenkst, der seine verloren geglaubte Freude am Winter wiederentdeckt.

Aber dann hat sie mir Vorwürfe gemacht, ist das zu glauben?

Sie versteht die Hintergründe meines Handelns nicht, Mutter, wir verschwenden mit ihr nur unsere kostbare Zeit.

Wozu also das alles?

Du redest nicht mit mir darüber, wenn ich dich darauf anspreche, aber wenn ich eines weiß, dann dass hinter allem, was du tust oder auch unterlässt, ein wohlüberlegter Sinn steckt.

Wenigstens bin ich nun entschlossener denn je meinen Plan umzusetzen.

Wolltest du das etwa von Anfang an erreichen?

# V.

**Kristen**

Teresas grüne, mandelförmige Augen werden größer und größer, während sie den Kopf mit einer langsamen Bewegung etwas nach hinten legt. »Du hast Jack Frost getroffen«, versucht sie das, was ich ihr gerade anvertraut habe, zu verarbeiten.

Ernsten Blickes nicke ich und warte ab, wie sie mit all den verrückten neuen Informationen klarkommt. Unterdessen muss ich an den älteren Mann denken, den ich regungslos auf der Straße habe liegen sehen. Die Erste-Hilfe-Maßnahmen des anderen Mannes sind erfolgreich gewesen und er konnte ihn wiederbeleben, doch ob der betagte Herr die Verletzungen, die der Eiszapfen ihm zugefügt hat, überstehen wird, bleibt ungewiss. Hilflos mit anzusehen, wie der unschuldige Mann in den Krankenwagen gehievt wurde, während seine Frau um sein Leben bangt, war schrecklich.

»Jack Frost höchstpersönlich. Den nur du sehen und hören kannst.« Teresa deutet auf mich.

Damit entlockt sie mir ein Schulterzucken. »Scheint so, ja.« *Fühlen kann ich ihn auch,* ergänze ich in Gedanken und denke daran zurück, wie es war, mit ihm Hand in Hand Schlittschuh zu fahren … aber auch daran, wie wütend er wurde, als ich ihn am Handgelenk gepackt habe.

»Wir sprechen von *dem* Jack Frost aus den Märchenbüchern, habe ich das richtig verstanden?« Meiner besten Freundin ist es ein Bedürfnis, das noch einmal mit lauter Stimme klarzustellen. Vor einigen Minuten hat sie sich auf mein Bett sacken lassen und scheint auch jetzt nicht in der Lage zu sein wieder aufzustehen.

»Die Bad-Boy-Variante davon, wenn du so willst«, erwidere ich. »Mit Lederjacke, eindringlichem Ausdruck in den Augen, einer gehörigen Portion Selbstbewusstsein, einem gewissen Trotz – und er kann ziemlich aufbrausend werden, wenn man es gewollt oder ungewollt provoziert.« Und wenn es nicht *bad* ist, sämtliches Leben auf der Erde in Gefahr zu bringen, dann weiß ich auch nicht.

»*Der* ist für den globalen Wintereinbruch verantwortlich?« Dass sie noch immer so wirkt, als könne sie es nicht glauben, kann ich ihr wohl kaum verübeln. Mit einem aufgebrachten Schnaufen schnellt Teresa vom Bett hoch und wirbelt gestikulierend die Arme durch die Luft. »Wir reden hier von der größten globalen Katastrophe seit langem. Erst gestern habe ich einen Bericht darüber gesehen, dass nun auf der ganzen Welt mehr und mehr Pflanzen absterben, weil sie auf einen Winter nicht vorbereitet gewesen sind und an dem plötzlichen anhaltenden Frost zugrunde gehen.«

»Der Kälteeinbruch macht der Umwelt zu schaffen«, murmle ich und reibe mir nachdenklich das Kinn. »Dabei hat Jack angedeutet, damit auf den schlechten Umgang der Menschen mit der Natur zu reagieren. Widerspricht sich das nicht?«

»Der Typ hat den Verstand verloren«, ist Teresa sich sicher und tippt sich entsprechend an die Stirn.

»Mag sein ...« Gedankenversunken schaue ich an ihr vorbei ins Leere und erinnere mich daran, wie fatal meine letzte Begegnung mit Jack ablief. »Ich glaube, er ist verbittert. Zutiefst verbittert.«

»Oder er hat dich angelogen«, überlegt sie weiter, »in der Hoffnung, dass du ihn, wenn du schon mit ihm sprechen kannst, in seinem Handeln bestärkst.«

Konzentriert kneife ich die Augen zusammen. »Ich weiß nicht, Teresa, irgendein Puzzleteil fehlt mir, um das ganze Bild zu sehen.«

Ratlosen Blickes nickt sie.

»Aber du glaubst mir?«, frage ich.

Ohne zu zögern, antwortet sie: »Natürlich, Kristen, du bist meine beste Freundin. Wenn du sagst, dass du mit Jack Frost gesprochen hast, dann war es so.« Sie begibt sich zum Fenster und sieht nach draußen, wo nicht Passanten in kurzer Kleidung den Sommer genießen, sondern ein großes Fahrzeug vom Winterräumdienst gemächlich vorbeirollt und mühsam den jüngst gefallenen Schnee an die Straßenseite schiebt, wo er sich bereits türmt. »Bedenkt man, in welcher verrückten Zeit wir leben, scheint mir nichts mehr unmöglich zu sein.« Sie sagt es voller Schwermut und Sorge in ihrer Stimme, wie es in der aktuellen Lage leider angebracht ist.

»Die Frage ist, was wir tun können.« Ich stelle mich neben sie und starre ebenfalls angespannt aus dem Fenster. »Mit Jack zu reden hat alles nur noch schlimmer gemacht. Aber anderen von ihm zu erzählen ... Selbst wenn uns jemand glauben würde – was könnten sie unternehmen?«

Hörbar atmet Teresa durch. »Ich weiß, du hoffst jetzt auf einen tollen Rat von mir, irgendeinen Geistesblitz, der uns weiterhilft. Und zwar schnell, denn die Zeit arbeitet gegen uns.«

»Doch du hast keine Idee«, spreche ich es aus und drücke die Lippen aufeinander. »Genau wie ich.«

»Ja ...«

Schweigend stehen wir noch eine Weile nebeneinander vor dem Fenster und schauen auf den Schnee, der nicht da sein sollte und so schnell wie möglich verschwinden muss.

***

*Man müsste das Weiße Haus anrufen*, geht es mir durch den Kopf, als ich in dicken Winterklamotten von meiner Vorlesung komme und über den Campus gehe, um einen anderen Hörsaal anzusteuern, in dem ein Vortrag zu einem meiner Nebenfächer auf mich wartet. *Am besten direkt den Präsidenten. Die Informationen, über die ich verfüge, dürften sämtliche Staatsoberhäupter der Erde interessieren – sie wissen es nur noch nicht.*Im Gehen schüttle ich den Kopf. *Leider kenne ich niemanden, der mit der Regierung zu tun hat oder jemanden kennt, der jemanden kennt. An wen kann ich mich als erste Anlaufstelle wenden – wonach soll ich überhaupt suchen?*

Nun bleibe ich doch stehen, ziehe die Handschuhe aus und schaue auf meinem Handy nach. Gibt man *Contact the President* als Suchbegriff ein, führt der erste Treffer direkt auf ein Kontaktformular der Webseite vom Weißen Haus, in welchem man tatsächlich als Rubrik seines Anliegens auswählen kann, dass man den Präsidenten erreichen möchte. Aber wie viele Amerikaner und Nicht-Amerikaner mögen dieses Formular benutzen, Tag für Tag? Leider finde ich keine Telefonnummer, dabei wäre mir das lieber. Telefonisch rechne ich mir mehr Chancen dafür ein rüberzubringen, wie wichtig meine Nachricht ist, wenigstens ein wenig mehr ... zwischen all den anderen Menschen, die bestimmt beteuern, ebenfalls eine dringende Botschaft für den mächtigsten Menschen der Welt zu haben, vor allem in der derzeitigen Situation.

Werden sie mir meine verrückte Geschichte glauben?

Vermutlich landet meine Anfrage direkt auf dem Stapel verrückter Verschwörungstheoretiker oder derer, die auf ihrem Campingausflug in einem unserer Nationalparks Bigfoot gesehen haben wollen.

*Ich muss es trotzdem versuchen – eine andere Wahl habe ich nicht,* denke ich mir und setze meinen Weg fort, allerdings mit einem neuen Ziel: der Bibliothek.

Zwar werde ich die Vorlesung verpassen, zu der ich gerade gehen wollte, aber die Zukunft des Planeten steht auf dem Spiel, da muss der Vortrag über umgekehrte Psychologie, der zu meinen Nebenkursen zählt, nun mal warten.

*Vielleicht sollte ich auch zur Polizei gehen,* überlege ich mir, während ich auf die Universitätsbibliothek zusteuere. *Sicher ist sicher. Warum gibt es auch keine Behörde für übernatürliche Begegnungen, die mein Anliegen sofort ernstnehmen würde? Obwohl ... In fiktiven Geschichten ist für UFO-Sichtungen und so immer das FBI zuständig, oder? So etwas sollte unbedingt zum Allgemeinwissen gehören, das man in der Schule lernt.*

Beim Weitergehen befrage ich erneut per Smartphone die Suchmaschine und stoße auf das Mutual UFO Network. Von dieser Organisation habe ich sogar schon mal gehört. An sie kann man sich wenden, wenn man der Meinung ist, ein unbekanntes Flugobjekt gesichtet zu haben. Ob die Menschen, die dort arbeiten, auch an Meldungen über einen Bad-Boy-Jack-Frost interessiert sind, der gerade dabei ist, die Erde zu vernichten? Denn wenn sie an Aliens glauben, dann womöglich auch an Jack Frost. Oder?

Mit einer Mischung aus Anspannung und Motivation betrete ich den Gebäudekomplex der großen Bibliothek. Um diese verhältnismäßig frühe

Uhrzeit, zu der die meisten Studenten Vorlesungen oder Prüfungen haben, ist hier nicht viel los. Außerdem kann ich an diesem Ort mit den unzähligen Büchern und all dem Wissen am besten denken. Ich ziehe mir den Mantel, die Mütze und den Schal aus, begebe mich zum nächstbesten Computer, der frei ist, und setze mich auf den Stuhl davor. Schon rufe ich im Browser nicht etwa die Webseite der Regierung auf, sondern die des Mutual UFO Networks, genau genommen ihr Kontaktformular. Die Chancen, dass ich damit etwas bezwecke, stehen mehr als schlecht, aber noch immer fällt mir nichts Besseres ein, was ich tun könnte. Also gebe ich zu allererst meine Kontaktdaten ein, dann blinkt der Cursor im großen Nachrichtenfeld und ich fange zu tippen an:

Sehr geehrte Damen und Herren ...

Plötzlich spüre ich einen Luftzug und es stellen sich mir die Nackenhaare auf. Irritiert halte ich inne und schaue mich um.

*Nichts zu sehen. Hat jemand ein Fenster geöffnet, um trotz der Kälte zu lüften? Egal. Weiter im Text.*

Ich schreibe Ihnen, weil ich ...

Ein Poltern ist zu hören, gefolgt von einem »Psst!«.

Mein Blick schwenkt zu den Bücherregalen und ich lasse die Augen schmaler werden.

»Sei leise«, flüstert jemand.

»Aber wir wollen doch mit ihr reden«, antwortet eine andere Stimme.

»Im richtigen Moment.«

»Und wann ist der?«

»Jetzt noch nicht, glaube ich.«

Mit jedem weiteren Satz, der an meine Ohren dringt, hebe ich meine Augenbrauen ein Stück weiter hoch. Verwundert darüber, was genau ich da gerade zu hören bekomme, runzle ich die Stirn. Dann allerdings ist es wieder still. Kopfschüttelnd widme ich mich erneut meiner Nachricht an das Mutual UFO Network. Wo war ich? Ach ja.

Ich schreibe Ihnen, weil ich wichtige Informationen über …

Wieder stört mich ein Geräusch und als ich mich diesmal instinktiv nach der Quelle umsehe, bleibt mein Blick an einer Person haften, die zwischen zwei Regalreihen hervorblitzt und verstohlen zu mir linst, ehe sie wieder verschwindet.

Mehrmals blinzle ich, ansonsten rege ich mich nicht mehr.

*Habe ich gerade echt eine Frau in einem luftigen Kleid gesehen, die einen Blumenkranz auf dem Kopf trägt und barfuß herumläuft?*

Sofort streiten sich drei Stimmen in meinem Kopf darüber, was ich tun soll. Die eine will, dass ich meine Nachricht fertig schreibe, während die andere darauf besteht, dass ich die Bibliothek sofort verlasse. Und die dritte im Bunde ist doch ernsthaft der Überzeugung, es wäre eine gute Idee, aufzustehen und zwischen den Regalen nachzusehen, ob die Frau immer noch da ist und was sie hier treibt.

Auf einmal donnert etwas gegen das vordere Regal.

»Jill, bleib hier«, fordert eine Männerstimme, die flüsternd zu schimpfen versucht.

»Aber …« Die Frauenstimme verstummt.

Nicht länger lasse ich die Diskussion in meinem Kopf zu, sondern stehe auf und begebe mich zu den Bücherregalen. Als ich den Gang erreiche, bleibe ich abrupt stehen und reiße die Augen auf. Ein Mann und eine Frau, deren Kleidung markanter und märchenhafter nicht sein könnte, stehen vor mir und scheinen bis eben miteinander gerangelt zu haben, nun schauen auch sie verdutzt in meine Richtung.

»Äh …«, gebe ich überfordert von mir und klemme mir nervös die schulterlangen Haare hinters Ohr. »Entschuldigung, ich wollte nicht lauschen, ihr seid nur ziemlich laut gewesen und …« Fasziniert betrachte ich die schweren, dunkelbraunen Stiefel des Mannes, auf denen sonnenförmige Schnallen golden schimmern, dann schwenkt mein Augenmerk auf das dünne, lange Kleid der Frau, das oben weiß ist und zu ihren nackten Füßen hin mit einem hübschen Farbverlauf in ein zartes Lila übergeht. Darüber trägt sie eine Art Schärpe aus grünem Stoff, die um ihre schmale Taille gebunden und erstaunlich detailliert mit Blumen verziert ist.

Normalerweise wäre nun meine erste Vermutung, dass ich zwei waschechte Cosplayer vor mir habe. Doch in Anbetracht der verrückten Ereignisse, die sich in letzter Zeit zugetragen haben, muss ich mich fragen, ob dies wirklich das Wahrscheinlichste wäre.

Der Mann, dessen Vollbart etwas dunkler ist als seine sattbraunen langen Haare, die er sich zum lockeren Zopf nach hinten gebunden hat, lässt von den zierlichen Schultern der Frau ab. »Oh, hallo …«

»Hey, du hast ihr doch nichts angetan, oder?«, will ich in strengem Ton wissen und lasse den Blick zwischen den beiden pendeln.

»Um Himmels willen, nein!«, beteuert er sogleich und zeigt sich entsetzt darüber, dass ich das auch nur denken kann.

Tatsächlich muss ich zugeben, dass die Blondine, die ein paar Jahre älter als ich aussieht, so um die fünfundzwanzig, nicht so wirkt, als hätte sie Angst vor dem Mann. Stattdessen gilt ihr nahezu faszinierter Blick mir. Außerdem hat das, was ich eben von ihrer Unterhaltung aufgeschnappt habe, nicht nach einer sexuellen Belästigung geklungen – aber wonach dann?

»Doch«, meint entgegen meiner Erwartung die Frau und verschränkt die Arme vor der Brust. »Er bevormundet mich schon seit Jahrhunderten, weißt du?«

Nun werden meine Augen wieder größer. »Seit Jahrhunderten?« Sofort erinnert mich das an Jack.

»Hör zu, Kristen …«, meint der Mann auf einmal und tritt einen Schritt auf mich zu. Seine Augen leuchten feuerrot, als wäre er der Teufel persönlich – oder eben doch ein Cosplayer, der seine Sache sehr ernst nimmt.

Dennoch weiche ich erschrocken zurück, denn: *Er kennt meinen Namen!*

Mit einem Schlag übernimmt eine andere Stimme in mir die Kontrolle und befiehlt jeder Zelle meines Körpers endlich die Flucht zu ergreifen. Ich hetze zum Computer, schnappe mir meine Sachen und renne verstört aus der Bibliothek über den zugeschneiten Campus bis hinter einen großen Baum.

Schwer atmend vom Rennen und Fürchten presse ich mich mit dem Rücken gegen den dicken Stamm, als wolle ich in ihn hineinkriechen und regelrecht mit ihm zu einer untrennbaren Einheit verschmelzen. Sekunde um Sekunde verharre ich so. Allmählich beruhigt sich mein Puls und ich beginne zu hoffen, dass ich das Verrückteste an diesem Tag hinter mir habe.

»Mick sagt«, erklingt plötzlich direkt neben mir die Stimme der Frau, sodass ich zusammenzucke und zur Seite springe, »du müsstest eigentlich längst wissen, dass du dich sowieso nicht vor uns verstecken kannst.«

Erschrocken starre ich sie an und rühre mich nicht vom Fleck, meine Atmung nimmt wieder an Fahrt auf.

Neugierigen Blickes neigt sie den Kopf. »Trotzdem versuchst du es, das ist irgendwie lustig. Ob du deswegen die Auserwählte bist?«

»Das ist der allgemeine Fluchtreflex dieser Spezies, das solltest du wissen«, meint der Mann und tritt mit ruhigen Schritten hinter dem Baum hervor, die Hände hinter dem Rücken verschränkt. »Heutzutage müssen die meisten Menschen zwar nur noch selten Gebrauch von ihm machen, aber umso spannender ist es mit anzusehen, inwiefern sie ihn überhaupt noch haben.«

Amüsiert lacht die Frau. »O ja, früher war das anders, damals als Höhlenmenschen und Wollhaarmammuts sich gegenseitig gejagt haben, weißt du noch?« Erst jetzt fällt mir auf, dass auch ihre eigentlich blonden Haare an den Spitzen in Pastelllila übergehen.

»Zurück zum Wesentlichen«, meint der Mann und fokussiert mich.

Sein inständiger Blick lässt mich unangenehm erschaudern.

»Kristen«, sagt er, kommt näher und sieht mich noch eindringlicher an.

»So wenig wie ich ein Mammut jagen könnte, so wenig seid ihr Cosplayer«, entfährt es mir, anschließend lege ich mir den Mantel und die anderen Dinge an, die mich davor bewahren sollen auszukühlen. »Das darf nicht wahr sein.«

»Was hat sie?«, fragt die Frau den fremden Mann, dann sieht sie wieder zu mir und fragt mich auch noch mal direkt: »Was hast du?«

Leicht hebt der Mann den Kopf an. »Du weißt, wer wir sind, ist es nicht so?«

Etwas in mir sträubt sich dagegen, es laut zu sagen, so als fürchtete ich mich davor, es damit erst recht wahr werden zu lassen, dabei ist es das längst. »Ihr seid zwei der anderen Wächter«, murmle ich nervös.

»Hi«, meint die Frau und tapst barfuß über den eisigen Schnee zu mir, als könne seine Eiseskälte ihr nichts anhaben. »Ich bin Jill. Jill Bloom, um genau zu sein.« Sie reicht mir die Hand.

Ungläubig starre ich auf ihre zarten Finger und brauche einige Sekunden, bis ich mich perplex auf ein zaghaftes Händeschütteln einlasse. Unfreundlich wirkt sie keineswegs, aber wenn ich ihre äußere Erscheinung und ihren vollen Namen richtig deute, habe ich gerade keine Geringere als die Frühlingswächterin vor der Nase, ein übernatürliches Wesen, das seit geraumer Zeit eine der vier Jahreszeiten gestaltet und überwacht.

*Damit liegt es im Bereich des Möglichen, dass sie Jack bei seiner Untat geholfen hat.*

Zweifellos schwingt auch ihren Blicken und Worten eine gewisse Anspannung mit, allerdings wirkt sie gelassener als ihr Begleiter.

Dieser löst die Verschränkung seiner Hände hinterm Rücken auf und kommt einen weiteren Schritt auf mich zu. Er ist von muskulöserer Statur, hat braungebrannte Haut und sieht aus, als wäre er Mitte bis Ende dreißig. Zumindest Letzteres ist eine optische Illusion, keine Frage, denn jemand, der noch echte Mammuts zu Gesicht bekommen hat, ist definitiv etwas älter als das. »Kristen. Mein Name ist Mick Shine und ich wache über den Sommer.«

»Was du nicht sagst«, brumme ich. »Darauf wäre ich bei all den Sonnen, die du an deinen Schuhen und diesem – was ist das für eine Farbe? – dunkelorangenen Oberteil trägst, nie gekommen.« Mies gelaunt erwidere ich seinen Blick. »Sind so dicke Stiefel für jemanden wie dich nicht viel zu warm?«

»Ich schwitze nicht«, antwortet er nüchtern.

»Aha.« Seine Worte lassen mich an Jack denken, der ebenfalls meinte, dass ihm weder zu heiß noch zu kalt werden kann, jedenfalls wenn er unter uns Menschen ist.

»Du wirkst feindselig, Kristen«, stellt Jill fest und beugt sich zu mir vor, sodass mir gar keine andere Wahl bleibt, als sie auch wieder anzusehen. »Stimmt das?«

»Soll ich etwa vor Freude Purzelbäume schlagen, wenn ihr hier auftaucht?«, kontere ich.

»Wenn du möchtest?«, erwidert sie schulterzuckend. »Das würde ich gerne sehen. Wir können auch zusammen welche machen.«

»Jill«, ermahnt Mick sie.

Aufgebracht deute ich auf die Winterlandschaft um uns herum. »Ich habe schon einen von eurer Sorte kennengelernt. Meine letzte Begegnung mit ihm ging nicht gerade gut aus und inzwischen weiß ich genau, was er der Erde angetan hat.«

»Deswegen sind wir hier«, beteuert Mick und sieht mich ein weiteres Mal voller Aufrichtigkeit in seinen leuchtend roten Iriden an.

»Das habe ich befürchtet«, erwidere ich bösen Blickes. »Was habt ihr mit der Erde noch vor? Soll auf die Kälte eine globale Hitze folgen, die ebenfalls viel zu lange andauert? Kommt jeder von euch mal dran oder worauf dürfen wir uns freuen? Dieser Wahnsinn muss aufhören!«

»Ganz genau«, sagt er.

Ich stutze.

»Kristen«, sagt Mick ernst. »Wir müssen Jack Frost aufhalten.«

»Was? Wir?«

»Ja, denn dafür brauchen wir unbedingt deine Hilfe.«

# VI.

**Kristen**

»Kommt rein«, fordere ich Mick und Jill auf. Nachdem Mick mir noch einmal versichert hat, dass er den globalen Winter so schnell wie möglich beenden will, bevor alles Leben auf der Erde ausgelöscht wird, habe ich beschlossen ihm Glauben zu schenken. Spätestens als ich Jill barfuß über die verschneite Campuswiese habe hopsen sehen, bin ich zu diesem Entschluss gekommen. Nicht weil sie mit ihrer sanften Stimme ein schön klingendes Lied gesummt hat, dessen Melodie mir unbekannt ist, sondern weil sie voller Liebe zu den Singvögeln gesprochen und ihnen gut zugeredet hat, dass bald wieder bessere Zeiten kommen werden. Daraufhin hat sie Körner in ihre Hand gezaubert und den Vögeln hingehalten, damit sie auf ihren Fingerspitzen landen und das Futter fressen konnten. Wer tut so etwas, wer ist derart gut zu Tieren und gewinnt in Windeseile ihr Vertrauen, wenn er vorhätte sie im nächsten Augenblick zu quälen? *Ein masochistischer Psychopath womöglich,* ist es mir für einen kurzen Moment durchaus in den Sinn gekommen. Aber könnte ein solcher so gut singen und sich derart grazil bewegen, wenn er barfuß übers schneebedeckte Gras tanzt? *Das würde sein Bild tatsächlich perfekt abrunden,* habe ich mir dann gedacht.

Doch schlussendlich ist mir klargeworden, dass sich mir die beste Chance überhaupt aufgetan hat. Verzweifelt habe ich nach einer Möglichkeit gesucht, Jack Frost umzustimmen und Hilfe zu finden. Nun habe ich zwei Wesen vor mir, die von seinem Schlag sind und ebenfalls über magische Kräfte verfügen, mit denen sie so einiges anstellen können, und die meine Meinung angeblich teilen. Ich wäre dumm, würde ich mir nicht wenigstens anhören, was sie mir zu sagen haben. Was habe ich zu verlieren? Zumindest nichts, was sie mir nicht sowieso nehmen könnten, falls ihnen danach sein sollte.

Deswegen bin ich mit Jill und Mick zu dem Restaurant gegangen, in dem ich nebenher jobbe und das erst in ein paar Tagen wieder aufmacht. Erst kürzlich hat mir der Besitzer einen Schlüssel fürs Restaurant ausgehändigt, damit ich in Zukunft saubermachen kann, bevor die meisten anderen Angestellten eintreffen. Da ich weiß, dass in den nächsten Stunden niemand herkommen wird, und weil ich die zwei Wächter nicht mit nach Hause nehmen oder mit ihnen auf dem Campus bleiben will, bin ich mit ihnen hier gelandet.

Auf meine Aufforderung hin reinzukommen, folgen sie mir ins Restaurant. Verstohlen sehe ich mich um, ob uns jemand gefolgt ist. Als ich der Meinung bin, dass wir nicht beobachtet werden, mache ich die Tür zu und schließe sie vorsichtshalber ab. So fühle ich mich noch sicherer, wenn ich mich mit zwei Wächtern unterhalte, die außer mir – wie es scheint – niemand wahrnehmen kann.

»Ihr seid also dagegen, dass Jack diesen Winter über uns verhängt hat«, sage ich und setze mich an den hintersten der Tische auf eine der blaugrau gepolsterten Sitzbänke, wo wir etwas weiter von den großen Fenstern weg sind.

Prompt nimmt Jill mir gegenüber auf der anderen Bank Platz. »Er ist verrückt geworden, wenn du mich fragst.«

Mick tritt an den hellgrau marmorierten Tisch heran, steckt die eine Hand in die Tasche seiner sattbraunen Hose und hat anscheinend beschlossen stehenzubleiben. »Mit dem, was Jack getan hat, bringt er sämtliche Lebewesen eurer Welt in Gefahr.«

»Unserer Welt«, wiederhole ich mit einem grüblerischen Murmeln. »Dann stammt ihr sozusagen aus einer anderen Dimension?«

»So ist es, unsere Welt nennt sich Simerra«, lässt Jill mich wissen. »Dort kommen wir her.«

Ernst schaut Mick zu ihr. »Konzentrieren wir uns aufs Wesentliche, in Ordnung?«

Daraufhin schnauft sie so tief, dass sich ihre zarten Schultern, auf denen die grünen Spaghettiträger ihres Kleides ruhen, kurz heben und wieder senken. »Ist ja gut.«

»Wo ist eigentlich der vierte Wächter?«, frage ich. »Der Herbst.«

»Kim Wind«, klärt Mick mich auf. »Sie ist in Simerra geblieben und hält die Stellung. Mit aller Kraft versucht sie Jacks Bann zu brechen, wie auch Jill und ich es in den vergangenen Tagen versucht haben. Doch es will uns nicht gelingen, deswegen sind wir hier.«

Neue Panik breitet sich in meinem Magen aus wie ein düsterer Nebel. »Selbst zu dritt kommt ihr nicht gegen Jacks Zauber an?«

Leider bestätigt mir der mehr als besorgte Blick in Micks gebräuntem, bärtigem Gesicht, dass er das ernst meint. »Nicht einmal wenn ich mit all meiner Macht versuche die Kraft der Sonnenstrahlen zu verstärken, kann ich damit etwas bewirken. Sämtliche Anstrengungen unsererseits habt ihr Menschen kaum bemerkt. Taut mal etwas Schnee, kommt sofort neuer nach.«

Betretenes Schweigen kehrt ein – kein Wunder, die Lage ist mehr als schlimm.

»In letzter Zeit ist Jack unfassbar stark geworden, Kristen«, spricht Mick Shine weiter. »Sogar stärker als wir drei anderen Wächter zusammen. Ich weiß nicht, wann genau das angefangen hat, vermutlich kam es schleichend, aber es ist so.«

»Das liegt bestimmt an seiner Wut«, vermutet Jill und lehnt sich auf der blaugrauen Sitzbank zurück, um sich im spärlich dekorierten Restaurant umzusehen. »Die Erderwärmung drängt seine Jahreszeit schon seit längerem in den Hintergrund, dadurch trifft es ihn am schlimmsten.« Sie nimmt traurige Züge an und wendet sich an Mick. »Wie oft haben wir ihn nicht schon darüber fluchen, schimpfen und irgendwelche Drohungen aussprechen hören? Jetzt hat es ihm gereicht und er ist zur Tat geschritten.« Nun widmet sie sich wieder mir. »Und Wut macht nun mal stark. Ist doch so, oder?«

Mein Kopf senkt sich und ich starre auf den Tisch zwischen uns. »Schätze schon«, erwidere ich mit ungutem Gefühl in Form eines Stechens in der Brust. Aufs Neue blitzt eine furchtbare Erinnerung vor meinem inneren Auge auf und ich sehe, wie es Jack nur eine flüchtige Bewegung abverlangt, um tödliche Eispfeile in alle Richtungen schießen zu lassen. Bedenke ich außerdem, mit welcher Beharrlichkeit er seit Wochen die eingefrorene Erde im Griff hat, während er gleichzeitig gelassen mit mir Schlittschuh fahren gehen kann, erschließt sich mir so langsam, wie mächtig und auch verdorben er tatsächlich sein mag. Aber dass die drei anderen Wächter seinen Bann, den er über unsere Welt verhängt hat, nicht einmal mit vereinten Kräften zu brechen vermögen, sprengt meine Vorstellungskraft.

*Wer oder was soll ihn aufhalten, wenn nicht die anderen drei Wächter mit vereinten Kräften?*

»Wut und Wahnsinn«, fügt Jill Bloom zu ihrer Bemerkung von eben an. »Eine gefährliche Mischung.«

Nickend verlagert Mick das Gewicht von einem Bein aufs andere. »Ich will nicht direkt davon sprechen, dass Jack den Verstand verloren hat, aber ...«

»Doch, genau das ist der Fall«, ist Jill sich sicher und legt die Arme auf dem Tisch ab. »Sieh dir doch nur mal an, wie er neuerdings auf der Erde herumläuft, wenn er sich Kristen nähert. Diese schwarze Lederjacke und so, anstatt seine eigentliche Gewandung anzubehalten.« Ihr Tonfall macht deutlich, wie schwer es ihr fällt das nachzuvollziehen. »Was soll das?«

Überrascht schaue ich sie an. »Diese dunkle Kleidung trägt er nur vor mir?«

Sie presst die Lippen aufeinander. »Frag mich nicht. Ich sage ja, bei ihm ist eine Sicherung durchgebrannt.«

Mick hebt die Hand. »Versteh uns nicht falsch«, meint er und sieht kurz mahnend zu Jill, bevor seine Aufmerksamkeit erneut mir gilt. »Wir schätzen Jack, sogar sehr. Er ist einer von uns und wir brauchen ihn, ohne den Winter haben die anderen Jahreszeiten es schwer fortzubestehen und müssten sich womöglich neu gestalten lassen. Das ist möglich, aber aufwändig und riskant, denke ich.«

»Jep.« Laut seufzt Jill. »Immer erst wenn der Winter durch ist, folgt mein Frühling. Das ist wichtig für euer Gleichgewicht.«

»Es ist nicht unsere Absicht Jack etwas anzutun«, versucht Mick den roten Faden wieder aufzunehmen, von dem Jill sich mit ihren Anmerkungen immer wieder zu entfernen scheint. »Aber allmählich gehen uns die Optionen aus.«

Nickend sehe ich sie nacheinander an. »Jacks Frust hat einen wahren

Kern – die Erderwärmung hat schlimme Konsequenzen und muss endlich aktiver bekämpft werden. Die meisten Menschen gehen dennoch bis heute zu nachlässig mit der Umwelt um, ich gebe zu, dass das auch mich mit einschließt. Aber wie Jack auf die Misere reagiert hat, ist durchweg falsch. Das von ihm erzeugte Ungleichgewicht wird ebenso immensen Schaden anrichten, mit diesem Extrem sogar noch viel schneller.«

»Er lässt nicht mit sich reden«, erwidert Mick Shine betrübten Blickes. »Jedenfalls …« Sein Augenmerk ruht auf mir und nur auf mir. »Nicht mit uns.«

»Wie gesagt«, erwidere ich fernab jeglicher Zuversicht, »er hat zwar ein paar Mal mit mir gesprochen.« *Und Schlittschuh gefahren sind wir auch, Hand in Hand,* ergänze ich allein in Gedanken, ebenso wie: *Außerdem ist Jack der einzige Mann seit langem gewesen, mit dem ich mich nachts heimlich getroffen habe, sozusagen.* »Aber unsere letzte Unterhaltung ist dermaßen eskaliert, das kann man sich nicht vorstellen.« Ich seufze, winke ab und blicke für einen kurzen Moment zur Fensterfront. »Na ja, *ihr* könnt es euch vermutlich *doch* vorstellen …«

»Ich habe dich mit ihm, dem Winterwächter, gesehen, Kristen«, verrät Mick.

Hellhörig halte ich den Atem an. »Als er …«, einen Augenblick lang überlege ich, wie ich es formulieren soll, »so wütend geworden ist?«

»Bislang will es sich mir nicht erschließen, warum du uns überhaupt sehen kannst«, fährt er fort.

»Ja«, säuselt Jill und zaubert sich mit einer Fingerbewegung eine Pusteblume in die Hand. »Das ist eine gute Frage.«

In meiner Ratlosigkeit kann ich nur das Gesicht zu einer unwissenden Miene verziehen. »Auch Jack schien sich das nicht erklären zu können.« Eine Erinnerung blitzt in mir auf. »In dem Zusammenhang hat er von einer Frau gesprochen.«

Fragend tauschen die beiden einen Blick aus.

»Von dir vielleicht, Jill?«, überlege ich laut weiter.

Zur Antwort pustet sie mir bloß die federleichten Samenflieger der Blume entgegen. Spätestens in dem Moment wird mir klar, dass sie zwar nicht direkt unreif ist, sehr wohl aber eine kindliche Ader hat.

»Jedenfalls scheinst du Jack nicht nur zu sehen, so wie auch uns, sondern ihn obendrein berühren zu können«, fährt Mick fort.

»Äh, ja«, entgegne ich halb verwundert und halb verlegen, »ich gebe zu, wir haben uns berührt, aber worauf willst du hinaus?«

Als er den Kopf schüttelt, schwingt sein Pferdeschwanz mit. »Ich meine emotional, Kristen. So bin ich auf dich aufmerksam geworden – durch seinen Wutanfall auf offener Straße inmitten dieser Stadt hier. Du hast etwas in Jack ausgelöst, wie ich es noch nie bei ihm gesehen habe. Nicht mit dieser Intensität.«

Mir bleibt nichts anderes übrig, als mit der Zunge zu schnalzen. »Schön und gut, aber dann bist du sicherlich auch Zeuge dessen gewesen, was anschließend passiert ist.« Mein Blick in seine und Jills Augen soll sich intensivieren. »Menschen wurden verletzt, Autos wurden durchlöchert … es war ein Desaster. Als wäre die Lage nicht auch so schon schlimm genug.«

»Ja, ich weiß.« Mick beugt sich vor und stützt die flache Hand auf dem Tisch ab. »Aber seitdem lässt mich eine Frage nicht mehr los: Was könntest du noch in ihm auslösen, solltest du dich darum bemühen?«

Darüber muss ich erst einmal nachdenken und so sitze ich still da und starre an ihm vorbei, blicke in mich selbst hinein. Doch auch, als ich Mick Shine zurück in den Fokus nehme, bin ich mir nicht sicher, wie er das meint und was ich davon halten soll.

»Das ist wohl eine stille Zustimmung«, meint Jill Bloom, die sich in der Zwischenzeit ein Dutzend weiterer Pusteblumen herbeigezaubert hat, um die Samen im Restaurant zu verteilen, in dem sie mit den Blumen hin und her wedelt.

»Kristen.« Flehender und strenger könnte Mick meinen Namen nicht aussprechen. »Wir möchten, dass du uns nach Simerra begleitest und Jack im Eisschloss aufsuchst.«

***

Es ist doch nur verständlich, dass ich den zwei Wächtern abgesagt und sie fortgeschickt habe, oder? Schließlich verlangen sie Unmögliches von mir.

Ich soll *was* bitte schön *wo* tun?

Allein schon auf meine Frage, ob ich den Übertritt in ihre Dimension garantiert überstehen würde, hatten Jill und Mick keine vernünftige Antwort parat. Es gäbe nur die Möglichkeit es zu testen. Sie seien zuversichtlich, dass es klappen könnte, müssten aber ehrlich zugeben, dass sie es nicht mit Sicherheit wüssten.

*Ganz toll. Da bekommt man richtig Reiselust. Nicht.*

Über Simerra steht in älteren Kinderbüchern und im Internet nichts, ich habe extra noch einmal nachgesehen. So wie auch kein Märchenbuch Mick Shine, Jill Bloom und Kim Wind zu kennen scheint. Ihre Namen sollen sie hinterher bekommen haben, angepasst an Jack Frost, wie ihn sich die Menschheit einst ausgedacht hat. Wie auch immer: Kein Mensch sonst weiß von diesem Ort namens Simerra, geschweige denn hat ihn schon einmal betreten. Niemand jemals. Das ist, als würde man einen Hund in ein kleines Raumschiff stecken und ins All schießen, um zu testen, was passiert. Das haben Menschen in den 1950er-Jahren tatsächlich gemacht, bevor es mit den ersten bemannten Raumfahrten weiterging. Für so manchen Hund ist das Experiment bekanntlich nicht sonderlich gut ausgegangen.

*Wie springt ihr überhaupt zwischen den Welten?*, habe ich die zwei Wächter noch gefragt.

Sie müssten nur die Finger an die Schläfen legen und daran denken, schon würde es geschehen. Das haben sie mir dann auch widerwillig demonstriert, als wir uns voneinander verabschiedet haben und sie ohne mich nach Simerra zurückgekehrt sind.

*Einmal an den eigenen Schläfen berühren und daran denken.*

Schön und gut, für einen Wächter mag das funktionieren, aber ob ihre Kräfte und ihr Glaube daran ausreichen, um auch mich in einem Stück die Dimension wechseln zu lassen?

Keine Chance, das will ich nicht herausfinden müssen. Zumal ich nicht wüsste, wie es dann weitergehen könnte, sollte ich tatsächlich das – wie nannten sie es? – Eisschloss lebend erreichen. Allein dieser Name, *Eisschloss*, klingt doch so, als würde mich spätestens dort der Tod erwarten.

»Was könnte ich schon unternehmen?«, frage ich nun Teresa, nachdem ich sie vor ihrer letzten Vorlesung für heute abgefangen und ihr erzählt habe, was mir Verrücktes widerfahren ist. »Ich meine, wie stellen Mick und Jill sich das vor? Soll ich mit den Wimpern klimpern, lieb *bitte bitte* zu Jack sagen und daraufhin überlegt er es sich plötzlich anders?« Mit ernster Miene schüttle ich im Gehen den Kopf und ziehe mir den Mantelkragen höher über den Schal. »Wahrscheinlicher wäre, dass er dann erst recht eine neue Ladung an Eispfeilen auf mich und die anderen jagt, so durchgeknallt wie er ist.«

Teresas faszinierter Blick ist mir sicher. »Du klingst, als würdest du die drei seit Ewigkeiten kennen.«

»Ja?«, wundere ich mich und zucke mit den Schultern.

Zusammen schlendern wir weiter durch den Schnee, der den Campus fest im Griff hat.

Teresa reckt den Kopf hoch und atmet hörbar durch. »Heute kämpft sich die Sonne zur Abwechslung mal durch die graue Wolkendecke. Das tut gut, so könnte ich den Winter glatt mögen.«

»Das dürfte einer von Micks verzweifelten Versuchen sein Jacks Schandtat ein Ende zu bereiten«, zische ich verbittert.

»Dieser Jack wühlt dich ziemlich auf, was?«, meint sie.

Entsetzt sehe ich sie an. »Dich etwa nicht? Seinetwegen hängt unser Leben am seidenen Faden und die paar Sonnenstrahlen, die gerade ausnahmsweise durchbrechen, werden nicht von langer Dauer sein. Die Lage ist nach wie vor ernst.«

Mit leicht aufeinandergedrückten Lippen nickt sie. »Ja, ich weiß. Aber was haben Mick Shine und Jill Bloom zu dir gesagt, als du ihre ungewöhnliche Bitte mitzukommen ausschlagen musstest?«

Besorgt bleibe ich stehen, senke den Kopf und starre gedankenversunken auf den in der Sonne glitzernden Schnee. Zuerst kommt mir in den Sinn, dass Teresa, die nun ebenfalls anhält, recht hat. Mehr noch: An sich kann der Winter traumhaft schön sein, viel schöner, als ich in den vergangenen Jahren wahrhaben wollte. Aber eben nicht wenn er im Juli in Denver einzieht, dann läuft gehörig etwas verkehrt. Das bringt mich mit meinen Gedanken zurück zu dem, was sie mich gerade gefragt hat. »Mick hat mir eine letzte Frage gestellt«, lasse ich sie wissen.

Hellhörig verlagert sie ihr Körpergewicht, womit sie den Schnee unter ihren Schuhsohlen ein weiteres Mal zum Knirschen bringt. »Die da wäre?«

Voller Trübsinn sehe ich sie an. »Wenn ich nicht mit ihnen mitkomme und wenigstens versuche auf Jack einzureden ... sind wir dann nicht sowieso alle verloren?«

Der Ausdruck, der sich daraufhin in Teresas grünen Augen abzeichnet, gefällt mir nicht. »Das ist leider eine verdammt gute Frage.«

***

*Ja, so ist es. Das ist eine echt gute Frage.*Als ich zurück in die Wohnung komme, während Teresa zum Supermarkt gegangen ist, jagen mir auch noch tausend weitere Fragen durch den Kopf und quälen mich, weil ich einfach keine Antworten finde. Wieso bin ich weit und breit die Einzige, die die Wächter wahrnehmen kann? Weshalb ist Jack Frost so viel stärker als die anderen drei geworden, sogar wenn sie sich zusammentun? Warum ist da diese besondere Verbindung zwischen ihm und mir, die ich jedes Mal spüre, wenn er in meiner Nähe ist? Vielleicht geht es ihm genauso, deswegen könnte er mich immer wieder aufgesucht und zuvor beobachtet haben, zumindest klang es danach. Womöglich hat ihn diese besondere Verbindung zwischen uns bei seinem Wutanfall aus der Fassung gebracht anstatt nur meine Anschuldigungen allein. Und von welcher Frau hat er gesprochen, die ihn überhaupt erst auf mich aufmerksam gemacht haben soll?

*Von so vielen Rätseln könnte mir glatt schwindelig werden.*

Nachdem ich mir leidvoll stöhnend an die Stirn gefasst und festgestellt habe, dass mir auch das nicht beim Grübeln hilft, greife ich zum Handy und rufe jemanden an, weil mich eine weitere Frage nicht loslässt: Ich möchte meinem Vater auf den Zahn fühlen und herausfinden, ob ich die besondere Fähigkeit von ihm geerbt haben könnte.

Doch bei seiner privaten Nummer nimmt er den Anruf nicht entgegen. Also versuche ich es bei seiner Geschäftsnummer.

»Hey, Kristen«, höre ich seine Stimme durch die Leitung, »ist alles in Ordnung? Ich habe eigentlich gerade keine Zeit.«

*Wie immer*, denke ich mir, verkneife mir aber auch diesmal es laut auszusprechen.

»Alles bestens, Dad«, sage ich stattdessen, »ich habe nur eine Frage an dich und komme direkt auf den Punkt: Hast du jemals ...« Nun muss ich doch innehalten und überlegen, wie ich das formulieren kann.

»Was gibt es denn?«, hakt er ungeduldig nach und wirkt mal wieder unter Strom. Um nicht zu sagen: desinteressiert bis genervt.

»Hattest du jemals eine unheimliche Begegnung mit ... etwas Übernatürlichem, Magischem?«

Einen Moment lang schweigt er – das hingegen kommt selten vor. »Ich verstehe nicht ganz, worauf du hinauswillst. Sprichst du von ... starken Gefühlen? Geht es vielleicht um einen Mann, den du kennengelernt hast?«

»Nein.« *Na gut, eigentlich schon.* Aber nicht so, wie er jetzt anscheinend meint. Ich spiele nicht auf die Liebe an, wenn ich von Magie rede, jedenfalls nicht jetzt. »So etwas wie ... Aliens ... Fabelwesen ... Fantasy-Figuren aus Kinderbüchern?«

O Mann, ich merke selbst, wie verrückt das klingt. Zumal ich längst spüre, dass er keine Ahnung hat, worauf ich hinauswill. Was mir wiederum meine ursprüngliche Frage beantwortet: Er hat die Wächter noch nie in seinem Leben gesehen.

»Äh ...«, macht er nur, wie es einmal in zehn Jahren bei ihm vorkommt.

»Oder Mom vielleicht, weißt du etwas darüber? Sonst frage ich sie selbst.«

Verunsichert lacht mein Vater. »Kristen, geht es dir gut?«

»Ja, doch. Den Umständen entsprechend. Vergiss es einfach, ich ...« Mehr weiß ich dazu nicht zu sagen.

»Also wenn du meinst, ein UFO gesehen zu haben«, sagt er mit veralbernder Stimme, »dann ist dafür das, warte, lass mich kurz nachsehen ...«

Seufzend nicke ich vor mich hin. »Das Mutual UFO Network zuständig«, beende ich seinen Satz. »Ja, ich weiß. Danke, Dad, das war auch schon alles, was ich wissen wollte.«

»Ist wirklich alles okay?«, fragt er nach.

Verloren stehe ich vor der Tür und überlege, ob ich ihm alles erzählen soll, wenn er schon mal danach fragt, was bei mir los ist. »Weißt du«, beginne ich, »ich …«

»Ja, sofort!«, ruft er auf einmal so laut, dass ich erschrecke. »Sorry, ich muss unbedingt zurück ins Meeting. Wir reden heute Abend, okay? Mach ein Video von dem, was du Kurioses meinst zu sehen, das schadet nie.«

»Ja, okay, Dad«, murmle ich entgeistert. »Bis dann.« Ich lege auf.

Als ich mein Glück daraufhin bei Mom versuche, ist es das Gleiche in Grün. Auch sie ist – was für eine Überraschung – schwer beschäftigt und macht mit ihrer ganzen Art kein Geheimnis daraus, dass ich sie bei der heiligen Arbeit störe. Selbst auf meine Frage, ob ihr schon einmal etwas Unerklärliches passiert ist, reagiert sie ähnlich wie Dad und weiß mit dem Thema nichts anzufangen. Weil ich mich erneut wie der größte Störenfried fühle, verabschiede ich mich von ihr und ernte dafür keinen Protest, sondern sofortige Zustimmung.

»Bye, Schatz«, meint sie und legt auch schon auf.

Zwei Dinge stehen fest: Meine Eltern sind absolute Workaholics und kommen wohl deswegen so gut miteinander klar. Und sollten sie über die Fähigkeit verfügen die Wächter zu sehen, so sind sie schon ihr Leben lang zu beschäftigt gewesen, um es zu merken. Ich frage mich, warum sie mich eigentlich in die Welt gesetzt haben, wenn sie sowieso nie Zeit mit mir verbringen wollen. Mom behauptet zwar vehement, dass ich ein Wunschkind gewesen sei, weil sie diese Erfahrung unbedingt mal machen wollte, aber daran habe ich so meine Zweifel. Stattdessen könnte ich ein Unfall gewesen sein oder sie hat ihre Neugierde auf ein eigenes Kind nach meiner Geburt bereut. Vielleicht sind manche Eltern nicht dafür geschaffen Eltern zu sein und …

Die Tür wird aufgeschlossen und Teresa kommt herein, allerdings ist ihr Gesicht ganz blass und sie zittert leicht. So habe ich sie noch nie erlebt. Außerdem ist sie nicht allein, sondern ihr großer Bruder Chuck begleitet sie und hat fürsorglich den Arm um sie gelegt, in der anderen Hand hält er ihren Rucksack.

Ich spanne die Muskeln an. »Alles in Ordnung?«

Teresa zieht die blonden Brauen hoch und stößt leidvoll Luft aus.

»Was ist passiert?«, bohre ich beunruhigt nach.

Sie löst sich von Chuck und umarmt mich fest. »Es war ... so krass ...«

Während ich die Umarmung erwidere, blicke ich fragend zu ihrem Bruder.

»Sie ist fast die Millennium Bridge hinuntergefallen«, erzählt er ernst.

Ich reiße den Mund auf und mir rutscht das Herz in die Hose. »Was?« Erschrocken schiebe ich sie von mir, sehe sie an, prüfe und ertaste, ob es ihr gut geht.

»Nur fast«, bestätigt sie zerknirscht, »aber das war schlimm genug.«

»Wie geht das denn?«, wundere ich mich. »Die hat doch ein Geländer.«

Sie trottet zur kleinen Garderobe und befreit sich von ihrer dunkelblauen Winterjacke. »Ein viel zu niedriges Geländer, welches auf einmal genauso extrem glatt war wie der Boden.«

»O Gott ...«, murmle ich schockiert. »Wenn du da heruntergefallen wärst, wärst du vermutlich nicht einmal im Wasser gelandet, sondern auf dem harten Asphalt.« Das mag ich mir gar nicht weiter ausmalen.

»Im Wasser wäre sie aber sowieso nicht gelandet. Der Fluss ist zugefroren«, merkt Chuck an.

Bedrückt nicke ich.

»Nicht dass ich scharf darauf wäre, stattdessen metertief ins Wasser zu plumpsen«, gibt Teresa zu bedenken. »Halten wir fest, dass es nie toll ist, von einer Brücke zu fallen.« Sie starrt zu Boden und noch immer zittern ihre Hände. »Ich stand unter Schock und habe meinen großen Bruder angerufen, damit er mich abholt und nach Hause bringt. Ich hatte nämlich total Angst, noch mal das Gleichgewicht zu verlieren.«

Ich presse die Lippen zusammen. »Das liegt an diesem globalen Winter – wie so viele Gefahren im Moment.«

»Deswegen müsst ihr immer vorsichtig sein«, ermahnt Chuck uns, wobei sein Blick in erster Linie seiner kleinen Schwester gilt, der er auch die Hand auf die Schulter legt. »Geht am besten nur noch raus, wenn es unbedingt nötig ist, okay?«

Widerwillig nicke ich.

»Das ist aber ätzend«, beschwert sich Teresa, obwohl ihr der Schock noch immer deutlich anzusehen ist. Ihr, die normalerweise die Coole gibt.

Ratlos atmet Chuck durch. »Pass einfach auf dich auf, ja?«

Sie dreht den Kopf weg.

»Das wird schon wieder«, ergreife ich das Wort und will optimistisch sein. »Ich mache dir einen Tee und du ruhst dich aus.« Ich wende mich ihrem Bruder zu. »Danke, dass du sie hergebracht hast.«

»Natürlich.« Zur Verabschiedung hebt er die Hand. »Macht's gut.«

»Ja, bis dann«, sage ich, während Teresa still bleibt.

Chuck zieht sich aus dem Zimmer zurück und macht die Tür hinter sich zu. Und weil ich nicht weiß, was ich im Moment Nützlicheres tun könnte, begebe ich mich zu unserem alten Wasserkocher, der auf dem Schreibtisch steht, fülle ihn mit Leitungswasser und stelle ihn an.

Während der Kocher hörbar aktiv wird und die Flüssigkeit schnell zu brodeln beginnt, schaue ich Teresa besorgt an. »O Mann, das muss echt ein Schock für dich gewesen sein.«

Als wolle sie mich auch jetzt beschützen, nämlich vor der bitteren Wahrheit, winkt sie ab. »Es ist ja nichts passiert.«

Erleichtert darüber, dass Teresa gerade noch einmal mit dem Schrecken davongekommen ist, atme ich auf. Und doch wird mir dadurch etwas Beunruhigendes klar: Keine Ahnung, ob ich meine seltene Gabe geerbt habe – das werde ich womöglich nie erfahren. Ich weiß nur, dass ich niemals so werden will wie meine Eltern. Klar, auch ich habe meinen Ehrgeiz und möchte nach dem Studium einem Job nachgehen, der von Bedeutung ist, irgendetwas mit einem höheren Sinn. Aber niemals, wirklich niemals will ich zu jemandem werden, dem die Menschen und Lebewesen, die ihn umgeben, egal sind.

Ich sehe zu Teresa und weil ich sie gut kenne, fällt mir genau auf, dass sie gerade versucht, sich nicht anmerken zu lassen, wie verängstigt sie ist.

Nein. Ich möchte niemals ein Mensch sein, dem andere egal sind. Ich bin Kristen Miller und ich bin für andere da, wenn sie mich brauchen. Zum Teekochen ... aber auch für größere Dinge, wenn es sein muss.

Weitaus größere Dinge.

Denn sofern ich es richtig verstehe, braucht mich im Moment, auch wenn er davon nichts ahnt, der ganze Planet.

*So ein Mist.*

Mit einem ernsten, aber auch entschlossen Gesichtsausdruck sehe ich Teresa an.

»Was ist los?«, fragt sie.

Mein Kopfnicken soll es ihr bereits sagen, doch um sicherzugehen, ergänze ich, während der Wasserkocher sich abschaltet, weil er fertig ist: »Ich mach's.«

# VII.

**Kristen**

Zehn Sekunden. So lange dauert es, bis Mick erscheint, nachdem ich ihn gerufen habe. Kaum habe ich seinen Namen ausgesprochen, spüre ich hinter mir einen Luftzug, ähnlich wie in der Bibliothek. Als ich mich umdrehe, steht er in der Wohnung.

»Wow«, entfährt es mir, »das ging schnell. Ich habe gehofft, dass du zügig auf meinen Ruf reagieren würdest, aber ich dachte, dass es zumindest ein paar Minuten in Anspruch nehmen würde.« Misstrauisch ziehe ich die Augenbrauen zusammen. »Beobachtest du mich heimlich oder wie darf ich das verstehen?« *Tut Jack es ebenso?*

»Nein«, widerspricht er, »aber meine Wiskels behalten die Geschehnisse eurer Welt im Blick und melden mir besondere Vorfälle. Davon gibt es neuerdings ziemlich viele, wie du dir wahrscheinlich vorstellen kannst. Aber als mir soeben durchgegeben wurde, dass du nach mir gerufen hast, bin ich sofort hergesprungen.«

Dazu, dass er alles hat stehen und liegen lassen, um meinem Ruf zu folgen, passt, dass er diesmal nicht die gelb schimmernde Weste mit den golden glänzenden Schulterpolstern trägt wie letztes Mal.

»Warum hast du mich gerufen, Kristen?«, möchte er wissen.

Verwirrt pendelt Teresas Blick zwischen mir – und der Luft, der ich zugewandt stehe. »Du redest bereits mit dem Sommerwächter, nehme ich an. Worüber sprecht ihr?«

Ich nicke. »Ja, er steht direkt vor uns und unterhält sich mit mir.«

»Krass«, findet sie, macht einen Schritt vor und streckt die Arme aus. Wie zu erwarten war, greift sie ins Nichts, ganz egal wohin sie ihre Arme auch schwenkt. Selbst als sie tatsächlich Mick erwischt, gleiten ihre Hände durch ihn hindurch.

Dies scheint er nicht einmal ansatzweise zu spüren, auch nicht als unangenehmes Ziehen. Dennoch steht ihm die Verwunderung in sein braungebranntes Gesicht geschrieben. »Wer ist das?«

»Das ist Teresa, meine beste Freundin.«

Kaum hört sie, dass ich sie ihm vorstelle, grüßt sie ihn mit einer lässigen Handbewegung. »Hi. Teresa Heart. Freut mich dich kennenzulernen, Wächter des Sommers.« Sie wendet sich mir zu. »Er kann mich doch hören und sehen, richtig?«

»Ja, das kann er bei allen Menschen, denke ich.«

Ernst nickt er. »Warum ist sie hier?«

»Irgendwem musste ich mich anvertrauen, da fiel mir die Wahl leicht.«

»Meinetwegen«, gibt er zur Antwort.

»Redet er über mich?«, fragt sie ungeduldig. »Was hat er gesagt? Weiß er, dass ich mitkomme?«

Micks gebannter Blick ruht auf mir. »Du hast es dir anders überlegt?«

Entschieden und doch voller Angst sehe ich ihn an. »Meine Neugierde allein würde mich niemals dazu bringen, diesen Schritt zu wagen, aber ...«

Leicht legt er den Kopf zurück und scheint zu verstehen, denn nun lese ich die höchste Anerkennung in seinen rot schimmernden Augen. »Dein Verantwortungsgefühl schon.«

»Irgendjemand muss etwas tun«, stimme ich ihm zu, denn ich will nie wieder, wirklich nie wieder hören müssen, dass Teresa in Gefahr geraten ist. »Wenn ich zumindest einen Versuch starten kann, soll es so sein.«

»Du meinst *wir*.« Teresa stellt sich dichter neben mich und weiß nicht so recht, wo sie hinschauen soll, um Mick einen eindringlichen Blick zu widmen. »Ich werde Kristen begleiten und euch helfen, wo ich kann.«

»In Ordnung«, erwidert Mick sogleich. »Wären wir nicht verzweifelt, hätten wir dich niemals um deine Hilfe gebeten, Kristen. Und wenn deine Freundin, der du vertraust, uns auch unterstützen möchte, nehmen wir das Angebot gerne an. Bitte sprich ihr meinen Dank aus. Ich bin sofort wieder da, dann nehmen wir den Sprung vor.«

»Okay.«

»Zieht euch warm an«, sagt er noch. »Ihr müsst euch dick einkleiden für den Ort, an den wir gehen.«

Ich wende mich an Teresa. »Wir sollen uns schon mal die Wintermäntel und so überstreifen, sagt er.«

»Geht klar.«

Kaum hat Teresa ihre Antwort ausgesprochen, fasst Mick sich an die Schläfen und verschwindet von einer Sekunde auf die nächste aus der kleinen Ein-Zimmer-Wohnung.

Mit besorgter Miene packe ich mich in meine Wintersachen. »Gleich geht es los.«

Ernst nickt Teresa und zieht sich ebenfalls wärmer an. »Ich bin bereit.«

»Bist du dir wirklich sicher, dass du mitwillst?«, muss ich einfach nachhaken. »Wir wissen nicht, was uns erwartet. Nicht einmal die Wächter können uns sagen, wie Jack reagieren wird.«

»Wie oft noch?«, kontert sie und verschränkt die Arme vor dem Oberkörper. »Es kommt nicht infrage, dass ich dich das allein durchmachen lasse. Ich passe auf dich auf und beschütze dich, egal ob vor einem unreifen Drittklässler oder einem bösen Winterwächter.«

Warm lächle ich sie an und kann nicht anders, als sie zu umarmen und an mich zu drücken. »Danke. Auch im Namen der Wächter. Aber vor allem von mir kann ich es dir sagen.« Ich sehe sie wieder an und ernte ein herzliches Lächeln von ihr. »Wenn du mir zur Seite stehst, habe ich etwas weniger Angst.« Tief atme ich durch und merke, wie die Nervosität in mir ansteigt. »Zumindest ein bisschen.«

»Wir schaffen das«, flüstert sie mir zu und nimmt mich noch einmal in den Arm.

Anschließend schenken wir uns hoffnungsvolle, zuversichtliche Blicke. Es tut so gut, sie an meiner Seite zu wissen. Für mich ist Teresa tausendmal mehr Familie als jeder Blutsverwandte, den ich habe. So oft schon hat sie mir mit ihrer bloßen Anwesenheit das Gefühl gegeben, dass alles gut wird, so auch diesmal. *Zumindest ein bisschen,* wiederhole ich in Gedanken.

*Aber ist der Sprung nach Simerra nicht dadurch, dass wir gleich zwei Menschen auf einmal sind, sogar noch riskanter?*

Kaum habe ich mich das gefragt, tauchen plötzlich drei Gestalten direkt vor uns auf, sodass ich erschrocken zusammenzucke und hörbar nach Luft schnappe.

»Was ist los?«, fragt Teresa angespannt und blickt sich reflexartig um, auch wenn sie eigentlich weiß, dass sie die Wächter sowieso nicht sehen kann.

»Sie sind hier«, murmle ich nervös. »Alle drei Wächter.« Wie gebannt schaue ich auf Mick Shine, Jill Bloom und eine dritte Persönlichkeit, die ihrer Erscheinung nach und wenn man logisch vorgeht, die Herbstwächterin namens Kim Wind sein muss.

»Das sind die beiden?«, fragt diese und mustert Teresa sowie mich mit nüchternen Zügen.

Unterdessen nehme auch ich ihre einzigartige Gewandung in Augenschein. Kim ist etwas kleiner, aber auch wesentlich stämmiger als Jill Bloom, hat dunkelblondes Haar mit einem dezenten Orangeton in den Strähnen, die leicht gelockt sind und recht dick aussehen. Auch sie trägt sie offen, doch im Gegensatz zu Jill gehen sie ihr nur bis zu den Schultern, nicht bis zu den Achseln. Die dunkelrot geschminkten Lippen fallen mir schnell an ihr auf, auch wenn sie perfekt zu ihrem restlichen Outfit passen: dunkelrote Stiefeletten, eine dunkelgraue Strumpfhose mit blassroten Laubmotiven drauf, darüber trägt sie ein locker fallendes Kleid, das an sich hellgrau ist, aber an vielen Stellen dunkelgraue, bordeaux- und blassrote Applikationen aufweist. Ihre Ärmel reichen ihr bis zu den Ellbogen. Dazu trägt sie fingerlose Handschuhe in dunklem Grau und Rot. Über dem Kleid hat sie noch eine Art dunkelroten Überrock an, der vorne nur aus einem kurzen Band besteht, dann zur Seite hin länger wird und ihr hinten fast bis zu den Knöcheln reicht.

»Ja«, antwortet Mick ihr. »Das sind Kristen und Teresa.« Nachdem er auf uns gezeigt hat, deutet er auf die Frau. »Darf ich vorstellen? Kim Wind ist, wie ihr euch sicherlich schon denken könnt, für euren Herbst zuständig.«

»Hm«, macht Kim und betrachtet uns nach wie vor genau.

Passend zu ihrer eher stämmigen Statur hat sie einen rundlichen Kopf, einen recht kräftigen Hals und eine feminine Knollnase. Während man Jill als elfenartig und Mick als durchtrainiert bezeichnen könnte, würde so manchem für Kim vielleicht das Wort Powerfrau einfallen, um sie zu beschreiben. Das Grün ihrer Augen passt wunderbar zu dem von Teresa, könnte man meinen, und ...

»Kristen«, unterbricht Jill meine Beobachtungen mit überschwänglicher Stimme und fällt mir um den Hals. »Du wirst uns helfen!«

Perplex erwidere ich ihre Umarmung, was für Teresa seltsam aussehen muss. »Ich werde es versuchen.« Während ich mich von Jill löse, gilt meine Aufmerksamkeit meiner besten Freundin. »*Wir* werden es versuchen.«

»Falls du gerade bestätigt hast, dass wir den durchgeknallten Jack Frost zur Vernunft bringen werden, dann ja, aber so was von«, stimmt diese mir zu.

»Bewundernswert, diese Zuversicht«, entgegnet Kim voller Unglauben, nachdem sie Teresas Worte vernommen hat, und spricht damit zum ersten Mal direkt zu uns. Skeptisch stößt sie Luft aus und wendet sich kurz demonstrativ ab, ehe sie insbesondere Teresa wieder in den Fokus nimmt. »Oder soll ich vielmehr sagen *naiv*?«

»Hey, wir wollen nur helfen«, verteidige ich uns. »Sollen wir stattdessen den Kopf in den Sand stecken?« *Zugegeben, genau das hatte ich zunächst vor ...*

Sogleich wird Teresa unruhig. »Warum sagst du das? Was haben sie gerade gemeint?«

»Kim Wind denkt, wir wären naiv zu glauben, dass wir überhaupt eine Chance hätten, Jack umzustimmen«, verrate ich ihr und starre dabei auf die Wächterin, die für uns Menschen den Herbst gestaltet.

Empört bläst Teresa die Backen auf und linst in den Raum. »Wie bitte?« Auffordernd nickt sie, zufällig genau in Kims Richtung. »Was hat es mit Naivität zu tun, mutig zu sein und die Hoffnung zu behalten? Also echt.«

Laut räuspert Mick sich. »Wie auch immer, wollen wir?«

»Ja«, sage ich.

»Ich habe die anderen dazu geholt, damit wir gemeinsam versuchen können, euch mit nach Simerra zu nehmen«, fährt er fort. »Mit vereinten Kräften wird es uns hoffentlich gelingen.«

Hastig nicke ich. »Okay.« Dabei sind *versuchen* und *hoffentlich* die beiden Worte, die am stärksten in meinem Kopf hängen bleiben. *Aber wir sind mutig*, wiederhole ich Teresas Aussage in eigenen Worten für mich selbst, anschließend atme ich so tief durch, dass es schon fast in meinen Lungen brennt.

»Stellt euch neben sie«, weist Mick Jill und Kim an.

Schon kommt Jill mit einem grazilen Sprung näher. »Okay.«

»Ich weiß selbst, was zu tun ist«, entgegnet Kim hingegen mürrisch und trottet an mich heran.

»Was sollen *wir* machen?«, frage ich und merke, dass mir in meiner Winterjacke unangenehm warm wird, Schweiß läuft mir über den Rücken.

»Es geht los, oder?«, vermutet Teresa, woraufhin ich nicke.

Im Dreieck stellen die drei Wächter sich auf und führen die linke Hand zur Schläfe. »Bekommst du es hin, dass du uns alle drei gleichzeitig berührst?«, fordert Mick mich auf. »Hake dich mit beiden Armen irgendwie bei uns unter.«

»Das bekomme ich hin.« Gesagt, getan. Dadurch, dass sie sich ans Gesicht fassen, kann ich die Hände durch die Schlaufen, die ihre Arme bilden, schieben und sie alle drei zur selben Zeit berühren. »Soll Teresa sich an mir festhalten?«

»Genau«, meint Jill. »Du bist das bindende Glied zwischen ihr und uns. Ist doch so, oder Mick?«

»Soweit die Theorie«, lässt er verlauten.

Daraufhin schüttelt Kim den gesenkten Kopf. »Das bringt doch alles sowieso nichts …«

»Doch, das wird schon klappen«, rede ich ihr gut zu – und mir selbst.

Sichtlich horcht Teresa auf. »Was denn?«

»Ach, Kim zweifelt immer noch an dem Plan«, gebe ich von mir. »Egal. Halt dich an mir fest.«

»Dieser Kim verbreitet ziemlich negative Vibes«, antwortet Teresa in vorwurfsvollem Ton und wickelt die Arme um meinen Oberarm.

Als mir klar wird, dass sie Kim, die sie weder sehen noch hören kann, für einen Mann hält, öffne ich den Mund und will etwas erwidern.

»Los geht's«, kommt Mick mir zuvor und so halte ich inne.

Die drei Wächter tauschen Blicke aus und nicken sich zu.

»Gut festhalten«, ermahnt der Sommerwächter uns, ehe er sich wieder an Jill und Kim wendet. »Und ihr – denkt an das Eisschloss. Dort wollen wir hin.«

»Ja doch«, meint Kim genervt, offenbar weil sie es nicht sonderlich leiden kann, wenn Mick ihr Anweisungen gibt.

Sogleich trete ich dichter an die drei heran und festige meinen Griff um ihre Arme. »Halt dich gut an mir fest, Teresa.«

»Mach ich.« Schon spüre ich, dass sie mehr Druck auf meinen Arm ausübt, an den sie sich geklammert hat.

Anstatt noch etwas zu sagen führen die Wächter die andere Hand zur Schläfe.

*Jetzt gibt es kein Zurück mehr,* wird es mir klar. Plötzlich schlägt mein Herz so hart wie ein Vorschlaghammer gegen meine Rippen und ich frage mich, wie ich so verrückt sein konnte, in dieses wahnsinnige Vorhaben einzuwilligen.

Zu spät.

Mit einem Schlag verschwindet das Bild vor meinen Augen und ich sehe einen Moment lang überhaupt nichts mehr.

Nach allem, was in den vergangenen Tagen und Wochen passiert ist, erwarte ich nun alles Mögliche. Ich rechne damit, in Stücke gerissen zu werden. Oder einfach niemals wieder zu mir zu kommen. Mit Teresa zu einem seltsamen Wesen zu verschmelzen. Schreckliche Schmerzen zu haben. Auf ewig zwischen den Welten gefangen zu sein. Die Lebenskraft aus meinem Körper weichen zu spüren und zu sterben, wenigstens in dem Wissen, versucht zu haben den Menschen und den Wächtern zu helfen, aber auch nicht mehr.

Nichts von all dem passiert, stattdessen komme ich wenige Sekunden später wieder zu mir, fühle mich unversehrt und bei Sinnen. Allerdings merke ich schnell, dass Mick nicht übertrieben hat, als er uns dazu riet, uns warm einzukleiden. Sofort prescht mir ein wilder Schneesturm entgegen, beißende Kälte peitscht mir ins Gesicht und macht es mir schwer, etwas zu sehen oder zu atmen. Mühsam richte ich mich auf und habe Mühe, mich zu orientieren. Mit zusammengekniffenen Augen und davorgehaltenem Arm nehme ich die Umgebung in Augenschein, bis ich begreife, dass wir nicht allzu weit von einem Gebäude entfernt stehen, das die Bezeichnung Eisschloss zweifelsohne verdient hat und mich dennoch überrascht: Regenbogenartig reflektieren die halbtransparenten Mauern sämtliche Farben, obwohl ich nirgends eine Sonne erkennen kann. Das Schloss selbst scheint nicht aus Eis gemacht zu sein, sondern aus einer Art massivem, reinem Kristall, doch Schnee und Eis verzieren die große, komplex gebaute Burg, die nicht einen, sondern gleich fünf Türme hat.

»Ist das kalt hier«, stellt Teresa mit klappernden Zähnen fest und zieht sich ihre Kapuze fester ums Gesicht, fast schon wie Kenny aus *South Park*, was hoffentlich kein schlechtes Omen ist, denn bekanntermaßen stirbt die Figur in jeder Folge der Cartoonserie.

Auch Mick und die anderen schauen mit einer unübersehbaren Ehrfurcht aufs Eisschloss. »Über dieses Gebiet in Simerra herrscht Jack Frost und offensichtlich ist er ganz in seinem Element«, sagt er beunruhigt. »Mehr denn je.«

»Habt ihr auch Schlösser?«, möchte Teresa wissen und spricht laut gegen den Wind.

»Das ist doch jetzt vollkommen egal«, knurrt Kim.

Besorgt seufzt Jill. »So stürmisch und kalt habe ich es hier noch nie erlebt«, verrät sie uns und wäre sie ein Mensch, würde sie sich in ihrem luftigen Kleid nun vermutlich den Tod holen.

Kim tritt einen Schritt vor. »Ich glaube dennoch nicht, dass er den Verstand verloren hat. Jacks Herz hat sich abgrundtief verdorben. *Das* ist das Problem ... und macht die Situation noch viel schlimmer.«

Als ich sie das sagen höre, zieht sich mein Magen auf unangenehmste Weise zusammen und ich frage mich, was eigentlich schlimmer wäre: ein verrückt gewordener oder ein böswilliger Jack Frost. Für mich wäre es tatsächlich gut, den Unterschied zu erkennen, um zu wissen, wie ich auf ihn zugehen soll. *Aber würde das wirklich etwas ändern?*

»Okay«, meint Teresa und wendet sich den Wächtern zu. »Wer von euch ist denn nun wer?«

Das lässt mich immerhin eine andere Feststellung machen: »Du kannst sie nun, wo wir in ihrer Welt sind, ebenfalls hören und sehen.«

»Na ja«, erwidert sie, »ich sehe einen Typen mit braungebrannter Haut und sonnigen Farben, auch wenn er mir für den Sommer etwas zu warm gekleidet zu sein scheint.«

Kommentarlos lässt Mick die Bemerkung über sich ergehen.

»Und dann sehe ich den Frühling, würde ich mal tippen«, fährt Teresa fort.

Freudig streckt die zierliche Frau mit den lila-blonden Haaren ihr die Hand entgegen. »Hi, ich bin Jill.«

»Freut mich.« Meine beste Freundin lässt sich auf ein Händeschütteln ein, dann schwenkt ihr Augenmerk zu Kim und sie stutzt. »Ist das etwa ...« Flüchtig und doch klar erkennbar mustert sie die Herbstwächterin von Kopf bis Fuß.

Kim schnauft und sieht kurz weg. »Wenn Jack den Winter gestaltet, welche Jahreszeit bleibt dann wohl noch übrig?« Kaum hat sie sich wieder Teresa zugewandt, tippt sie dieser gegen die Stirn. »Ist da drinnen jemand zu Hause?«

»Hey, Finger weg«, mault Teresa und weicht einen Schritt zurück, dann widmet sie sich mir. »Das ist Kim Wind? Ich dachte, jemand, der so miesgelaunt ist und Kim heißt, wäre ein Kerl.«

*Mir ist so verdammt kalt*, ist der Gedanke, der hingegen meinen Kopf beherrscht, und ich ziehe mir die Mütze weiter über die Ohren.

Abwertend schnalzt Kim mit der Zunge. »Typisches Schubladendenken, wie es nur von einem Menschen kommen kann.«

»Und was soll dann erst dieser blöde Kommentar darstellen, der mal eben alle Menschen über einen Kamm schert?«, weiß Teresa zu kontern.

»Leute, bitte«, meint Mick inständig.

Widerwillig schauen Teresa und Kim ihn an und lassen voneinander ab.

»Er hat recht«, sage ich bibbernd und schlinge die Arme um mich selbst. »Wir haben keine Zeit zu verlieren und müssen weiter, immerhin ...«

Ein unheilvolles Grollen unterbricht mich, im nächsten Moment beginnt der Boden unter meinen Füßen zu beben, sodass ich mich frage, ob das am Schneesturm liegt.

»Was zum ...«, knurrt Kim.

Auch die anderen schauen sich überrascht um und verlagern das Körpergewicht, um auf dem wackelnden Grund die Balance zu halten.

»Er greift uns an!«, ruft Mick entsetzt aus und deutet vor uns. »Macht euch bereit, sie kommen!«

Zwischen dem umherpeitschenden Schnee kann auch ich es erkennen: Eine Armee an sonderbaren, düsteren Soldaten stürmt uns entgegen. Das müssen Jacks Wiskels sein, er hat sie bewaffnet und auf uns gehetzt, um uns zu töten!

Ich versuche zu begreifen, was hier geschieht. »Obwohl ihr bei uns seid?« *Und das, bevor ich mit ihm reden kann oder er sich wenigstens von Mick anhört, warum wir hier sind!*

Mick, Kim und Jill legen die ersten Finger an ihre Schläfen, instinktiv nähern Teresa und ich uns ihnen und berühren sie. Dann führen die drei Wächter ihre jeweils andere Hand an den Kopf.

Doch es passiert nichts.

»Los, springt mit uns zurück!«, flehe ich. »Oder irgendwo anders hin, bloß weg von hier!«

»Was denkst du, was wir versuchen?«, fährt Kim mich an.

Entsetzt stößt Jill Luft aus. »Es funktioniert nicht.«

»Jack scheint unsere Fähigkeit zu springen zu blockieren.« Mick reißt den Kopf in Richtung Eisschloss. »Wie ist das möglich?«

»Das ist neu«, muss auch Kim zugeben.

Unterdessen rasen die Wiskels weiter ungebremst auf uns zu und haben uns gleich erreicht.

Angestrengten Blickes fasst Mick sich an die Stirn und verliert für einen kurzen Moment die Regung. »Verflucht«, schimpft er anschließend, »ich erreiche meine eigenen Wiskels nicht mit meinen Gedanken.«

»Ich ebenso wenig«, bestätigt Kim leider.

Erschrocken reiße ich die Augen auf. »Nein, das …« *Das kann doch nur ein Albtraum sein, aus dem ich jede Sekunde erwachen werde, bitte!*

Die Wächter versuchen hochzufliegen und uns davonzutragen, doch auch dazu sind sie nicht mehr in der Lage.

Jill entfährt ein panischer Laut, bevor sie fragt: »Was sollen wir tun? Wir können ihnen Kristen und Teresa nicht wehrlos überlassen.«

»Was wohl?«, gibt Kim brummend von sich, stellt sich breitbeinig auf und scheint sich auf einen verzweifelten Gegenschlag vorzubereiten. »Wir müssen kämpfen.«

Nickend stellt auch Mick sich auf. »Hoffen wir, dass wir wenigstens das noch schaffen.«

Verängstigt tauschen Teresa und ich einen Blick aus, ehe sie das sagt, was auch mir in den Sinn kommt: »Ach du Scheiße.«

# VIII.

**Kristen**

*Du berührst Jack, Kristen,* ist Mick sich sicher gewesen – was der Grund dafür war, dass ich mich überhaupt dazu habe breitschlagen lassen herzukommen. *Emotional scheinst du irgendetwas in ihm auszulösen.*

Dem stimme ich inzwischen zu. Anfänglich mag es so etwas wie Neugier gewesen sein, was Jack Frost für mich empfunden haben könnte, schlicht und ergreifend deswegen, weil ich als einziger Mensch ihn und die anderen Wächter in unserer Welt sehen kann.

Doch spätestens seit ich ihm Vorwürfe gemacht habe, lautet die einzige Emotion, die ich in ihm auslöse, ungebändigter Zorn. Wie es scheint, mache ich ihn sogar noch wütender, als es die Menschheit durch ihren Umgang mit der Umwelt schafft. Niemand anderes als ich dürfte den letzten Funken an Gutem, den er noch im Herzen getragen hat, mit meinen verbalen Angriffen zum Erlöschen gebracht haben.

Dennoch ist mir nichts Besseres eingefallen, als mich nach Simerra bringen zu lassen, unmittelbar vor seinem Schloss aufzutauchen und ihn begleitet von Teresa und den anderen zu provozieren.

Anders kann ich es mir nicht erklären, dass uns in diesem Moment eine riesige Horde Wiskels mit entschlossenem Kampfgeschrei entgegenprescht und, als sie nur noch einige hundert Meter von uns entfernt ist, die stämmigen Stichwaffen in die Luft reckt.

Was für ein verstörender Anblick! Hatte die Bezeichnung Wiskels noch einen eher niedlichen Klang für mich, als ich zum ersten Mal von ihnen gehört habe, werde ich nun eines Besseren belehrt und mit der bitteren Wahrheit konfrontiert. Die Kreaturen, die uns entgegenhetzen, sind menschengroß, haben vergilbte Augen, unzählige lange Reißzähne, dunkle faltige Haut und Hörner auf dem Kopf. Die blutrünstigen Geräusche, die sie von sich geben, sind genauso unheimlich wie die Selbstsicherheit, mit der sie ihre Waffen tragen und damit nach uns ausholen.

»Jack, hör auf!«, schreit Jill verzweifelt in Richtung Eisschloss, doch der anhaltende Schneesturm verschluckt ihren Ruf. »Ich bitte dich!«

Keine Chance, die Wiskels kommen näher und näher. Erbarmen scheint Jack nicht zu kennen, auch nicht länger für diejenigen, die ihm einst am nächsten gestanden haben dürften.

»Das ist der Nachteil an Wiskels«, bringt Mick zähnefletschend hervor, formt die Finger beider Hände zu einem Dreieck und zieht sie auseinander, woraufhin vor seiner Nase ein schwebender roter Stab erscheint, den er sich greift. »Sie besitzen keine Seele und keinen freien Willen, sodass sie stets widerstandslos ihre Arbeit verrichten.«

»Leider auch dann, wenn ihr Gebieter sie in einen blutigen Krieg schickt«, ergänzt Kim mit bitterer Miene. Sie breitet die Arme aus und schnippt mit beiden Händen, womit sie sich metallartige Blätter als scharfkantige Wurfgeschosse zwischen die Finger zaubert.

Jill hingegen sagt einen Spruch auf, den ich nicht verstehe, und bringt damit dornige Pflanzenschlingen zum Vorschein, die sie wie stachelige Peitschen benutzen kann.

»O Jack ...«, murmelt Kim in todernstem Ton. »Was ist nur aus dir geworden?«

Mick umgreift seinen rot schimmernden Stab fester. »Formiert euch, los.«

Sogleich stellen sich die drei Wächter schützend vor Teresa und mich.

»Was können *wir* tun?«, frage ich mit wild pochendem Herzen. Für den Bruchteil einer Sekunde überlege ich, ob Mick auch mir eine Waffe zaubern könnte, doch vermutlich würde ich damit einen von uns verletzen, wenn nicht sogar mich selbst. Selbstverteidigung gehört leider ebenso wenig zur Allgemeinbildung in der Schule wie das richtige Verhalten, wenn man auf ein übernatürliches Wesen trifft. Oder wenn man in einer anderen Dimension vom seelenlosen Heer eines solchen Wesens, das besonders schlecht drauf ist, angegriffen wird.

Die Wiskels ziehen ihr Tempo an und brüllen uns lauter entgegen. Nie habe ich etwas so Verstörendes gesehen oder unheimlichere Geräusche vernommen. Hasserfüllt verziehen sie ihre finsteren Fratzen, sie grunzen, knurren und schreien regelrecht nach unserem Blut. Auf ihrer Haut stehen vereinzelte dicke Borsten hervor – so unheimlich zeigt sich uns Jacks Gefolgschaft.

»Das ist ein Traum«, murmelt Teresa, wie auch ich es mir schon einzureden versucht habe, »das ist alles nur ein böser Traum, und zwar der schlimmste, den ich je hatte.«

»Ruhe«, ermahnt Kim sie angespannt.

»Ihr müsst überleben«, antwortet Mick auf meine Frage, ohne seinen Blick von der angreifenden Horde zu lösen. »Ich gebe meinen Glauben an dich nicht auf, Kristen.«

Entschlossen nickt Jill und macht sich verteidigungsbereit. »Und wenn es uns das Leben kostet.«

*Hilfe, was?*

»Als wenn wir jetzt noch eine andere Wahl hätten«, vernehme ich von Kim.

»Vorsicht, es geht los!«, ruft Mick und zaubert einen orangeleuchtenden Schutzschild um uns, an dem die Angreifer abprallen.

Für einen kurzen Moment sieht es so aus, als wäre die Gefahr gebannt, und ich will es schon wagen aufzuatmen, da wird der Schild blasser.

»Verdammt!« Ächzend versucht Mick den Zauber wieder zu verstärken, doch es gelingt ihm nicht.

»Was ist los?«, frage ich ihn verängstigt.

»Ich … bin mir nicht sicher … Meine Kräfte schwinden! Wie ist das möglich?«

*Auch dahinter steckt Jack,* wird es mir klar und ich fange an zu erahnen, wie viel mächtiger er durch seine Wut von Sekunde zu Sekunde wird.

Blutrünstige Wiskels, die wie dunkelgraue, kleine, in die Breite gewachsene Teufel aussehen, durchbrechen den orangen Schutzschild, der daraufhin endgültig erlischt.

»Kristen …«, wimmert Teresa verängstigt, ich kann es nur noch von ihren zitternden Lippen ablesen.

Eisiger Wind beißt sich in meine Wangen und zwingt mich noch immer dazu, ständig die Augen zu verengen.

*Das ist das Ende.*

Erschrocken zucke ich zusammen, als die ersten Klingen aggressiver Wiskels auf die herbeigezauberten Waffen der drei Wächter treffen. Was folgt, ist so entsetzlich, dass ich es kaum begreifen kann. Verzweifelt kämpfen Jill, Kim und Mick gegen die schattenartigen Wesen mit den grimmig verzogenen Fratzen. Wieder versuchen die Wächter sich in die Lüfte zu erheben – und scheitern. Notgedrungen bleiben sie um Teresa und mich aufgestellt in ihrem kläglichen Versuch uns zu verteidigen. Wir zwei Menschen können nur hilflos zusehen und uns fragen, wie lange sie das durchhalten werden. Noch können sie den willenlosen und gerade deswegen so gefährlichen Soldaten mit ihren magischen Waffen einiges entgegenbringen. Doch die Wiskels sind ihnen zahlenmäßig überlegen und wirken wie eine schwarze undurchdringliche Mauer. Mehr und mehr schwinden die Kräfte der Wächter, sodass sie erschöpft die Gesichter verziehen und kaum noch die Arme heben können. Immer weiter werden Mick und die anderen zurückgedrängt, dichter an uns. Der Ausgang dieser Schlacht ist längst besiegelt, unser Untergang nur noch eine Frage der Zeit. Jill wird am Arm getroffen, ein Wiskel schneidet eine tiefe Wunde in ihre Haut, sodass sie aufschreit.

»Scheiße, Jack!«, flucht Kim, während sie die nächsten blätterförmigen Wurfsterne abfeuert, die auch wieder nur ein Tropfen auf dem heißen Stein sind. »Wenn du uns schon töten willst, dann mach es wenigstens kurz und erledige es selbst!«

Der Kampf nimmt seinen Lauf, inzwischen werden wir von allen Seiten eingekesselt und enger zusammengetrieben.

»Aber dafür bist du zu feige, nicht wahr?«, brüllt die Herbstwächterin weiter.

»Es bringt nichts, ihn zu provozieren«, meint Mick und schnauft durch. Mit Wucht erschlägt er den nächsten Wiskel, nur damit drei weitere an dessen Stelle nachrücken können. »Er wird seine Armee nicht zurückpfeifen.«

»Meine Kräfte ... sie ...«, gibt Jill gequält von sich und kann sich kaum noch auf den Beinen halten, geschweige denn ihre dornenübersäten Ranken schwingen.

Verängstigt pressen Teresa und ich uns Rücken an Rücken, dennoch dauert es nicht lange, bis die ersten Wiskels es schaffen, zwischen den Wächtern hindurchzuschlagen und mit den Hieben ihrer gezackten Schwerter und Äxte nach uns auszuholen.

*So schlimm steht es also um Jacks Verbitterung. Im Grunde habe ich das schon bei unserer letzten Unterhaltung in seinen hellblauen Augen gesehen. Meine Güte, was haben wir uns nur gedacht? Kims Vorwurf, naiv zu sein, könnte wahrer nicht sein.*

Jill wird erneut getroffen, eine Wurfwaffe fügt ihr auch am anderen Arm eine Wunde zu. Mit einem grellen Aufschrei sackt die Frühlingswächterin zu Boden. Gleich mehrere kleine, wendige Wiskel nutzen die Gelegenheit und holen mit ihren Stichwaffen aus, um sie zu erdolchen. Doch sie kann sich nicht mehr wehren, weil nun beide Arme verletzt sind.

»Nein!«, rufe ich panisch aus. Ohne nachzudenken, presche ich vor und werfe mich schützend über Jill. Ich erkenne noch, wie die scharfen Klingen auf mich zu schnellen, dann kneife ich die Augen zusammen und spanne die Muskeln an.

*Das ist mein Ende.*

# IX.

**Kristen**

Das Nächste, was ich wahrnehme, ist eine friedvolle Stille. Mit einem Schlag scheint die Welt den Atem anzuhalten, der Schneesturm löst sich auf, keine zermürbenden Geräusche aufeinandertreffender Klingen dringen noch an meine Ohren. Schmerz spüre ich von den Äxten und Schwertern, die mich durchbohren, auch nicht.

Zum zweiten Mal innerhalb kurzer Zeit stellt sich mir die verstörende Frage, ob es sich so anfühlt, wenn man stirbt.

»Kristen«, sagt jemand und mir wird klar, dass es Teresa ist.

Dann merke ich, dass ich nach wie vor die Augen zusammengekniffen halte. Es kostet mich Überwindung, doch ich öffne die Augen. Ich schrecke sofort zurück, als ich in die bösen Fratzen mehrere Wiskels schaue, die sich unmittelbar vor mir befinden. Erst im zweiten Augenblick wird mir klar, dass sie wie versteinert dastehen und ihre Arme, in denen sie die Waffen halten, nach unten haben sinken lassen. Verwirrt richte ich mich weiter auf und suche Blickkontakt zu den anderen, die ebenso verwundert, aber unversehrt wirken wie ich.

»Was ist passiert?«, frage ich.

Jill zuckt mit den zarten Schultern. »Die Wiskels haben plötzlich aufgehört. Sie sind einfach zum Stehen gekommen.«

»Kristen«, geben mehrere der Wiskels, die mir am nächsten sind, mit krächzenden Stimmen von sich. Die Art und Weise, wie sie zu mir sprechen, erinnert mich an Gollum aus *Herr der Ringe*. Auch dass sie in der darauffolgenden Sekunde mit ihren ausgestreckten Fingern auf mich zeigen, ist mehr als gruselig. »Du wirst uns ins Schloss begleiten.«

»Was?«, entfährt es mir und ich werde von tausend neuen Fragen überrannt.

Hörbar atmet Mick durch. »Ich wusste es.« Noch immer hebt und senkt sich seine Brust viel zu schnell und er wischt sich Dreck von der Stirn. Die Zuversicht leuchtet dennoch unverkennbar in seinen roten Augen. »Du hast eine Wirkung auf Jack.«

»Allerdings keine gute«, entgegne ich und sehe die anderen nacheinander an. »Oder was denkt ihr, wie es überhaupt so weit kommen konnte?« Ich deute auf die bewaffneten Wiskels direkt vor uns, die jederzeit wieder zuschlagen könnten.

»Und wie erklärst du dir *das*?« Mick macht ein paar Schritte vor und traut sich ernsthaft einen der Wiskels so stark zu schubsen, dass dieser frei von jeglicher Körperspannung umfällt.

Mein Herz setzt einen Schlag aus und ich rechne damit, dass der Wiskel aufspringt und auf Mick losgeht, gefolgt von seinen zahlreichen Artgenossen. Tatsächlich steht der umgestoßene Wiskel zügig wieder auf und schüttelt den Schnee ab. Ansonsten tut er aber nichts und auch die anderen gehen nicht erneut auf uns los.

*Dann ist es wahr. Jack kontrolliert sie telepathisch und hält sie auf einmal eisern davon ab, uns zu töten. Warum?*

»Kristen«, krächzen die vordersten seiner Gehilfen wieder, diesmal wesentlich lauter als eben, was sie ungeduldig erscheinen lässt.

In Wahrheit ist es Jacks Unmut, der durch sie zu mir vordringt, oder?

»Komm«, fordern die Wiskels mich auf und machen eine entsprechende Geste mit ihren Händen. Anschließend teilt sich das Heer in der Mitte und macht mir den Weg frei zum gläsern wirkenden, bunt schimmernden Eisschloss, das schöner nicht aussehen könnte.

Aber das ist nicht der Grund dafür, dass ich mich entschließe Jacks Befehl Folge zu leisten. Nachdem Jack demonstriert hat, wie viel mächtiger als die anderen Wächter er inzwischen ist, habe ich keine Wahl und darf nicht einmal daran denken zu widersprechen, ob nun aus Angst oder Trotz.

»Also schön«, sage ich, atme durch und nicke. Ich strecke den Arm zur Seite aus. »Komm, Teresa.«

Diese nähert sich mir und will ihre Hand in meine legen, da prescht einer der Wiskels los und lässt sein Schwert vorschnellen. Sofort reagiert Kim, zückt neue blattförmige Wurfsterne und will den Wiskel angreifen. Dann erkennen wir, dass er nicht kämpfen, sondern lediglich verhindern will, dass ich Teresa an die Hand nehme – mit Erfolg. Sowohl Kim als auch Teresa und ich halten inne.

»Nur Kristen«, bringt der Wiskel zischend hervor und starrt mich mit den dunklen Höhlen, in denen sich keine Augen befinden, an.

Instinktiv schaue ich zu Teresa, dann zu Mick.

Wieder krächzt der Wiskel: »Ihr anderen geht jetzt.«

Zermürbende Stille kommt auf, keiner von uns regt sich. Alles in mir sträubt sich dagegen, diesen gruseligen Kreaturen, die uns beinahe niedergemetzelt hätten, ins Innere des Eisschlosses zu folgen, in dem ihr unberechenbarer Drahtzieher auf mich wartet. Aber es hilft nichts. Sollten wir – insbesondere ich – Jack ein weiteres Mal verärgern, könnte er sein ursprüngliches Vorhaben zu Ende bringen. Es würde ihn kaum mehr als einen flüchtigen Gedanken kosten, uns abschlachten zu lassen, dessen bin ich mir inzwischen sicher.

*Ich will dich nicht allein gehen lassen,* lese ich in Teresas besorgtem Gesicht.

Stumm nicke ich, womit ich ihr sagen möchte: *Ich weiß. Aber anscheinend bin ich damit dran dich zu beschützen, nicht umgekehrt.*

»Ich komme deinem Wunsch nach«, lasse ich Jack wissen, indem ich zu den Wiskels spreche. »Wenn du mir versprichst, den anderen nichts zu tun.«

Der vorderste Wiskel zeigt auf Mick. »Ihr sollt gehen, hört ihr nicht?«

Schon setze ich mich in Bewegung und marschiere den Gang entlang, den die Wiskels für mich zwischen ihren Reihen gebildet haben.

»Kristen …«, höre ich Teresa voller Sorge sagen.

Ich bleibe stehen und wende mich ihr zu. »Schon okay.« Gern würde ich ihr nun ein Lächeln schenken, einmal weil es das letzte Mal sein könnte, dass wir uns sehen, aber auch weil ich sie gerne beruhigen würde. Doch ich schaffe nicht viel mehr als leicht die Lippen aufeinanderzudrücken. »Ich komme zurecht. Wir sehen uns danach, okay?«

Sie zögert und strahlt puren Widerwillen aus. »Okay …«

Ein letztes Mal schwenkt mein Blick zu den Wächtern.

»Viel Glück«, wünscht Mick mir.

Jill fügt hinzu: »Vergiss nicht: Wir glauben an dich.«

»Ja, du bist unsere letzte Hoffnung, aber mach dir keinen Druck«, gibt Kim trocken von sich.

Dafür boxt Teresa sie zwischen die Rippen.

»Vorsicht«, faucht Kim zurück.

Ich nutze den intensiven Blickkontakt, der sich zwischen den beiden aufbaut, um mich abzuwenden und meinen Weg fortzusetzen, bevor ich noch in Tränen ausbrechen und es mir anders überlegen kann. Wohin die anderen sich zurückziehen werden, bekomme ich nicht mehr mit, doch im Moment ist es besser so.

Schritt für Schritt wage ich mich vor, vorbei an all den unheimlichen Wiskels bis hin zum Eisschloss. Als ich die Treppe emporsteige, die zum riesigen Eingang führt, und die Mütze abnehme, fühlt es sich an, als würde ich mich aus Mangel an Alternativen in die Höhle des Löwen begeben.

Wann auch immer ich im Laufe meines bisherigen Lebens an diese Redewendung gedacht habe, ist es stets metaphorisch gemeint gewesen. Nie hätte ich gedacht, dass ich mich tatsächlich einmal in eine fremde Behausung begeben würde, wohl wissend, dass der Hausherr, der mich im Inneren erwartet, mich mit kaum mehr als einem Fingerschnippen umbringen könnte. Außerdem hätte ich nie gedacht, dass die Höhle dabei gar keine Höhle, sondern ein in sämtlichen Farben funkelndes Kristallschloss sein würde. Die halbtransparenten, glasartigen Wände reflektieren das Tageslicht, von dem ich nicht ausmachen kann, wo es herkommt. Auch ich selbst spiegele mich in den Wänden mehrfach wider, außerdem kann man verschwommen in den nächsten Raum sehen mit einem Effekt, der sich am ehesten mit dem von Milchglas vergleichen lässt, jedoch ohne diese trübe Farbe. Alles in allem bewirken die Mauern optische Illusionen, die auf mich wie eine Reizüberflutung wirken und kaum habe ich das Eisschloss betreten dafür sorgen, dass ich die Orientierung verliere. Noch ein letztes Mal schaue ich über meine Schulter, um einen Blick nach draußen zu werfen, aber von Teresa und den anderen ist nichts mehr zu sehen. Lediglich mehr Wiskels, als ich zählen könnte, tauchen hinter mir auf. Mir bleibt sowieso nichts anderes übrig, als mich von ihnen leiten zu lassen.

Das Einzige, was ich mit Sicherheit sagen kann, ist, dass wir uns immer weiter nach oben begeben und mir wärmer wird. Es dauert nicht lange und ich ziehe mir die Jacke aus.

Mehrmals gehe ich eine Treppe hinauf. Je tiefer ich ins Schloss vordringe, umso weniger Wiskels umgeben mich noch. Eigentlich müsste mich das beruhigen, sind mir diese düsteren Marionetten doch nach wie vor nicht geheuer. Allerdings habe ich die böse Ahnung, dass sich nur deswegen immer mehr von ihnen zurückziehen, weil ich mit jedem weiteren Schritt, den ich mache, mehr zu Jacks Gefangener werde, die es ohnehin nicht schaffen wird, auf eigene Faust aus seinem Schloss zu entkommen.

Am Ende ist nur noch ein einzelner Wiskel übrig und ich vermute, dass er derjenige ist, durch den Jack am häufigsten zu mir gesprochen hat. Hoch oben angekommen, erreichen wir ein riesiges Doppeltor, das ebenfalls in Regenbogenfarben schimmert, jedoch nicht durchsichtig ist, sondern so aussieht, als wäre es aus geschliffenem Perlmutt gefertigt. Im ganzen Schloss habe ich überall vereinzelte Elemente gesehen, die nicht kristallartig durchsichtig, sondern cremefarben undurchsichtig waren, aber keins ist bisher so groß gewesen wie das Doppeltor, auf das der Wiskel und ich zusteuern. Als wir nur noch wenige Meter davon entfernt sind, schwingen die Türen zu beiden Seiten schwerfällig auf und geben den Blick auf den hellblau glitzernden Saal frei, der sich dahinter verbirgt.

Vor einer großen Fensterfront, aus der man nach draußen auf den Schneesturm, den Jack mittlerweile wieder toben lässt, blicken kann, steht er und schaut konzentriert in die Ferne. Gedankenversunken, wie er ist, hat er eine Hand an sein Kinn gelegt und regt sich kaum. Darüber, was ihm gerade durch den Kopf gehen mag, kann ich nur Vermutungen anstellen. Gehe ich nach der Schwermut, die sich in seinen klaren Augen abzeichnet, kann es unmöglich etwas Erfreuliches sein.

Sofort erkannt habe ich ihn am dunklen Haar, der vornehmen Blässe und seinen männlichen, unverschämt attraktiven Gesichtszügen.

Dabei könnte seine Gewandung sich nicht stärker von seiner Kleidung, die er bei unseren bisherigen Aufeinandertreffen getragen hat, unterscheiden: Unter dem weinroten, großen Tuch, das er um die Schultern gewickelt trägt und das ihm über die Oberarme hängt, hat er ein hellblaues Hemd mit blaugrauen Applikationen an. Im gleichen Blaugrau ist seine Hose gehalten, die an den Beinen locker fällt und nur oben und unten am Saumen eng anliegt und seine gut gebaute Figur erkennen lässt. So anthrazit, wie seine Schuhe sind, ist auch der Stoffgürtel, der um seine Hüfte gewickelt ist.

Ich weiß nicht, was ich stattdessen erwartet habe, jedenfalls nicht diesen Anblick. Er hätte auch nun wieder die pechschwarzen Klamotten tragen können wie ein auf cool machender Mensch. Oder stattdessen, keine Ahnung, eine Krone mit Zacken, die an Eiszapfen erinnern, dazu einen mit schneeflockenartigem Muster bestickten langen Umhang, irgendwie so. Eben viel ... aufdringlicher und angeberischer. Und ich hatte erwartet, dass er mich anders empfängt. Mir zugewandt. Voller Wut. Oder mit einem abschätzigen Blick. Jedenfalls nicht *so*: Zurückhaltend, nachdenklich, abwägend, angespannt. Fast schon besonnen.

Wie passt das zu allem, was in den vergangenen Tagen und nicht zuletzt vor wenigen Minuten passiert ist?

*Als würden zwei Persönlichkeiten seinem ansehnlichen Körper innewohnen.*

Oder warum sonst bin ich überhaupt noch am Leben?

»Lass uns allein«, befiehlt Jack dem Wiskel, der mich bis hierhin geführt hat. Noch immer steht er der Glasfront zugewandt und wirkt versunken in quälende Gedanken. Vermutlich hätte er seine Anweisung auch einfach wieder telepathisch an das kleine teufelähnliche Wesen übermitteln können. Er scheint aber zu wollen, dass ich sie mitbekomme.

Ohne zu zögern, wendet der Wiskel sich ab und saust aus dem Saal. Kaum hat er die Räumlichkeit mit den hohen Kristallwänden verlassen, schwingt das Doppeltor zu und ich bin mit Jack Frost allein.

Nun gibt es hier nur noch ihn, das offenbar stärkste Wesen auf der ganzen Welt, und mich. Als mir dies vollends klar wird, fängt mein Herz aufs Neue wie wild zu pochen an und ich wende mich Jack zu. Dem Mann, der seinen Angriff auf die Wächter abgebrochen hat, um mich herzubestellen.

»Was willst du von mir?«, bringe ich hervor und versuche nicht zu stark vor Angst zu zittern.

»Für dich bin ich ein Ungetüm«, entgegnet er nüchtern und schaut noch immer in die Ferne, weswegen ich sein perfekt gezeichnetes Profil betrachten kann. »Schon im Apartment deiner Eltern hast du mich so gesehen. Und jetzt, hier in meinem Zuhause, hat sich nichts daran geändert.« Nun dreht er sich leicht in meine Richtung und sieht mich endlich an. »Ist es nicht so?«

Als unsere Blicke sich zum ersten Mal seit einer gefühlten Ewigkeit wieder treffen und seine hellblauen, klaren Augen mich in den Fokus nehmen, erfasst ein heftiges Kribbeln meinen Körper. Mehrere Sekunden brauche ich, um mich einigermaßen zu sammeln und ihm zu antworten. »Wundert dich das ernsthaft, nachdem du die Erde in einen ewigen Winterschlaf versetzt und eben sogar deine eigene Familie angegriffen hast?«

»Meine Familie«, wiederholt Jack voller Ablehnung in seiner tiefen Stimme und schreitet mir gemächlich entgegen – jeder einzelne seiner Schritte hallt durch den Saal. Als er nur wenige Meter vor mir stehen bleibt, werden seine Augen schmaler. »Diejenigen, die du *meine Familie* nennst, haben sich gegen mich gestellt.« Mit verbitterter Miene deutet er auf das, was hinter der Fensterfront in der Ferne des Schneesturms liegt. »Das hast du doch gerade selbst gesehen.«

»Wir sind nicht hergekommen, um dich anzugreifen«, versuche ich verzweifelt klarzustellen und werde dementsprechend laut, »sondern um dir zu helfen.«

Leicht legt er den Kopf zurück. »Du klingst genau wie sie. Kein Wunder, dass ihr euch gegen mich verbündet habt.«

Ratlos zucke ich mit den Achseln und frage mich, was ich sagen kann, um ihn nicht zu provozieren – das könnte ich schließlich bitter bereuen.

»Wie könnt ihr mir schon helfen?«, will er wissen und nickt auffordernd, ehe er die Zähne fletscht. »Du denkst doch ebenso wie die anderen, dass ich im Unrecht bin, nein, dass ich den Verstand verloren habe.« Jack setzt sich wieder in Bewegung und nähert sich mir weiter.

»Du bist zu weit gegangen«, bestätige ich, »aber dass du verrückt bist, habe ich nie gesagt.«

Plötzlich steht er dicht vor mir. »Und doch hast du es gedacht, Kristen.« Sein eindringlicher Blick durchbohrt mich und lässt mich kurz vergessen zu atmen. »Oder willst du etwas anderes behaupten?«

Ich muss schlucken – und sage mit meinem Schweigen bereits alles.

»Das dachte ich mir«, knurrt er, wendet sich ab und schreitet in die entgegengesetzte Richtung durch den Saal.

»Jack …«, bringe ich hervor und sehe ihm mit großen Augen hinterher, verfolge jede seiner gleichermaßen angespannten und eleganten Bewegungen.

Dass er sich von mir entfernt, holt mir ins Bewusstsein zurück, dass er sich dagegen entschieden hat mich sterben zu lassen, dabei schien er zuvor meinen Tod in Kauf nehmen zu wollen. Was hat ihn umgestimmt? Warum hat er mein Leben verschont, zumindest vorerst? Diese und noch tausend weitere Fragen drängen in meinen Kopf und wollen ausgesprochen werden, doch ich muss genau aufpassen, was ich als Nächstes von mir gebe.

»Erklär es mir«, flehe ich regelrecht und wage es, ein paar Schritte auf ihn zuzutreten.

Jack bleibt stehen und wendet sich wieder mir zu, was den weinroten Stoff, der locker um seine breiten Schultern liegt, nachschwingen lässt.

»Ihr vier Wächter seid alle vom selben Schlag«, fahre ich fort. »Nur zusammen ergeben eure Jahreszeiten einen Sinn, nur gemeinsam in ihrer festen Abfolge sorgen sie für den Zyklus auf der Erde, für den Kreislauf des Lebens, wie wir Menschen ihn kennen und brauchen.« *Weswegen ich auch kapiert habe, dass ich mir keinen ewigen Sommer wünschen darf.* Wieder wage ich mich einen Schritt in seine Richtung vor. »Jack. Seit Jahrtausenden gestaltet und überwacht ihr den Frühling, Sommer, Herbst und den Winter als eine in sich geschlossene Einheit, Seite an Seite. Warum siehst du Mick und die anderen nicht mehr als deine Familie?«

Einen Moment lang schweigt er, sieht mich an und scheint meine Worte nachwirken zu lassen. Umso entschlossener antwortet er dann: »Die Einheit, von der du sprichst, scheint meine sogenannte Familie nicht sonderlich zu interessieren.«

»Wir waren auf dem Weg zu dir, um mit dir zu reden und zusammen eine Lösung zu finden«, erwidere ich.

»Du meinst, um mich aufzuhalten und noch mehr Zeit zu verschwenden.«

»Jack.«

»Nein, Kristen. Wenn sie nicht *für* mich sind und mich nicht unterstützen, dann sind sie *gegen* mich und stehen mir im Weg. Das hat sich spätestens heute unmissverständlich gezeigt.« Er wird lauter und hebt mahnend die Hand, mit der er mir wohl innerhalb weniger Sekunden das Leben aushauchen könnte. »Meine Jahreszeit stirbt, wenn ich nichts dagegen unternehme. Ihr Menschen macht alles kaputt und denkt immer noch nicht daran, die Katastrophe, die ihr angerichtet habt, aufzuhalten. Bald ist es zu spät und der Klimawandel ist unumkehrbar. Aber das ist euch gleichgültig. Deswegen hatte ich keine andere Wahl. Den Winter erkennt ihr als Bedrohung, weil er sichtbarer ist und schneller über euch hereingebrochen ist. Dabei sind sie langsam steigenden Temperaturen nicht weniger bedrohlich für die Erde, im Gegenteil.«

»So einfach ist das nicht«, wage ich zu widersprechen.

»Doch, Kristen«, entgegnet er nahezu knurrend vor Zorn, ohne sich in seiner Lautstärke zu mäßigen, »das ist es.«

Schlagartig verfalle ich ins Schweigen, nicht wegen der Art und Weise, wie er zu mir spricht, sondern weil ich weiß, dass er recht hat. Wir Menschen sind schuld daran, dass es schlecht um den Planeten, auf dem wir in unserer Dimension leben, steht. Dennoch unternehmen wir bisher viel zu wenig dagegen. Auch ich. Die allermeisten.

Mit fest aufeinandergedrückten Lippen wendet Jack den Blick von mir ab. »Jedenfalls ist es den anderen Wächtern egal.«

»Das stimmt nicht«, beteuere ich verzweifelt und sehe ihn umso inständiger an. »Sie sorgen sich um dich.«

Ruckartig wendet er sich wieder mir zu. »Dann haben sie eine fragwürdige Art, das zu zeigen.«

»Der Weg, den du eingeschlagen hast, ist falsch, Jack. Das sehen sie genauso wie ich. Mit noch mehr Zerstörung wird die Situation nicht besser.«

»Doch«, ist er sich sicher, »weil ich begriffen habe, dass die Menschen erst umdenken, wenn sie dazu gezwungen werden.«

»Und wie stellst du dir das vor?«, will ich wissen und werde nun ebenfalls lauter. »Denkst du, dass die Menschen einfach so darauf kommen, warum du es überall hast Winter werden lassen und was du von ihnen verlangst, damit du sie aus diesem Bann befreist?«

Der Ausdruck in seinen hellblauen Augen verändert sich, es ist, als würde sein Blick bis in mein Innerstes vordringen. »Hast du mal daran gedacht, dass du deswegen die Gabe bekommen haben könntest mich zu sehen? Um den Menschen meine Botschaft zu übermitteln?«

Hörbar stockt mir der Atem und kurz verliere ich jegliche Regung. »Was?« Ein mehr als mulmiges Gefühl jagt durch meinen Körper. Zwar hatte ich vorher schon überlegt mich an die Regierung zu wenden, aber das hier ist noch mal eine andere Hausnummer. Was Jack mir da anzuvertrauen gedenkt, geht mit viel Verantwortung einher. Irgendwie wäre es allerdings auch ... eine Ehre.

Je mehr ich nun darüber nachdenke, umso mehr bin auch ich davon überzeugt, dass es wahr ist. Es muss einen Grund haben, dass ich Jack und die anderen Wächter auch auf der Erde wahrnehmen kann, wodurch sie überhaupt Kontakt zu mir herstellen konnten. Und dass es ausgerechnet jetzt passiert. Vorher hatte ich diese Fähigkeit schließlich nicht, denke ich. Es ist, als hätte irgendjemand bewusst dafür gesorgt, dass ich dieses seltene Talent auf einmal besitze. Und zwar nicht Jack, sondern die eine Frau aus seiner Welt, die er mal erwähnt hat.

Gerade, als ich ihn darauf ansprechen will, kommt er mir zuvor: »Du könntest zwischen den Menschen und mir vermitteln, wie ich selbst dazu nie in der Lage wäre.«

Noch immer bin ich überwältigt und versuche es mir vorzustellen.

Jack nickt – spätestens in dem Moment wird mir klar, dass er es sich deswegen anders überlegt und mich am Leben gelassen hat. »Seit Anbeginn der

Zeit ist es uns Wächtern unmöglich, zu den Menschen zu sprechen. Lange ist dies auch gut so gewesen, doch nun steht die Erde vor einem Wendepunkt, dessen Ausgang über das Leben aller künftigen Generationen entscheidet. Was wären wir Wächter ohne die Menschen, was wären wir ohne unsere Bestimmung, eure Jahreszeiten zu gestalten? Nichts. Deswegen dürfen wir die Erde auf keinen Fall zugrunde gehen lassen.«

*Das stimmt,* denke ich mir und lege meinen Mantel sowie die Mütze auf einem kleinen Glastisch ab. *In dem Punkt kann ich ihm nicht widersprechen.*

»Du verfügst über die Möglichkeit«, fährt er mit eindringlicher Stimme fort, »mein Anliegen an die Menschen zu vermitteln.«

»Du denkst wirklich«, frage ich, »dass ich deswegen die Fähigkeit bekommen habe, dich wahrzunehmen?«

Sein Blick ruht auf mir. »Was denkst *du?*«

Kurz sehe ich an ihm vorbei und horche in mich hinein, dann nehme ich ihn wieder in den Fokus. »Auf jeden Fall würde ich dadurch meine Gabe für etwas Gutes und Wichtiges nutzen.«

Jack nickt. »Dann sind wir endlich mal derselben Meinung.«

Meine Augen werden größer. »Was sollen wir deiner Ansicht nach tun?«

# X.

**Kristen**

Jack führt mich aus dem Raum und begibt sich mit mir ins Freie auf einen geräumigen Balkon, der über dem Innenhof des regenbogenfarben schimmernden Eisschlosses errichtet ist. Hier draußen ist es noch immer bitterkalt, doch gerade als ich anfange zu frösteln und mit den Zähnen zu klappern beginne sowie mir die Oberarme reibe, legt Jack auf einmal seinen weinroten Umhang um mich. Überrascht, aber dankend nehme ich ihn an mich und lasse mich von dem schweren, hochwertig wirkenden Stoff wärmen. Wir schreiten zum Geländer, davor bleiben wir stehen und ich lasse den Anblick, den ich vor der Nase habe, auf mich wirken: Der Innenhof von Jacks Schloss ist eine Art Garten, in dem viele große Bäume stehen. Stämmig und dunkel sind sie, frei von jeglichem Laub, stattdessen hängen dicke Eiszapfen an den wuchtigen Ästen, als wären es Blätter. Anstelle von Gras zieren hellgraue Marmorplatten den Boden, im Zentrum des Hofes sind die Platten in verschiedenen Blautönen gefärbt und zeigen eine große Schneeflocke. Irgendwie ist diese Kulisse ... trostlos und wunderschön zugleich.

*Warum zeigt er mir diesen Ort? Um mir einen Einblick in sein Innerstes zu gewähren?*

»Hast du das alles hier gestaltet?«, frage ich ihn.

Jack steht besonders dicht vor dem Geländer, beugt sich vor und stützt sich lässig mit den Unterarmen darauf ab. »Ja, im Laufe der Zeit.« Sein Blick schwenkt zu mir. »Was sagst du dazu?«

»Nun, es ist ...« Wieder betrachte ich den Innenhof. »Einzigartig.«

Charmant lacht er auf. »Okay.« Dann atmet er durch, hält sich am Geländer fest und lässt sich mit ausgestreckten, angespannten Armen nach hinten kippen. »Ich hätte nie gedacht, dass ein Mensch diesen Ort mal zu Gesicht bekommen würde.«

Mitfühlend lächle ich. »Das muss für dich genauso komisch sein wie für mich.«

»Komisch nicht.« Er sieht mich wieder an. »Nur ungewohnt. Und schön.«

Sein letzter Satz jagt einen angenehmen Schauer durch meinen Körper und ich muss schlucken. »Dann hasst du die Menschen nicht?«

Mit Faszination betrachtet er mich. »Machst du Witze?« Jack lässt los und springt mit einem sicheren Satz aufs Geländer, um in schwindelerregender Höhe wagemutig darauf zu balancieren. »Ich liebe sie.«

Für einen kurzen Moment bleibt mir gefühlt das Herz stehen, bis ich feststelle, dass er sich äußerst gekonnt auf dem schmalen Gitter bewegt. »Du liebst sie?«, versuche ich seine Aussage, die er mit so viel Wärme von sich gegeben hat, zu verarbeiten.

Direkt vor mir bleibt er auf dem Geländer stehen und wendet sich mir zu. »Ich hätte das alles nicht getan, wenn es nicht absolut notwendig gewesen wäre.« Tatsächlich schwingt kein Bedauern in seinen Worten mit, sehr wohl aber Schwermut und größte Sorge. »Es muss endlich etwas Merkliches passieren auf der Erde. Sofort.«

Verhalten nicke ich. »Du und die anderen Wächter, ihr könnt nicht überleben, wenn die Menschheit ausstirbt, stimmt's?«

Verwundert zieht er die Augenbrauen hoch und stößt Luft aus. »Wie kommst du darauf?«

»Na ja, Simerra ist eng mit der Erde verbunden und …« Ich zucke mit den Schultern, was den dunkelroten Umhang sich heben und wieder senken lässt. »Das würde erklären, warum es euch so wichtig ist, die Klimakatastrophe abzuwenden. Vor allem dir.«

Doch Jack schüttelt den Kopf und schreitet auf dem Geländer wieder von mir weg. »Wir würden nicht sterben, wenn es die Menschheit nicht mehr geben sollte. Auch den Tod eures Planeten würden wir überstehen«, stellt er klar. »Doch das Leben unserer Schöpferin ist an den Fortbestand der Erde gekoppelt und sie kann ihr Zuhause nicht verlassen.«

*Eure Schöpferin?*

»Aber wir Wächter können ohne euch Menschen und ohne die Erde überleben«, fährt er fort. »Vor allem weil eine neue, andere Parallelwelt erschaffen werden könnte, um die wir uns kümmern könnten – als neue Bestimmung, die uns erfüllen würde. Ich bin mir zwar nicht sicher, wie genau das funktioniert, weil das nicht in meinen Aufgabenbereich fällt, aber irgendwie geht das bestimmt.«

»Oh, ach so.«

Jack macht einen Salto auf dem Geländer, sodass es mir den Atem verschlägt. »Allerdings würde ich das dann nicht mehr *Leben* nennen.«

Mit großen Augen sehe ich ihn an – einmal wegen seines Stunts, den er so beiläufig gemacht hat, als wäre so etwas vollkommen normal, und einmal wegen dem, was er gerade gesagt hat. Gleichzeitig erkenne ich die Trauer in seinen eisblauen Augen und spätestens da wird mir klar, dass er eben die Wahrheit zu mir gesagt hat. »Du liebst die Menschen wirklich.«

Mit ernstem Gesichtsausdruck erwidert er meinen Blick. »So sehr, wie ein Wächter sie nur lieben kann.«

*O Jack …*

Er dreht den Kopf weg und blickt in die Ferne. »Lachende Kinder, die vergnügt und sorglos im Schnee spielen und sich auf den Weihnachtsmann freuen … Erwachsene, die sich im Winterurlaub neu verlieben, in ihren Partner und ins Leben selbst …« Er wendet sich wieder mir zu, hat feuchte Augen und bringt mir ein sorgenvolles Lächeln entgegen. »Ohne all dies würde mir etwas fehlen, verstehst du? Genau genommen würde mir *alles* fehlen. Das könnte ich mir beim besten Willen nicht vorstellen.«

»Du hast Leid über die Menschen gebracht«, sage ich. »Mit dem globalen Winter … und auch mit den Eiszapfen neulich.«

Bedauern prägt seine Züge. »Ja, ich weiß und das hat mir auch sehr wehgetan, das versichere ich dir. Ich liebe die Menschen, aber wie sie die Erde zugrunde richten, kann ich nicht gutheißen. Sie zerstören sich damit selbst und sind so unfassbar gut darin, genau das zu verdrängen. Irgendwie muss ich ihnen helfen sich selbst zu retten und ich wusste einfach nicht wie. Aber ohne sie will ich nicht sein und eigentlich will ich ihnen auch nicht wehtun.«

Wie gebannt betrachte ich ihn, Jack Frost, der mir in diesem Moment so offen und verletzlich, aber auch so entschlossen und mutig vorkommt, wie jemand nur sein kann.

Entschieden springt er vom Geländer, um mit beiden Füßen sicher vor mir zu landen. »So gesehen bin ich doch darauf angewiesen, dass ihr Menschen fortbesteht. Weil ich mir die Welt ohne eure Lebensfreude, ohne eure Neugierde und ohne all die Dinge, mit denen ihr mich immer wieder aufs Neue überrascht, nicht vorstellen kann. Es nicht *will*.«

Wow, ich ... weiß immer noch nicht, was ich sagen soll.

Hoffnungsvoll reicht er mir seine Hand. »Und es würde mir viel bedeuten, wenn du mir dabei helfen würdest, den Menschen zu helfen.«

***

Es fühlt sich komisch an, so dicht neben Jack durch sein Eisschloss zu schreiten wie eine verschmolzene Einheit. Vor kurzem noch habe ich ihn für einen unberechenbaren Psychopathen gehalten, aber mittlerweile habe ich den Eindruck, eine ganz andere Seite an ihm kennenzulernen. Nach wie vor kann ich den globalen Winter, den er über die Erde verhängt hat, nicht gutheißen; inzwischen kann ich Jack jedoch zumindest ein Stück weit verstehen. Wegen seiner Verbundenheit zur Menschheit ist er verzweifelt gewesen – und wir Menschen haben ihn mit unserem egoistischen und kurzsichtigen Verhalten dazu getrieben. Quälen und verletzen will er uns eigentlich nicht, er hat nur keinen anderen Ausweg gesehen, als uns unter Druck zu setzen. Wenn es stimmt, was er mir soeben auf dem Balkon anvertraut hat, so geht es ihm keineswegs bloß um sich selbst, sondern um uns alle. Er könnte ohne uns überleben, will es aber nicht. Das treibt ihn an.

Es muss sich etwas an der Art und Weise, wie die Menschen mit der Erde umgehen, ändern. Wenn ich Jack schon nicht dazu bewegen kann, den Plan, den er sich in den Kopf gesetzt hat, zu verwerfen, um zusammen mit den anderen Wächtern eine andere und wahrscheinlich langsamere Lösung zu finden, so kann ich trotzdem etwas tun und helfen. Ich kann *ihm* helfen sein Ziel zu erreichen, welches darin besteht, die Menschen zur Vernunft zu bringen, nein, zu zwingen. Je früher es dazu kommt, desto eher wird er den Bann des globalen Winters aufheben und umso schneller sind wir uns gegenseitig wieder los.

Dafür gilt es nun sich zusammenzutun. Um in seinem Namen zu den Menschen sprechen zu können, ist es wichtig, dass ich ihn kenne und verstehe. Deswegen hat er angeboten mich durchs Schloss zu führen und mir alle Fragen zu beantworten, die ich habe.

Inzwischen habe ich ihm seinen Umhang zurückgegeben und gerade gehen wir durch eine Art Galerie, in der große Malereien hängen. Sie zeigen Kinder fröhlich tobend und herumalbernd im Schnee. Zwar sind die Bilder mit ihren wilden, groben Pinselstrichen etwas abstrakt, und doch kann ich die Motive, die sie darstellen sollen, eindeutig erkennen.

»Haben deine Wiskels die Bilder gemalt?«, frage ich und bleibe vor einem der Gemälde stehen, um es näher zu betrachten. Der Anblick des Mädchens und des Jungen, die sich eine Schneeballschlacht liefern und den Spaß ihres Lebens haben, zaubert mir automatisch ein Lächeln ins Gesicht.

Jack stellt sich neben mich, wodurch mir sein zedernholzartiger Geruch in die Nase steigt, und lässt seinen Blick meinem folgen. »Nein, die sind von mir.«

Wie gebannt sehe ich ihn an. »Du malst?«

»Hin und wieder, ja.« Auch er dreht den Kopf zu mir und zieht einen Mundwinkel hoch. »Schockiert dich das?«

»Das nicht direkt«, antworte ich, »es überrascht mich nur.« Ich gehe weiter und ergänze in Gedanken: *Anscheinend gibt es noch so einige Facetten von Jack Frost, die ich nicht an ihm vermutet hätte. Er malt, und zwar glückliche Menschen im Schnee, wer hätte das gedacht?*

Auch er setzt sich wieder in Bewegung und schließt zu mir auf. Wir gehen weiter die Galerie entlang, von der aus man ins darunterliegende Stockwerk schauen kann, einen großen Raum, der mit seinen länglichen Tischen und der Bühne wie ein Festsaal aussieht. »Veranstaltest du hier Feiern?« Beim Gehen lege ich die Hand aufs perlmuttähnliche Geländer und lasse meine Fingerspitzen darüber gleiten. Die kühle Glätte, die ich ertaste, fühlt sich wohltuend an.

Tief atmet er durch, wodurch sich seine breiten Schultern anheben und wieder absenken. »Nein.«

Verunsichert lächle ich und bleibe stehen. »Wozu dann der Festsaal? Es ist doch einer, oder?«

Auch Jack hält wieder an, hat aber Mühe, mir in die Augen zu sehen.

*Er würde hier gerne Feste feiern und mit anderen zusammen sein, aber er hat niemanden, der kommen würde, oder?*

»Mick, Jill und Kim sind zu beschäftigt für so etwas«, bestätigt er im nächsten Moment meine Ahnung und fährt sich mit den Fingern durchs volle dunkelbraune Haar, welches einen intensiven Kontrast zu seiner blassen Haut darstellt. »Sie können ihre Schlösser ebenso selten verlassen wie ich meins. Also, normalerweise.«

Wir gehen weiter.

*Dass ihr eure Schlösser in letzter Zeit öfters verlasst, ist den aktuellen Umständen geschuldet. Du, Jack, hast dich ein paar Mal zu den Menschen gestohlen, um mich aufzusuchen. Bis die anderen sich gezwungen gesehen haben, das Gleiche zu tun, nur aus anderen Gründen.*

»Es ist wichtig«, fügt Jack hinzu, »dass jeder Wächter in seinem Reich bleibt und stets reagieren kann, wenn ihm ein Wiskel meldet, dass irgendwo auf der Erde Handlungsbedarf besteht.«

Genau in dem Moment kommen wir in einen anderen großen Raum, der sich über mehrere Etagen erstreckt, welche wiederum über Treppen miteinander verbunden sind. Hier tummeln sich unsagbar viele, wenn nicht sogar die meisten seiner Wiskels und scheinen vertieft in ihre Arbeit zu sein. Diese Wiskels wirken so gar nicht bedrohlich und sehen auch sonst anders aus als die, die mich und die anderen vor dem Schloss angegriffen haben. Wesentlich kleiner, fast schon niedlich und … harmlos. Ständig blicken sie in chromartig glänzende Ferngläser und Fernrohre, an deren Enden keine Linsen, sondern mattsilberne Deckel festgeschraubt sind. Mit Eifer machen sie sich handschriftliche Notizen über das, was sie in den Geräten sehen.

»Was genau tun die Wiskels eigentlich für dich?« *Wenn du sie nicht gerade vor dem Eisschloss in eine blutige Schlacht ziehen lässt,* denke ich mir dazu.

»Wie gesagt, sie überwachen für mich die Geschehnisse auf der Erde, ich kann schließlich nicht alles auf einmal im Blick haben.«

Seite an Seite schreiten wir durch den riesigen Raum und gehen an den vielen ovalen Tischen vorbei, an denen die Wiskels ihr Werk verrichten. Weder Jack noch mir schenken sie Beachtung, dabei ist er ihr Gebieter und ich die Zielperson, der sie vor kurzem noch an die Gurgel wollten. Auch das dürfte etwas sein, das er ihnen mit seinen Gedanken aufträgt: uns im Moment in Ruhe zu lassen.

»Was muss geschehen, damit du einschreitest?«, versuche ich das große Ganze zu verstehen.

»Das ist unterschiedlich. Natürlich gibt es ungefähre Richtlinien, an die ich mich Jahr für Jahr halte, damit es beispielsweise in Deutschland im Dezember mit dem Winter losgeht und erst im Juni in Australien.«

Ich nicke. »So hast du das ganze Jahr über zu tun.«

»Genau. Ein deutscher Winter fällt natürlich auch anders aus als ein australischer, denn während ich in Europa viel Schnee vom Himmel fallen lasse, gestalte ich den Winter auf der gegenüberliegenden Seite des Planeten vollkommen anders. All das ist wichtig fürs Gleichgewicht und bestimmte Zyklen, die eure Natur durchlaufen soll.«

»Trotzdem lassen dir die Richtlinien einen gewissen Spielraum?«

Ein Wiskel wackelt so zügig, wie er auf seinen kurzen Beinen kann, an mir vorbei und rennt ungebremst gegen Jack, sodass er nach hinten umkippt. So skurril, wie diese Szene ist, entlockt sie mir ein kurzes Grinsen, ehe ich mich räuspere.

Jack begibt sich in die Hocke, hilft dem Wiskel auf und rückt ihm lächelnd die Kleidung zurecht. Ohne sich zu bedanken, zu entschuldigen oder sonst irgendwie auf die Hilfe zu reagieren, torkelt das kleine Kerlchen weiter.

Anstatt den Wiskel zu ignorieren oder gar zu tadeln ist Jack für ihn da, dabei hätte er keine Konsequenzen zu erwarten, würde er Strenge walten lassen und seine Wut an dem Wiskel auslassen. Spätestens in diesem Moment offenbart sich mir die sanfte Seite an Jack Frost.

»Ja«, antwortet er schließlich auf meine Frage. »Ich variiere gerne, wann genau in einer Region der Winter beginnt und mit welchen Details ich ihn gestalte. Dadurch bleibt er für die Menschen abwechslungsreich.«

»Wie auch für dich«, sage ich, ohne erst darüber nachzudenken.

Kurz huscht ein überraschtes Lächeln über seine perfekten Lippen. »Das stimmt.«

»Und damit behalten die Wiskels also alles im Auge«, mutmaße ich und deute auf das silberne Fernglas, welches einer der Wiskels gerade benutzt. Er hält es fest in seinen Klauen und starrt hinein.

Zur Antwort tritt Jack an den ovalen Tisch heran und greift sich das Fernglas von dem Wiskel, der sich kurz besinnen muss und sich dann vom Tisch entfernt, um sich ein Gerät zu suchen, das er stattdessen verwenden kann.

»Hier«, meint Jack zu mir, kommt näher und hält mir das Fernglas vor die Nase.

Verunsichert sehe ich ihn an, dann lasse ich mich von meiner Neugier übermannen und lege das Gesicht an das Gerät. Darin sehe ich plötzlich eine Autobahn mit kyrillischen Schildern, es könnte demnach irgendwo in Russland sein. Die mehrspurige Straße ist stark vereist und es scheint kürzlich zu einem Unfall mit mehreren beteiligten Fahrzeugen gekommen zu sein. Erschrocken ziehe ich das Gesicht zurück und will mir das lieber nicht länger ansehen.

Als Jack meine Reaktion bemerkt, schaut er selbst nach, was im Fernglas zu sehen ist. »Oh«, macht er trocken. »Moment, ich zeige dir etwas anderes.« Ohne an dem Rad auf dem Fernglas zu drehen, wie es die Wiskels tun müssen, sondern allein mit seinen magischen Kräften bewegt er es um ein paar Grad, indem er den Finger hebt und leicht dreht. Dann hält er es wieder vor meine Augen. »Das dürfte dir besser gefallen.«

Erneut wage ich einen Blick in das silbern glänzende Gerät – und schaue nun auf Kinder, die vergnügt Schlittschuh laufen. »Ja, das ist schöner, auch wenn der vorherige Schauplatz genauso der Wahrheit entspricht.« Ich kann nicht verhindern, dass in meiner Bemerkung ein vorwurfsvoller Unterton mitschwingt.

»Auf der russischen Autobahn, die du eben gesehen hast, passieren oft winterbedingte Unfälle«, entgegnet Jack selbstsicher. »Auch das gehört dazu.«

Überrascht sehe ich ihn an, nur um festzustellen, dass sein Gesicht meinem unfassbar nahe ist und er den Blick direkt erwidert.

»Nur eben normalerweise in einem anderen Monat«, ergänzt er und ich erwische ihn dabei, wie sein Augenmerk für den Bruchteil einer Sekunde auf meinen Mund fällt.

Verdammt, jetzt habe ich es ihm gleichgetan und auch auf seine Lippen gesehen. Schnell schaue ich ihm wieder in die Augen und räuspere mich peinlich berührt.

Noch immer stehen wir direkt voreinander und sehen uns an. Seine Nähe raubt mir den Atem. Trotz der angenehmen Temperatur und der frischen Luft hier im Schloss wird mir mit einem Schlag heiß und kalt zugleich.

»Woran denkst du gerade?«, möchte er zu allem Überfluss wissen und spricht mit derart sanfter Stimme zu mir, dass sich die Haare auf meinen Armen aufstellen.

Mein Puls wird schneller und ich überlege, wie ich reagieren soll. Unterdessen bewirkt Jack mit einer Handbewegung, dass sich der weinrote Stoff von seinen Schultern wickelt und verschwindet ... als wäre auch ihm auf unerklärliche Weise warm geworden. Dieses Knistern, das völlig unerwartet zwischen uns aufgekommen ist, darf ich keine Sekunde länger zulassen, denn es ist falsch und führt zu nichts Gutem, so viel steht fest.

*Denk an die Dinge, die zwischen euch stehen,* befehle ich mir in Gedanken selbst. *Daran, was er getan hat.*

Meine Augen verengen sich. »Hättest du die anderen Wächter sowie meine Freundin und mich wirklich vor deinem Schloss umbringen lassen, wenn ich dir nicht auf einmal nützlich vorgekommen wäre?«

»Hätten die Wächter es dabei belassen, bloß mit mir zu reden, anstatt mich anzugreifen, wenn ich ihnen die Chance dazu gegeben hätte?«

*Wie bitte?*

»Wer sagt,«, fährt er fort, »dass sie dich nicht nur als trojanisches Pferd benutzen wollten, um sich mir unbeschadet zu nähern und hinterhältig zuzuschlagen? Den Tod eines einzelnen Wächters könnte man schließlich noch verkraften und die Gestaltung und Überwachung seiner Jahreszeit mit vereinten Kräften übernehmen, dessen bin ich mir sicher und das wissen auch die anderen.«

Sein schneller Konter lässt mich schlucken und ich muss mich fragen, wie wahrscheinlich es ist, dass die anderen mich als eine Art Köder missbraucht haben könnten. Letztlich komme ich aber zu dem Schluss, dass ich mir das nicht vorstellen kann. »Mick und die anderen haben aufrichtig auf mich gewirkt, als sie mich gebeten haben mit dir zu sprechen.« Seufzend zucke ich mit den Achseln. »Und im Grunde hat es auch funktioniert – du und ich haben einen Kompromiss gefunden. Wie auch immer – ich kann mir beim besten Willen nicht vorstellen, dass die Wächter vorhatten, dir etwas anzutun. Du etwa?«

Leicht hebt er den Kopf an. »Das werden wir nie erfahren. Aber wenn du mich fragst, tun wir gut daran, zum Wohle aller nach vorne zu blicken.« Passend dazu wendet er sich ab und geht weiter.

Mit ernster Miene sehe ich ihm nach, dann drücke ich unbeholfen dem nächsten Wiskel, der an mir vorbeigeht, das Fernglas in die Hand. Insgeheim stelle ich mir vor, dass ich damit auch die Empfindungen von mir abschüttle, die für einen kurzen Moment in mir aufgelodert sind. Anschließend nehme ich die Verfolgung auf und lasse mich von Jack durch einen niedrigeren, dunkleren Korridor führen.

»Wir sollten uns genau überlegen, was du zu den Menschen sagst«, meint er nüchtern und scheint ebenfalls wieder ganz bei der Sache zu sein. Mit zügigen Schritten begibt er sich durch den Flur.

Diesmal schließe ich nicht zu ihm auf, sondern halte mehr Abstand zwischen uns und gehe schräg hinter ihm. »Wie kann ich den Menschen beweisen, dass es dich gibt und ich nicht bloß den Verstand verloren habe?« *Und warum spreche ich seit geraumer Zeit von den Menschen, als wäre ich selbst keiner?*

»Sie werden dir glauben«, ist Jack sich sicher und dreht im Weitergehen den Kopf etwas zu mir, um mich das wissen zu lassen. »Auf dein Geheiß hin kann ich auf der Erde ein Naturspektakel geschehen lassen, so lange, bis es auch der Letzte von ihnen begreift. Aber nur durch deine Erklärung werden sie verstehen, was ich ihnen damit sagen will.«

Beunruhigt bleibe ich stehen. »Was willst du ihnen denn sagen?«

Auch Jack hält wieder an, diesmal aber nicht meinetwegen, sondern weil wir die Tür zum nächsten Raum erreicht haben. Er wendet sich mir zu. »Das weißt du doch – sie sollen aufhören den Winter zu verdrängen und endlich spürbar etwas gegen die Erderwärmung tun.«

»Schon klar«, entgegne ich angespannt. »Aber welche Frist setzt du ihnen und womit willst du ihnen drohen für den Fall, dass sie es nicht rechtzeitig schaffen?« Meine Aufmerksamkeit fällt auf die Tür hinter ihm. »Wo gehen wir überhaupt hin?«

Ohne mich aus den Augen zu lassen, macht er einen Schritt rückwärts, öffnet mit einem sicheren Handgriff die Tür und stößt sie mit einem beherzten Tritt auf. »Du und ich, wir ziehen uns jetzt in diesen Raum zurück und verlassen ihn erst wieder, wenn ich zufriedengestellt bin.«

Ich ziehe eine Augenbraue hoch. »Entschuldigung?«

Schon begibt er sich rückwärts in den Raum und fordert mich mit einem aufblitzenden Grinsen in seinem bildhübschen Gesicht auf ihm zu folgen. »Bis dahin werden uns meine Wiskels alles bringen, wonach es uns verlangt.«

*Und wovon träumst du nachts?*, kommt es mir in den Sinn, weil seine Worte zweideutiger nicht sein könnten.

Mit einem entsprechenden Schnaufen und vor dem Oberkörper verschränkten Armen betrete ich das Zimmer. Wie ich feststelle, wird es ebenfalls hell von dem Licht, das durch die Fensterfront einfällt, beleuchtet und bietet den besten Blick auf den tosenden Schneesturm. Hohe und niedrige Kommoden stehen an den Wänden und in der Mitte befindet sich ein großer ovaler Tisch, dessen abwechselnd hell und dunkel kariertes Muster an ein großes, rundes Schachbrett erinnert. Ein paar Stühle mit hohen, weiß bezogenen Lehnen reihen sich um den Tisch. Nach allem, was Jack mir erzählt hat, darf ich davon ausgehen, dass selten mehr als einer davon zur selben Zeit benutzt wird, weil er sich auch hier zumeist allein aufhält. Was auch immer ich nach seinen Andeutungen erwartet habe hier vorzufinden – das Zimmer ist eingerichtet wie ein Besprechungsraum.

»Setz dich«, fordert Jack mich mit einer dazu passenden Handbewegung auf.

In der darauffolgenden Sekunde überholt mich ein Wiskel und stellt ein leeres Glas auf den Tisch. Dann huscht er auch schon wieder an mir vorbei, zieht sich aus dem Zimmer zurück und macht hinter sich die Tür zu. Während ich mich mit unsicheren Schritten dem Stuhl nähere, den Jack mir zugewiesen hat, verlangt es von ihm nicht mehr, als den Zeige- und Mittelfinger kurz kreisen zu lassen, und schon rascheln Eiswürfel im Glas und schmelzen zu kühlem Wasser. Wieder kommt mir der Gedanke, dass er die Hilfe des Wiskels nicht gebraucht hätte, um mir ein Glas zu organisieren, und es bloß eine symbolische Geste mir zuliebe war, bei vereinzelten Dingen bei dem zu bleiben, was ich gewohnt bin.

»Verrätst du mir nun, was wir hier machen?«, frage ich und nehme Platz.

Jack zieht den gegenüberliegenden Stuhl nach hinten und setzt sich ebenfalls. »Wir handeln die Bedingungen aus, die ich den Menschen stellen werde.«

»Also das, was ich eben angesprochen habe«, meine ich, um das klarzustellen. »Die Frist und mögliche Konsequenzen.«

»Genau. Wenn ich so darüber nachdenke, ist es in meinem Sinne, mir anzuhören, was überhaupt realistisch ist.«

Ich mache den Mund etwas auf und stutze. »Das willst du mit *mir* aushandeln?« Ich lege die Hand auf meine Brust, um überrascht auf mich selbst zu deuten. »Ich kenne mich mit solchen Dingen doch gar nicht aus.« Ratlos fuchtele ich mit den Armen. »Welche Maßnahmen die Menschen zuerst ergreifen sollten, wie lange es dauern wird, um messbare Unterschiede zu erkennen und so. Wie könnte ich dir da helfen?«

Jack lehnt sich auf seinem Stuhl zurück und lässt mich nicht für eine Sekunde aus den Augen, gleichzeitig strahlt er eine Ruhe und Zuversicht aus, die ich bemerkenswert finde. »Indem du es nach bestem Gewissen abschätzt und wir offen darüber sprechen.«

Verunsichert verziehe ich den Mund. »Ob das reicht? Ich meine ... wer bin ich schon?« Zweifelsohne kein Umweltexperte oder wie auch immer die richtige Bezeichnung wäre. Selbst das entzieht sich schon meiner Kenntnis, weil ich mich so schlecht mit der ganzen Thematik auskenne.

*Was ist, wenn meine besondere Fähigkeit gar nicht für mich vorgesehen gewesen war und ich sie nur durch einen bedauerlichen Unglücksfall verliehen bekommen habe? Wer bin ich schon, dass diese außergewöhnlichen Kräfte bei mir richtig aufgehoben wären?*

Jacks hellblaue Augen werden etwas schmaler, ohne dass seine Züge an Wärme verlieren. »Du bist alles, was ich habe, Kristen.«

# Interlog II

**Jack**

Ich verstehe sie noch nicht ganz, Mutter, diese nie zuvor da gewesenen Empfindungen und Gedanken, die in mir auflodern wie eine kaltheiße Flamme.

Folge ich damit noch immer deinem Plan oder waren die Dinge zwischen Kristen und mir so niemals vorgesehen?

Wann immer sie sich ans schulterlange, volle Haar oder an diese süße Stupsnase fasst, will ich derjenige sein, der es stattdessen tut. Das und noch so einiges mehr.

Aber es geht nicht allein um Äußerlichkeiten, das nun wirklich nicht. In ihren tiefbraunen Augen steht etwas geschrieben, das ich lesen und ergründen möchte. Eine unvergleichliche Magie dringt in meine Zellen, sobald sich unsere Blicke treffen und nicht mehr voneinander lassen können. Eine Magie, zu der ich mit meinen Kräften niemals fähig wäre. Kristen sieht mich und ich sehe sie, auf eine Art und Weise, wie ich es nie für möglich gehalten hätte. Und doch würde ich sie schmerzlich vermissen, würde sie nun wieder aus meinem Leben verschwinden.

Was ist das?

Im Moment weiß ich nur, dass jede Faser meines Körpers darauf brennt herauszufinden, wohin der Weg, den ich an der Seite dieser einen Frau eingeschlagen habe, mich führt.

# XI.

**Kristen**

*Du bist alles, was ich habe, Kristen.*

Als Jack dies zu mir sagt, läuft mir ein Schauer über den Rücken, ohne dass sich mir erschließt, wie ich das deuten soll. Ich weiß nur, dass Jack recht hat: Im Moment haben wir nur einander und müssen das Beste aus der Situation machen. Alles, was ich tun kann, ist, ihm nach bestem Gewissen und Wissen zur Seite zu stehen.

»Vielleicht hat sie dich deswegen ausgewählt«, fügt er nun hinzu. »Weil du aus irgendeinem Grund, den wir beide noch nicht sehen, die bestgeeignete Person dafür bist mir den rechten Weg zu weisen.« Kopfschüttelnd sieht er an mir vorbei und lächelt kurz, dann sieht er mich wieder an. »Ja, bestimmt hat sie sich deswegen für dich entschieden.«

»Sie?«, murmle ich und muss einmal mehr an die Frau denken, auf die er schon in der Vergangenheit angespielt hat, wenn es um meine Gabe, die nicht da sein dürfte, geht. Also atme ich durch und bereite mich auf eine Antwort vor, die mich noch mehr aus dem Konzept bringen könnte. »Sag es mir – wer hat mir diese Fähigkeit verliehen?«

»Mutter Natur«, entgegnet er und legt die eine Hand auf dem Tisch ab, um leise darauf zu tippeln. »Sie ist die Schöpferin von uns Wächtern und allem, was du auf der Erde kennst … der Ursprung allen Lebens, sowohl eures als auch unseres. Dank ihr gibt es dich und mich. Jedes Geschöpf, das jemals gelebt hat oder es noch tun wird, verdankt dies ihr.«

Staunend sehe ich ihn an und bewege mich kaum noch. Ich dachte, es wäre nur so eine Redewendung von Mutter Natur zu sprechen. Genau das habe ich von Jack Frost auch angenommen – bis ich eines Besseren belehrt wurde. »Okay«, sage ich und nicke ihm entschlossen zu. »Legen wir los.«

Jack hebt die Mundwinkel – um jeden Preis muss ich ignorieren, wie ausgezeichnet ihm dieses warme Lächeln steht. »Gut.«

***

Ich habe keine Ahnung, wie viele Stunden vergehen. Eine ganze Weile jedenfalls bleiben Jack und ich in dem Besprechungszimmer und verhandeln. Mal sitzen wir uns gesittet und hochkonzentriert gegenüber, hin und wieder tigert einer von uns unruhig durch den Raum und zwischendurch gehen wir uns begleitet von aufgebrachten Gesten dicht voreinander stehend verbal an die Gurgel. Abwechselnd besonnen und leidenschaftlich diskutieren wir die Bedingungen aus.

Vier Wiskel gesellen sich dazu und notieren alles, was wir besprechen. Während Jack darauf besteht, dass die Ziele vom 2015 in Paris getroffenen Klimaabkommen endlich eingehalten und obendrein übertroffen werden, versuche ich mir vorzustellen, was realistisch ist, und auszurechnen, was reichen würde, um die Folgen der Erderwärmung möglichst gering zu halten. Am Ende einigen wir uns darauf, dass der Anstieg der Durchschnittstemperatur maximal 1,5 Grad Celsius betragen darf und es in den nächsten zwei Jahren absehbar sein muss, dass dieses Ziel eingehalten wird. Für eine baldige deutliche Senkung der weltweiten Emissionen haben sämtliche Regierungen in einem Monat einen Gesetzesentwurf vorzulegen und nach Jacks Abnicken zu beschließen und zu erlassen. Dann wird er dazu bereit sein, seinen Bann aufzuheben und es dabei, sollten sich weiterhin erkennbare Fortschritte zeigen, auch belassen.

Letztlich sind wir uns einig, dass es den einhundertfünfundneunzig Ländern der Menschen wohl kaum gelingen wird, sich für einen universal gültigen Entwurf zusammenzufinden. Aus diesem Grund gibt Jack sich damit zufrieden, dass es verschiedene Konzepte geben wird, solange sie sich nur alle nach seinen Vorgaben richten.

Als Zeichen guten Willens versuche ich ihn dazu zu überreden, schon mal alle Sonntage vom winterlichen Zauber zu befreien. Schlussendlich kann er mich aber davon überzeugen, dass dies der Umwelt auf der Erde erst recht zu schaffen machen würde und es besser ist, wenn die Menschen den kommenden Monat noch durchhalten, die Zeit sinnvoll nutzen und seinen Forderungen nachkommen. Dafür willigt er aber ein, schon sehr bald die grauen Wolken vom Himmel zu verbannen, damit die Leute trotz niedriger Temperaturen endlich wieder Sonnenstrahlen tanken können, wie sie es dringend brauchen, auch um Vertrauen zu ihm aufzubauen, sobald er durch mich zu ihnen spricht.

Kaum sind wir der Meinung, unsere Verhandlungen abgeschlossen zu haben, stehen Jack und ich uns gegenüber und ich atme durch.

»Also«, meine ich, »dann sind wir uns einig?«

»Wir schon.« Er gibt mir die Hand. »Hoffen wir, dass die Menschen damit etwas anfangen können.«

Nervös nicke ich und lege meine Finger an seine. Als wir uns berühren, spüre ich eine belebende, angenehme Kühle an meiner Haut. Es dauert nicht lange und ein Kribbeln strömt durch mich hindurch und wühlt mich auf. Doch das mag an den Worten liegen, die Jack gerade von sich gegeben hat und die leider stimmen: Ob unsere Bemühungen wirklich zu einem neuen, besseren Klimaabkommen führen, bleibt abzuwarten. Zu oft hat sich meine Spezies in dieser Hinsicht als Enttäuschung erwiesen. Ein gewisses hoffnungsvolles Lächeln umspielt jedoch sowohl seine als auch meine Lippen, als unsere Hände wieder auseinanderdriften.

»Okay.« Ein weiteres Mal muss ich vor Aufregung durchatmen und schreite zur Fensterfront, während ich hinter mir höre, dass die vier Wiskels sich aus dem Raum zurückziehen. »Gehen wir es an.« Mein Blick fällt auf den Schnee, der noch immer dort draußen wild umherwirbelt. »Sag mal, warum lässt du es rund um dein Schloss eigentlich die ganze Zeit schneien?« Ich wende mich ihm zu und sehe, dass er zu mir ans Fenster kommt. »Mick meinte, da wärst du in deinem Element. Aber bist du das nicht schon die ganze Zeit, wenn du den Winter auf der Erde gestaltest? Wozu musst du es dann auch hier rund um dein Zuhause machen? Und warum gestaltest du dir selbst keinen friedlichen, sondern einen stürmischen Winter?«

Schulterzuckend stellt er sich neben mich, die Hände in die Taschen seiner blaugrauen Hose gesteckt, schaut zuerst nach draußen, dann zu mir. »Willst du auf irgendetwas Bestimmtes hinaus?«

»Keine Ahnung …« Mein Augenmerk fällt zurück auf den tosenden Sturm. »Vielleicht soll dieser Sturm ja eine Art Schutzmauer symbolisieren, die du errichtet hast, um dich weniger ungewollt einsam zu fühlen.«

Plötzlich kehrt betretenes Schweigen ein. Jack steht nur noch da, blickt ebenfalls längst wieder in die Ferne und verliert kein Wort mehr.

*Jetzt bin ich zu weit gegangen*, wird es mir, der selbsternannten Hobbypsychologin, klar.

Gerade hole ich Luft und will mich bei ihm entschuldigen, da hebt er die Hände, legt sie an die Scheibe und stellt neuen Blickkontakt zu mir her. »So besser?«, fragt er und plötzlich ist der Schneesturm weg.

Verschwunden ist das Säuseln des Windes, fort sind die wild umherspringenden Schneeflocken. Mit einem Mal ist es still und es liegt nur strahlend weißer Schnee dort, so weit das Auge reicht. Im nächsten Moment erscheint ein sonnenartiger Lichtkreis am blau aufblühenden Himmel, der alles erstrahlen lässt. Auf der Schneedecke reflektiert das Licht in alle Richtungen und lässt die Flocken glitzern. Am Horizont erstreckt sich ein großer Regenbogen von rechts nach links wie ein bedeutsames Versprechen unbekannter Bedeutung.

Ergriffen nehme ich den traumhaft schönen Anblick in mich auf. In den vergangenen Jahren wollte ich es nicht sehen, aber der Winter kann unfassbar schön sein, wenn er will. Wenn Jack es will. Und wenn man bereit ist es zu bemerken. Nahezu fasziniert widme ich mich wieder ihm und versuche in seinen eisblauen, klaren Augen zu lesen, was dahinterstecken mag, dass er die Kulisse in seinem Reich rund ums Eisschloss für mich ins Gegenteil von dem verwandelt hat, was sie vorher gewesen ist. Nach außen hin hat es ihn nicht mehr als eine Geste und einen Gedanken gekostet, das zu tun, doch ich glaube, dass in Wahrheit viel mehr dahintersteckt. Überwindung, gar Mut einen Schritt auf einen Pfad zu machen, den er nie zuvor betreten hat. Jedenfalls will ich das gern glauben. Was auch immer das bedeuten mag. Doch wenn es so sein sollte, dann fühle ich tief in mir, dass er nicht der Einzige ist und auch ich mich auf einen Weg begebe, den ich zum ersten Mal betrete, nicht weil ich in Simerra gelandet bin, sondern wegen dem, was zwischen ihm und mir passiert.

»Und?«, hakt er nach, weil ich noch immer nichts gesagt habe. »Ist es besser so?«

Schweigsam nicke ich und sehe nicht nach draußen, sondern auf ihn. Weiterhin ruht seine starke Hand auf der Scheibe, aus dem Augenwinkel erkenne ich es und spüre das Bedürfnis in mir aufsteigen, meine Hand auszustrecken und auf seine Finger zu legen. Ich wäre lebensmüde es zu tun und doch haftet sich die Vorstellung davon an mich wie eine Klette.

Was kann ich jetzt zu ihm sagen? Denn irgendetwas würde ich gern von mir geben. Etwas Passendes, aber auf keinen Fall Negatives. Ich möchte helfen, und zwar nicht nur der Menschheit, sondern auch ihm. Könnte ich das je? Inzwischen wünsche ich es mir.

»Was ist mit den Wiskels?«, frage ich und verliere dabei fast die Stimme, sodass ich mich räuspern muss. »Kannst du nicht mit ihnen Feste feiern und ein schönes Beisammensein genießen?«

Leidvoll und zurückhaltend zugleich drückt er die Lippen aufeinander und ich kann kaum glauben, dass ihm einfach jede Mimik ausgezeichnet steht. »Die Wiskels, sie sind …« Er sucht nach den richtigen Worten.

»Einfach gestrickt?« Verständnisvoll nicke ich und lasse meinen Blick von den blaugrauen Verzierungen auf seinem hellen Hemd anziehen.

»Nicht nur das«, erwidert er und schüttelt betrübt den Kopf. »Sie haben diesen Ort hier niemals verlassen, verstehst du? Sie wissen nicht, wie es ist, hin und wieder bei den Menschen zu sein und …«

»Sich danach zu sehnen, einer von ihnen zu sein?«, rate ich, wie der Satz, den er abgebrochen hat, zu Ende gehen könnte.

*Das würde die Klamotten erklären, die er auf der Erde trägt,* denke ich mir, gefolgt von: *Mann, Kristen, wolltest du das mit der plumpen Hobbypsychologie nicht sein lassen?*

»Siehst du?«, reißt er mich aus den Gedanken und schenkt mir ein warmes Lächeln, das mich umhaut. »Schon nach kurzer Zeit verstehst du mich tausendmal besser als meine Lakaien, die Mutter Natur mir schon vor Jahrhunderten zur Seite gestellt hat. Außerdem ...« Wieder bricht er ab und scheitert doch tatsächlich an dem Versuch, sich ein Lachen zu verkneifen.

Neugierig und verunsichert zugleich grinse ich. »Außerdem *was*?«

Diesmal ist er derjenige, der sich räuspern muss. »Die Wiskels widersetzen sich mir nie, dabei ist es wohl manchmal gar nicht so verkehrt Gegenwind zu bekommen.«

Natürlich, ich verstehe die inhaltliche Bedeutung seiner Worte schnell: Stets nur von Ja-Sagern umgeben zu sein, kann auf Dauer langweilig werden.

Aber erst, als Jack mich weitere Sekunden lang mehr als eindringlich ansieht, beschleicht mich der Eindruck, dass er mir damit indirekt noch etwas anderes sagen will.

»Sprichst du von mir und den Vorwürfen, die ich dir gemacht habe?«, frage ich und merke, dass meine Wangen wieder wärmer werden.

Die wunderbare Melodie seines Lachens dringt an meine Ohren. »Vielleicht nicht unbedingt die Vorwürfe im Apartment deiner Eltern und wie entsetzt du mich dabei angesehen hast, aber ja, ich merke, wie gut es mir tut, hin und wieder von dir Paroli geboten zu bekommen.«

Mit großen Augen erwidere ich seinen Blick und weiß nicht, was ich sagen soll.

»Wie gut es den Menschen tun könnte«, spricht er weiter und wird präziser, »wenn ich jemanden an meiner Seite hätte, der nicht immer sofort meine Ansichten teilt, sondern mit mir darüber verhandelt, was das Beste wäre.«

*Ach so,* denke ich und verspüre eine merkwürdige Mischung aus Enttäuschung und Vorfreude, als ich begreife, worauf er mit seiner Bemerkung hinauswollte: Er meint gar nicht uns, sondern seine Aufgabe. Oder ... vielleicht doch beides?

»Kristen«, nimmt Jack mit überraschend sanfter Stimme meinen Namen in den Mund und schaut auf meine Hand, als würde er mit dem Gedanken spielen sie zu ergreifen.

»Ja?«

»Gibt es auf der Erde Menschen, die dir etwas bedeuten?«, möchte er von mir wissen.

Zwar habe ich keine Ahnung, wie er darauf kommt, aber unweigerlich muss ich an meine Eltern denken und daran, wie wenig sie Familie für mich sind. Auch Geschwister habe ich keine. Meine Cousins und Cousinen habe ich seit Jahren nicht zu Gesicht bekommen. Ein paar Mal habe ich Lea, die in meinem Alter ist, geschrieben, aber mehr als eine Lesebestätigung habe ich nie erhalten.

»Fühlst du dich etwa auch manchmal einsam?«, versucht er mein Schweigen zu deuten.

»Na ja …«, erwidere ich mit Zurückhaltung und versuche die bedrückenden Gedanken an meine Blutsverwandtschaft abzuschütteln. »Ich habe Teresa, sie ist meine beste Freundin, seit ich denken kann. Aber warum fragst du mich das?«

Dann richtet er seine hellblau leuchtenden Augen wieder auf mich und fragt mich etwas, womit ich nie im Leben gerechnet hätte: »Willst du hierbleiben?«

# XII.

**Kristen**

Eigentlich weiß ich inzwischen, dass an diesem magischen Ort alles passieren kann und ich mit dem Unmöglichen rechnen muss. Aber hat Jack Frost mich gerade wirklich gefragt, ob ich hier bei ihm im Eisschloss bleiben möchte? Darauf bin ich dann doch nicht vorbereitet gewesen und kann es noch immer kaum glauben, nein, ich muss mich verhört haben.

»Du meinst …«, frage ich leise und voller Verunsicherung darüber, ob ich ihn richtig verstanden habe, »für immer?«

Er strahlt mich regelrecht an vor Begeisterung. »Überleg doch mal. Du könntest mir mit deinem Rat zur Seite stehen. Wir würden stets zusammen entscheiden, was für die Menschen das Beste ist, wenn es um den bedrohten Winter geht.«

Wie gebannt sehe ich ihn an und habe mir ein weiteres Mal von ihm die Sprache verschlagen lassen. *Er meint das echt ernst, oder?*

»Außerdem wäre ich dann nicht mehr allein – und du auch nicht«, spricht er in sanftem Ton weiter, greift sich eine meiner braunen Strähnen und zwirbelt sie behutsam zwischen seinen Fingern, in denen mehr Macht zu stecken verspricht, als ich mir vorstellen kann. »Die anderen Wächter werden bestimmt Verständnis dafür haben, sobald die erst sehen, wie gut wir als Team sind.«

Längst fühle und höre ich meinen eigenen Puls laut und wild im Hals pochen. Seinetwegen, nur seinetwegen. Und wegen des unglaublichen Vorschlags, den er mir unterbreitet. Aber auch schon allein seinetwegen.

Jack lenkt den Blick von meinem Haar zurück auf meine Augen und lässt die Strähne los. »Und du …«

Leicht öffne ich den Mund vor lauter Anspannung, als er eine dramatische Pause macht, die es in sich hat. *Was ist mit mir?* Jede Faser meines Körpers will wissen, was er mir zu sagen hat.

»Du würdest nicht mehr altern, Kristen.«

Gefühlt rutscht mir gerade das Herz in die Hose. »Im Ernst?«

Entschlossenen Blickes nickt er. »Ich gehe stark davon aus, da ich vor zwanzig Jahren Christrosen aus eurer Welt mitgenommen habe und sie bis heute nicht verwelkt sind.«

*Er malt Bilder, pflückt sich Blumen … wer ist dieser Mann?*

Tief sieht er mir in die Augen. »Du würdest ewig leben, Kristen.«

*Für immer?*, wiederhole ich wortlos in meinem Kopf.

Als könnte er meine Gedanken lesen, zieht er lässig einen Mundwinkel hoch und nickt. »Für immer.«

*Meine Güte. Ich muss schon zugeben: Ein interessanteres Angebot habe ich nie bekommen.*

Tausend Empfindungen überrollen mich in diesem Moment. Klar und deutlich spüre ich, dass ich mich in Jacks Nähe mittlerweile hundertmal wohler fühle, als ich vor kurzem noch für möglich gehalten hätte. Es ist mir nicht zuwider, wenn er dicht vor mir steht, mich ansieht und sich eine meiner Strähnen greift. Im Gegenteil, davon bekomme ich Herzklopfen und will nicht, dass es aufhört. Er berührt etwas tief in mir. Er und auch die Vorstellung, in Simerra im Eisschloss zu bleiben. Wie kann das sein, was ist mit mir los, dass ich es überhaupt in Betracht ziehe einzuwilligen?

»Also?«, fragt er mich mit erwartungsvoller Miene, nervös verlagert er das Körpergewicht von einem Bein aufs andere und kratzt sich an der perfekt gezeichneten Nase. »Was sagst du dazu, Kristen?«

»I-Ich …«, bringe ich zunächst nur stotternd hervor, da ich gänzlich überfordert bin. Ein Teil von mir möchte »Selbstverständlich nicht, spinnst du?« entgegnen, während ein anderer Teil sich danach sehnt, »Ja« zu sagen und mich auf dieses unglaubliche Wagnis einzulassen. Irgendetwas hält mich hier. Irgendetwas verbindet ihn und mich. Aber das wäre doch vollkommen verrückt, oder etwa nicht?

»Jack …«

Er legt die Hand an meine Wange. »Ich höre.«

Seine zärtliche Berührung droht mir erneut den Atem, die Sprache, den

Verstand und alles andere zu rauben, was dieser Mann mir nur stehlen könnte. Gemächlich senke ich den Blick, während ich gleichzeitig nicht daran denke, mich seiner kühlen, starken Hand zu entziehen. Viel zu gut fühlt es sich an, seine Finger auf meiner Haut zu spüren. Viel zu verrückt ist dieser Moment. Viel zu wenige Gedanken in meinem Kopf ergeben gerade einen Sinn.

Es kostet mich Disziplin, doch dann hebe ich den Blick. »Was würde Mutter Natur dazu sagen?«

Da ist es wieder, dieses umwerfende Lächeln auf seinen perfekten Lippen. »Wir können sie fragen.« Ich weiß nicht, ob es ihm bewusst ist, aber im darauffolgenden Moment fängt sein Daumen an meine Wange zärtlich zu streicheln. »Sie lebt im Baumpalast, dort können wir sie besuchen und um eine Audienz bitten. Noch weiß ich zwar nicht, ob du Mutter wahrnehmen kannst, aber ich gehe davon aus. Und falls nicht, dann frage ich sie eben.«

»Denkst du wirklich, dass sie es erlauben würde?« Meine Stimme ist nicht mehr als ein Flüstern.

»Ich weiß es nicht«, gibt er ehrlich zu. »So etwas ist noch nie passiert. Aber es muss einen Grund geben, dass sie ausgerechnet dir diese besondere Fähigkeit geschenkt und mir davon erzählt hat.«

Fasziniert schaue ich ihn weiter an.

»Vielleicht wollte sie, dass wir an den Punkt kommen, an dem wir jetzt sind. An dem zumindest ich angelangt bin. Verstehst du?«

Ich nicke, zunächst zurückhaltend, dann entschiedener. Denn ich verstehe, was er meint. Nicht nur das – tief in mir ist ein Gefühl, das mir sagt, es könnte wahr sein. Mutter Natur hat gewollt, dass Jack und ich uns finden. Sie hat gesehen, dass Jack und mich etwas verbindet, noch bevor wir uns begegnet sind. Warum sonst hätte sie mich oder überhaupt jemanden auserwählen sollen … zum ersten Mal seit Anbeginn der Zeit?

Dennoch fällt es mir alles andere als leicht, eine Entscheidung zu treffen und Jack eine Antwort auf das verlockende Angebot zu geben, das er mir macht. Noch bin ich mir nicht sicher, ob ich mir über alle Konsequenzen im

Klaren bin. Andererseits: Sagt mir die Tatsache, dass ich es in Erwägung ziehe, vielleicht schon alles, was ich wissen muss?

»Oh-oh«, murmelt er nervös und macht ein trauriges Gesicht, was – wie sollte es auch anders sein – richtig niedlich aussieht. »Dein Zögern bedeutet nichts Gutes für mich, habe ich recht?«

Ich atme ein und möchte ihn um Bedenkzeit bitten, da platscht plötzlich laut Schnee gegen die Fensterfront. Erschrocken reißen wir die Köpfe herum und er lässt die Hand, die gerade noch an meiner Wange gelegen hat, sinken. Mit größter Verwunderung stelle ich fest, dass der Himmel sich wieder gräulich gefärbt hat. Vom Regenbogen ist auch nichts mehr zu sehen, stattdessen tobt abermals ein Sturm und reißt die Schneeflocken mit sich, wilder und geräuschvoller als zuvor.

»Ist es, weil ich zögere?«, frage ich beunruhigt, ohne den Blick vom schlimmer werdenden Unwetter abwenden zu können. »Bist du sauer, Jack?« *Erneut?*

»Das bin ich nicht«, beteuert er mit besorgniserregend perplexer Stimme und tritt näher ans große Fenster heran.

Als mir auffällt, mit welcher Faszination er den Wetterumschwung betrachtet, beschleunigt sich mein Herzschlag auf eine Art und Weise, die keinesfalls schön ist. Er scheint wirklich nicht dafür verantwortlich zu sein – soll mich das etwa beruhigen?

»Jedenfalls … nicht dass ich wüsste …«, fügt er leise an.

*Was?*

»Wie meinst du das?«, will ich wissen.

»Kristen, ich bin nicht dafür verantwortlich, okay?«

Skeptisch mustere ich ihn. »Zumindest nicht bewusst. Das wolltest du doch gerade damit sagen, oder?«

Ratlos schaut er mich an und sucht scheinbar nach den richtigen Worten. Dann blickt er wieder nach draußen und scheint eine verstörende Entdeckung zu machen. Hörbar schnappt er nach Luft und er führt die geballte Faust mit einer ruckartigen Bewegung an die Scheibe. »Was zum …«

Ich folge seinem Blick aus dem großen Fenster, um in Erfahrung zu bringen, was ihn in Aufruhr versetzt. Dann erkenne ich es durch den

Schneesturm: Ein riesiges Heer an Wiskels kommt aufs Eisschloss zugestürmt, mit schnellem Tempo und in die Lüfte gestreckten Stichwaffen. Je näher sie kommen, umso klarer ist ihr Kampfgeschrei zu hören.

Ein Blick auf Jack verrät mir, dass er die Augen zu Schlitzen verengt. Im nächsten Moment gibt er ein unheilvolles Knurren von sich. Als auch mir klar wird, wer hinter dem Angriff stecken muss, sehe ich sie auch schon einige Meter über der Armee auf uns zufliegen: Mick trägt Teresa auf dem Rücken, zusammen mit Jill und Kim rast er uns entgegen.

Ich reiße die Augen auf und weiche instinktiv einen Schritt zurück. »Was haben sie vor?«

Im darauffolgenden Moment rennen die ersten von Jacks Wiskels aus dem Eisschloss, mehr und mehr von ihnen laufen den Angreifern entgegen. Während unten am Boden eine blutige Schlacht zwischen den Gehilfen der vier Jahreszeiten mit einer Verteilung von drei zu eins bevorsteht, fliegen Mick und die anderen direkt auf die Fensterfront zu ohne anzuhalten.

Jack wird ebenfalls klar, dass die anderen Wächter nicht langsamer werden, deswegen greift er mich am Handgelenk, hakt meinen Arm bei sich unter und führt die Finger zu den Schläfen, als wolle er mit mir davonspringen. Ehe es allerdings dazu kommen kann, durchdringen die Wächter zusammen mit Teresa die Fensterscheibe auf magische Weise, ohne sie in tausend kleine Splitter zerspringen zu lassen oder sich zu verletzen. Alles geht wahnsinnig schnell und Jack rührt sich nicht vom Fleck.

»Verdammt«, flucht er. »Was passiert hier, warum kann ich nicht ...«

Unterdessen klirren in der Ferne die ersten aufeinanderprallenden Klingen der Wiskels – längst hat ihr Krieg begonnen.

Mit Wucht poltert Kim auf Jack zu und schubst ihn nach hinten. Dadurch gerät er ins Taumeln und ist gezwungen mich loszulassen. Hilflos sehe ich mit an, wie er zu Boden stürzt und nicht weiß, wie ihm geschieht. Teresa steigt von Micks Rücken. Mit den grimmigsten Mienen schreiten die vier auf Jack zu und wirken, als wollten sie ihn jede Sekunde umbringen – und hätten auf einmal die dafür erforderlichen Kräfte.

»Was soll das, seid ihr verrückt?«, schimpft Jack laut und steht wutentbrannt auf. Mit hastigen Bewegungen deutet er abwechselnd auf die Wächter und lässt seinen entsetzten Blick zwischen ihnen hin und her springen.

»Teresa«, sage ich besorgt, eile zu ihr und nehme ihre Hände in meine. »Was macht ihr hier?« Mit dem Kopf deute ich auf die Wiskels. »Das können die Wächter nicht machen, sie haben selbst gesagt, Gewalt ist der falsche Weg!« *Oder haben sie mich doch nur benutzt, weil sie von Anfang an das Ziel hatten, Jack zu töten, was sie nun auf anderem Weg zu erreichen versuchen?*

»Die Frage ist wohl eher, was *du* hier treibst«, gibt sie zurück und befreit sich aus meinem fürsorglich gemeinten Griff.

Ich kann nicht glauben, dass mich der wichtigste Mensch in meinem Leben so wütend ansieht, und bekomme feuchte Augen. »Aber ... wovon redest du?« Als Nächstes schaue ich zu Mick, während verstörende Geräusche kämpfender und sterbender Wiskels dumpf an meine Ohren dringen. »Was soll das Ganze? Hört sofort auf damit!« Flehend blicke ich in die Runde. »Ihr alle.« Auch Jack gilt meine verzweifelte Miene.

»Ich höre erst auf, wenn die anderen ihre Wiskels zurückpfeifen«, stellt Jack klar und sieht insbesondere Mick böse an.

»Diesmal bist du zu weit gegangen«, wirft dieser ihm zornig vor.

»Wovon redest du?«, wiederholt Jack meine Frage an Teresa. »Und wieso könnt ihr überhaupt herspringen und eure Wiskels mitbringen – ich dachte, eure Kräfte sind blockiert.«

Jills Lippen beben. »Was einmal mehr zeigt, was für ein Ungeheuer aus dir geworden ist.«

»Aber auch das habe ich nicht bewusst gemacht«, behauptet Jack. »Ehrlich, ich habe nie beabsichtigt euch zu schwächen, das müsst ihr mir glauben.«

»Auf der Erde hat sich der Winter weiter verschlimmert«, lässt Teresa mich in vorwurfsvollem Ton wissen und verschränkt die Arme vor der Brust. »Und ihr habt nichts Besseres zu tun, als euch zu küssen?«

*Sie hat gesehen, dass Jack meine Wange gestreichelt hat?*

»*Beinahe* zu küssen«, merkt Jill an.

Ich brauche eine Sekunde, um das zu verarbeiten. Es ist mir peinlich, dass die anderen unseren Fast-Kuss mitbekommen haben. Sollte ich mich dafür rechtfertigen? »Genau wie hier?«, frage ich stattdessen und deute auf den draußen wütenden Schneesturm.

»Noch schlimmer.« Sie löst die Arme aus der Verschränkung und rauft sich in ihrer Verzweiflung die kurzen blonden Haare. »Die Temperatur fällt immer weiter unter null, es kommt zu viel Schnee auf einmal vom Himmel, Pflanzen gehen kaputt, Menschen sind in ihren Häusern gefangen, die einzustürzen drohen ... und das schon seit einigen Stunden.«

Meine Augen suchen Jack und versuchen seine zu lesen. *Das würde bedeuten, dass er mich und die anderen hingehalten hat. Habe ich mich so in ihm getäuscht? Das glaube ich nicht, nein, das kann nicht sein!*

Vehement schüttelt er den Kopf und murmelt: »So ein Unsinn, hör nicht auf sie.« Doch was heißt das schon?

*Es handelt sich immerhin um die Schwester, die ich nie hatte, deren Wort gegen seins steht.*

»Kristen.« Teresa packt mich an den Schultern und sieht mich an, wie sie mich in all den Jahren noch nie angesehen hat. »Auch meine Eltern sind gerade in ihrem Haus eingesperrt und vom Rest der Welt abgeschottet – Kim hat mir ihre verzweifelte Lage durch eines ihrer Fernrohre gezeigt. Was auch immer du hier die ganze Zeit mit Jack treibst, das so lange braucht ...«

»Ich treibe überhaupt nichts mit ihm«, falle ich ihr ins Wort. »Wir haben aber einen Plan geschmiedet.«

»Er ist durch und durch böse«, fährt sie fort, als hätte ich nichts gesagt, »und schreckt vor nichts zurück, verstehst du das denn nicht?«

Kim nickt. »Wir müssen ihn aufhalten, jetzt sofort.«

»Erstens kann ich euch immer noch hören«, ergreift Jack mit strenger Stimme das Wort.

Da prescht Mick auf ihn zu, packt Jack an seinem Hemdkragen und zieht fest daran. »Dann beende das auf der Stelle oder wir haben keine andere Wahl, als *dich* auszuschalten.«

*Dazu sind sie echt bereit?*

»Und zweitens bin ich das nicht!«, spricht Jack weiter und reißt sich von

Mick los. Dafür erntet er ungläubige Blicke. »Ich habe den Winter nicht verschlimmert, weder hier noch bei den Menschen!«

»Jedenfalls nicht bewusst«, greife ich seine eigene Vermutung von eben auf und spreche sie laut aus, ohne erst darüber nachzudenken.

Nun bin ich diejenige, die verstörte Blicke abbekommt.

»Du hast dich selbst nicht mehr unter Kontrolle«, zischt Mick und wendet sich damit Jack zu.

Kim stemmt die Hand in die Hüfte. »Dann haben wir erst recht keine andere Wahl.«

Schon kreisen die drei Wächter Jack ein.

»Wartet, das müsst ihr nicht tun!«, ruft er panisch. »Kristen und ich haben eine Lösung gefunden! Wir werden zu den Menschen sprechen und …«

»Dafür ist keine Zeit mehr«, unterbricht Jill ihn und hebt die Hände für einen Zauber, was die anderen beiden ihr gleichtun.

»Wir können den Winter nicht beeinflussen«, lässt Kim ihn wissen, »aber weil du eindeutig zu weit gegangen bist, hat Mutter Natur uns schweren Herzens die Fähigkeit verliehen, dich auszuschalten. Denn du lässt uns keine andere Wahl, als den Winter aus dem Jahreszeitenzyklus zu streichen.«

Teresa packt mich am Arm und zieht mich von den Wächtern weg.

»Aber …«, bringe ich bloß wimmernd hervor und kann das, was sich vor mir abspielt, kaum begreifen. Als ich nach draußen schaue und Wiskels regungslos auf dem Boden liegen sehe, schnürt es mir erst recht die Kehle zu.

»Entweder beendest du den globalen Winter auf der Erde komplett, und zwar sofort«, droht Mick, »oder du hast uns alle zum letzten Mal terrorisiert. Überleg es dir gut, Winterwächter, und zwar jetzt.«

*Okay, Jack. Sie haben dich Schachmatt gesetzt. Gib auf.*

»Die Menschen brauchen eine Lektion«, widerspricht er. »Das weißt du. Das wisst ihr alle.«

*Jack, was machst du denn?*

»Also schön«, meint Mick entschlossen und hebt die Hände höher. Kurz tauscht er Blicke mit Kim und Jill aus, die ihm zunicken.

»Wenn wir uns hier drinnen gegenseitig angreifen«, ermahnt Jack ihn, »werden Teresa und Kristen das nicht überstehen.«

»Was?«, bringt Teresa erschrocken hervor.

Ich zittere am ganzen Körper. »O Gott …«

»Wehr dich nicht, ausgedienter Winterwächter«, presst Kim zischend hervor, »dann wird den zwei Menschen auch nichts geschehen.«

»Das ist doch nicht euer Ernst!«, stößt Teresa aus.

»Bringen wir es hinter uns«, murmelt Jill. »Halt einfach still.« Sie nähert sich Jack, ebenso wie die anderen.

»Jack!«, rufe ich. »Bitte, beende den Winter endlich! Sonst stirbt er mit dir gänzlich und es tritt genau das ein, was du verhindern wolltest.«

Doch dieser behält Mick im Fokus und schüttelt den Kopf. »Dann stehen wir wieder dort, wo wir vor dem globalen Winter waren, das könnt ihr nicht ernsthaft wollen«, gibt Jack zu bedenken. Seine Miene ist unnachgiebig, doch gleichzeitig versucht er nicht sich zu wehren. Will er mich beschützen?

Wieder höre ich mich rufen: »Jack, bitte!«

So hartnäckig, wie er sich weigert den Winter zu beenden, so stark verfinstern sich die Mienen der anderen und sie setzen zum Zaubern an, um Jack das Leben zu nehmen und damit endlich seinen Bann zu brechen.

»Nein, wartet!«, flehe ich. Ohne darüber nachzudenken, mache ich mich von Teresa los, renne an den Wächtern vorbei und stelle mich vor Jack.

»Was machst du da?«, fragt Mick mich entsetzt, dann weist er Kim und Jill an: »Stopp, wartet!«

»Kristen«, ertönt hinter mir Jacks verstörte Stimme, »er hat recht, was soll das werden? Bring dich auf der Stelle in Sicherheit!«

Aber auch ich kann ein Dickkopf sein und halte Micks Blick stand. »Nein. Wenn sie dich töten, dann auch mich.«

»Was?«, fragen Teresa, Jack und die drei anderen Wächter fassungslos.

Zitternd atmet Teresa aus. »Kristen, tu das nicht!«

»Mutter Natur hat mich auserwählt«, sage ich und versuche gefasster zu klingen, als ich mich in Wahrheit fühle. »Welche Bestimmung sie für mich vorgesehen hat, muss ich noch herausfinden, aber …« Ich drehe den Kopf nach hinten und sehe zu Jack. »Inzwischen haben wir eine Vermutung.« Nun wende ich mich wieder den anderen zu. »Wollt ihr wirklich riskieren eure Mutter zu enttäuschen, indem ihr auch mich tötet?«

Schweigen kommt auf. Während draußen der Schneesturm tobt und die Wiskels sich bis aufs Blut bekämpfen, bleiben die Wächter einen Moment lang still und denken über meine Drohung nach.

*Bitte, es muss klappen,* geht es mir durch den Kopf und ich beiße mir vor Anspannung so fest auf die Unterlippe, dass es schon wehtut. *Wir müssen eine andere Lösung finden, aber Jack darf nicht sterben, das kann ich nicht zulassen. Nicht nachdem ich so viele neue Seiten an ihm kennenlernen durfte. Wenn er nur nicht so stur wäre ... wir beide!*

»Also ich bin bereit das Risiko einzugehen«, bricht Kim das Schweigen gleichermaßen abrupt und entschlossen. Schon sieht sie wieder zu uns und hebt die Hände höher. »Schließlich kann sich auch eine Mutter mal irren.«

»Das ist wohl wahr«, meint Jill, nickt und festigt ihren Stand. »Wenn das der einzige Weg ist, die Erde zu retten, dann sei es so.«

Tief atmet Mick durch, doch er sagt nichts mehr. Er streckt uns lediglich die Handflächen entgegen und macht sich ebenfalls bereit für den Zauber, mit dem sie Jack – und mich – umbringen wollen.

Dann öffnet sich Micks Mund und er will anscheinend einen Spruch aufsagen.

»Kristen!«, bringt Teresa schluchzend hervor.

*Es passiert, jetzt! Jack und ich, wir werden ...*

»Halt«, erklingt dicht hinter mir Jacks Stimme. »Ihr habt mich. Ich gebe mich geschlagen.«

Perplex drehe ich mich zu ihm um und sehe ihn fragend an.

»Was heißt das im Klartext?«, will Mick wissen, während Jill verunsichert die zarten Hände sinken lässt, Kim skeptischen Blickes schnauft und Teresa mit angehaltenem Atem das Geschehen verfolgt.

Jack drückt die Lippen zusammen, nacheinander widmet er jedem einen kurzen Blick, auch Teresa. Anstatt weitere Worte zu verlieren, lässt er Taten walten. Er nimmt die Finger vors Gesicht, kreuzt die Hände und zieht sie mit sichtlich angespannten Muskeln in einer zügigen Bewegung wieder auseinander. Keine Sekunde später löst sich der Sturm auf, die Schneeflocken gleiten zu Boden oder verschwinden gänzlich. Ein Wiskel stößt die Tür auf, kommt ins Besprechungszimmer geeilt und reicht Jack eins der silbern glänzenden Ferngläser. Er führt es vor seine Augen und schaut kurz hinein.

»Hier«, meint er dann und wirft es Mick zu.

Dieser fängt das Fernglas auf und sieht hinein, dann dreht er am Rädchen, um die Perspektive zu wechseln. Erstaunt stößt er Luft aus und nickt, dann nimmt er das Fernglas runter und drückt es Kim in die Hand. »Der Schnee und das Eis tauen auch auf der Erde.«

Mit ein paar Fingerbewegungen bringen die vier Wächter die Wiskels dazu, das Blutvergießen zu beenden, innezuhalten und die Waffen fallen zu lassen.

»Wirklich?«, fragt Teresa.

Auch ich bin mir unsicher, ob ich Hoffnung schöpfen und daran glauben darf.

Da kommen weitere Wiskels zu uns in den Raum und reichen uns Ferngläser und Fernrohre, in die wir einen Blick werfen können, um uns selbst davon zu überzeugen.

Tatsache. Als ich das Fernrohr an ein Auge führe und das andere zukneife, sehe ich die Innenstadt von Denver, der Himmel ist strahlend blau, die Sonne scheint, längst tropft Wasser von den Eiszapfen, die sich auf den Straßenschildern gebildet hatten. Jack muss einem Wiskel befohlen haben, mir diesen Anblick auf dem Fernrohr einzustellen.

»Und das ist keine optische Täuschung oder so?«, möchte Jill sich misstrauisch bei Jack vergewissern.

Er schüttelt den Kopf. »Damit ich euch in wenigen Minuten wieder am Hals habe? Sicher nicht.« Der Groll steht ihm in sein hübsches Gesicht geschrieben. »Ihr habt gewonnen. Akzeptiert es einfach.«

»Lasst es uns selbst vor Ort überprüfen«, schlägt Teresa vor. »Ich freue mich sowieso darauf, nach Hause zurückzukehren. Du doch auch, oder, Kristen?«

Darauf bleibe ich ihr eine Antwort schuldig, weil ich beim besten Willen keine parat habe.

Teresa sieht mich besorgt an. »Hör mal, ich wollte mich nicht gegen dich stellen, ich wusste nur nicht, was ich tun soll. Als ich dich mit Jack gesehen habe, wie ihr euch beinahe ... Da ist eine Sicherung in mir durchgebrannt, verstehst du? Der Winter musste aufhören, und zwar sofort.« Sie schaut durchs Fernrohr nach und fügt an: »Gott sei Dank, meine Eltern können ihr Haus wieder verlassen und sind keine Gefangenen mehr in ihrem eigenen Heim.«

Steif nicke ich. »Jetzt hat er ja aufgehört, wie es scheint. Ich bin froh, dass es deinen Eltern gut geht.«

Ratlos atmet Teresa durch. »Kristen ... alles ging eben so schnell. Ich weiß, ich hätte dich beschützen müssen, aber als du dich einfach vor Jack gestellt hast ... ich wusste nicht, was ich ...« In ihrer Verunsicherung bricht sie ganz ab und zuckt kopfschüttelnd mit den Achseln.

»Hey.« Ich widme ihr ein warmes Lächeln. »Mach dir keine Gedanken, ich bin nicht sauer auf dich. Und du hoffentlich auch nicht auf mich.«

»Nein, natürlich nicht. Aber du müsstest mal den Ort sehen, an dem ich eben gewesen bin«, meint sie aufgeregt zu mir. »Mick hat mir sein Sonnenschloss gezeigt und es ist ...« Sie schaut sich um. »Das Gegenteil zu diesem hier.«

»Ihr müsstet erst mal mein buntes Blumenschloss sehen«, merkt Jill an.

Kim schnauft. »Das tut doch überhaupt nichts zur Sache.«

Daraufhin schnalzt Jill mit der Zunge. »Du bist doch bloß neidisch, weil dein Laubschloss so langweilig aussieht mit all dem Orange und Braun.«

»Mein Schloss ist perfekt, so wie es ist«, entgegnet Kim. »Im Gegensatz zu gewissen anderen Personen hier habe ich Geschmack, und zwar einen, der über den eines unreifen Kindes hinausgeht.«

Empört wirft Jill ihr einen bösen Blick zu. »Aber immer mies drauf zu sein und sich für etwas Besseres zu halten ist natürlich perfekt, ja?«

Demonstrativ wendet Kim sich von Jill ab.

»Leute, bitte«, zischt Mick und teilt strenge Blicke aus.

*O je,*denke ich. *Dass die Harmonie zwischen ihnen bröckelt, ist ebenfalls der Menschheit geschuldet. Früher oder später müsste nicht nur Jack, sondern jeder von* *ihnen um seine Jahreszeit fürchten, das bringt die Erderwärmung mit sich. Das zerrt an den Nerven und könnte unvorstellbare Folgen für beide Welten haben. Nur deswegen haben sie mit dem Gedanken gespielt, Jack und mich auszulöschen, das weiß ich.*

Umso mehr ist es mir ein Bedürfnis, Teresa nun in den Arm zu nehmen. »Danke, dass du hier bist. Du hast nichts falsch gemacht – wenn dann ich.«

Erleichtert erwidert sie meine Umarmung und drückt mich an sich. »Zugegeben, du hast mir gerade einen ziemlich großen Schrecken eingejagt.«

Wir sehen uns an und tauschen ein herzliches Lächeln aus.

»Ich konnte nicht anders«, gestehe ich, »beziehungsweise ich habe nicht nachgedacht. Aber ich freue mich, dass der Bann nun gebrochen ist.« Auf einmal spüre ich Jacks Nähe und weiß, dass er mir von hinten näherkommt. Automatisch wende ich mich ihm zu. »Auch wenn du deinen Plan fallenlassen musstest.«

Vorwurfsvoll erwidert er meinen Blick. »Und alle Opfer, die bisher gebracht wurden, umsonst waren.«

»Gibst du etwa *mir* die Schuld daran?«, frage ich.

»Du hättest dich nicht einmischen dürfen!«

Empört reiße ich den Mund auf. »Aber *du* darfst den Märtyrer für deine Überzeugungen spielen, oder was? Dein Tod hätte niemandem geholfen, Jack.«

»Deiner noch viel weniger«, entgegnet er laut. »Ich konnte auf keinen Fall zulassen, dass dir etwas passiert.«

»Schön«, kontere ich lauter, »genauso ging es mir mit dir. Warum sonst hätte ich dazwischengehen sollen?«

»Gut gemacht, jetzt stehen wir wieder am Anfang«, schimpft er.

Ich lasse meine Augen schmaler werden. »Wie gesagt, wäre es etwa besser, wenn du nun tot wärst? Dein Bann wäre dann sowieso gebrochen, wenn ich das richtig verstehe. Und überhaupt: Die Menschen können nicht ohne dich.«

»Ohne dich etwa?«, kontert er.

*Worüber sprechen wir hier gerade wirklich?*

Dicht stehen wir voreinander und sehen uns böse an. Zwischen uns kommt ein knisterndes Schweigen auf, das unmöglich zu ignorieren ist. In diesem

Moment könnte ich ihm echt an die Gurgel springen, während gleichzeitig ein anderer Teil von mir etwas ganz anderes mit ihm anstellen möchte.

*Es ist wahr, Jack. Die Menschen können nicht ohne dich. Insbesondere ich kann es nicht mehr. Und wenn du das Gleiche für mich empfinden solltest …*

»Ich habe den Winter nicht verschlimmert«, bricht er die aufgekommene Stille und sieht noch immer zu mir, anstatt sich etwa Mick zuzuwenden.

»Aber vielleicht hast du deine Kräfte nicht mehr unter Kontrolle«, mischt der Sommerwächter sich dennoch ein, »und es unbeabsichtigt doch bewirkt.«

Gleichzeitig drehen Jack und ich die Köpfe zu ihm.

»Was läuft da eigentlich zwischen euch?«, will Mick wissen und zeigt abwechselnd auf Jack und mich.

Schlagartig wird mir heiß – oder doch eiskalt? Ich ziehe die Augenbrauchen hoch, blicke zu Jack und prüfe seine Reaktion.

»Ja.« Kim verschränkt die stämmigen Arme vor dem Oberkörper. »Das würde ich auch gerne wissen.«

Demonstrativ stellt Teresa sich neben sie und verschränkt die Arme auf die gleiche Weise. »Und ich erst.«

»Seit wann versteht ihr zwei euch eigentlich so gut?«, werfe ich ihnen an den Kopf, als würde ich es nicht begrüßen – dabei ist das bloß ein verzweifelter Versuch von mir, das Thema zu wechseln. »Als ich euch das letzte Mal gesehen habe, konntet ihr euch nicht ausstehen.«

Kim und Teresa tauschen einen flüchtigen und dennoch auffällig verlegenen Blick aus.

»Seitdem hat sich einiges geändert«, meint Teresa, löst die Verschränkung ihrer Arme auf und entfernt sich wieder ein paar Schritte von Kim.

»Das kann man wohl sagen«, stellt Jack fest und als ich zu ihm schaue, ruht sein Fokus längst auf mir.

*Meint er damit mich … uns?*

»Wartet mal, was soll das heißen?«, möchte Jill von ihm wissen und verzieht ihre zartrosafarbenen Lippen zu einem neugierigen Grinsen. »Wovon genau sprechen wir hier gerade?«

»Und auf welchen Plan habt ihr euch geeinigt?«, fügt Mick hinzu.

»Das ist doch jetzt sowieso egal.« Der vorwurfsvolle Unterton, der in Jacks Worten mitschwingt, ist nicht zu überhören. »Der globale Winter auf der Erde ist vorbei und ihr werdet mir ganz sicher nicht erlauben ihn zurückzuholen. Damit habe ich kein Druckmittel mehr, um die Menschen dazu zu bewegen, meine Forderungen zu erfüllen.«

Ich räuspere mich. »Aber das war nicht alles, worüber wir gesprochen haben.«

Wie gebannt sieht Jack mich an, es scheint ihn zu überraschen, dass ich das Thema anspreche, doch ich glaube, auch Freude in seinen hellblauen Augen zu erkennen. »So ist es«, bestätigt er, sein Blick schwenkt durch die Runde. »Ich habe Kristen gefragt, ob sie hierbleiben möchte.«

Verdutzte Gesichter starren uns an.

»Wie war das gerade?«, fragt Teresa mich schockiert und bekommt den aufgerissenen Mund zunächst nicht mehr zu. »Du spielst mit dem Gedanken, nicht mit mir zurückzugehen?«

»Ich weiß nicht«, antworte ich schulterzuckend. »Es muss ja nicht sofort sein, ich könnte mich noch von meinen Eltern verabschieden und …« Ich stocke und frage mich, wie ich es ihnen erklären könnte – und ob es sie überhaupt interessieren würde.

Teresas grüne Augen könnten größer nicht sein und sie legt die Hand an die Lippen. »Meine Güte, du meinst es echt ernst.«

»Jack«, ergreift Mick mit mahnender Stimme das Wort und tritt einen Schritt auf ihn zu. »Falls deine Gefühle für Kristen dafür sorgen, dass du deine immensen Kräfte nicht mehr unter Kontrolle hast, dann …«

»Es reicht«, ertönt laut eine tiefe Frauenstimme. Plötzlich hallt sie kraftvoll durch den Raum, ohne dass ich ihren Ursprung ausmachen kann. »Ihr kommt sofort zu mir.«

Mir gefriert das Blut in den Adern. Schnell habe ich eine Vermutung, wer zu uns gesprochen hat … vor allem, wenn ich bedenke, wie ehrfürchtig die Wächter auf einmal wirken, selbst der eigensinnige Jack.

*Das ist Mutter Natur.*

# XIII.

**Kristen**

Kaum jemand spricht ein Wort, stattdessen herrscht die angespannteste Atmosphäre, die man sich nur vorstellen kann, seit Mutter Naturs Stimme an unsere Ohren gedrungen ist. Kein Wunder: Wenn die Erschafferin allen Lebens, von der man als Mensch sonst nie etwas zu hören bekommt, sich einmischt und alles andere als begeistert klingt, muss die Lage ernst sein. Nicht, dass ich das nicht schon vorher gewusst hätte. Doch wie mir spätestens nun bewusst wird, stehen wir nicht nur wieder vor dem ursprünglichen Problem, dass die Menschheit schlecht mit der Umwelt umspringt, sondern haben auch unmittelbare Konsequenzen durch die Schöpferin zu erwarten für unsere Auseinandersetzungen.

Mit todernsten Gesichtern und höchstens dem einen oder anderen Räuspern stellen Jack und die anderen Wächter sich auf. Teresa und ich bleiben ebenfalls stumm, als wir uns bei ihnen unterhaken und für den Sprung bereitmachen, von dem wir noch nicht wissen, wohin er uns führen wird. Vielleicht bin ich einfach zu nervös und sehe schon Gespenster, aber als Teresa sich mit dem Arm bei Kim einhakt, meine ich zwischen den beiden ähnliche tiefe Blicke zu erkennen, wie es sie zwischen Jack und mir gibt. Ich selbst entscheide mich jedenfalls instinktiv für Jack, der meinen Arm sogleich in Empfang nimmt. Es ist beachtlich, dass ich selbst in dieser angespannten Situation Gänsehaut bekomme, sobald Jack und ich uns berühren.

»Bereit?«, fragt Mick, stellt sich dicht neben Kim und Jill, damit sie sich an den Beinen berühren, und schaut zu Teresa und mir.

Automatisch tauschen sie und ich Blicke aus, dann nicke ich dem Sommerwächter zu.

Nahezu synchron legen die Wächter ihre Finger an die Schläfen. In der nächsten Sekunde wechselt die Kulisse vor meinen Augen und ich finde mich an einem anderen Ort wieder.

Ein paar Mal blinzle ich, versuche mich zu orientieren und schaue mich um, während die anderen einen Schritt zur Seite treten und damit unsere Berührungen auflösen. Nur Jacks und mein Arm sind noch ineinander verhakt, als wäre es das Selbstverständlichste auf der Welt, und wir bleiben dicht beieinander stehen.

»Wow«, flüstere ich staunend und sauge den atemberaubend schönen Anblick, den ich vor mir habe, in mich auf.

Plötzlich befinden wir uns vor einem riesigen Baum, der so kräftig und schön ist, wie ich es noch nie gesehen habe. Er besteht aus mehreren dicken Stämmen, die miteinander verflochten sind und oben in Abertausenden geschwungenen und spiralförmigen Ästen münden. Große Blätter aus schimmerndem Gold hängen an ihren Enden, seicht und anmutig wehen sie in einer leichten Brise, die auch mir überraschend angenehm durchs Haar fährt und meine Wangen streichelt. Die frischeste, blumigste Luft kann ich riechen. Vögel haben es sich im Baum gemütlich gemacht und zwitschern vergnügt vor sich hin. Wohin ich auch schaue, umgibt eine saftig grüne Wiese, in der die farbenprächtigsten Blumen blühen, den Baum. Sie verläuft so weit, dass ich in der Ferne nicht erkennen kann, wo sie endet, zumal hier unzählige weitere, wenn auch kleinere Bäume stehen. Hasen hoppeln übers Gras, leuchtende Schmetterlinge flattern, bunte Vögel singen, Äffchen schwingen sich in den anderen Bäumen von Ast zu Ast, Pflanzenfresser weiden, darunter auch Dinosaurier und Mammuts, die mir im ersten Moment einen Riesenschrecken einjagen, bis ich merke, dass sie sich nicht weiter für mich interessieren und ebenso friedfertig wirken wie all die anderen Tiere, die mich umgeben. Ihre Schuppen und ihr Fell erstrahlen bunt in leuchtenden Farben. Einige von ihnen tragen sogar Blumenschmuck auf ihren Hörnern und Geweihen, an dem hin und wieder genüsslich geknabbert wird. Das pure, blühende Leben tummelt sich auf der Wiese rund um den großen, goldenen Baum. Überall sind Lebewesen, die man von der Erde kannte und kennt, nur keine Menschen.

Auch Teresa ist anzusehen, wie tief sie das, was sie vor der Nase hat, berührt. »Was ist das?«

»Der Ursprung allen Lebens«, antwortet Kim. »Der Baumpalast.«

Überrascht ziehe ich die Augenbrauen hoch. »Dieser Baum ist der Palast?«

Jill bestätigt mit einem Nicken. »Früher sprachen wir vom Lebensbaum, weil er die Quelle von Mutters Kräften ist. Aber seit geraumer Zeit nennen wir ihn auch den Baumpalast, denn hier lebt sie inzwischen.«

»Sie wohnt ...« Verunsichert deute ich auf die verflochtenen Stämme. »Im Lebensbaum?«

»Sie ist fest mit ihm verwachsen.« Jack lässt meinen Arm los und tritt einen Schritt auf den Baum zu, dann macht er einen Ausfallschritt nach vorn und senkt das Haupt.

Wortlos tun Jill, Kim und Mick es ihm gleich, als wäre es ein tief in ihnen verankerter Reflex. Auf demütige und zugleich elegante Weise verneigen sie sich vor der Erschafferin.

Ich schaue zu Teresa und schnell erwidert sie meinen Blick.

*Sollen wir das auch machen?*, frage ich sie mit meinen Augen.

*Keine Ahnung*, lese ich daraufhin in ihrer Mimik.

Ehe wir eine Entscheidung treffen können, erheben die Wächter sich wieder und der einzigartige Baum nimmt unsere Aufmerksamkeit in Anspruch, als plötzlich wieder diese tiefe, hallende Frauenstimme ertönt.

»Ich muss schon sagen, ich bin zutiefst enttäuscht, nein, *erschüttert*.« Während Mutter Natur in scharfem Ton zu uns spricht, leuchten bei jeder Silbe, die sie von sich gibt, die goldenen Blätter des Lebensbaums hell auf. »Die Dinge sind vollkommen durcheinandergeraten. Menschen haben ihren Weg nach Simerra gefunden und auf der Erde hat das Winterchaos alles Leben bedroht.«

»Ich habe getan, was ich für richtig hielt«, wagt Jack sich zu verteidigen. »Du hast es mir nicht verboten, als ich dir im Vorfeld von meinen Plänen erzählt habe.«

»Zügele dich, Jack Frost«, ermahnt Mutter Natur ihr dickköpfigstes Kind. »Ich habe es dir deswegen nicht verboten, weil ich genau wie du gehofft habe, dass dein Bann bei den Menschen etwas bewirken würde. Als sich jedoch alles verschlimmerte, bist du zu weit gegangen.«

»Aber das war ich nicht!«, beteuert Jack ein weiteres Mal. »Ich habe die Wetterverhältnisse auf der Erde nicht radikalisiert, das versichere ich dir.« Kurz sieht er zu mir. »Euch allen.«

»Ob es nun deine Absicht war oder nicht«, spricht Mutter Natur weiter, »dem Wahnsinn musste ein Ende gesetzt werden. Doch wie du weißt, kann ich den Lebensbaum nicht mehr verlassen, zudem bewirkt der katastrophale Umgang der Menschen mit ihrer Umwelt, mit der wir eng verbunden sind, dass ich schwächer und schwächer werde.«

Besorgt nickt Jill. »Deine Kräfte schwinden merklich, Mutter? Das war mir nicht bewusst, aber das ist furchtbar.«

»Versteht ihr jetzt endlich, warum ich handeln musste?«, wirft Jack ein.

»Du hast dich in deiner Wut verloren, Jack, oder in anderen Gefühlen«, wirft Mutter Natur ihm vor. »So konnte es jedenfalls nicht weitergehen. Doch ebenso wie deine Geschwister verfüge ich leider nicht über die Fähigkeit, den Winter zu gestalten, egal in welche Richtung. Für diesen Zweck habe ich einst dich erschaffen und sämtliche Macht über die kälteste aller Jahreszeiten auf dich übertragen. Diese Fähigkeit könnte ich nur wiedererlangen, wenn ich sie dir wieder wegnehmen würde, aber dafür fehlt mir die Kraft, denn der Umgang der Menschen mit der Umwelt schwächt mich immerzu. Und du hättest diesmal nicht auf mich gehört, wenn ich dich einfach nur freundlich darum gebeten hätte aufzuhören, das weiß ich.«

»Das Einzige, was Mutter noch tun konnte, war, unsere Kräfte zu verstärken«, ergreift Mick das Wort und wendet sich an Jack, »damit wir endlich eine Chance gegen dich hatten und dich aufhalten konnten.«

»Was ich nach wie vor für einen Fehler halte!« Aufgebracht deutet Jack auf mich. »Kristen und ich hatten einen Plan.«

»Kristen«, sagt nun auch Mutter Natur im strengsten Ton.

Nervös zucke ich zusammen und mein Mund wird trocken.

»Nie hätte ich gedacht eine Menschenfrau hier vorzufinden, schon gar nicht zwei. So ist das nie vorgesehen gewesen und so darf es auch jetzt nicht sein.«

*Oh-oh.* Sie ist wütend, und zwar sowohl auf Jack als auch auf Teresa und mich, von allen anderen Menschen ganz zu schweigen. Wenn ich so darüber nachdenke, kann ich es ihr nicht verdenken.

»Mutter«, entgegnet Jack und scheint, wenn ich seine Körperhaltung richtig deute, all seinen Mut zusammen nehmen zu müssen. So habe ich ihn noch nie gesehen. »Du hast Kristen die Gabe verliehen, uns wahrzunehmen, das muss einen Grund haben. Als du mir von Kristen erzählt hast, meintest du, es wäre wichtig, dass ich diesen Grund noch nicht kenne. Zunächst konnte ich das nicht verstehen, aber jetzt tue ich es. Zwischen ihr und mir sollte sich ein Band knüpfen, ein nie zuvor dagewesener Einklang zwischen einem Menschen und einem Wächter, der eine neue Ära einleiten soll.«

»Was?«, bringt der aufleuchtende Lebensbaum zischend hervor.

Unbeirrt fährt Jack fort, er wird sogar lauter: »Wenn Kristen hierbleibt, dann könnten wir …«

»Ich höre wohl nicht recht!«, fällt Mutter Natur ihm entrüstet ins Wort. »Ein Mensch soll bei uns in Simerra leben, hast du nun vollkommen den Verstand verloren?«

»Aber …«, versucht er es weiter.

Wieder leuchtet der Baum an seinen goldenen Blättern auf und unterbricht ihn. »Es stimmt, dass ich Kristen ausgewählt und dir von ihr erzählt habe, in der Hoffnung, dass ihr zueinander findet und ein Bündnis eingeht, das der Umwelt auf der Erde hilft. Doch offenbar hat mich meine Verzweiflung naiv gemacht, denn was deine Gefühle für diese Menschenfrau anrichten, Jack, hat sich als unberechenbare Gefahr entpuppt. Dabei sollte das zwischen euch nie mehr als ein Zweckbündnis sein.«

»Mutter!«, widerspricht er.

Doch sie bleibt standhaft. »Wir haben es alle gesehen. Du richtest verheerendes Chaos an, wenn du etwas empfindest, sei es Zorn oder etwas anderes. Dein Herz gehört eingefroren, wie es das für Jahrtausende gewesen ist, so ist es das Beste für uns alle, für sämtliches Leben in jeder Dimension.«

Fest presst Jack die Lippen aufeinander. So gut er dieses Schicksal, das Mutter Natur für ihn auserkoren hat, in all der Zeit akzeptieren konnte, so hart scheint es ihn nun zu treffen. Dass ich einer der Gründe dafür sein soll, dass es ihm so geht, zerreißt mir das Herz.

»Sie hat recht«, meint Mick, nähert sich Jack mit schwermütigem Blick und legt mitfühlend die Hand auf die Schulter des Winterwächters. »Du hast es doch selbst gesagt: Das Schneechaos auf der Erde und ums Eisschloss hast du nie beabsichtigt, und doch ist es dazu gekommen.«

Jill nickt. »Und du bist der Einzige, der dazu in der Lage ist, Jack. Es muss also so gewesen sein.«

Verloren starrt Jack ins Leere. »Meine Kräfte sind unberechenbar, wenn ich etwas empfinde …«

Als mir klar wird, dass er es zu akzeptieren beginnt, werden meine Augen feucht und so vieles geht mir in diesem Moment durch den Kopf. Jack hat gestanden, dass er Gefühle für mich hegt, und auch ich weiß inzwischen, dass ich sie erwidere. Wohin das zwischen uns führen könnte, wissen wir nicht, aber wir werden es auch nicht herausfinden. Selbst wenn ich hierbleiben wollen würde. Es geht einfach nicht. Mutter Natur würde es niemals erlauben. Sie würde keine Ausnahme machen. Davon hat es bereits genug gegeben – und diese sind gehörig nach hinten losgegangen.

»Jack, Kristen«, wendet sie sich an uns, sodass die Blätter am Lebensbaum wieder leuchten. »Selbst wenn ich es wollte, könnte ich euch nicht helfen. Jack, du wirst im Eisschloss gebraucht und darfst deinen Gehilfen nie zu lange am Stück fernbleiben. Und Kristen …« Sie macht eine dramatische Pause. »Menschliche Körper sind nicht dafür gemacht, in Simerra zu verweilen.« Mir fällt auf, dass Mutter Naturs Stimme nun sanfter klingt, fast schon nach der Güte, die ich in ihr vermute, bedenke ich, dass sie einst alles Leben erschaffen hat. »Auf Dauer könntest du hier nicht überleben, nach einiger Zeit würden deine Organe versagen und du müsstest sterben. Glaub mir, ich weiß, wovon ich spreche. Einst habe ich es am eigenen Leib in eurer Welt erlebt.«

Überrascht verlagere ich mein Gewicht von einem Bein auf das andere, während auch Teresa verwundert den Kopf neigt. »Inwiefern?«, frage ich sie – und traue mich damit zum ersten Mal zu ihr zu sprechen … zu ihr, dem unglaublichsten Geschöpf, dem ich je begegnet bin.

»Ich bin nicht immer eine Gefangene im Lebensbaum gewesen«, erzählt sie. »Lange Zeit ist der Baum allein die Quelle für meine Schöpfungskraft gewesen. Auch ich hatte einen eigenen Körper und konnte mich in Simerra frei bewegen, so wie die Wächter.«

Jills Augen beginnen zu leuchten. »O ja, du warst das schönste Wesen von allen.«

Plötzlich schwingt größtes Bedauern in Mutter Naturs Worten mit. »Aber als die Menschen im achtzehnten Jahrhundert ihrer Zeitrechnung die Epoche der Industrialisierung einleiteten, beobachtete ich diese Entwicklung mit Sorge. Eines Tages wagte ich es und sprang zu ihnen, in der Hoffnung, das Bündnis zwischen den Menschen und der Natur wieder zu stärken.« Ihr Tonfall verändert sich und sie klingt schon fast verbittert. »Zurück zu den Wurzeln. Bevor die Menschen anfingen Maschinen zu bauen und immer mehr Kohlenstoffdioxid in die Atmosphäre auszustoßen.«

Teresa nickt.

»Jedenfalls hielt ich mich unter den Menschen auf«, fährt Mutter Natur fort, »um sie zunächst zu studieren, denn der moderne Mensch mit seinem wachsenden Egoismus und seinem schwindenden Glauben war mir fremdgeworden.«

»Nicht nur dir.« Micks Bemerkung klingt vorwurfsvoll.

Auch Kim schließt sich dieser Ansicht an, indem sie tief durchatmend den Kopf schüttelt. »Diese Menschen ...«

Mutter Natur spricht weiter: »Sosehr habe ich gehofft, wieder einen Zugang zu ihnen zu finden, ohne sie zu verängstigen oder gegen mich aufzuhetzen. Doch kurz bevor ich bewirken konnte, dass sie mich wahrnehmen, um zu ihnen zu sprechen, bin ich zusammengebrochen. Mehr und mehr schwanden meine Kräfte, ich konnte mich kaum noch auf den Beinen halten und das Atmen fiel mir schwer. Auch als ich zurück nach Simerra sprang, wollten diese schrecklichen Symptome nicht mehr aufhören. Mein letzter Ausweg war es, in meiner reinen Form als Seele aus meinem Körper zu weichen und diesen sterben zu lassen. Neue Zuflucht fand mein Bewusstsein im Lebensbaum, der Quelle meiner Kräfte. Seitdem bin ich mit ihm zu einer untrennbaren Einheit verschmolzen, denn ohne Körper kann eine Seele nicht länger als ein paar Sekunden sein, und so kann ich ihn nicht mehr verlassen.«

»Aber wenigstens konntest du dich retten«, meint Jill und schlägt die Hände an die Wangen. »Bis heute mag ich mir nicht ausmalen, was andernfalls aus uns geworden wäre.«

Leiderfüllt höre ich Mick seufzen. »Wir können von Glück reden, dich nicht verloren zu haben, Mutter.«

»Schon damals habe ich angeboten, dass stattdessen wir Wächter zu den Menschen sprechen«, ergreift Jack das Wort und schaut nacheinander seine Geschwister und schließlich seine Mutter an. »Für kurze Zeit können wir in der Welt der Menschen bleiben. Da wir zu viert sind, hätten wir uns aufteilen und abwechseln können. Aber du, werte Mutter, wolltest dann lieber auf das Urteilsvermögen der Menschen vertrauen. Wir haben abgewartet und gehofft, dass sie von allein zur Vernunft kommen und die Erderwärmung, die sie selbst in Gang gesetzt haben, aufhalten.«

»Das war ein Fehler, das weiß ich nun«, gibt sie zu und es ist nicht zu überhören, wie enttäuscht sie von der Menschheit ist. »Da siehst du, was Gefühle mit einem anstellen, Jack. Meine Liebe zu den Menschen hat mich leichtgläubig gemacht. Wenn ich ehrlich bin, so tut sie das selbst jetzt noch, denn ein großer Teil von mir weigert sich nach wie vor die Menschen aufzugeben. Ich bin insofern von den Menschen abhängig, dass ich ewige Liebe für sie empfinde und sehr an ihnen hänge. Tief fühle ich mich mit ihnen verbunden und kann mir ein Leben ohne sie einfach nicht vorstellen. Aber mein Fortbestand ist an den der Erde gekoppelt.«

Etwas Ähnliches hat Jack über sich gesagt, auch wenn er meinte, dass nicht sein Leben davon abhängt, wie es unserem Planeten ergeht. Er wünscht sich ebenso, dass es den Menschen gut geht, aber sollte es hart auf hart kommen, könnte er selbst ohne die Erde überleben. Mutter Natur aber anscheinend nicht. Dann muss das ein Unterschied zwischen ihr und den Wächtern sein.

»Aber in einem Punkt hat Jack recht«, gibt Teresa angespannt von sich. »Was die Erderwärmung angeht, stehen wir nun wieder dort, wo wir auch schon gewesen sind, bevor Jack die Erde mit seinem Bann belegt hat. Wie soll es nun weitergehen?«

Überfragt schweigen die Wächter, selbst Mick senkt in seiner Ratlosigkeit den Kopf.

»Ich werde darüber nachdenken und euch meine Entscheidung mitteilen«, sagt Mutter Natur. »Aber eins steht fest: Kristen kann nicht hierbleiben. Sie und ihre Freundin müssen so bald wie möglich in ihre Heimat zurück. Das steht außer Frage.«

Sogleich tauschen Jack und ich traurige Blicke aus. Spätestens jetzt dürfte er mir ansehen, wie ich mich entschieden hätte: Ich wäre geblieben, wenn es nur möglich gewesen wäre, aber das ist nicht der Fall. Je früher wir das akzeptieren, umso besser wird es für uns sein und auch für alle anderen.

Ich drücke die Lippen zusammen und atme ein, um etwas zu sagen.

»Dann hätte ich eine letzte Bitte«, meint Jack und sieht mir tief in die Augen, anschließend schwenkt sein Blick zurück und richtet sich wieder auf den Lebensbaum.

*Was hat er vor?*

»Mutter«, bittet er mit inständiger Stimme. »Gewähre uns einen letzten gemeinsamen Tag.«

*Was?*

»Gib uns vierundzwanzig Stunden«, fährt er entschlossen fort, »danach beugen wir uns deinen Weisungen und sehen uns niemals wieder.«

»Hast du nicht zugehört?«, kontert sie. »Deine Gefühle für Kristen müssen abklingen, sie dürfen sich nicht noch vertiefen. Auf keinen Fall darfst du die Kontrolle über deine Kräfte ein weiteres Mal verlieren – die Konsequenzen könnten noch verheerender sein als zuvor.«

Ich nicke. *Das ist zwar gemein, aber …* »Sie hat recht«, sage ich zu Jack, wenn auch voller Widerwillen, »das weiß ich jetzt.«

Eigensinnig, wie er ist, schüttelt er den Kopf. »Du willst, dass ich mit Kristen abschließe?«, meint er zu Mutter Natur. »Dann lautet so meine Bedingung.«

# XIV.

**Kristen**

Meine Güte, Jack hat Nerven, dass er sich traut Mutter Natur zu erpressen. Aber das nimmt er auf sich, um einen letzten Tag mit mir zu verbringen, ist das zu fassen? Wäre die Situation nicht zum Heulen beängstigend, würde mein Herz nun eventuell vor Rührung überschäumen. Doch stattdessen schauen wir alle wie gebannt auf den Lebensbaum und fragen uns, wie Mutter Natur auf Jacks freche Forderung reagieren wird.

»Ist das auch dein Wunsch, Kristen?«, will sie von mir wissen und widmet sich mir, womit ich nicht gerechnet habe. Bisher habe ich sie in erster Linie als ein Wesen gesehen, das über den Menschen steht, aber nun erkenne ich, dass sie uns wirklich achtet und liebt.

Und so traue ich mich demütig den Blick zu senken und mit einem Kopfnicken bejahend zu antworten, ehe ich den Lebensbaum wieder ansehe.

»Ihr bekommt zwölf Stunden«, lässt sie daraufhin verlauten.

Sogleich holt Jack Luft und wirkt, als wolle er widersprechen und auf einen vollen Tag bestehen.

»Nehmt es an, bevor ich es mir anders überlege«, fügt Mutter Natur geistesgegenwärtig hinzu.

Nun zeigt auch Jack sich demütig und nickt. »Danke, Mutter.«

»Du hast deine gewachsene Macht missbraucht, Jack«, ermahnt sie ihn, »aber ich verstehe deine Verzweiflung. Sie ist menschengemacht und etwas, das wir miteinander teilen. Wir alle.«

»Und wie soll es mit der Erderwärmung weitergehen?«, will Mick Shine wissen und kratzt sich grüblerisch den Vollbart.

»Wie gesagt: Meine Entscheidung darüber, was mit den Menschen geschieht, teile ich euch mit, sobald ich sie getroffen habe.«

»Okay«, meint Teresa und zwingt sich zu einem verunsicherten Lächeln.

»Aber bitte nicht vergessen, dass wir Menschen an unserem Leben hängen und es gerne behalten würden, ja, ginge das vielleicht?« Angespannt lächelt sie Mutter Natur weiter an.

»Dann habt ihr eine seltsame Art, das zu zeigen«, findet Jill.

»Was aber nichts Neues ist.« Kim verdreht die Augen. »Selbstzerstörung ist doch schon immer eine Spezialität dieser sonderlichen Spezies gewesen, wie ich sie noch bei keinem anderen irdischen Tier beobachten konnte.«

Mit ihrem Schweigen und dem bekümmerten Ausdruck in ihrem rundlichen Gesicht gibt Teresa den beiden recht.

Als Kim dies bemerkt, werden ihre Gesichtszüge weicher und sie scheint nicht ganz zu wissen, wo sie hinschauen soll. »Wobei das natürlich nicht für alle gilt. Ich darf schließlich nicht sämtliche Menschen über einen Kamm scheren.«

»Also schön«, meint Mick und wendet sich an Kim Wind und Jill Bloom. »Lassen wir die beiden allein.«

Er schenkt mir einen letzten Blick, den ich nickend erwidere.

Jill kommt auf mich zu und schließt mich in die Arme. »Mach's gut, Kristen.«

»Du auch«, sage ich nur und erwidere die Umarmung nicht, da sie schließlich bereit war mir das Leben auszuhauchen. Zum Wohl aller, schon klar, und dennoch vergesse ich das natürlich nicht so leicht.

Kurz sehen Kim und ich uns verabschiedend an, dann wendet sie sich Teresa zu und meint zu dieser: »Na los, komischer Mensch, wir bringen dich zu deinesgleichen zurück.«

Teresa verengt die Augen zu Schlitzen und schaut sie böse an. »Sofort.« Kopfschüttelnd wendet sie sich mir zu und kommt mir entgegen. »Diese mürrische Herbstwächterin …«, murmelt sie.

»Komm her«, meine ich und drücke sie an mich.

Hörbar atmet Teresa durch und genießt unsere Umarmung. »Pass auf dich auf, ja?«

Mein warmer Blick gilt ihr. »Natürlich. Ich bin bald zurück, für immer.«

Ein stechender Schmerz jagt durch meine Brust, als ich das sage. Zwar freue ich mich darüber, dass ich Teresa wiedersehen werde, aber wie ich einmal mehr merke, hätte sich mein Herz für einen anderen Pfad entschieden. Nicht allein, weil ich in Jacks Nähe bleiben möchte, zumal wir uns noch nicht lange kennen, nein, es ist mehr als nur das. Tief in mir ruht ein unerklärlich starkes Gefühl und ich spüre genau, dass ich hierhergehöre, nach Simerra. Doch so entschlossen, wie Mutter Natur ist, und so gut, wie sie ihre Begründung erklären konnte, muss mein Bauchgefühl ein Trugschluss sein. Anscheinend bin ich ebenso unzurechnungsfähig wie Jack, seit wir uns begegnet sind. Da kann es nur das Beste für alle sein, wenn sich unsere Wege bald auf ewig trennen.

*Bald*, geht es mir durch den Kopf – und das ist alles andere als schön. *Auf ewig*.

Mick, Kim und Jill springen mit Teresa davon und verschwinden mit einem Schlag aus meinem Blickfeld. Nun sind hier nur noch Jack und ich – und Mutter Naturs Seele im Lebensbaum.

»Wie wollt ihr die zwölf Stunden, die euch zusammen bleiben, verbringen?«, möchte sie wissen.

Jacks Aufmerksamkeit gilt mir allein. »Uns wird schon etwas einfallen.« Er kommt näher, nimmt meine Hand und lässt sie mit seiner verweben.

Mit großen Augen sehe ich ihn an und genieße es, seine Haut an meiner zu spüren. »Zeit ist kostbar, das weiß ich nun mehr denn je. Lass uns jede einzelne Sekunde, die uns bleibt, nutzen.«

»Und was möchtest du in der Zeit, die uns bleibt, gerne machen?«, fragt er.

Vorfreudig lächle ich. »Ich hätte da eine Idee.«

Nachdem ich Jack in meine Pläne eingeweiht habe, hake ich mich bei ihm unter und er springt mit mir an einen anderen Ort von Simerra. Wir besuchen Jill Bloom in ihrem Blumenschloss, das aus grünen dicken Ranken besteht, an denen unzählige Blumen in den prächtigsten Farben blühen. Sie zeigt uns ihre Wiskels, die den ganzen Tag vergnügt singen, was mir persönlich irgendwann auf den Keks gehen würde. Die meisten ihrer Wiskels, wenn auch nicht alle, erinnern mich mit ihrer kleinen Körpergröße und den farbenprächtigen Flügeln an Elfen oder Feen. Während Jill uns durch ihr Schloss führt, entschuldigt sie sich mehrmals dafür, dass sie uns umbringen wollte – ein Umstand, über den ich nicht weiter nachdenken möchte.

Danach suchen wir Mick Shine in seinem Sonnenschloss auf, das geformt ist und glänzt wie eine vergoldete Panflöte. In seinem strahlend hellen Reich erstrecken sich mehr Regenbögen über den Himmel, als ich zählen kann. Vielleicht ist er emotionaler, als ich bislang angenommen habe. Schließlich habe ich gelernt, dass jeder Wächter sein Schloss und das umliegende Gebiet weitestgehend so umgestalten kann, wie er möchte.

Zu guter Letzt statten wir auch Kim Wind in ihrem Laubschloss einen Besuch ab. Zwar hatte ich vorher so meine Zweifel daran, ob ich das wirklich tun will, und Jack meinte, dass *ich* das entscheide. Aber letztendlich wurde mir klar, dass auch dies eine einmalige Gelegenheit für mich darstellt. Tatsächlich wirkt Kim alles andere als begeistert, als wir bei ihr auftauchen. Aber sie empfängt uns und zeigt uns den Wald hinter ihrem Laubschloss. Dort wachsen riesige lila Pilze, es herrscht eine hohe Luftfeuchtigkeit und auch die tropischen Temperaturen erinnern eher an einen Dschungel als an einen Wald. Vor allem für mich als Großstadtkind ist das eine unvergessliche Erfahrung. Egal also, was vorher zwischen uns vorgefallen ist – die einmalige Chance, die Schlösser der anderen Wächter zu sehen, kann ich mir einfach nicht entgehen lassen.

Zwischendurch springen wir zum Eisschloss, damit Jack kurz nach dem Rechten sehen und sich mit seinen Wiskels austauschen kann. Weil diese eine teufelsähnliche Gestalt haben, frage ich Jack, ob er sich das auch selbst so ausgesucht hat. Doch er erzählt mir, dass dafür Mutter Natur verantwortlich gewesen ist. Einst hat sie für jeden Wächter die Wiskels in der Gestalt geformt, die sie für passend hielt. Als ich wissen möchte, ob er meint, dass das unterschiedliche Aussehen der Wiskels eine Bedeutung für Mutter Natur hat, erwidert er, dass er darüber nie nachgedacht hat, es aber wohl in Zukunft tun und sie vielleicht sogar eines Tages danach fragen wird.

Nachdem ich mir die Reiche der vier Wächter ansehen durfte, frage ich Jack, ob wir in der restlichen Zeit, die uns noch bleibt, etwas tun wollen, das für *ihn* neu ist.

»Nichts lieber als das«, antwortet er mit sanfter Stimme und macht einen Vorschlag, der mir mehr als gefällt.

Für das, was wir vorhaben, verwandelt Jack mit einer Fingerbewegung und einem dazu passenden Gedanken seine Gewandung wieder in die schwarzen Klamotten einschließlich der Lederjacke, während ich mir meine Jacke und die Mütze anziehe. Jack nimmt mich an die Hand und springt mit mir zurück zur Erde. Plötzlich stehen wir auf einem Felsen, vor uns liegt Wasser, es ist ziemlich dunkel und kalt.

»Das ist Grönland?«, murmele ich neugierig und schaue mich in alle Richtungen um.

Auf der anderen Seite des Ufers stehen kleine rote Häuser mit weißen Fensterrahmen und Türen, aus deren Schornsteinen es qualmt. Hell leuchten die warmweißen Lichter aus ihren Fenstern, als würde ich vor einem wunderschönen Weihnachtsdorf stehen. Doch die Lichter, die aus den Häusern scheinen, sind nicht das Einzige, was sich auf der Wasseroberfläche des Meeres spiegelt: Hoch oben am klaren, sternenbedeckten Himmel schimmern die grünlichen Fäden des Polarlichts. Seicht wiegen sie hin und her, fast schon im Takt mit den Wellen, um sie herum erstrahlt das Himmelszelt lila. Es ist windstill und ruhig, die Luft ist klar, frisch und kalt. Wann immer ich ausatme, dampft es leicht vor meiner Nase und meinem Mund.

»Wow«, flüstere ich ergriffen und lasse den atemberaubenden Anblick weiter auf mich wirken. Die Wetterbedingungen hier sind hart und verlangen den Bewohnern zweifellos viel Anpassungsfähigkeit ab, doch … »Selten habe ich etwas so Schönes gesehen, dabei existiert es auf der Erde und ist theoretisch für jeden Menschen erreichbar.« Mein Fokus schwenkt zu Jack und mir wird etwas klar. »So wie für dich. Ist dies wirklich ein Ort, an dem du noch nie zuvor gewesen bist?«

»O doch, ich bin sogar sehr oft hier«, antwortet er und erwidert meinen Blick.

*Er springt häufig nach Grönland, an diese Küste, wo der Winter nie ganz vorübergeht, und betrachtet von diesem Felsvorsprung aus das seichte Meer, die beleuchteten Häuser und das sich sanft wiegende Polarlicht? Das ist wundervoll.*

Verunsichert lächle ich und mache mir bewusst, dass wir uns noch immer an den Händen halten. »Wollten wir nicht etwas machen, das auch für dich neu ist?«

Ein umwerfendes Lächeln zaubert sich in sein Gesicht. »Das tun wir doch.« Mit der freien Hand ergreift er auch meine andere und wir stehen nun noch dichter voreinander. »Zum ersten Mal bin ich hier nicht allein, sondern mit der einen Person, mit der ich an diesem Ort sein will.«

Mit großen Augen sehe ich ihn an, ihn, das schönste Wesen, das je vor mir gestanden hat, umgeben von der perfektesten Landschaft, die ich mir nur hätte erträumen können. Beißend kalte Luft strömt in meine Lungen und doch friere ich nicht, auch nicht an meinen nackten Händen, die Jack in seinen hält. »Für mich ist auch vieles, was heute passiert, neu ... und schön.« Tief atme ich durch und bekomme feuchte Augen. »Du hast mir meine Freude am Winter, die ich vor Jahren verloren habe, zurückgegeben, hast mir meine Ängste davor genommen, ihn zu genießen. Denn ohne dein Zutun wäre ich niemals in den verschneiten Park gegangen und hätte mir eine Schneeballschlacht mit den Kindern geliefert – damit fing meine Wiederentdeckung deiner Jahreszeit schließlich an.« Zart streicheln meine Daumen über seine Handrücken. »Endlich mit dem Lawinentrauma aus meiner Kindheit abzuschließen fühlt sich gut und richtig an. Das kann mir auch dann keiner nehmen, wenn wir uns nicht mehr sehen, und dafür danke ich dir unendlich.«

Auch Jack übt nun mit seinen Händen mehr Druck auf meine aus und tritt noch etwas dichter an mich heran. »Auch du hast mir etwas gegeben, Kristen, ohne dich darum bemüht oder es mir aufgedrängt zu haben.«

»Und was?«, möchte ich wissbegierig erfahren.

»Weißt du ...« Jack macht eine Pause und senkt kurz den Kopf, als würde es ihn Überwindung kosten mir dieses Geständnis zu machen. Dann jedoch hebt er den Blick wieder und bringt mir eine umso entschlossenere Miene entgegen. »Ehrlich gesagt bin ich nicht nur frustriert darüber gewesen, wie die Menschen mit der Natur umgehen. Wenn ich jetzt so darüber nachdenke, hat es mich auch geärgert, selbst bei Kindern immer weniger im Rampenlicht zu stehen. Sogar die Kleineren lassen sich heute viel seltener für Geschichten über mich, Jack Frost, begeistern.«

Nickend höre ich ihm zu und merke, wie traurig mich das macht.

»Die wenigsten Menschen glauben noch an das, was ihr Magie nennt, oder sie finden zumindest keine Zeit mehr dafür, sondern kleben schon in ihrer Kindheit förmlich vor einem großen oder kleinen Bildschirm, wie ich es nie nachvollziehen werde.«

»In gewisser Hinsicht wirkt sich die fortschreitende Digitalisierung negativ auf unsere Gesellschaft aus«, stimme ich ihm zu.

Schuldbewusst verzieht Jack den Mund und schüttelt den Kopf. »Es ist eben nicht nur das, sondern viele Jahrzehnte lang habe ich es regelrecht geliebt, von den Menschen beachtet und auch gefürchtet zu werden.« In seinen eisblauen Augen blitzt ein Funkeln auf. »Wenn sie über mich Geschichten erzählt und die wildesten Theorien aufgestellt haben, verstehst du?«

Mit leicht aufeinandergedrückten Lippen sehe ich ihn an. »Ja.« Ich begreife, worauf er hinauswill: Er hat die Aufmerksamkeit geliebt. Beachtet, respektiert und sogar gefürchtet zu werden. Es bedeutet mir viel, dass er das vor mir zugibt. Schließlich habe ich den Eindruck, dass er das gerade zum ersten Mal getan hat und es ihm alles andere als leicht gefallen ist. »Erzählst du mir deswegen davon«, frage ich, »weil es *jetzt* nicht mehr so ist?«

Darauf reagiert er mit einem entschiedenen Kopfnicken. »Ich kann es nicht anders in Worte fassen, als dass ich diese Aufmerksamkeit und regelrechte Ehrfurcht der Menschen nicht mehr nötig habe. Nicht in dem Maße, dass es mich wütend machen könnte.« Ernsten Blickes räuspert er sich, gefolgt von einem hoffnungsvollen Gesichtsausdruck. »Vielleicht bedeutet dies sogar, dass ich meine Kräfte schon sehr bald wieder vollkommen kontrollieren kann.«

»Wirklich, denkst du? Das wäre natürlich super.« Auch mich durchströmt für einen kurzen Moment die wohlige Wärme der Hoffnung, allerdings drängt die Gewissheit, dass Jack und ich uns dennoch nicht wiedersehen dürfen, sie zurück. Dies bewirkt, dass ich nun bedrückt dreinblicke.

»Das habe ich dir und allein dir zu verdanken«, sagt Jack und lässt meine Hand los, um die Finger an meine Wange zu legen. »Niemals will ich das vergessen.« Im nächsten Moment verwandeln sich seine tiefschwarzen Klamotten zurück in die blaue, verzierte Gewandung mit dem weinroten Umhang.

Damit und mit seinen Worten bringt er mich wieder zum Lächeln. Dafür will ich mich bei ihm bedanken, doch dazu komme ich nicht mehr: Als Jack sieht, wie ich auf ihn reagiere, zeichnet sich neue Entschlossenheit in seinen Gesichtszügen ab und er überwindet die letzten Zentimeter, die noch zwischen uns liegen. Sein Mund sucht meine Lippen und landet mit ungeahnter Zärtlichkeit auf ihnen. Unter dem grünlich schimmernden Polarlicht küssen wir uns mit einer Neugierde und Behutsamkeit, als wäre es für uns beide das erste Mal. Auf einen von uns beiden mag dies wirklich zutreffen – ich bin es nicht. Jacks Lippen und Finger zittern leicht, was mir umso deutlicher zeigt, dass ich einen Platz in seinem Herzen gefunden habe, von dem Mutter Natur möchte, dass es wieder zufriert. Ob es dazu kommen wird, wenn Jack und ich uns eine Weile nicht mehr gesehen haben werden, kann nur die Zukunft zeigen und wird sehr wahrscheinlich ohne mein Wissen geschehen. Doch dieser eine Moment, in dem ich voll und ganz versinke, gehört nur uns. Jack schmeckt nach Kälte und Hitze zugleich, anders kann ich es nicht beschreiben. Ich habe das Gefühl, seine immense Macht spüren zu können, aber auch all die Sanftheit, die in ihm schlummert. Die Liebe, die er ungeteilt für mich empfindet. Die Ergriffenheit, die ich erwidere. Die Hoffnung, die uns verbindet. All die Entdeckungen, die wir heute gemacht haben. Jede einzelne Angst, die wir durchlitten haben. Jedes noch so kleine Knistern, das zwischen uns stattgefunden hat.

Widerwillen bäumt sich in mir auf, als unser Kuss zum Ende kommt und sich seine Lippen von meinen lösen. Als Jack mir dann auch noch einen nahezu verträumten Blick zeigt, ist es, als würde man mir den Boden unter den Füßen wegziehen. Seine Nähe beflügelt mich, doch uns bleibt nicht mehr viel Zeit.

»Kristen«, raunt er.

»Ja?«, bringe ich in meinem Gefühlschaos gebrochen hervor.

Mit Bedauern seufzt er. »Wir müssen uns bald voneinander verabschieden.«

Betrübt nicke ich und senke Luft ausstoßend das Haupt, ehe ich ihn wieder ansehe. »Ich weiß.«

Wir tauschen einen traurigen Blick aus.

»Was soll das Letzte sein, das wir zusammen tun?«, frage ich ihn.

***

Wild klopft mein Herz, so wild, dass es sich anfühlt, als würde es mir jede Sekunde aus der Brust springen. Ich stehe in einem der Gästezimmer, die es in Jacks Eisschloss gibt und die vor mir noch nie jemand in Anspruch genommen hat. Zwischen den blickdichten Eisplatten, aus denen die Wände bestehen, rinnt Wasser; auf magische Art und Weise schlängelt es sich gemächlich in Linien verschiedenster Längen von oben nach unten die hellblau erstrahlenden Gemäuer entlang. Ich glaube nicht, dass Mutter Natur für solche Details im Eisschloss verantwortlich ist, selbst wenn sie es in seiner ursprünglichen Form erschaffen hat. Vielmehr dürften sie im Laufe der Jahrhunderte Jacks Ideen entsprungen sein und von seiner Fantasie sowie seinem Einfühlungsvermögen zeugen. Der Gedanke daran, dass seine Gästezimmer seit langer Zeit leer stehen und es nach meiner Abreise auch wieder tun werden, unterstreicht zwar, wie besonders der heutige Tag und die Verbindung zwischen Jack und mir sind, hat jedoch auch einen bitteren Beigeschmack.

*Denk nicht daran,* ermahne ich mich selbst.*Nicht im Moment. Bleib mit deinem Kopf im Hier und Jetzt.*

Mein Augenmerk fällt auf den Grund dafür, warum ich mich in diesen Raum zurückgezogen habe: Vor mir auf dem anthrazitfarbenen Himmelbett mit perlmuttartigen Ornamenten und cremeweißem Stoff liegt in seiner ganzen Pracht ausgebreitet das Abendkleid, das Jack mir für die letzten zwei Stunden, die uns noch bleiben, gezaubert hat. Zuvor hatte er mich gefragt, wie mein Kleid aussehen soll, doch ich habe ihn daraufhin nur mit einem vorfreudigen Lächeln gebeten, mich zu überraschen. Das Ergebnis kann sich sehen lassen, entspricht es doch so gar nicht meiner Erwartung und stellt somit tatsächlich eine Überraschung dar. Habe ich einen Abklatsch des eisblauen Kleides von Elsa aus *Frozen* erwartet, so ruht vor mir stattdessen ein weinroter Traum aus Satin, Spitze und leicht glitzerndem Tüll – oder aus Materialien, die dem am nächsten kommen, die es aber nur in Simerra gibt. Von der Farbe her passt es gut zu dem weiten Tuch, welches Jack umhangartig um die breiten Schultern zu tragen pflegt. Vorsichtig und in Ruhe ziehe ich es an und betrachte mich darin vor dem großen Eisspiegel, der in dunkelblaue Zapfen gerahmt ist. Wie ich feststelle, liegt das Kleid gut an, trägt sich gleichzeitig bequem und sitzt perfekt.

Als ich zurück zum Bett schreite und in die weinroten Ballerinas schlüpfe, die davor stehen, erkenne ich, dass auf der gesteppten Tagesdecke noch etwas liegt. Behutsam nehme ich die Spange in die Hand. Sie ist wie drei unterschiedlich große Schneeflocken geformt und aus Perlmutt, auf ihrer Oberfläche bricht sich das auf sie einfallende Licht in Regenbogenfarben. Mit prüfenden Blicken in den Standspiegel binde ich mir die braunen schulterlangen Haare hoch und fixiere sie mit der Spange. Anschließend stecke ich mir die Ohrstecker an, die in Farbe und Form zur Haarspange passen, mit dem Unterschied, dass sie jeweils nur eine Flocke darstellen. Zu guter Letzt nehme ich mir den dunkelroten Lippenstift von der Tagesdecke und trage ihn mir dezent auf. Dann lege ich den Stift wieder weg und nehme mein Spiegelbild in Augenschein.*So sehe ich also aus, wenn ich Jacks Eiskönigin bin … ein einziges Date lang.*

***

Als ich die geschwungene Eistreppe hinabschreite, mich vorsichtshalber mit eleganter Haltung am Geländer festhalte und zu der Erkenntnis komme, dass die Treppe nicht so spiegelglatt ist, wie sie aussieht, hallt bereits Musik durch den Saal. Ein Dutzend von Jacks Wiskels hat sich aufgestellt und spielt auf dunkelgrauen Instrumenten klassische sanfte Klänge. Am Fuße der Treppe erwartet Jack mich mit einem charmanten Lächeln, nein, er strahlt regelrecht.

»Wow«, sagt er, »du siehst wunderschön aus.«

Geschmeichelt und mit dem Gefühl, dass ich vor Glück Purzelbäume schlagen könnte, erwidere ich das Lächeln. Er reicht mir seine Hand und ich vertraue ihm die meine an, ganz behutsam und nervös, als wäre es Ewigkeiten her, dass wir uns auf diese Weise berührt haben. Auch Jack hat sich für unsere letzte Verabredung zurecht gemacht, vermutlich mit kaum mehr als einem Fingerschnippen und doch wohlbedacht. Nach wie vor liegt das bordeauxrote Tuch um seine Schultern, darunter allerdings trägt er eine Art Uniform in strahlendem Weiß mit dunkelblauen Applikationen, die insbesondere auf den Kragen, die Ärmel und die Seitennähte seiner Hose gestickt sind. Die Vorstellung, dass ich die Einzige auf der Welt sein könnte, die Jack Frost so zu Gesicht bekommt, jagt mir ein Kribbeln durch den Körper.

Mit eleganten Schritten geleitet er mich zur Tafel, die bereits üppig gedeckt ist. Goldenes Geschirr und Besteck zieren den langen Tisch, die Schüsseln und Krüge sehen altertümlich aus und sind aufwendig verziert, als würden sie aus dem europäischen Mittelalter stammen.

»Hast du das Zeug etwa ans, keine Ahnung, fünfzehnte Jahrhundert angelehnt?«

Jacks präsenter Blick taucht tief in meinen. »All dies *kommt* aus dem fünfzehnten Jahrhundert. Seitdem wartet es auf seinen Einsatz bei einem feierlichen Anlass.«

Beide Fakten bringen mich zum Staunen, ehe ich einen Mundwinkel hochziehe. »Heute erfüllen wir deinen Festsaal mit Leben.«

Er nickt. »Mit Leben und Gefühlen und mehr, als ich stets zu hoffen gewagt habe.« Anschließend verbeugt Jack sich, wie es einst unter den Menschen üblich gewesen ist, zu einer Zeit, die nach seinem Verständnis noch nicht so lange her ist wie nach meinem. »Madame?« Spielerisch grinst er und deutet gleichzeitig mit einer galanten Bewegung auf einen der freien Stühle. »Es ist angerichtet.«

Ein Wiskel kommt herbeigeeilt, doch Jack will sich selbst darum kümmern und kommt ihm zuvor, zieht meinen Stuhl zurück und schiebt ihn wieder vor, als ich mich dankend hinsetze. Perplex macht der Wiskel kehrt und wackelt davon. Unterdessen schenkt ein anderer von Jacks Gehilfen bereits eine rote Flüssigkeit in den vergoldeten Weinkrug, der vor mir steht, bevor er dies an dem Platz neben mir wiederholt. Ohne die Hilfe eines Wiskels setzt sich Jack an der langen Tafel direkt neben mich.

Mein Blick schweift über das angerichtete Essen, ich entdecke alles Mögliche, was der Magen nur so begehrt … vor allem ein … Kindermagen? Die Schüsseln sind voll mit Popcorn, Schokoküssen, Marshmallows, Pop Tarts, Marmeladentoasts, Würstchen im Speckmantel, gewürzten Pommes, Apfelkuchen mit Schlagsahne und unzähligen anderen Leckereien, bei deren Anblick einem sofort das Wasser im Mund zusammenläuft.

»So viele essbare Sünden habe ich nicht einmal an meinem zehnten Geburtstag auf einem Haufen gesehen«, meine ich beeindruckt und amüsiert. »Aber so in etwa stelle ich mir meine Henkersmahlzeit vor.« Auf mein Kichern folgt ein Zwinkern.

Jack lacht, sodass mir das Herz aufgeht, und fasst sich verlegen an den Hinterkopf. »Ich dachte mir, wenn wir schon feiern, dann richtig. Habe ich übertrieben?«

Ich muss grinsen. »Zugegeben, von selbst wäre ich wohl nicht auf die Idee gekommen, ein solches Menü auf die Beine zu stellen, aber mir gefällt, wie du denkst.«

»Ausgezeichnet«, gibt er erleichtert von sich, »dann lass es dir schmecken.«

Das lasse ich mir bei einem solchen zuckersüßen Festmahl, wie es nicht vorzüglicher zu meinem Motto, im Hier und Jetzt zu leben, passen könnte, nicht zweimal sagen. Anstatt zum Besteck zu greifen, langen Jack und ich mit den Händen zu. Nacheinander nehme ich mir aus jeder Schüssel eine Portion und lasse sie mir wortwörtlich auf der Zunge zergehen. Es dauert nicht lange und wir fangen an herumzualbern, indem wir uns zu einem Wettessen hinreißen lassen, gegenseitig füttern und so tun, als könnte das Essen mit piepsiger Stimme sprechen. In den Krügen befindet sich kein Rotwein, sondern Traubensaft, und auch sonst wirkt Jack in diesen Minuten kindlich – anders als Jill … auf die beste Art und Weise, die ich mir nur vorstellen kann und die ganz wunderbar zu mir passt. Seit wir uns zum ersten Mal begegnet sind, weckt er mehr und mehr eine Seite in mir, die ich schon verloren geglaubt habe, dabei hat sie die ganze Zeit noch in mir gesteckt und lässt mich nun umso mehr aufblühen. Selten habe ich so viel in so kurzer Zeit gelacht, einfach unbeschwert gelacht, ohne dass es verkrampft oder aufgesetzt ist. Nie habe ich mich besser gefühlt, als wäre ich zur richtigen Zeit am richtigen Ort gelandet, genau dort, wo ich hingehöre. Und dass ich nach rund zwanzig Minuten beschließe, dass dies die letzte Weintraube ist, die ich mir den Mund schiebe, liegt allein daran, dass ich pappsatt bin.

»Hilfe«, seufze ich, »noch ein einziger Bissen und ich platze.« In dem Wissen, dass ich so etwas getrost zu ihm sagen kann, ohne mich verstellen zu müssen, sehe ich ihn zufrieden schmunzelnd an.

Auch Jack wirft sich auf seinem Stuhl zurück gegen die Lehne und fasst sich an den Bauch. »Wem sagst du das?«

»Ich hätte ja nicht gedacht, dass ihr Wächter hier in Simerra das Gleiche esst wie wir Menschen auf der Erde. Habt ihr euch, was das angeht, von uns inspirieren lassen?«

Kauend wippt Jack den Kopf, als könne er sich nicht zwischen einem verneinenden Schütteln und bejahenden Nicken entscheiden, dann schluckt er herunter. »Ja und nein. Wir kennen keinen Hunger in dem Sinne und müssen theoretisch nichts essen. Hin und wieder tun wir es aber doch, vor allem ich, weil Essen auch Genuss bedeutet.*Dies* habe ich von den Menschen gelernt. Stimmt doch, oder?«

»Auf jeden Fall«, kann ich da nur zustimmen. »Essen bedeutet für uns Menschen innezuhalten, zu zelebrieren, beisammen zu sein oder auch, Zeit für sich in Anspruch zu nehmen. Wenn man es möchte und diese Bedeutung nicht aus dem Bewusstsein verliert.«

Da lehnt Jack sich etwas in meine Richtung vor, schaut mir tief in die Augen und fährt mit dem Daumen über meinen Mund.

*Huh, was ist jetzt los?* Sogleich beschleunigt sich mein Puls wieder und ich bekomme schwitzige Hände.

»Du hast auf deiner Unterlippe gekaut«, lässt er mich wissen. Bevor ich antworten kann, lehnt er sich auch schon weiter vor und stiehlt mir einen Kuss von den Lippen.

Wie gebannt erwidere ich seinen Blick. »Darf ich das nicht?«

Dicht vor meinem Gesicht harrt er aus, lässt mich ihn atmen, hören und riechen. »Nicht, wenn du mich nicht provozieren willst.«

Ich schaue ihm in seine hellblauen Augen. Er ist mir immer noch so nah. Ich muss schlucken und bin der Meinung, sofort zu verstehen, wie er das meint. Schließlich habe ich es ganz bewusst auch mit meiner anschließenden Frage getan, ob ich das denn nicht dürfe – ihn provoziert. Nicht etwa für einen Streit, nein, im Gegenteil, für etwas ganz anderes, das zwei miteinander anstellen können.

Als ich nun überlege, was ich als Nächstes zu ihm sagen möchte, fällt mir auf, dass ich es wieder tue: Erneut beiße ich auf meine untere Lippe. Und abermals könnte der Ausdruck in Jacks hübschem Gesicht bedeuten, dass er mit dem Gedanken spielt, das für mich zu übernehmen.

*Ist es plötzlich wärmer im Saal geworden?*

Anstatt mir verräterisch mit der Hand Luft zuzufächern, drehe ich den Kopf weg und wende mich nervös blinzelnd den Wiskels zu, die die Instrumente halten. Erst da wird mir klar, dass sie nach wie vor fleißig musizieren und ununterbrochen Musik an meine Ohren gedrungen ist.

Dies scheint Jack sofort zu bemerken, steht er doch im nächsten Moment auf und hält mir seine Hand hin. »Darf ich bitten?«

Ich brauche eine Sekunde, um zu begreifen, worauf er hinauswill, und sehe erwartungsvoll zu ihm hoch. Als mir klar wird, dass er mich zum Tanz auffordert, lege ich vertrauensvoll meine Hand in seine und erhebe mich ebenfalls. »Ich kann aber nur Discofox«, kläre ich ihn auf.

»Reicht doch.«

Lachend entfernen wir uns einige Schritte von der Tafel und erklären den blaugrau marmorierten Boden zur Tanzfläche, indem wir uns voreinander aufstellen und in den Takt des laufenden Liedes einsetzen. Unsere Hände sind miteinander verwoben, die Finger seiner anderen Hand hat er an meinen Rücken gelegt, dort, wo mein weinrotes Kleid bereits rückenfrei ist und er direkt meine Haut berührt. Meine andere Hand hingegen ruht auf seiner breiten Schulter, wobei ich darauf achten muss, sie entspannt zu halten, anstatt mich an ihm festzuhalten, als könnten mir jede Sekunde die Knie weich werden und ich umknicken.

Und dann tanzen wir. Tief schauen wir uns in die Augen und wirbeln gemeinsam durch den Saal. Zu romantischer klassischer Musik tanzen wir im Einklang miteinander einen Discofox, dem wir mit unserem langsamen Tempo eine gewisse Eleganz verleihen. Souverän und doch als gäbe es für ihn nichts Leichteres, führt Jack mich – mit seiner Körperhaltung, seiner sich zwischendurch leicht verändernden Mimik sowie hin und wieder auch dem einen oder anderen Druck, den er auf meine Hand ausübt, zeigt er mir stets rechtzeitig und gekonnt an, in welche Richtung wir die nächste Schrittabfolge machen. Kein einziges Mal muss ich nach unten auf seine oder meine Füße schauen, es ist, als wären wir für diesen Tanz gemacht worden und verstünden uns wortlos ... gar blind, ja, ich bin mir sicher, dass ich sogar meine Augen schließen könnte und wir trotzdem problemlos so weiter tanzen würden. Aber das mache ich nicht, denn dann würde ich zu viel von diesem besonderen Augenblick verpassen: den Anblick des Festsaals, wie er an den Rändern meines Blickfelds an mir vorbeizieht, wenn Jack und ich uns drehen. Die Konturen seiner strahlend weißen Uniform unter dem dunkelroten Tuch, von der ich gern glauben will, dass er sie nur an diesem Abend und nur meinetwegen trägt. Und nicht zuletzt wie es sich anfühlt, wenn wir uns immer wieder intensiv in die Augen schauen. Mehrere Minuten lang verlieren wir kein Wort, weil es in diesem Moment keinem bedarf, genau genommen macht dieses knisternde Schweigen sogar alles perfekt.

Als Jack mich dann auch noch warm anlächelt und anblickt, als gäbe es nur noch uns beide auf der Welt, erfüllt dies mein Herz mit der größten Freude. Dann jedoch habe ich Mühe, mein eigenes Lächeln aufrecht zu erhalten, denn mir wird etwas wieder bewusst: Er und ich, wir sind nicht die Einzigen auf der Welt, genau genommen gehören wir nicht einmal derselben Welt an. Sehr bald schon wird uns die Barriere, die zwischen unseren Dimensionen liegt, unwiderruflich voneinander trennen, wie es vor unserer ersten Begegnung gewesen ist, mit dem Unterschied, dass wir dann damit leben müssen, um die Existenz des anderen zu wissen und ihn nicht wiedersehen zu dürfen.

Kaum jagt mir dieser Gedanke durch den Kopf wie ein gezackter, giftiger Pfeil, kommen die musizierenden Wiskels mit ihrem Lied zum Ende. Als der letzte harmonische Akkord ausklingt, beenden wir auch unseren Discofox und kommen zum Stehen. Neuer Widerwillen braut sich in mir zusammen, als wir uns voneinander lösen und den Abstand zwischen uns etwas vergrößern. Denn nun ist es still um uns herum und wir beide wissen, was ansteht. Die zwölf Stunden, die Mutter Natur uns gewährt hat, sind vorüber und ich lese in Jacks Mimik, dass auch er nicht herausfinden will, welche Konsequenzen es nach sich ziehen würde, ihre Güte überzustrapazieren. Deswegen bleibt uns nun, als wir uns gegenüberstehen, nur noch eins zu tun: Jetzt heißt es, Abschied zu nehmen.

# XV.

**Kristen**

Mit ernster Miene und tief einatmend ergreift Jack meine Hände, als wäre es Stunden und nicht erst Sekunden her, dass er sie gehalten hat. »Verdammt«, murmelt er und senkt kurz den Blick, gefolgt von einem gequälten Lächeln. »Ich weiß gar nicht, was ich jetzt sagen soll.«

»Geht mir genauso«, gestehe ich und schaffe es noch viel weniger als er, ein einigermaßen fröhliches Gesicht zu machen.

Abermals atmet er hörbar durch und schaut mich eindringlich an. »Eins verspreche ich dir: Niemals wieder will ich meine Kräfte missbrauchen, um den Menschen einen Schrecken einzujagen.«

Dankbar nicke ich und doch bin ich weit davon entfernt, mich freuen zu können. Das Herz wird mir schwer und es ist, als würde mich eine unsichtbare Macht nach unten ziehen, einmal weil ich so traurig bin, aber auch weil sich alles in mir dagegen sträubt, Simerra, das Eisschloss und vor allem Jack hinter mir zu lassen. »Glaubst du, es wird irgendeine Möglichkeit geben, dass wir uns eines Tages wiedersehen?« Ich widme ihm einen erwartungsvollen Blick und klammere mich an den Funken Hoffnung, der in mir aufblitzt, wie an einen sprichwörtlichen letzten Strohhalm.

Umso mehr trifft es mich, als ich daraufhin pure Ratlosigkeit in Jacks Gesichtszügen zu erkennen meine. »Ich will dich nicht anlügen, Kristen. Noch fällt mir keine Lösung ein, um Mutter Natur umzustimmen oder die Risiken, die damit einhergehen würden, aus dem Weg zu schaffen. Aber mit jeder Faser meines Körpers weigere ich mich zu glauben, dass die Lage ausweglos ist.« Zärtlich streicht er mir eine Strähne, die sich aus der Hochsteckfrisur gelöst hat, aus der Stirn. »Ich werde noch einmal zum Baumpalast gehen und vor ihr vorsprechen. Mein Gefühl sagt mir, dass Mutter mich sowieso noch zur Rechenschaft zu ziehen gedenkt. Vielleicht kann ich das nutzen, um mich mit ihr auszusprechen. Unbedingt will ich es versuchen.«

Ich drücke die Lippen aufeinander und merke, wie sehr ich dabei zittere. »Und falls nicht, dann …« Der Gedanke daran schnürt mir die Kehle zu und ich verliere die Stimme.

»Hey«, raunt er und schenkt mir ein aufrichtiges Lächeln. »Nicht im Geringsten bereue ich, dass wir uns begegnet sind und kennengelernt haben. Im Gegenteil, du hast mein Leben bereichert, wie ich es nie für möglich gehalten hätte.«

Gerührt und mit feuchten Augen, in denen sich meine ersten Tränen sammeln, lache ich auf.

»Lebe und liebe dein Leben«, spricht er weiter. »Geh deinen Weg und genieß auch ab und zu den Winter, wenn ich ihn in Denver einkehren lasse.«

Neuen Mut schöpfend nicke ich. »Wirst du es sehen, wenn ich es tue?« Denn eigentlich heißt Mutter Natur selbst das nicht gut. *Du sollst mich vergessen, Jack, voll und ganz.*

»Niemand wird mich davon abhalten können«, versichert er mir. »Je glücklicher ich dich erleben werde, umso glücklicher werde auch ich sein. Das kann uns keiner nehmen, hörst du? Das nicht.«

Mit einem authentischen Lächeln, zu welchem ich nun endlich wieder fähig bin, stimme ich ihm zu. »So geht es mir auch. Zu wissen, dass du den Menschen wieder wohlgesonnen sein kannst und auch sonst nach vorne blickst, bedeutet mir viel. Auch wenn ich dich nicht mehr sehen können werde, lebe ich in dem Wissen weiter, dass du und die anderen Wächter zusammen mit Mutter Natur das Richtige tun werdet für uns alle.«*Und dass ich das Privileg hatte, euch und insbesondere dir zu begegnen und etwas in dir zu bewegen, wie Mick es im Gefühl hatte.*

»Nie werde ich dich vergessen, Kristen Miller aus Denver, deine braunen Augen, diese Stupsnase …« Sanft berührt er mich an der Nase, womit er mich kurz zum Strahlen bringt. »Dein bezauberndes Lächeln und welche ungeahnte Hitze mich erfasst hat, als ich gesehen habe, wie du den Winter für dich wiederentdeckst.«

Mit zweifellos großen Augen bringe ich abermals ein Kopfnicken hervor und widme ihm den nächsten warmen Blick. »Jetzt, da ich weiß, wer für die kalte Jahreszeit verantwortlich ist, finde ich den Winter sogar noch interessanter«, gestehe ich ihm.

Kaum vernimmt Jack meine Worte, lässt er mich ein weiteres Mal sein fantastisches Lachen hören und gibt sich schon richtig verlegen. Wohl auch deswegen überkommt es mich im nächsten Moment und ich trete an ihn heran, um ihm zum Abschied einen allerletzten Kurs zu geben. Obwohl ich dabei schon extra nicht seinen verführerischen Mund, sondern nur seine wesentlich unschuldigere Wange ansteuere, hält er merklich den Atem an, weicht einige Zentimeter zurück und hebt leicht die Hand.

»Bitte«, fleht er mit leiser Stimme und macht ein nahezu leidvolles Gesicht. »Ich würde ja gerne, aber ... es ist auch so schon schwer genug für mich.«

»Ja ...« Mit gesenktem Haupt trete ich wieder einen Schritt zurück. »Ich verstehe genau, was du meinst.«

Damit ist es entschieden: Unseren letzten Kuss hatten wir längst, ohne es zu dem Zeitpunkt zu wissen, und das ist sicher auch besser so für uns beide.

Einatmen, ausatmen.

Es ist so weit.

»Kristen«, flüstert Jack Frost.

Mein Herzschlag beschleunigt sich. »Jack.«

»Leb wohl.«

*Ich will ja eigentlich nicht, aber ...* »Leb ... wohl ...«

Jack nimmt meine Hand und legt sie auf seine Brust. Dies treibt meinen Puls weiter in die Höhe, nicht zuletzt weil ich weiß, was nun folgt. Seine Finger lösen sich von meinen und er führt beide Hände zu seinen Schläfen. Ein letztes Mal treffen sich unsere Blicke, dann wird mir schwarz vor Augen.

Das Nächste, was ich mitbekomme, ist, dass ich plötzlich wieder in meiner kleinen Studentenwohnung stehe, die ich mir mit Teresa teile. Weder sie ist gerade dort noch sehe ich Jack. Ich bin allein. Anstelle des weinroten Abendkleides trage ich wieder meine eigenen Klamotten. Nichts in diesem Raum deutet darauf hin, dass meine Erlebnisse in Simerra nicht bloß meiner

Fantasie oder einem verrückten Tagtraum entsprungen sind. Aber ich weiß es trotzdem: Was Jack und ich hatten, ist real.

Und nun ist es vorbei.

***

Wortlos gehen Teresa und ich nebeneinanderher. Seite an Seite schlendern wir über den Campus unserer Uni, auf dem wieder Rasen wächst, Blumen blühen und auch die Bäume ihre ersten Laubblätter bekommen haben. Bei angenehmen dreiundzwanzig Grad genießen die Studierenden den zurückgekehrten Sommer. Alle laufen in luftiger, kurzer Kleidung herum und freuen sich sichtlich darüber, dass der Juli in Denver wieder ist, wie er sein sollte. So könnte man meinen, dass Teresa und ich deswegen still über den belebten Campus schreiten, weil wir seinen Anblick auf uns wirken lassen und entspannt feiern. Doch in Wahrheit ist das Schweigen, das uns umgibt, zum ersten Mal seit langem eins der unangenehmen Sorte. Weder ihr noch mir ist zum Feiern und Genießen zumute, stattdessen schauen wir betreten umher und wissen nicht recht, was wir sagen sollen, da sich die vielen Fragen und Gedanken in unseren Köpfen einfach nicht ordnen lassen wollen.

Teresa gibt ein angestrengtes Schnaufen von sich und kratzt sich am Hinterkopf, wodurch sie die baskenförmige Jeansmütze, die sie über ihren blonden kurzen Haaren trägt, verschiebt. »Ihr habt euch also voneinander verabschiedet«, fasst sie das, was ich ihr über meine Zeit mit Jack erzählt habe, noch mal zusammen.

»Jep.« Leicht presse ich die Lippen aufeinander und war noch nie so froh über meine große Sonnenbrille, die ich nun wieder tragen kann und die den schwermütigen Ausdruck in meinen Augen verbirgt. »Und was ist mit dir und Kim?«

»Wieso?« Irritiert stößt Teresa Luft aus. »Was soll mit uns sein?«

Während ich gemütlich neben ihr weitergehe, fasse ich mir an die Sonnenbrille und senke sie etwas, damit ich meiner besten Freundin kurz direkt in die Augen sehen kann. »Sag du es mir. Irgendwie habt ihr euch gegenseitig auf die Palme gebracht, dann wiederum nicht, dann wiederum doch … Was war da los?«

»Ist doch jetzt sowieso egal«, erwidert Teresa, blickt dabei nach vorn und zuckt mit den Achseln. »Für Kim und mich gilt dasselbe wie für Jack und dich: Wir werden uns niemals wiedersehen.«

Als ich sie das sagen höre, fühlt es sich an, als würde sich ein brennend heißer Dolch durch meinen Oberkörper bohren. Verkrampft blicke auch ich mit gesenktem Haupt nach vorne und habe damit zu kämpfen, dass mir vor Kummer übel wird, wahrscheinlich weicht mir gerade die Farbe aus dem Gesicht.

Aus dem Augenwinkel erkenne ich, dass Teresa sich umdreht, vermutlich deswegen, weil ich nun wieder ins Schweigen falle. »Entschuldige, ich wollte nicht taktlos sein. Du und Jack, ihr seid euch viel nähergekommen als Kim und ich … Natürlich lässt sich das nicht ganz vergleichen …«

Verhalten schüttle ich den Kopf und bemühe mich um einen zuversichtlichen Blick. »Schon gut, ich weiß, wie du das gemeint hast. Ich komme klar – etwas anderes kommt doch ohnehin nicht infrage, stimmt's?«

»Auf jeden Fall«, entgegnet sie und schenkt mir ein Lächeln, dann sieht sie sich demonstrativ um. »Die Welt scheint wieder die alte zu sein, ganz normal. Also … *unsere* Welt. Ganz bald wird das auch auf uns wieder zutreffen.«

*Na ja. Wie früher werde ich niemals wieder sein … Und was ist schon normal? Aber auch hier gilt: Ich weiß, was sie meint.*

»Und durch meine Begegnung mit Kim«, fährt Teresa fort, »bin ich darauf gekommen, warum mich kein bestimmter Typ Mann anspricht. Wenn du verstehst?«

Kurz muss ich über ihre Worte nachdenken und tatsächlich erst überlegen, worauf sie hinauswill, doch dann dämmert es mir und ich hebe leicht den Kopf an. »Oh, okay.«

Mit einem Lächeln auf den Lippen, dass ich ihr abkaufe, nickt sie. »Ja, weißt du, es gibt da diese eine Bedienung aus dem Coffeeshop, Daphne heißt sie. Wenn ich sie das nächste Mal sehe, möchte ich sie nach einem Date fragen.« Ihr Lächeln verwandelt sich in ein gleichermaßen vorfreudiges und nervöses Grinsen. »Vielleicht sagt sie ja zu.«

»Wow, Teresa, das freut mich für dich, ehrlich!«

Sie winkt ab. »Noch weiß ich doch gar nicht, wie sie reagieren wird.«

»Trotzdem«, antworte ich, »dass du überhaupt jemanden fragen willst, erlebe ich bei dir zum ersten Mal.« Nun kaufe ich mir auch mein eigenes Lächeln ab. »Das ist schön. Auch wenn es noch gar nicht lange her ist, dass wir uns darin einig waren, dass die Liebe noch Zeit hat. Aber wenn man die richtige Person trifft, ist nun mal mit einem Schlag alles anders, was?« *Zumindest dann, wenn diese Person von der menschlichen Welt stammt und weder eine höhere Macht noch äußere Umstände ihr verbieten mit einem zusammen zu sein.* Diesen Gedanken spreche ich lieber nicht laut aus, schmerzt er auch so schon genug.

Daraufhin gibt Teresa ein Seufzen von sich. »Warten wir es ab. Es gibt keinen Grund, schon von Liebe zu sprechen, wenn man sich noch nicht einmal in Ruhe und ungestört unterhalten hat.«

Wieder tauschen wir wortlos einen Blick aus - ich möchte lieber das Thema wechseln und nicht mehr an Jack denken.

Deswegen schaue ich mich auf dem sommerlichen Campus um. »Es ist schon erstaunlich, wie schnell die Menschen nach einer gerade erst überwundenen Krise zur Normalität zurückkehren, als wäre nie etwas gewesen.« Kopfschüttelnd beobachte ich Studenten, die es sich auf Decken oder leichten Sommerjacken auf den Grünflächen gemütlich gemacht haben, sich ausgelassen unterhalten und lachen. »Es sieht nicht gerade aus, als würde sich der Lerneffekt, den Jack sich erhofft hat, bei vielen von ihnen einstellen.«

Belustigt lacht Teresa. »Also echt, Kristen, neuerdings klingst du hin und wieder so, als wärst *du* kein Mensch.«

Ertappt verziehe ich den Mund und sauge zischend Luft ein. »Ja, ich weiß ... Wahrscheinlich schäme ich mich einfach für meine Spezies und auch für meine eigene Vergangenheit, in der ich mir nie Gedanken über die Umwelt gemacht habe.«

»Da sagst du wahre Worte«, bestärkt sie mich. »Wie auch immer Mutter Natur sich hinsichtlich unseres Schicksals entscheiden wird – es muss sich endlich etwas ändern.«

Ich bleibe stehen und sehe sie eindringlich an. »Ich weiß, es ist nur ein Tropfen auf dem heißen Stein, aber ich möchte mit gutem Beispiel vorangehen und so einiges in meinem Leben ändern.«

»Wie sagte doch damals am Pikes Peak dieser Ben?«, meint Teresa. »Schon mit kleinen Umstellungen im Alltag kann viel bewirkt werden, wenn nur genügend Leute mitziehen.«

»Ja«, sage ich, »und vielleicht sieht Mutter Natur, was ihre besorgten Worte bei uns bewirkt haben. Das könnte sie milde stimmen, wenn es darum geht, der Menschheit eine zweite Chance zu geben.«

Teresa nickt. »Das klingt nach einem Plan.«

***

»So!« Zufrieden über ihren eigenen Tatendrang kommt Teresa in die Wohnung zurück und zeigt mir die mit Deckeln versehenen Gläser, die sie mitgebracht hat. »Jetzt haben wir genug von den Dingern und können immer einkaufen gehen, ohne dass wir Plastiktüten brauchen.«

Ich nehme ihr zwei der unterschiedlich großen Gläser ab, sodass sie die übrigen leichter abstellen kann. »Prima«, sage ich, »im Mülleimer ist auch keine Tüte mehr, stattdessen wasche ich ihn ab sofort nach dem Leeren kurz aus.«

»Probieren wir den verpackungsfreien Laden um die Ecke gleich mal aus?«, schlägt sie vor. »Wir könnten uns Wraps mit frischem Gemüse und Tofu machen.«

»Gerne«, erwidere ich und greife schon nach meinem Portemonnaie. »Den Tofu können wir marinieren und anbraten wie neulich beim Chop Suey, weißt du noch?« Ich begebe mich mit ihr zur Tür.

»O ja, gute Idee!«

Keine Minute später gehen wir den Bürgersteig entlang und befinden uns auf dem Weg zu einem Geschäft, mit dem wir uns bisher nie auseinandergesetzt haben.

»Übrigens hat Sebastian angeboten«, sagt Teresa zu mir, »dass ich sein altes Fahrrad haben könnte. Dann kann ich damit zu meinen Eltern oder

Chuck fahren, das ist noch mal besser als mit dem Bus. Und anstelle von Spritztouren mit dem Cabrio schlage ich vor, dass wir uns mal ordentliche Wanderschuhe besorgen.«

»Wow«, staune ich, »du meinst es echt ernst.«

Überrascht sieht sie mich an. »Du etwa nicht?«

»Doch und ich lasse mich gerne von deiner Euphorie anstecken.«

Glücklich über meine Worte lacht sie und wir biegen in die nächste Straße ein. Nun sind wir umgeben von Passanten und Autofahrern, die sich benehmen, als hätte es den verrückten, ewig erscheinenden Winter nie gegeben.

»Stimmt es eigentlich«, fragt sie dann, »dass Sebastian dich gefragt hat, ob du mit ihm zum Echo Lake fährst?«

Ich hebe die Mundwinkel. »Ja, erst vor zwei Stunden, woher weißt du das?« Ich schüttle den Kopf. »O Mann, er hat es echt überlebt, mit seinem zum Schneemobil umfunktionierten Motorrad durch die zugeschneite Gegend zu cruisen – jetzt darf er das Bike wieder umbauen.«

»Hey, lenk nicht vom Thema ab. Er ist mir auf dem Weg zur Wohnung in die Arme gelaufen und hat mir von seiner Nachricht an dich erzählt, weil du ihm noch nicht geantwortet hast und er wissen wollte, ob ich den Grund dafür kenne.«

Darüber kann ich nur mit den Schultern zucken. »So kennen wir ihn doch – Geduld ist für ihn ein Fremdwort.«

»Aber er hat mir auch erzählt«, fügt sie hinzu und mustert mich, als wolle sie meine Reaktion auf ihre nächsten Worte auf keinen Fall verpassen, »dass zwischen ihm und Jenny Schluss ist. Kann es sein, dass er mit dir ausgehen will, so richtig?«

Abermals zucke ich mit den Achseln. »Nachdem wir nun ein Jahr miteinander befreundet sind? Ich weiß nicht. Vielleicht freut er sich einfach darüber, dass Normalität in unseren Alltag zurückgekehrt ist, und fragt alle möglichen Leute, ob sie mit ihm sommerliche Aktivitäten unternehmen.«

Teresa zieht die blonden Augenbrauen hoch. »Also, *mich* hat er nichts dergleichen gefragt.«

»Ich bin sowieso davon ausgegangen«, antworte ich, »dass seine Frage uns beiden gegolten hat. Er kennt uns doch nur im Doppelpack.«

»Frag ihn besser mal.«

»Klar, das kann ich machen.«

»Aber du denkst darüber nach, mit ihm an den See zu fahren, selbst wenn es ohne mich wäre?«, möchte sie wissen.

Irritiert lächle ich. »Ich schließe es nicht von vornherein aus, aber worauf spielst du an?«

Ein weiteres Mal lacht sie zufrieden. »Genau darauf, Kristen.« Vor dem verpackungsfreien Laden bleibt sie stehen und legt eindringlichen Blickes die Hand auf meine Schulter. »Du blickst nach vorne, und zwar nicht nur, was die Menschheit betrifft, sondern auch dein persönliches Leben.«

Gerade will ich über die Bedeutung ihrer Worte nachdenken, da zieht ein Fahrzeug meine Aufmerksamkeit auf sich, weil es plötzlich so scharf abbremst, dass es quietscht. Erschrocken reißen Teresa und ich unsere Blicke zur Straße herum. Weitere Autos bremsen ab, geraten dennoch oder gerade deswegen ins Schleudern und krachen ineinander. Dann sehe ich den Grund dafür: Mehr und mehr Frost bildet sich auf dem Asphalt, auch die Fensterscheibe des Geschäfts, vor dem wir stehen, vereist sichtbar, als würde es eine übernatürliche Macht darauf anlegen, dass wir es auch mitbekommen.

»Was … zum …«, murmelt Teresa mehr als besorgt, ehe ihr Mund vor Fassungslosigkeit offenbleibt. In der nächsten Sekunde fällt uns beiden auf, dass es aus unseren Mündern dampft, wann immer wir ausatmen. Auf einmal spüre ich beißende Kälte an meinen unbedeckten Armen und Beinen.

Auch ich reiße die Augen auf und kann im ersten Moment nicht glauben, was sich um mich herum abspielt. »Jacks Bann … er ist wieder da!«

# Interlog III

**Jack**

Ich verstehe das nicht, Mutter. Nun ist der globale Winter aufs Neue über die Welt der Menschen hereingebrochen und verspricht diesmal wahrlich ein ewiger zu sein. Denn diesmal wollte ich nicht, dass sich dieser eisige Bann wie ein frostiger Schleier über die Erde legt, und weiß dementsprechend nicht, wie ich in aufhalten kann. Ich habe das nicht geplant und keinen einzigen Gedanken daran verschwendet. Diesmal nicht. Und doch ist es, als wolle ich die Menschen aufs Neue ermahnen, nein, sie bestrafen, denn nun ist es sogar noch schlimmer und vielerorts herrschen minus zwanzig Grad und weniger. Aber, bitte, du musst mir glauben, das war nicht meine Absicht. Nicht diesmal. Ich halte mich von den Menschen fern, insbesondere von einem ganz bestimmten, und habe mich auch sonst in Zurückhaltung geübt. Du hast gesagt, dass du bezüglich der Menschen und ihrer Umwelt, mit der wir eng verbunden sind, ganz bald eine Entscheidung treffen und sie uns Wächtern mitteilen wirst. Lass mich dir versichern, dass ich dich nicht hintergehen und dir nicht mit meinen eigenen Plänen zuvorkommen wollte.

Diesmal. Nicht.

Wie also kann das sein? Warum bricht just in diesem Augenblick wieder das reinste Winterchaos überall auf der Erde aus und führt zu Angst und Panik, zu Unfällen und Verletzten?

Ich bin das nicht!

Jedenfalls nicht bewusst.

O Mutter …

Ist es wahr? Habe ich mich nach wie vor nicht unter Kontrolle?

Und …

Warum siehst du mich nun so an, dass mir, Jack Frost, das Blut in den Adern gefriert?

Mutter.

Was hast du mit mir vor?

# XVI.

**Kristen**

»O mein Gott!«, ruft Teresa gequält aus, beinahe verschluckt der plötzlich aufgekommene Schneesturm ihre Worte. »Was passiert hier?«

Ächzend versuche auch ich zu einem sicheren Stand auf dem Bürgersteig zu finden, was in Anbetracht des starken eiskalten Winds, der gegen meine Haut peitscht, alles andere als einfach ist. »Ich weiß es nicht!« Schützend hebe ich die Arme vors Gesicht, doch auch das hilft mir nur bedingt. Ich kann kaum noch etwas sehen, geschweige denn einen Fuß vor den anderen setzen. »So schlimm ist es mit dem magischen Winter noch nie gewesen – und warum ist er zurück?«

»Das ist Jacks Werk, so viel ist sicher … Wieso tut er das nun wieder?« Teresas Zähne klappern und sie reibt sich die Oberarme, weil der plötzliche Wintereinbruch mitten im Hochsommer uns auch diesmal eiskalt erwischt und sie genauso stark friert wie ich. »Hat er es sich anders überlegt und macht wieder Druck?«

»Nein!« Hastig schüttle ich den Kopf und halte die Augen zusammengekniffen. Da der Schneesturm immer schlimmer wird, forme ich die Hände vor meinem Mund zu einem notdürftigen Megafon. »Das glaube ich nicht!«

»*Kannst* oder *willst* du es nicht glauben?«, dringt ihre Frage grell und dumpf zugleich an meine Ohren.

*Beides*, kommt es mir dazu sogleich in den Sinn, während um uns herum längst eine Massenpanik ausgebrochen ist und die Menschen in sämtliche Richtungen hetzen … einige strömen aus den Gebäuden, andere flüchten in eben diese und suchen darin Schutz vor dem Sturm, wiederum andere verlassen ihre Fahrzeuge oder versuchen genau damit von der Stelle zu kommen. Immerhin können Teresa und ich uns nun aus unserer Schockstarre befreien und haben die Muskeln genügend angespannt, um dem frostigen

Wind, der uns entgegenschlägt, standzuhalten. Ohne uns erst absprechen zu müssen, begeben wir uns in das Geschäft, in das wir sowieso gehen wollten, nun allerdings nicht, um einzukaufen, sondern um hoffentlich nicht zu erfrieren. In dem Laden sind neben dem Personal noch andere Menschen, die vor der plötzlich eingetretenen gefährlichen Kälte Schutz suchen. Neben mir versucht ein Mann mittleren Alters zu telefonieren, doch die Leitungen scheinen entweder überlastet oder defekt zu sein. Mehrere unterhalten sich über die Vorkommnisse und vermuten, dass die Welt nun endgültig untergeht. Die Frau, die hinter der Kasse steht und wahrscheinlich bewusst dort bleibt, um einen gewissen Sicherheitsabstand zu den hineinströmenden Leuten zu wahren, versucht beruhigend auf die Menschen einzureden. Auch sie weiß natürlich nicht, was hier vor sich geht, will aber eine Panik, wie sie draußen herrscht, hier drinnen unbedingt vermeiden.

Hilflos sehen Teresa und ich uns an, unsere Atmung geht schwer. Kaum noch bin ich dazu in der Lage, einen einigermaßen klaren Gedanken zu fassen, aber mein Gefühl, so subjektiv es auch sein mag, sagt mir, dass Jack dieses Unwetter keineswegs auf uns losgelassen hat.

*Jedenfalls ... nicht mit Absicht ...*

»Vielleicht hat Mutter Natur eine Entscheidung getroffen und es ihm befohlen«, überlegt Teresa.

»Hältst du das für möglich?«, frage ich. »Hat sie nicht zu weise und gütig gewirkt, um diesen Pfad der Zerstörung zu wählen?«

Überfragt zuckt Teresa mit den Schultern. »Meintest du nicht zu mir, dass auch Jack eine sanfte Seite hat? Und doch hat er sich für diesen Weg entschieden.«

»Aber das ist Geschichte«, erwidere ich.

*Nein, das kann einfach nicht sein. Jack würde nicht noch einmal riskieren, mich und all die anderen Menschen umzubringen. Nicht nach allem, was zwischen uns war, das kann und will ich mir nicht vorstellen!*

Welche Erkenntnis sich stattdessen in meinem Kopf formt, ist jedoch nicht weniger beunruhigend. Fassungslos schaue ich aus dem Fenster auf die vereiste, schneeverwehte Straße. »Was ist, wenn Jack seine wachsenden Kräfte auch jetzt, da er keinen Groll mehr gegen die Menschen hegen will, überhaupt nicht mehr kontrollieren kann?«

Teresa stellt sich neben mich und blickt ebenfalls mehr als nervös nach draußen. »Dann haben wir erst recht ein Riesenproblem, denn dann weiß er vermutlich auch nicht, wie er den Wetterumschwung wieder umkehren kann.«

Hart schlucke ich und spüre, wie sich mein Magen auf unangenehmste Weise zusammenzieht. Könnte sie recht haben?

Wie von der Tarantel gestochen renne ich auf einmal aus dem Laden zurück ins bitterkalte Freie, wieder mitten in den Schneesturm. »Jack!«, fange ich in meiner Verzweiflung an nach ihm zu rufen.

Hinter mir höre ich Teresa aus dem Geschäft eilen. »Kristen! Was machst du denn?«

»Bitte, rede mit mir!«, versuche ich weiter ihn zu erreichen.

»Komm wieder rein«, fleht Teresa mich an. »Hier draußen ist es viel zu gefährlich! Der Sturm schleudert Gegenstände durch die Luft und in der Kälte hältst du in den Klamotten nicht lange durch!« Leidvoll stöhnt sie. »Ist es gerade etwa noch kälter geworden? Ich gehe wieder rein. Kristen, jetzt komm!«

»Jack!«, versuche ich es panisch weiter und bin den Tränen nahe.

Da gleitet direkt vor meiner Nase etwas zu Boden, ein Textil aus edelstem, schwerem Stoff, es ist weinrot und ... Erschrocken hebe ich das Teil auf und betrachte es genauer, so gut es in Anbetracht der Umstände geht.

*Ist das nicht Jacks Umhang?*

Mit dem wildesten Herzklopfen reiße ich den Kopf in alle Richtungen, auch nach oben. Umso mehr peitscht mir eisiger Schnee ins Gesicht und zwingt mich dazu, die Augen wieder zu Schlitzen zu verengen und wild zu blinzeln. Doch ansonsten erkenne ich nichts – nirgends kann ich Jack entdecken. Es ist so bitterkalt, weit unter null Grad, der Frost beißt sich förmlich in meine Haut.

*Wenn er nicht auftaucht, was hat dann sein Umhang hier zu suchen?*

Im Moment weiß ich nur eins mit Sicherheit: Irgendetwas ist mächtig schiefgelaufen.

Weil mir nichts anderes einfällt, wage ich, obwohl ich nicht mehr mit einer Antwort rechne, einen weiteren Versuch und rufe: »Jack! Hörst du mich?«

In der darauffolgenden Sekunde wechselt das Bild vor meinen Augen. Mit einem Schlag sind die ohrenbetäubenden Geräusche des Schneesturms verschwunden und ich scheine nicht mehr dort zu sein, wo ich eben noch war.

Ich will mich orientieren und begreifen, wo ich mich auf einmal befinde. Um mich herum ist es hell, meine Umgebung ist nicht so weiß, wie sie eben noch im Schneesturm gewesen ist, sondern gelbliche und goldene Nuancen verwöhnen meine Augen. Mit einem Mal ist es angenehm warm geworden, sodass meine stark unterkühlten Gliedmaßen sich aufzuwärmen beginnen und entsprechend kribbeln, gar brennen. Während ich noch immer Jacks Umhang in den Händen halte, wird mir klar, dass ich mich in einem der glänzenden Türme von Micks panflötenartigem Sonnenschloss befinde.

»Kristen«, ertönt es hinter mir von einer männlichen Stimme, die mir bekannt ist, sodass ich mich überrascht umdrehe und in zwei Augenpaare blicke, eines ist rot und das andere lila.

»Mick, Jill ... Wo ist Teresa?«, will ich wissen.

»In Sicherheit«, antwortet Mick, »zumindest vorerst. Sie hat sich wieder in den Laden begeben. Meine Wiskels behalten sie im Auge.«

Kurz gestatte ich es mir, erleichtert durchzuatmen. Dann stelle ich meine nächste Frage: »Habt ihr mich hierher springen lassen?«

Jill nickt und macht ein nervöses Gesicht. »Wir sind hinter dir aufgetaucht und wollten dich so schnell wie möglich in Sicherheit bringen – zumindest vorübergehend, denn allzu lange darfst du dich mit deinem menschlichen Leib bekanntlich nicht in Simerra aufhalten. Für den Sprung durch die Dimensionen haben wir dich an den Armen berührt, hast du das gar nicht gemerkt?«

Ich schüttle den Kopf. »Irgendwie nicht, vielleicht war ich zu abgelenkt.«

»Und offenbar hat die extreme Kälte deine Haut betäubt«, mutmaßt Mick in angespanntem Ton.

Mir ist zum Weinen zumute, meine Atmung wird schwerer und mein

Blick pendelt gehetzt zwischen den beiden Wächtern hin und her. »Was ist auf der Erde los, wo ist Jack?«

»Der kann anscheinend nichts dafür«, erwidert Jill. »Diesmal nicht.«

Meine Finger umgreifen den weinroten Umhang fester. »Hat er die Kontrolle über seine Kräfte verloren?«

Ernst schaut Mick mich an und antwortet: »Er hat den winterlichen Bann nicht aufs Neue ausgelöst, wie es scheint, weder unbewusst noch beabsichtigt.«

*Das verstehe ich nicht.* »Sondern?«, wundere ich mich.

»Mutter Natur«, ertönt eine dritte Stimme.

Ich sehe in die Richtung, aus der die Worte gekommen sind, und entdecke Kim Wind, wie sie in gekrümmter, fast schon zusammengekauerter Haltung auf einer goldenen Treppe mit flachen Stufen sitzt. Wie ernst und fast schon verbittert sie meinen Blick erwidert, lässt mich erschaudern. Betretenes Schweigen kommt auf und erfasst die bronzefarben glänzenden Wände der Halle, in der wir uns befinden, frisst sich bis tief in mein Mark. Kleine Sterne und Monde schweben an der hohen Decke und erleuchten den Saal und doch fühlt sich die Welt für mich gerade stockfinster an. Spätestens in dem Moment wird mir klar, wie bekümmert die drei Wächter wirklich sind. »Was?«, bringe ich verwirrt und mit einer üblen Vorahnung hervor.

»Kim war dabei, als es passierte«, lässt Mick mich wissen.

Jill nickt und senkt traurig den Kopf, ihre zarten Finger krallen sich an ihrem lila-weißen Kleid fest. »Zunächst wollte ich es nicht wahrhaben, aber dann habe ich mich mit meinen eigenen Augen davon überzeugt, dass Jack nirgends im Eisschloss aufzufinden und auch sonst wie vom Erdboden verschluckt ist … Und das obwohl seine Wiskels dringend neue Anweisungen von ihm bräuchten, gerade jetzt, da das Wetter auf der Erde erneut verrücktspielt und keiner seiner Wiskels daran beteiligt zu sein scheint.«

Ich reiße den Mund auf und eine Welle der Fassungslosigkeit überrollt meinen Körper. »Wieso, was ist vorgefallen?« *Und wo steckt Jack, wenn nicht in seinem regenbogenfarben schimmernden Schloss aus Glas, Perlmutt und Eis?* Mit angehaltenem Atem wende ich mich wieder Kim zu.

Diese starrt leer und verloren auf den olivgrünen, perfekt gebohnerten Boden mit dem Rautenmuster. Schon das jagt mir eine Riesenangst ein, habe ich die mürrische und selbstbewusste Herbstwächterin doch vorher nie so erlebt. »Es war purer Zufall, dass ich es mitbekommen habe«, fängt sie in schwermütigem Ton an zu erzählen, »schließlich ist es meine Bestimmung, im Laubschloss zu verweilen, und ich statte Mutter Natur vor ihrem Baumpalast nur alle paar Jahre bis Jahrzehnte einen Besuch ab und bitte um eine Audienz, ohne dass sie vorher nach mir gerufen hat. Aber ich konnte nicht länger warten und wollte sie fragen, ob sie bezüglich euch Menschen eine Entscheidung getroffen hat. Deswegen bin ich noch mal zu ihr gesprungen.« Kim Wind drückt die dunkelroten Lippen aufeinander. »Sie hatte wohl nicht damit gerechnet, beobachtet zu werden, zumal sie damit beschäftigt war, etwas zu tun, das zweifelsohne ihre gesamte Aufmerksamkeit eingefordert hat. Folglich hat sie mich zunächst gar nicht bemerkt.« Abwechselnd schaut sie uns an. »Ich schwöre euch, ich habe es mit eigenen Augen gesehen und mit eigenen Ohren gehört … und es hat mich zutiefst erschüttert, mich verwirrt, mich wütend gemacht!« Mit geballter Faust und so heftig, wie sie nur kann, schlägt sie gegen das Treppengeländer.

Mit einem mehr als miesen Gefühl im Bauch halte ich den Atem an und trete auf zittrigen Beinen einige Schritte auf Kim zu. »Sag es mir. Was hast du vor dem Lebensbaum gesehen?« Ich schlucke. »Was hat Mutter Natur getan?«

Da schwenkt Kim ihren Blick zu mir und hat einen entsetzten Ausdruck in ihren grünen Augen, der dafür sorgt, dass es mich eiskalt packt und schüttelt. »In höchster Konzentration hat sie ihre Kräfte mobilisiert und …«, die Herbstwächterin macht eine Pause, starrt wieder geradeaus und muss durchatmen, »… hat den Winter auf die Erde mit einem Bannspruch zurückgeholt, nun ist es bei den Menschen sogar noch kälter und frostiger als je zuvor.«

Ich reiße die Augen auf. »Sie war es wirklich!« All die Fragen in meinem Kopf wühlen mich auf. »Sie meinte doch, dass sie den Winter gar nicht mehr steuern könnte, seit sie diese Fähigkeit vor langer Zeit auf Jack übertragen hat.«

»Offenbar hat sie gelogen«, zischt Kim mit zusammengepressten Zähnen.

»Was? Aber warum?« *Kann das wirklich sein?*

Unwissend schüttelt Kim den Kopf und bleibt still, und so schaue ich in meiner Ratlosigkeit zu den anderen beiden.

»Ich habe es nicht gesehen«, meint Mick zu mir. »Und eigentlich geht es gegen alles, was ich verkörpere, es auch nur in Erwägung zu ziehen, dass unsere Mutter dazu imstande wäre.«

»Aber es würde erklären«, ergreift Jill betrübt das Wort, »warum Jack schon einmal behauptet hat, die Verschlimmerung des globalen Winters auf der Erde nicht herbeigeführt zu haben.«

»Und warum er nicht im Eisschloss ist, sondern bei Mutter Natur, wie Kim uns erzählt hat.« Als Mick diese Worte sagt, begibt er sich zu Kim und legt die Hand auf ihre Schulter. »Ich glaube dir, Herbstwächterin. Sosehr es mich auch erschüttert. Ich tue es. Irgendetwas läuft hier vollkommen falsch.«

»Hast du sie zur Rede gestellt?«, frage ich Kim voller Anspannung.

Diese schüttelt den Kopf. »Bevor ich dazu hätte kommen können, sie auf mich aufmerksam zu machen, hat es bereits jemand anderes getan.«

»Jack …« Von meiner üblen Vorahnung bekomme ich einen trockenen Mund.

Mit ihrer Mimik bestätigt sie mir, dass ich richtig liege.

»Auch er ist zum Baumpalast gesprungen, hat den Bann des ewigen Winters, den Mutter Natur mit ihrem Zauberspruch entfesselt hat, mitbekommen und sie sogleich darauf angesprochen.«

Nun erhebt Kim sich von der Treppe und schreitet mit schweren Schritten über den olivgrünen Saalboden. »Sie wirkte alles andere als erfreut darüber, von ihm dabei ertappt worden zu sein. War sie vorher schon von ihm enttäuscht, schwang diesmal unverkennbar Zorn in ihren Worten mit.«

»Dennoch hast du dich rausgehalten?«, fragt Mick sie, der diesen Teil der Geschichte ebenfalls zum ersten Mal zu hören scheint.

Beteuernd erwidert Kim: »Ich hatte keine andere Wahl. Mutter Natur ist stärker als wir alle zusammen, und noch begreife ich beim besten Willen nicht, was sie vorhat.«

»Und ob sie böse geworden ist«, bringt es Jill auf den Punkt.

Kim nickt. »Kurz vor meinem Sprung hat Mutter mich dann endlich bemerkt, viel später als sonst … sie ist nicht mehr dieselbe, wisst ihr? Da hielt ich es für das Klügste, herzukommen und euch zu informieren. Aber weiter bin ich mit meinen Gedanken auch nicht.«

»O nein … Jack …« Ich schlage die Hände vor den Mund. »Was hat Mutter Natur mit ihm gemacht?«

»Das weiß ich nicht«, erwidert Kim. »Ich wollte nicht riskieren ihren Zorn auch auf mich zu ziehen. Nur noch eins habe ich mitbekommen.« Ihr Augenmerk ruht auf mir. »Kaum kam es zum hitzigen Wortgefecht zwischen Mutter und Jack, verlangte sie von ihm, dass er dich aufsucht und zu ihr bringt, um sie anzuhören.«

Überrascht deute ich auf mich selbst. »Mich?«

»O ja, Kristen«, erwidert Kim. »So ungern sie dich vorher in Simerra geduldet hat – nun will sie dich unbedingt sprechen. Und das Letzte, was ich mitbekommen habe, ist, dass Jack sich geweigert hat, ihrer Anweisung Folge zu leisten. Wahrscheinlich erwartet sie nun von mir ihren Befehl auszuführen.«

*Das verstehe ich nicht! Was hat es damit auf sich?*

Jill, die ohnehin eine helle Haut hat, wird nun regelrecht kreidebleich.

»Erst verleiht Mutter Kristen ihre seltene Fähigkeit«, grübelt Mick laut und reibt sich das bärtige Kinn, »dann verbietet sie ihr, in Simerra zu bleiben … und jetzt will sie sie um jeden Preis persönlich sprechen?« Er zuckt mit den Schultern. »Seit Anbeginn der Zeit kenne ich Mutter als jemanden, der genau weiß, was er tut, und konsequent einen Plan verfolgt. Aber in welcher Dimension soll *das* einen Sinn ergeben? Es sei denn, ihr Glaube an dich ist aus irgendeinem Grund wiederhergestellt, Kristen …«

»Das kann ich mir nicht vorstellen«, wirft Kim ein. »Jacks Ungehorsam hat Mutter enttäuscht und sie muss befürchten, dass Kristen ihn erst recht unberechenbar macht.« Sie schnalzt mit der Zunge. »Nichts für ungut, Menschenweib.«

Ich schnaufe. »Schon klar.«

»Und wozu will Mutter Kristen dann sprechen?« Nachdenklich mustert Mick mich. »Hat sie zu dir Kontakt aufgenommen?«

»Nein«, entgegne ich. »Nie.«

Jill kratzt sich an der feinen, kleinen Nase. »Das ergibt doch alles keinen Sinn.«

*Ja, das finde ich auch. Und wer hat Jacks weinroten Umhang zu mir geschickt – etwa er selbst, um damit um Hilfe zu rufen?*

»Auf jeden Fall dürfte es Jack nicht gut bekommen sein«, befürchtet Jill mit nach wie vor blasser Nase, »Mutters Befehl zu verweigern.«

Mit erschrockener Miene sehe ich sie an.

*O Jack …*

*Hat Mutter Natur dich etwa …*

# XVII.

**Kristen**

Als wir vier dicht nebeneinanderstehen, sieht Mick mich eindringlich an. »Und du bist dir sicher, dass du das tun willst, Kristen? Letztes Mal, als ich dich gebeten habe uns zu begleiten, sind die Dinge vollkommen anders gelaufen als geplant.«

»Aber diesmal bittet Mutter Natur mich um ein Gespräch«, entgegne ich.

Hörbar stößt Kim Luft aus und macht damit ihrem Nachnamen alle Ehre, ganz ohne ihre magischen Fähigkeiten einzusetzen. »Von *bitten* kann kaum die Rede sein.«

Mit besorgtem Gesichtsausdruck steckt Jill mir eine pfirsichfarbene Blume ins Haar – vielleicht geht gerade meine Fantasie mit mir durch, aber mir kommt es so vor, als würde sie mich für mein Begräbnis schmücken. Auf jeden Fall gebe ich meinem Bedürfnis nach, die Blüte der Frühlingswächterin wiederzugeben. Anstatt sie aber entgegenzunehmen, lässt sie sie verpuffen und meint: »Mutter besteht darauf, mit dir zu sprechen, und hat allem Anschein nach deswegen sogar Jack in ihre Gewalt genommen.«

»Was mir erst recht keine Wahl lässt«, kontere ich angespannt. »Uns bleibt gar nichts anderes übrig als zu hoffen, dass ihr Wunsch nach einer Unterhaltung mit einem Menschen etwas Gutes bedeuten kann.«

Entschlossen nickt Mick mir zu. »Ich habe meinen Glauben an dich sowieso nicht verloren, Kristen Miller aus Denver, aber es gibt mir zusätzliche Hoffnung, es auch von dir zu hören.«

*Als wenn das unsere Chancen auf einen guten Ausgang auch nur ansatzweise erhöhen würde,* deute ich daraufhin Kims Mimik.

Aber wir haben keine Wahl, wir müssen es versuchen!

Mit nahezu flehendem Blick bitte ich die drei Wächter, mit mir zum Lebensbaum zu springen. »Tun wir's.«

Gesagt, getan. Kurz schauen Mick, Kim und Jill sich an, dann stelle ich Körperkontakt zu ihnen her und sie führen Zeige- und Mittelfinger beider Hände zu ihren Schläfen. Jetzt müssen sie nur noch den richtigen Gedanken in sich formen und wir springen aus dem Sonnenschloss.

Als ich mich in der darauffolgenden Sekunde vor dem Baumpalast wiederfinde, zucke ich erschrocken zusammen und mache mich von den Wächtern los. Verstört reiße ich Mund und Augen auf und kann kaum fassen, was ich mitansehen muss. Sofort presche ich vor. »Jack!«

Es ist furchtbar: Er hängt am Lebensbaum, einige Meter über dem Boden. Mehr Äste, als ich zählen, geschweige denn durchtrennen könnte, sind um ihn geschlungen und halten ihn an Ort und Stelle. Sein Kopf liegt schief, seine Augen sind geschlossen und er bewegt sich nicht ... Er ist bewusstlos und das treibt Tränen in meine Augen.

Bevor ich ihn erreichen kann, leuchtet der riesige Baum mit den unzähligen, geschwungenen Ästen golden auf. »Hallo Kristen«, ertönt die tiefe, nachhallende Stimme Mutter Naturs. Keine Sekunde später schleudert mich ein aufblitzender Schutzschild mit Wucht nach hinten.

Zum Glück reagiert Mick schnell und fängt mich mit einem beherzten Griff auf, bevor ich auf dem Boden lande. Für einen kurzen Moment ist ihm mein dankbarer Blick sicher und ich atme einigermaßen erleichtert durch. Allzu lange hält meine Erleichterung jedoch nicht an, sondern ich wende mich wieder dem stämmigen Baum zu, der soeben in Kauf genommen hat mich ernsthaft zu verletzen. *Sie hat uns allen das Leben geschenkt und genauso kann sie es uns auch wieder wegnehmen.* Als ich dann noch einmal zu Jack sehe, der ihr Gefangener ist, verfinstert sich meine Miene.

»Mutter ...«, brummt Mick gleichermaßen enttäuscht und besorgt.

Auch Jill wirkt verzweifelt. »Warum tust du das?«

Jede Faser in mir schreit danach, zu Jack zu eilen und alles, was mir nur einfällt, zu versuchen, um ihn zu befreien. Doch wenn die Wächter machtlos gegen Mutter Natur sind, bin ich es erst recht. Deswegen sind wir hier.

»Was willst du?«, frage ich sie.

Vom aufleuchtenden Lebensbaum ist ein bizarres Seufzen zu hören. »Ich wünsche, dass ihr mir nun genau zuhört. Jetzt, wo alle da sind.«

Plötzlich bäumt sich Jacks Körper auf, abrupt und laut ringt er nach Luft und strampelt wild.

»Jack!«, rufe ich reflexartig.

Kaum hat er sich orientiert, erstarrt er zu Eis und erwidert schockiert meinen Blick. »Kristen! Was ...« Auch seine magischen Geschwister entdeckt er. »Was macht ihr hier?« Erneut strampelt er und versucht sich zu befreien. »Bringt Kristen und euch selbst in Sicherheit!«

»Wir gehen nicht ohne dich«, erwidere ich entschlossen, wenn auch voller Angst und Verzweiflung.

»Niemand geht irgendwohin«, stellt Mutter Natur klar. »Mick, Kim, Jill – und auch du, Jack ... Ihr seid meine geliebten Kinder. Und du, Kristen, bist der einzige Mensch, zu dem ich noch sprechen kann.« Passend zu ihren Worten leuchtet der Baumpalast, in dem sie wohnt, auf. »Seid euch dessen gewiss: Meine Liebe zu meinen Kindern und allen Menschen kennt keine Grenzen. Doch leider zwingen mich die Geschehnisse auf der Erde dazu, ungeahnte Maßnahmen zu ergreifen.«

»Du hast den globalen Winter zurückgeholt und aufs Neue über die Menschen verhängt«, wirft Jack ihr wütend vor, ehe er sich wieder uns zuwendet. »Ich schwöre euch, euch allen, sie war das, nicht ich.«

»Ja.« Kim spricht todernst und verzieht in ihrer Anspannung kaum eine Miene. »Das wissen wir.« Auch ihr böser Blick gilt längst dem Lebensbaum und sie fletscht die Zähne.

Mick tritt einen Schritt vor. »Dann hast du uns belogen, Mutter, als du sagtest, dass du nicht dazu fähig wärst, den Winter der Menschen zu beeinflussen, egal in welche Richtung.«

»Nein«, entgegnet sie, »ich war selbst überrascht, als ich auf einmal diese Gabe in mir verspürte. Aber denkt nur mal daran, wie es bei Jack war.«

Mit angehaltenem Atem schaue ich zu ihm.

Golden leuchtet der Lebensbaum weiter auf. »Die Menschen haben ihn in die Verzweiflung getrieben und das hat seine Kräfte verstärkt, sie sogar unkontrollierbar gemacht. Dabei ist er wahrlich nicht der Einzige, der verzweifelt ist – ich bin es auch.«

Betretenes Schweigen kommt auf.

»Und du hast mich inspiriert, Jack Frost«, fährt Mutter Natur fort. »Der ewige Winter, eine neue Eiszeit ist genau das, was die Erde jetzt braucht, um sich von den Geschwüren, die auf ihr wuchern, zu befreien.«

Geschockt verlagert Jill das Gewicht von einem Bein auf das andere. »Ewig!«, wiederholt sie fassungslos. »Wirklich ewig!«

»Du willst den Frost so lange auf der Erde lassen, bis die Menschheit daran zugrunde geht?«, fragt Mick voller Entsetzen.

Kim ballt die Hände zu Fäusten. »Das kannst du nicht machen!« Gerade will ich ihr zustimmen und mich emotional davon berühren lassen, wie sehr ihr am Wohlergehen aller Menschen gelegen ist, da fügt sie an: »Was wird aus uns Wächtern, wenn wir unsere Bestimmung verlieren, die Jahreszeiten auf der Erde zu gestalten und zu überwachen? Immerhin würde ein langanhaltender Winter auch die allermeisten Tierarten auslöschen.«

»Unsinn«, widerspricht Mutter Natur, »die Erde wird sich erholen, neue Arten von Lebewesen werden sich entwickeln, hoffentlich bessere, die das kostbare Geschenk, welches ich ihnen mache, zu schätzen wissen und besser damit umgehen werden.«

Vehement und mit zusammengepressten Lippen schüttelt Jack den Kopf. »Das ist nie, wirklich nie meine Absicht gewesen. Von Anfang an ist mein globaler Winter eine Warnung an die Menschen gewesen. Das und nichts anderes. Wir brauchen die Menschen!«

Abfällig lacht sie. »Als ob du das noch objektiv beurteilen könntest, Jack.«

»Aber es ist wahr!«, schließt sich ihm Mick an. »Über die Jahrtausende haben wir uns an die Bedürfnisse der Menschen angepasst.«

Auch Jill ist sich sicher: »Mittlerweile sind ihre und unsere Schicksale untrennbar miteinander verbunden.«

»Denkt ihr, das fällt mir leicht?«, entgegnet Mutter Natur zischend. »Ich versichere euch, mich schmerzt dieser Schritt am meisten. Doch mir bleibt nichts anderes übrig! Ihr seht doch, wie unbekümmert die Menschen sofort wieder waren, sobald Jacks Bann aufgehoben war. Nichts kann sie davon abhalten, die Erde zu zerstören, nur ihr aller Tod!«

Mein Mund bebt vor Furcht. »Dann ist das die Entscheidung, die du getroffen hast?« In meinen Augen sammeln sich die Tränen. »Alle sieben Milliarden Menschen auf der Welt werden nun ausgelöscht, einfach so?«

Darauf erwidert sie leider das Einzige, was ich jetzt nicht hören möchte, und erstickt damit den letzten Funken Hoffnung in meinem Herzen: »Tut mir leid, Kristen. Aber das ist mein letztes Wort. Und es würde mir viel bedeuten, wenn ihr es akzeptieren könntet und ich um euren Rückhalt wüsste. Ich bitte euch, meine geliebten Kinder, gebt mir euren Segen.«

»Es tut dir leid?«, bringe ich verständnislos hervor. »Das ist es, was du mir sagen wolltest?« Meine Todesangst multipliziert sich mit sich selbst und lässt mir nichts anderes mehr übrig, als wütend zu werden. »Dabei bin ich doch bloß einer der Menschen, die du schon sehr bald auf dem Gewissen haben wirst, ist es nicht so?«

Kurz überlegt Mutter Natur. »Ich gebe zu«, sagt sie dann, »ich mag naiv gewesen sein, als ich gehofft habe, dass du und die anderen mich verstehen und meine Verzweiflung sehen würdet. Aber so ist das nun mal mit meiner Liebe zu den Menschen – sie macht mich naiv, selbst heute ist es noch so.«

»Ich muss schon sagen, Mutter«, erwidert Jack und versucht erneut mit ruckartigen Bewegungen, sich aus dem festen Klammergriff ihrer Äste zu befreien. »Neuerdings hast du eine äußerst fragwürdige Art, deine angebliche Menschenliebe zu zeigen. Das werde ich ganz sicher nicht akzeptieren und du ...«

»Mit der Zeit wirst du es verstehen«, fällt sie ihm ins Wort, »so wie ihr alle. Daran will ich fest glauben ... Wir brauchen einander, vergesst das nicht. Lasst nicht zu, dass die Untaten der Menschen uns entzweien.«

»Du bist es, die uns entzweit, siehst du das denn nicht?« Wutentbrannt brüllt Mick ihr seine Worte entgegen.

Traurig stößt Jill Luft aus. »Hört auf! Jede Sekunde, die verstreicht, während auf der Erde weiterhin eisige Temperaturen herrschen, ist eine zu viel.«

»Verschon wenigstens Kristens Leben«, fleht Jack eindringlich. »Ein einzelner Mensch stellt keine Gefahr dar, egal in welcher Dimension, und schon gar nicht sie.« *O Jack …* »Gib ihr die Chance herauszufinden, wie lange ihr Körper in Simerra …«

»Jetzt verhandeln wir schon über den Untergang der Menschheit, oder was?«, unterbricht ihn Kim keifend.

Er knurrt. »Was hast du denn bisher überhaupt Konstruktives beigetragen?«

»Hört auf!« Jill hält sich die Ohren zu und fängt an zu weinen.

Auch in mir sträubt sich mittlerweile alles dagegen, diesem furchtbaren Wortwechsel weiter zu folgen. In meiner Verzweiflung und Trauer jagt mein Puls in die Höhe, Panik nimmt mich ein, erfasst meinen ganzen Körper und meine erschütterte Seele. Schwer atmend und gleichzeitig mit dem Gefühl, keine Luft mehr zu bekommen, wende ich mich ab und taumele einige Schritte von den anderen weg. Bei dem Gedanken daran, dass nicht nur ich bald nicht mehr sein werde, sondern auch Teresa, meine Eltern und einfach alle Menschen auf der Welt, schnürt es mir die Kehle zu. Auch die Vorstellung, der letzte, der einzige noch überlebende Mensch zu sein, gefällt mir ganz und gar nicht. Wild springt mein Blick hin und her, ohne dass ich irgendetwas von der eigentlich nach wie vor atemberaubend schönen Umgebung in den Fokus nehme. Das Herz wird mir schwer und Tränen rinnen über meine Wangen, als ich an all diejenigen denken muss, die schon sehr bald ihr Leben verlieren werden und unschuldig sind. All die Kinder, die noch viel zu jung sind, um zu verstehen, was die Erderwärmung bedeutet und wie man sie eindämmen könnte. Und all diejenigen unter den Erwachsenen, die es durchaus verstehen und sich, sei es seit gestern oder zwanzig Jahren, für den Schutz der Umwelt einsetzen.

Für einen kurzen Moment durften auch Teresa und ich uns zu ihnen zählen. Seit wir aus Simerra zurückgekehrt sind, haben wir …

Moment mal.

Ein Geistesblitz überkommt mich und ich halte inne. Ruckartig wende ich mich wieder dem Lebensbaum und den Wächtern der vier Jahreszeiten zu, die sich noch immer zornig streiten und kurz davor zu stehen scheinen aufeinander loszugehen.

»Das ist es!«, rufe ich dermaßen laut aus, dass mir daraufhin die Aufmerksamkeit aller sicher ist.

Verwundert legt Jill den Kopf schräg. »Was meinst du?«

»Meine Freundin Teresa und ich haben uns lange Zeit nicht ausreichend für den Umweltschutz interessiert, obwohl wir natürlich schon vor Jahren von der Erderwärmung gehört haben.«

Verurteilend schnauft Kim Wind. »Das kannst du laut sagen.«

Ich ignoriere ihren bissigen Kommentar und fahre fort: »Erst seit wir von Simerra und eurer Existenz wissen, haben wir angefangen unseren Alltag umzugestalten.« In meiner Aufregung gestikuliere ich beim Sprechen wild mit den Händen. »Sich mit euch zu unterhalten, hat alles verändert.«

Jack dreht sich weiter in meine Richtung und lässt seine eisblauen Augen etwas schmaler werden, so konzentriert hört er mir zu. »Worauf willst du hinaus?«

Tief atme ich durch, bevor ich es laut ausspreche. »Zeigt euch den Menschen, offenbart ihnen euer Dasein.« Hoffnungsvoll nicke ich. »Das könnte endlich die Veränderung bewirken, die es jetzt so dringend braucht.«

Mick zeigt sich skeptisch. »Wir sollen den Menschen Angst einjagen?«

»Das wäre dann die noch forschere Variante von dem, was Jack versucht hat«, überlegt Jill. »Na ja, schlimme Umstände erfordern harte Maßnahmen.«

Kim wendet sich an Mutter Natur. »Dennoch würde ein solcher Schritt gegen das oberste Gebot verstoßen, an das wir uns Jahrtausende lang gehalten haben.«

»Darauf willst du nicht hinaus, oder, Kristen?«, möchte diese von mir wissen und der Lebensbaum leuchtet abermals auf.

Kurz überlege ich, dann schüttle ich den Kopf. »Ich will nicht, dass ihr die Menschen einschüchtert. Als Teresa und ich nach dem ersten ungewöhnlichen Wintereinbruch Angst hatten, hat uns das nur gelähmt. Darauf, aktiv etwas für den Umweltschutz zu tun, sind wir dadurch nicht gekommen, das gebe ich zu. Aber als wir euch dann kennenlernen durften und eine Beziehung zu euch aufgebaut haben, war das der entscheidende Anstoß.«

Mick verschränkt die recht muskulösen, gebräunten Arme vor dem

Oberkörper. »Dann sollten wir den Menschen nicht mit Drohungen begegnen, sondern offen und wohlgesonnen. Das könnte deine Bestimmung sein, Kristen: dass du uns zeigst auf welche Art und Weise wir auf die Menschen zugehen sollten.«

Wow, wenn ich jetzt so darüber nachdenke, ergibt es sogar einen Sinn. Ich widme mich Mutter Natur. »Ist das wahr?«

»Nun …«, beginnt sie. »Nicht immer erschließen sich die Gründe für meine Entscheidungen direkt auf den ersten Blick, das gilt manchmal sogar für mich selbst. Oftmals entsteht ein Bauchgefühl kurzfristig und lässt sich nicht erklären, dennoch beruht es doch stets auf Kenntnissen und Erfahrungen. Und ja, in gewisser Weise habe ich gehofft, dass du uns helfen kannst und uns eine menschliche Sicht auf die Dinge ermöglichst, Kristen Miller.«

Als ich sie das sagen höre und damit endlich der Hintergrund für meine außergewöhnliche Gabe gefunden ist, erfüllt mich eine wohltuende Wärme. Es ist, als hätte ich soeben meinen Platz in diesem ganzen Gefüge gefunden, außerdem spüre ich Hoffnung.

»Dann lassen wir uns auf den Vorschlag ein?«, spricht Jack im nächsten Moment die Frage aus, die auch mir unter den Nägeln brennt.

Mutter Natur zögert. »Darüber will ich kurz nachdenken.«

Mit besorgtem Gesicht schüttelt Jill den Kopf. »Den Menschen rennt die Zeit davon.«

»Vor allem, solange es nach wie vor auf der ganzen Erde so schrecklich kalt ist«, stimmt Kim ihr zu.

Einige Sekunden lang wird es wieder still, noch immer sinniert Mutter Natur besonnen über meinen Vorschlag. Wie gebannt sehen wir anderen sie an, ich wage es nicht einmal zu blinzeln. Von ihrer Entscheidung hängt alles ab und ich kann nicht einmal ansatzweise erahnen, wohin sie tendiert.

»Also gut«, lässt sie schließlich verlauten, wenn auch mit einer unverkennbaren Skepsis in ihrer tiefen Stimme. »So soll es sein.«

Im darauffolgenden Augenblick fangen die Äste, die Jack gefesselt haben, an sich zu bewegen und entfernen sich schlängelnd von ihm. Kaum wird mir klar, dass Mutter Natur ihn freigibt, befindet er sich auch schon im freien

Fall, sodass mir der Atem stockt. Doch auch diesmal reagiert Jack schnell und landet gekonnt auf den Füßen.

»Jack!«, entfährt es mir vor Erleichterung und ich stürme auf ihn zu.

Sofort empfängt er mich, schließt mich in die Arme und drückt mich an sich. Überrollt von tausend Gefühlen, die gegensätzlicher nicht sein könnten, da die Lage noch immer ungewiss ist, erwidere ich die Umarmung mit der freien Hand. Als wir den Abstand zwischen uns wieder vergrößern und uns in die Augen sehen, drücke ich leicht die Lippen zusammen und reiche ihm das dunkelrote Tuch. Eine ähnliche Hoffnung, wie auch ich sie in mir verspüre, blitzt in seinen hellblauen Augen auf, als er es an sich nimmt und es sich um die Schultern wirft wie einen locker anliegenden Umhang.

Mick löst seine Arme aus der Verschränkung. »Damit ist es entschieden. Worauf warten wir?« Sein eindringlicher Blick gilt dem Lebensbaum. »Mutter, ich bitte dich. Beende den Winter und lass uns in die menschliche Dimension springen. Wir, deine Kinder, werden uns den Menschen als Wächter der Jahreszeiten friedfertig offenbaren und in deinem Namen behutsam zu ihnen sprechen. Verleihe ihnen einfach die Fähigkeit, uns wahrzunehmen, so wie du es bei Kristen getan hast.«

»Nein«, widerspricht sie, wobei der riesige Baum besonders hell aufleuchtet. »Wir dürfen kein einziges Risiko mehr eingehen – ich muss selbst zu ihnen sprechen.«

*Was?*

»Ich bin die Personifizierung und der Inbegriff der Umwelt, der Natur, des Klimas, allen Lebens«, spricht sie weiter. »Will ich die Menschen für mich gewinnen und ihre Herzen sowie Seelen erwärmen, kann ich niemanden schicken, der mich vertritt.«

»Aber du kannst den Baumpalast nicht verlassen«, entgegnet Mick, »schon gar nicht, um in der Dimension der Menschen zu verweilen.«

»Sie kann ihn überhaupt nicht verlassen«, merkt Kim an.

Ich höre Mutter Natur verzweifelt seufzen. »Es gäbe eine Möglichkeit. Einen Weg, den ich eigentlich niemals gehen wollte.«

*Ja?*

Die vier Wächter und ich hören ihr gespannt zu – wovon spricht sie?

Sie fährt fort: »Wie ihr wisst, ist meine Seele einst aus meinem sterbenden Körper gewichen und hat Zuflucht in diesem Lebensbaum gefunden.«

Ein mehr als mulmiges Gefühl breitet sich in mir aus.

»Vorübergehend könnte ich mit einem von euch den Körper tauschen«, erklärt sie weiter. »So wäre ich in der Lage, mich auf die Erde zu begeben.«

»Das ... geht?«, frage ich verunsichert.

»Noch nie habe ich etwas Derartiges versucht«, antwortet Mutter Natur, »aber es wäre einen Versuch wert.«

»Das ist wahrlich ein radikaler Schritt«, findet Mick.

Dem stimmt Jack zu: »Das klingt nicht richtig. Nicht so, wie die Dinge sein sollten.«

»Inzwischen steht zu viel auf dem Spiel, um es nicht in Betracht zu ziehen«, gibt Mutter Natur zu bedenken.

Ratlos zucke ich mit den Achseln und hebe dabei die Hände. »Wie es scheint, haben wir keine Alternative.«

Grüblerisch kratzt Jill sich an der Schläfe. »Dann würde also einer von uns mit seiner Seele und seinem ganzen Bewusstsein in den Lebensbaum fahren und du so lange in dessen Leib?«

»Vorübergehend, ja«, entgegnet Mutter Natur. »Bis derjenige und ich wieder zurücktauschen. Dabei könnten auch Fähigkeiten übertragen werden. Es muss also jemand sein, dem ich meine Macht voll und ganz anvertrauen kann.«

Mick tritt vor und deutet auf sich selbst. »Wähle mich, Mutter. Habe ich mich nicht immer als das vernünftigste unter deinen Kindern erwiesen? Da ist es nur selbstverständlich, dass ich die Bürde auf mich nehme.«

»Wenn du so vernünftig bist«, kontert Jill, »wüsstest du, dass Mutter Natur sich nicht durch eine solche Bemerkung beeinflussen lässt.«

Mit nahezu bösem Blick widmet sich der Sommerwächter ihr und sagt: »Wie kannst du es wagen, mir zu unterstellen, dass ich so etwas beabsichtigen würde?«

Kim schnalzt mit der Zunge. »Hauptsache, wir schicken nicht Jack. Dem brennen doch viel zu schnell die Sicherungen durch.«

Jack fletscht die Zähne. »Wie gesagt, ich habe kein gutes Gefühl bei der Sache. Lasst uns das Vorhaben überdenken. Klingt das unbesonnen für dich, Herbstwächterin?«

»Ach!« Herausfordernd nickt Kim ihm zu. »Das willst du also krampfhaft beweisen? Wie besonnen du doch angeblich auf einmal bist?«

Hilflos verfolge ich die Wortgefechte, die sich gleichzeitig zwischen Jill und Mick auf der einen Seite sowie zwischen Jack und Kim auf der anderen Seite zutragen. Gerne würde ich etwas einwenden, das uns weiterhelfen könnte, doch mir fällt beim besten Willen nichts ein.

Als hätte Mutter Natur soeben meine Gedanken gehört, spricht sie auf einmal ein entschiedenes Machtwort: »Schweigt!«

Unverzüglich gehorchen die Wächter und werden still.

»Kristen«, fordert sie mich auf, »was sagst du dazu?«

Verunsichert blicke ich in die Runde, am längsten zu Jack, dann wieder auf den Lebensbaum. »Darüber erlaube ich mir kein Urteil.«

Pause. »Das ist alles, was du dazu zu sagen hast?«, hakt sie nach.

Ratlos verziehe ich den Mund. »Es ist, wie es ist: Wir dürfen uns keinen einzigen Fehler mehr erlauben. Wen der vier Wächter sollte man wählen? Niemals würde ich mich dazu in der Lage fühlen, dir diese schwierige Entscheidung abzunehmen oder deine Wahl auch nur infrage zu stellen.«

»Hm«, macht Mutter Natur, als sie meine Antwort zur Kenntnis nimmt, und klingt darüber irgendwie ... zufrieden, kann das sein? »Seht ihr? Auch deswegen fällt meine Wahl auf Kristen.«

*Huh?*

# XVIII.

**Kristen**

»Was?«, bringt Mick zischend hervor, als er vernimmt, dass Mutter Natur mich auszuwählen gedenkt. »Ich habe mich wohl verhört!«

Kim gibt sich ebenfalls empört und stemmt die Hand in die Hüfte. »Du willst deine unvergleichlichen Kräfte einem Menschen anvertrauen? Hast du etwa vergessen, welcher Spezies wir den ganzen Schlamassel zu verdanken haben? Mutter!«

»Mensch ist nicht gleich Mensch«, erwidert der aufleuchtende Lebensbaum. »Was denkt ihr, warum ich Kristen damals ausgewählt habe? Ihr mögt das vielleicht nicht gerne hören, aber sie ist besonnener als jeder Einzelne von euch.«

Ergriffen lasse ich ihre Worte auf mich wirken. Ergriffen, nervös, gerührt, verängstigt, skeptisch, aufgewühlt – alles auf einmal.

Einen Augenblick lang verliert keiner der vier Wächter ein Wort.

»Die Menschen könnten euch Wächter nicht sehen«, erinnert uns Mutter Natur. »Inzwischen bin ich zu schwach, um allen Menschen die Fähigkeit zu verleihen, euch wahrzunehmen. Ich weiß auch nicht, ob das sonderlich klug wäre.«

»Aber kannst du überhaupt noch in irgendeiner Form Magie anwenden, wenn deine Seele in Kristens Körper taucht?«, fragt Mick.

»Kristen ist etwas Besonderes, das spüre ich. Deswegen bin ich davon überzeugt, dass ihr Körper zu der ein oder anderen Magie in der Lage sein wird, sobald ihm meine unvergleichliche Seele innewohnt.«

»Dann ist Kristen gleich in mehrfacher Hinsicht diejenige, die wir jetzt brauchen«, schlussfolgert Jill. »Bin ich nicht außerordentlich besonnen, wenn ich so etwas sage?«

Mutter Natur ignoriert ihre Frage und bestätigt stattdessen: »Die

Menschen können bekanntlich Kristens Körper sehen und ihre Stimme hören. Das wird mir helfen. Uns allen.«

Verdammt. Das klingt alles plausibel. Was mache ich denn jetzt?

Mick wendet sich mir zu. »Wärst du zu dem temporären Tausch überhaupt bereit?«

Vollkommen überfordert sehe ich den Baum und die Wächter nacheinander an. Mein Mund öffnet sich, doch es wollen keine Worte aus ihm herauskommen. Es stimmt, dass ich etwaige Kräfte, die ich durch den Baumpalast erlangen könnte, niemals missbrauchen würde. Aber ... die Vorstellung, ein anderes Wesen in meinen Körper zu lassen, ist genauso befremdlich wie der Gedanke, dass mein Bewusstsein in den allmächtigen, uralten, fest verpflanzten Lebensbaum wandert ... und sei es nur für kurze Zeit.

Instinktiv bleibt mein Blick wieder bei Jack haften und ich versuche verzweifelt in seiner Mimik eine Antwort zu lesen. Als er daraufhin die Lippen zusammendrückt und ernst den Kopf schüttelt, frage ich mich, ob dies die Reaktion ist, die ich mir von ihm erhofft habe.

»Kristen?«, meint Jill, weil ich noch immer nichts erwidert habe. »Was sagst du, würdest du es tun?«

Tief atme ich durch. Und noch mal. Dann nicke ich, wenn auch voller Verunsicherung und Zweifel. »Wenn das die beste Option ist, die wir in Anbetracht aller Fakten haben, dann ja, ich bin dazu bereit.«

»Nein«, sagt Jack und tritt wieder näher an mich heran, damit ich ihn ansehe. »Ich bitte dich – tu das nicht.«

»Traust du es ihr nicht zu?«, will Mick von ihm wissen.

Aufgewühlten Blickes winkt Jack ab. »Darum geht es nicht. Wir wissen nicht genau, was passieren wird.« Der mehr als besorgte Ausdruck in seinem perfekt gezeichneten Gesicht gilt mir. »Das ist zu gefährlich.«

Noch immer sind meine Augen feucht. »Aber ... welche andere Wahl haben wir?«

»Kristen ...«, fleht er kopfschüttelnd.

Wie sehr er um mich bangt, zerreißt mir das Herz. Auch ich bin voller

Furcht, mehr als das, doch wenn wir nicht sehr bald etwas unternehmen, bin ich sowieso verloren.

Mit einer zerstörenden Mischung aus Todesangst und Hoffnung lege ich die Hände an seine Brust und schaue ihn inständig an. »Wir müssen es versuchen. Sind die Menschen es nicht wert? Einschließlich mir. Und eurer Bestimmung.« Ich sehe auch zu den anderen Wächtern, dann schwenkt mein Augenmerk zurück zu Jack.

Während ich meine Hände von ihm nehme, legt er leicht den Kopf zurück und atmet hörbar aus. Da erkenne ich es: Er gibt mir recht. Widerwillig, resigniert, aber er tut es.

»Dann sei es so«, ergreift Mutter Natur das Wort. »Du zeigst Mut und Besonnenheit, Kristen, und so will ich dir den Baumpalast anvertrauen. Darin soll deine Seele ein Zuhause finden, bis ich von der Erde zurückkehre.«

Mit wild klopfendem Herzen nicke ich.

»Sei dir der großen Macht des Lebensbaums bewusst«, ermahnt sie mich dennoch, »vor allem jetzt, wo sie sich durch ihre Emotionen verstärkt hat. Solange dein Bewusstsein dem Baum innewohnt, darfst du keine zerstörerischen oder sonst heiklen Gedanken haben, das hätte verheerende Folgen.«

»Ja«, bestätige ich, »ich werde mein Bestes geben. Vertraut mir, ihr alle. Ich werde alles daransetzen euch nicht zu enttäuschen.«

»Gut«, meint Mutter Natur. »Ich habe den globalen Winter auf der Erde wieder beendet.« Daraufhin sagt sie noch zu den Wächtern: »Haltet euch bereit, meine Kinder. Steht Kristen bei, wenn es so weit ist, aber seid auch abrufbereit für den Fall, dass ich euch auf der Erde brauche.«

»Natürlich, Mutter.« Mick bringt dem prächtigsten aller Bäume ein Kopfnicken entgegen. »Verlass dich auf uns.«

Nun erlebe ich selbst Kim Wind nervös und sie atmet so tief durch, dass ihre Schultern sich stark heben und wieder senken. »Das dürfte interessant werden.«

Damit hat sie nicht unrecht, auch wenn es noch untertrieben ausgedrückt ist.

*Wie es sich wohl anfühlen wird, das mächtigste Wesen auf der Welt zu sein?*

Und wie muss es erst sein, diese Macht aufzugeben, und sei es nur für kurze Zeit? Womöglich erfordert dieser Tausch von Mutter Natur noch hundertmal mehr Mut als von mir. Zumal sie, was ihre Seele betrifft, traumatische Erlebnisse hatte, die nach ihrer Zeitrechnung noch nicht allzu lange her sind. Nach wie vor muss es die Liebe zu uns Menschen sein, die sie lenkt, und vielleicht ist es am Ende das, was mir gerade die nötige Courage schenkt.

Damit ist es entschieden.

***

Teresas Augen sind so tränenbenetzt und gerötet wie meine. »Und wenn etwas schiefgeht?« Sie schluchzt, wie ich es noch nie erlebt habe.

Ein weiteres Mal schlinge ich die Arme um sie und lege meine Stirn an ihre. »Es wird klappen.« Aus nächster Nähe sehe ich sie an. »Danach komme ich wieder und alles wird besser sein als vorher, womöglich sogar besser als vor dem ersten globalen Wintereinbruch. Okay?«

»Ja ...« Sie senkt den Kopf und weicht meinem Blick aus. »Ich meine ... Der neue Schneesturm ist wieder aus Denver verschwunden und die Temperaturen steigen gemächlich – das ist schon mal gut.«

»Hey«, sage ich mit sanfter Stimme.

Da schaut sie mich wieder an.

Ich löse mich von ihr und bringe mehr Abstand zwischen uns, um sie besser anzublicken. »So oft schon hast du auf mich aufgepasst und mich beschützt – nun lass mich mal an der Reihe sein, einverstanden?« Ich zwinge mich zu einem Lächeln.

Schniefend erwidert sie es und nickt.

Jack, der mit mir in unsere Wohnung gesprungen ist und sich in den vergangenen Minuten zurückgehalten hat, tritt vor und legt die Hand zärtlich auf meinen Oberarm. »Wir sollten los.«

»In Ordnung«, erwidere ich, selbst völlig verheult, genau wie meine beste Freundin, der ich mich wieder zuwende. »Also, du hältst hier die Stellung und empfängst Mutter Natur nach ihrem Sprung, ja?«

»Es wird komisch sein«, entgegnet Teresa, »dich wiederzusehen, obwohl du es dann gar nicht bist. Aber ihr könnt euch auf mich verlassen: Ich werde Mutter Natur unterstützen.«

Dankbar nicke ich … Sogleich kommt das Bedürfnis in mir auf, Teresa noch einmal an mich zu drücken, doch damit ich es mir nicht noch anders überlege, trete ich näher an Jack heran und lege meine Finger auf seine Schulter und an seinen Bauch, bereit für unseren Sprung zurück zum Lebensbaum.

»Hast du auch deinen Eltern Bescheid gesagt?«, fragt Teresa.

Ich schüttle den Kopf. »Ich bin schnell wieder da.« Ein weiteres Mal bemühe ich mich um ein Lächeln und frage mich, wen ich eigentlich zu überzeugen versuche – sie oder mich? »Es wird alles gut.«

Zittrig atmet Teresa durch. »Wehe, es ist nicht so.«

Übermannt von tausend Gefühlen sehe ich sie ein letztes Mal an. Dann schaue ich zu Jack und bitte ihn wortlos, den Sprung einzuleiten. Sofort versteht er mich und lässt Taten folgen.

Zurück in Simerra wollen wir keine weitere Zeit verlieren und machen uns alle auf das gefasst, was bevorsteht … in Form eines Abschieds. Denn niemand von uns weiß, ob ich den Tausch überleben werde, nicht einmal Mutter Natur.

»Bist du bereit?«, fragt diese mich.

Mit angespannter Miene nicke ich ihr zu. »Ja, tun wir es.«

Mick tritt vor mich, was seine gelbe Robe nachschwingen lässt, und fordert meine Aufmerksamkeit ein. »Ich glaube an dich, Kristen.« Für einen kurzen Moment gilt sein Augenmerk den anderen, insbesondere Kim. »Wir alle.«

Die Herbstwächterin wendet den Blick ab, widerspricht ihm aber nicht.

*Danke*, antworte ich Mick Shine wortlos mit dem Ausdruck in meinem Gesicht.

Als Nächstes widme ich mich Jill und sage nervös: »Also dann …«

Auch sie ist sichtlich angespannt und atmet seufzend durch. Dann zaubert sie sich eine neue rosa Blume zwischen die Finger. »Darf ich?«, holt sie diesmal zunächst meine Erlaubnis ein und hält die Blüte etwas höher.

Zurückhaltend lächle ich, gefolgt von einem Nicken. Und so steckt sie mir die schön anzusehende Pflanze ins braune Haar. Als wir uns wieder ansehen, entfährt auch mir ein Seufzer.

Schließlich schaue ich zu Kim, die zunächst ernst das Gesicht verzogen hat, aber als sie meinen Blick bemerkt, werden ihre Züge einen Hauch weicher. Mit schweren Schritten trottet sie auf mich zu und zuckt mit den Schultern. »Du machst das schon … und …« Mehr als unbeholfen tätschelt sie mich am Oberarm. »Danke für deinen Einsatz.«

»Wow«, gebe ich mit einem erstaunten Grinsen, das meine Aufregung überspielen soll, von mir, »werden wir etwa noch Freunde?«

Kim hebt die Hand. »Nicht gleich übertreiben.« Nun weicht sie wieder zurück, nicht zuletzt, um einer anderen, ganz bestimmten Person Platz zu machen.

Damit wird die Sicht für mich auf denjenigen frei, vor dessen Anblick ich mich in dieser verrückten Situation am meisten gefürchtet habe. Als würde es ihm genauso gehen, hat Jack den Kopf etwas gesenkt und kratzt sich angespannt an der Nase. Zutiefst widerwillig hebt er seinen Blick und kommt auf mich zu, um sich dem auszusetzen, was unvermeidbar ist … Zumindest wenn er nicht das Risiko eingehen will zu bereuen, es nicht getan zu haben.

»Pass auf dich auf, ja? Versprich mir das.«

Obwohl ich nicht weiß, wie ich in dieser sonderbaren Lage bewusst auf mich achten könnte, ist es mir ein tiefes Bedürfnis, ihn zu beruhigen. Also nicke ich aufs Neue und bejahe. Dann allerdings fällt mir umso mehr sein trauriger Gesichtsausdruck auf. »Du siehst mich an, als würden wir uns niemals wiedersehen.« Ich lege die Hand an seine Wange und wir sehen uns eindringlich an.

Blanke Schwermut prägt alles, was Jack in diesem Moment ausstrahlt. Behutsam legt er die Finger auf meine und guckt mich noch immer an, als wäre er ein Welpe, den man in der düstersten Gasse ausgesetzt hat. »Und wenn es so ist?«

Für uns alle, aber insbesondere für ihn zwinge ich mich zu lächeln, während mir insgeheim abermals zum Heulen zumute ist. Unter seiner starken

Hand fängt mein Daumen an ihn zu streicheln. »Es wird klappen.« Bewusst vertiefe ich den Blick in seine wunderbaren Augen. »Okay?«

Da nimmt er die Hand von meiner und lässt mich einen angedeuteten mahnenden Zeigefinger sehen. »Das will ich dir auch geraten haben.«

Mit meinem breiter werdenden Lächeln bestätige ich und gebe seine Wange frei. Zu gern würde ich ihm jetzt um den Hals fallen, mich an ihn drücken und von ihm halten lassen ... Doch ich spüre genau, dass ich dann sofort zusammenbrechen und es mir anders überlegen würde, sodass wir alle wieder bei null stünden. Und so bringe ich sämtliche Disziplin auf, zu der ich noch in der Lage bin, und halte den Abstand zwischen uns aufrecht. Mit feuchten Augen atme ich so tief durch, dass ich dabei zische und puste.

Ich wende mich an Mutter Natur und muss mich räuspern, weil mein Mund so trocken ist. »In Ordnung, was muss ich tun? Wie hast du deine Verschmelzung mit dem Lebensbaum damals vollzogen?«

»Nun«, beginnt sie und klingt so sanft, wie ich ihre Stimme noch nie vernommen habe, »was wir vorhaben, ist zwar etwas anderes, aber ich hoffe wie gesagt, dass es funktioniert.«

Automatisch treten Jack und die anderen ein paar Schritte zurück.

Mutter Natur fährt fort: »Schließ die Augen, Kristen, löse dich von allen anderen Gedanken und konzentriere dich vollkommen darauf, deine Seele in den Lebensbaum einkehren zu lassen.«

»Ist gut«, stimme ich zu.

»Ich will dasselbe in Bezug auf deinen Körper tun«, meint sie daraufhin, »dann soll es geschehen.«

Steif nicke ich. »Okay ...« Ich bringe nur noch ein zittriges Flüstern hervor. *Mut ist nicht die Abwesenheit, sondern die Überwindung von Angst,* heißt es doch immer. Nie konnte ich diese alte Weisheit mehr bestätigen als in diesem Moment.

»Kristen«, sagt Jack voller Furcht meinen Namen.

In meiner Anspannung sehe ich zu ihm.

Entschlossen nickt er. »Es wird klappen«, greift er meinen Wortlaut auf.

Ich tue es ihm gleich und nicke ihm ebenfalls entschlossen zu. »Ja, das wird es.«

*Es muss einfach klappen. Nicht weil es das Wahrscheinlichste ist, aber weil alles andere einfach zu schrecklich wäre.*

Ich schaue wieder geradeaus und lasse den Anblick des Lebensbaums auf mich wirken. Im darauffolgenden Moment treten mehr Wildtiere an uns heran, als ich zählen könnte. Sie bilden einen perfekten Kreis um uns und geben Laute von sich, die für ihre jeweilige Art typisch sind und doch klingen, als würden sie feierlich salutieren. So sehr ich mich davon auch ergriffen fühlen könnte, will ich meinen Fokus auf den Baumpalast gerichtet halten. Jeden einzelnen geschwungenen Ast, jede Furche in der Rinde präge ich mir ein. Schließlich mache ich bewusst einatmend und den Kopf etwas zurücklegend die Augen zu.

*So soll es geschehen*, hallen Mutter Naturs Worte in meinem Kopf nach und ich visualisiere vor meinem inneren Auge den prächtigen Lebensbaum mit all seinen goldenen Blättern.

Es passiert jedoch nichts und ich fühle mich normal. Ich befürchte, dass unser Plan schon jetzt zum Scheitern verurteilt ist.

»Es tut sich nichts«, vernehme ich von Jill. »Warum geschieht denn nichts?«

*Konzentrier dich,*ermahne ich mich selbst in Gedanken. *Streng dich an und denk nur an den Baumpalast.*

Auf einmal fühlt es sich an, als würde sich mein Magen umdrehen, und mir wird speiübel. Instinktiv will ich die Augen aufreißen, doch es gelingt mir nicht. Es ist, als hätte ich die Kontrolle über meinen Körper verloren und könnte an meine Augen nicht mehr den Befehl durchgeben sich zu öffnen. Das lässt mich panisch werden, dennoch fühlt es sich nicht an, als würde mein Herz wild in meiner Brust schlagen, und ich bin nicht dazu fähig, hektisch den Kopf hin und her zu drehen, wie ich es jetzt gern tun würde.

*O Gott, was ist das?*

Plötzlich kann ich doch wieder etwas sehen, obwohl ich nicht sagen würde, dass es mir gelungen ist, die Augen aufzumachen. Leicht verschwommen und verzerrt sehe ich Jack und die anderen vor mir, aus einer höheren Perspektive als eben noch und ich fühle mich leicht an, ganz ... schwebend?

Ich erschrecke, als ich unter mir meinen eigenen Körper erblicke. Doch auch diesmal kann ich meinen Emotionen weder mit Lauten noch mit Bewegungen Raum geben. Ziellos treibt mein Bewusstsein über meiner körperlichen Hülle und so wie die Wächter diese noch immer erwartungsvoll ansehen, scheint ihnen die Fähigkeit zu fehlen, meine darüber schwebende Seele wahrzunehmen. Mein Körper liegt im Gras, mein Kopf ist sicher auf Jacks Schoß gebettet, ich glaube, mein Leib hat jegliche Anspannung in sämtlichen Muskeln verloren. Voller Sorge hält Jack meinen Körper fest und scheint auf ihn einzureden, ohne auf mich, die weiter oben schwebt, aufmerksam zu werden.

*Ist das verrückt!*

*Was mache ich denn jetzt?*

Da lenkt ein grelles Leuchten meine Aufmerksamkeit auf sich. Soeben ist es aus dem Lebensbaum gedrungen und schwebt nun davor in der Luft. Wow, das muss Mutter Naturs Seele sein ... Keine Ahnung, ob ich genauso aussehe, aber ihr Bewusstsein ist gigantisch und wunderschön. Ein helleres Licht, das aber nicht blendet und mich tief in meiner freiliegenden Seele berührt, habe ich nie gesehen.

Verzweifelt versuche ich zu ihr zu sprechen, zumal sie nun direkt vor mir schwebt und wirkt, als könnte auch sie mich klar und deutlich sehen. Allerdings will es mir nicht gelingen, auch nur einen Ton von mir zu geben, dafür ist meine Seele wohl ohne einen Körper nicht gemacht. Nun fliegt ihr Bewusstsein nach unten. Sicherlich steuert sie meinen Leib an und wagt den Versuch, sich damit zu verbinden.

In der nächsten Sekunde merke ich, dass ich mich schwächer fühle. *Lange kann eine Seele einer jeden Welt nicht ohne körperliche Hülle überstehen,* hat Mutter Natur gesagt, was auch vollkommen plausibel ist. Deswegen sollte auch ich die Fassung wahren und mich darauf konzentrieren, den Baumpalast anzupeilen und mit ihm zu verschmelzen.

Aber ... wie soll ich das machen?

Kaum ist mir diese Frage gekommen, merke ich, dass ich mich in Richtung Lebensbaum in Bewegung setze. Erleichterung nimmt mich ein, als ich feststelle, dass es funktioniert. Solange ich auf diesen einen Gedanken fokussiert bleibe, kann ich meine eigene Position steuern. Es ist schon erstaunlich, dass ich dazu der Lage bin, wer hätte das gedacht? Die Tatsache, dass ich mich schwächer und schwächer fühle, hemmt zwar meinen Stolz, aber in wenigen Augenblicken ist es geschafft.

Unmittelbar vor dem Baumpalast jedoch komme ich unbeabsichtigt zum Stehen und es geht nicht weiter. Wie ich jetzt den Übertritt einleiten soll, ist mir ein Rätsel, aber vielleicht passiert das ja jetzt von selbst.

Pustekuchen.

Wertvolle Sekunden vergehen, ohne dass sich etwas tut.

Verdammt …

Was soll ich denn jetzt machen?

Meine Sicht verschwimmt weiter, meine letzten Kräfte drohen zu schwinden.

*Hilfe …*

Hat Mutter Natur ihren Vorgang schon abgeschlossen, ist ihre Seele in meinen Körper geschlüpft? Ich schaffe es nicht, mich zu drehen, und kann es nicht überprüfen. Vielleicht hat sie gerade mit denselben gefährlichen Schwierigkeiten zu kämpfen wie ich. Und die anderen können es weder sehen noch können sie helfen!

Ich sterbe, verglühe, verblasse, das spüre ich leider genau.

*Jack! Hörst du mich, siehst du mich?*

*Irgendjemand?*

Mittlerweile kann ich mich überhaupt nicht mehr regen …

Wie viel Zeit ist überhaupt vergangen, seit ich meinen Körper verlassen habe?

Nun jedenfalls ist es zu spät.

Das Lebenslicht meines Bewusstseins erlischt.

Vor mir wird alles schwarz.

# Interlog IV

**Jack**
Ich verstehe das nicht, Mutter. Warum dauert das so lange und wieso höre und sehe ich nichts?

Vom Lebensbaum kommt kein Ton mehr, so verzweifelt meine Geschwister und ich ihn auch darum bitten, ein Lebenszeichen von sich zu geben.

Kristen ist gerade bewusstlos zu Boden gesackt, nur in allerletzter Sekunde konnte ich zu ihr stürmen, mich auf die Knie werfen und sie auffangen. Nun liegt sie in meinen Armen, ihre makellose Haut und der wohlgeformte Mund sind ganz blass, sie regt sich nicht mehr und antwortet auch nicht auf mein inständiges Flehen.

Irgendetwas muss gerade also passiert sein – aber was nur, was? Weder vom Baum noch von Kristens Körper kommt ein Laut oder eine Bewegung!

Mit zittrigen Händen halte ich Kristen, mit bebenden Lippen schaue ich auf sie hinab, dann wieder zum Baumpalast. Inzwischen gibt sogar Kim verzweifelte Rufe von sich, so habe ich sie noch nie erlebt. Nie dürften wir Wächter so viel Angst gehabt haben wie jetzt. Denn wie es scheint, haben wir sowohl dich, Mutter, als auch Kristen verloren … und damit auch unsere letzte Hoffnung.

Doch – was ist das?

Kristen, sie bewegt sich wieder und kommt zu sich!

Panisch rede ich auf sie ein und möchte erfahren, was los ist. Benommen schaut sie sich um, während die anderen zu uns geeilt kommen. Doch anstatt auf ihre oder meine Worte zu antworten, steht Kristen auf und hat auf einmal einen klaren, gefassten Blick, den ich von ihr nicht kenne. Spätestens als sie mich direkt ansieht, wird mir klar, dass ich dich vor mir habe … Mutter.

Mit einem hoffnungsvollen Lächeln bestätigst du meine Vermutung, sobald ich sie laut ausgesprochen habe, und lässt damit Mick, Jill und Kim aufatmen. In der nächsten Sekunde schaust du an dir selbst hinab und betrachtest deine Finger und Füße. Dann nimmst du dir die Blume aus dem Haar, drehst sie gemächlich am Stängel zwischen deinen Fingern, betrachtest sie ernst und lässt sie schließlich aufs Gras gleiten. Schnell wirkst du sicher und geübt darin, diesen menschlichen Körper zu steuern, als wärst du nicht seit über hundert Jahren fest mit der Wiese, auf welcher der Lebensbaum steht, verwachsen gewesen. So dürfte es nicht lange dauern, bis du dich an diese Hülle gewöhnt hast, was gut ist, denn die Zeit ist knapp.

Aber ich begreife es nicht, Mutter, und frage dich, während ich mit gebanntem Blick und angehaltenem Atem auf den Baumpalast zuschreite: »Wo ist Kristen?«

Müsste sie sich nicht längst im Lebensbaum bemerkbar gemacht haben?

Während Mick dir sagt, dass du dich auf der Erde mit Teresa Heart aus Denver in Verbindung setzen sollst, um eine erste Anlaufstelle zu haben und dich zu sammeln, kann ich nur den Baum anschauen und mit größter Aufmerksamkeit prüfen, ob er aufleuchtet, einen Ton von sich gibt oder auch nur einen einzigen Ast bewegt.

Und doch geschieht nichts davon!

Sekunde um Sekunde zieht vorbei, ohne dass sich daran etwas ändert.

Ich verstehe das nicht, Mutter!

Wo verdammt nochmal ist Kristen?

Ohne Körper kann ihre sterbliche Seele nicht lange überleben!

Du sagst, ich soll mich beruhigen und abwarten, Vertrauen haben. Aber das ist undenkbar. Irgendetwas ist schiefgegangen und ich kann nichts tun!

Du musst doch irgendetwas darüber wissen oder spüren!

Sag es mir!

Ist das Schlimmste eingetreten ... Haben wir Kristen verloren?

# XIX.

**Kristen**

Mit einem Schlag kann ich wieder sehen, ruckartig erscheint vor mir ein helles, klares Bild. Ich finde mich auf der riesigen Wiese in Simerra wieder, dort, wo ich das Bewusstsein verloren habe. Bewegen kann ich mich nach wie vor kaum und doch ist jetzt alles vollkommen anders. Ich sehe Jack vor mir, ebenso die drei anderen Wächter, von meinem Körper fehlt allerdings jede Spur. Anstatt jedoch in diesen zurückgekehrt zu sein, erkenne ich nun, dass ich mit meiner Seele tatsächlich im Baumpalast wohne. Nun, da ich mit einem Schrecken zu mir komme, bewirke ich damit, dass der Lebensbaum grell aufleuchtet und das erschrockene Geräusch, das ich von mir gebe, mit der tiefen Stimme Mutter Naturs ertönt.

»Kristen!«, ruft Jack aus und stürmt mir entgegen, bis er ziemlich nah vor mir steht und zu mir hochschaut.

An diese Vogelperspektive muss ich mich erst noch gewöhnen. Angestrengt versuche ich die Arme zu bewegen und schaffe es, dass sich einzelne der geschwungenen Äste regen. Der Lebensbaum, mit dem ich verschmolzen bin, hat hundertmal mehr Verästelungen, als mein eigentlicher Körper Finger besitzt, und doch gelingt es mir relativ schnell, jeden einzelnen Ast zu bewegen. Außerdem sehe ich weitere Bilder vor mir, die sich mit meiner Sicht auf die Wächter und die Wiese überlagern. Dadurch zeigen sich mir Menschen, Pflanzen und Tiere von den verschiedensten Orten. Ich glaube, dies sind allesamt sozusagen Live-Übertragungen von der Erde. Wie viele Eindrücke auf einmal auf mich einprasseln, überrascht mich, darauf bin ich nicht im Geringsten vorbereitet gewesen. Und doch gehe ich nicht daran zugrunde. Das ist verrückt!

»Geht es dir gut?«, möchte Jack voller Beunruhigung wissen.

»Woher weißt du, dass ich es bin … Wo ist mein Körper?«

Mick tritt vor und ergreift das Wort: »Unserer Mutter ist der Eintritt in deinen Leib früher gelungen und sie wollte keine kostbare Zeit verlieren.«

»Sie ist schon zu den Menschen gesprungen?«, wundere ich mich.

Jill nickt zur Bestätigung. »Dort trifft sie sich mit Teresa, ganz wie vereinbart.«

»Sieh doch einfach selbst nach«, fordert Kim mich in trockenem Ton auf und wirft sich selbst einen Wurfstern zu, als wäre er ein harmloser Baseball. »Wenn alles geklappt hat, wie wir uns das vorgestellt haben, verfügst du jetzt über ihre Fähigkeiten und kannst sie, wenn du nur den richtigen Gedanken fasst, auf der Erde aufspüren und sehen.«

»Ich … i-ich …«, gebe ich stotternd von mir, wie es Mutter Natur wohl niemals tun würde. »Ich versuche es, aber …« Angestrengt konzentriere ich mich auf den Gedanken, sie in der menschlichen Dimension zu erspähen. Zuerst fokussiere ich mich darauf, nach der Schöpferin allen Lebens Ausschau zu halten. Dann probiere ich meinen Körper zu finden, ich denke sogar konkret an Kristen Miller, die zweiundzwanzigjährige Marketingstudentin und Dineraushilfe aus Denver, die keine Geschwister und dafür arbeitsliebende Eltern hat – genauer geht es doch gar nicht, oder? Dennoch: »Nein, tut mir leid, ich kann sie nicht sehen.« Wieso klappt das nicht?

»Anscheinend musst du dich erst an deine neuen Kräfte gewöhnen«, vermutet Mick.

Instinktiv nicke ich, sodass sich die Äste dementsprechend bewegen.

Demonstrativ seufzt Kim und wendet sich im Gehen ab. »Dann sollte sie sich damit besser mal beeilen.«

»Hey«, beschwere ich mich verständnislos, »ich gebe mein Bestes, okay?«

»Also echt«, pflichtet Jack mir bei, »das ist ganz sicher alles andere als einfach.« Herausfordernd und mit schmalen Augen nickt er der Herbstwächterin zu. »Würdest du es besser machen, Kim? Hättest du überhaupt den Mumm, den Körper zu tauschen, egal mit wem?«

»Wieso – hast du deinen schmächtigen Körper satt oder wie darf ich das verstehen?«, kontert sie zähnefletschend und wird lauter. »Mutter hat mich ja nicht gerade darum gebeten! Und überhaupt, was fällt dir eigentlich ein, mich …«

»Genug!«, rufe ich dazwischen, so eindringlich, wie ich kann. »Hört auf euch zu streiten, das bringt uns nicht weiter.«

Nun sind mir die aufmerksamen und beinahe schon faszinierten Blicke aller vier Jahreszeitenwächter sicher.

»Wow, Kristen …« Mit regelrecht gebannter Miene strahlt Jill mich an. »Jetzt klingst du ja schon richtig wie Mutter.«

*Wirklich?*

»Ja, da bekommt man glatt Gänsehaut«, gesteht Mick.

Jack tritt noch einen Schritt näher auf mich zu. »Wie auch immer – zum Glück bist du wohlauf. Verflucht, ich dachte schon, du würdest den Körpertausch nicht überstehen.« Seine lieben Worte rühren mich, vor allem weil er sich jetzt derart nervös am Hinterkopf kratzt und den Mund verzieht, als würde er sich fragen, ob es albern wäre, wenn er nun den großen Stamm des Lebensbaums umarmt.

»Das hatte ich auch befürchtet«, erwidere ich offen.

»Wie ist es denn so«, will Jill wissen, »das mächtigste Wesen des Universums zu sein?«

Dieser Gedanke fühlt sich mehr als seltsam an. »Bin ich das? Hoffen wir, dass wir Mutter Natur sehr bald erreichen … entweder ich oder einer von euch.«

»Und dass sie etwas bei den Menschen erreicht, das sie wiederum davon überzeugt, ihnen eine letzte Chance zu geben«, stimmt Jack mir zu.

Unterdessen geht Jill dazu über, den Lebensbaum mit mehr und mehr farbigen Blumen zu schmücken, was ihr Mutter Natur wahrscheinlich nie erlauben würde.

Tief und mit ernstem Blick atmet Mick ein. »Ja. Darauf müssen wir alle jetzt hoffen.«

»Es ist schon komisch«, murmelt Kim vor sich hin, bevor sie deutlicher weiterspricht: »Tatsächlich schaffe auch ich es nicht, Mutter in Kristens Körper auf der Erde ausfindig zu machen. Dabei bin ich gerade mit meinen Gedanken bei Teresa gewesen, dort sehe ich sie aber nicht. Was mag das bedeuten?«

»Vielleicht ist Mutter, während sie in Kristens Leib ist, nur für Kristens Seele im Lebensbaum sichtbar.« Grüblerisch zuckt Mick mit den Schultern. »Könnte doch sein.«

Wieder entfährt Kim ein Seufzer. »Oder sie braucht für den Übertritt in die menschliche Dimension mehr Zeit.«

»So dringend auch Handlungsbedarf besteht«, lasse ich verlauten, »im Moment bleibt uns wohl nichts anderes übrig als abzuwarten und wieder und wieder zu versuchen sie zu finden.«

***

So ein Mist. Wie oft ich es auch versuche – es will mir nicht gelingen. Mittlerweile überrollen mich die vielen Bilder von den Menschen auf der Erde zwar nicht mehr so stark und ich kann mich gleichzeitig auf die Dinge, die mich umgeben, konzentrieren. Aber noch immer schaffe ich es nicht, das, was ich zu sehen bekomme, bewusst zu steuern. Wahllos habe ich mehrere Szenen, die sich an den verschiedensten Orten auf der Erde abspielen, vor mir.

Resigniert schnaufe ich, wie es wahrscheinlich so gar nicht Mutter Naturs Art ist, wenn sie den Lebensbaum lenkt. »Es tut mir echt leid, aber ich schaffe es einfach nicht, Einfluss darauf zu nehmen, welche Menschen ich sehe. Vielleicht wäre es doch besser gewesen, wenn einer von euch Wächtern mit Mutter Natur getauscht hätte.«

»Sei nicht so streng mit dir selbst«, entgegnet der einzige Wächter, der noch bei mir ist: Jack. »Wir alle glauben an dich, einschließlich Mutter. Ich tue es sowieso. Gib dir noch etwas mehr Zeit.«

»Kim glaubt wohl eher nicht an mich.«

»Ach.« Er winkt ab. »Kim ist aus Prinzip immer gegen alles. Ich denke, das ist einfach ihre Art zu helfen.«

»Wie auch immer«, meine ich, »willst du nicht auch in dein Schloss zurück, so wie die anderen? Müsstest nicht auch du deinen Wiskels neue Anweisungen geben, damit sie überall dort auf der Erde, wo jetzt regulär Winter ist, die Geschehnisse beobachten und dir Bericht erstatten?«

Jack ruht im Schneidersitz auf dem Boden im sattgrünen Gras, mit dem

Rücken und dem Kopf nach hinten an den großen Baumstamm gelehnt … also an mich. »Darin erkenne ich erst wieder einen Sinn, wenn unsere Mission erfolgreich war. Außerdem lasse ich dich nicht allein, das kannst du vergessen.« Er dreht den Kopf und sieht mich an, blickt zu mir hoch, dabei werden seine Augen schmaler.

»Was ist?«, frage ich, als ich ein verschmitztes Grinsen auf seinen Lippen aufzublitzen sehe.

Er zuckt nur mit den Schultern, bevor er den Blick wieder abwendet. »Nichts.«

Skeptisch lache ich. »Überlegst du gerade ernsthaft auf mich zu klettern, wie du es bei Bäumen nun mal gerne machst?«

Im Profil sehe ich ihn schmunzeln. »Du verstehst mich wirklich gut. Das war auch schon so, bevor deine Seele in den Baumpalast gedrungen ist.« Jack dreht den Kopf wieder etwas mehr zu mir, breitet seine Hand aus und legt sie mit der Handinnenfläche auf die Rinde.

Mit einem Schlag fühle ich mich wie elektrisiert, als er den Lebensbaum, mit dem ich nun eng verbunden bin, auf diese Art und Weise berührt. Als er den Blick dann auch noch wieder nach oben hebt, wird mir heiß und kalt zugleich, wie ich es in dieser physischen Form niemals für möglich gehalten hätte. Tief in meiner Seele reagiere ich schon bei den einfachsten Gesten auf ihn, ganz gleich, in welchem Leib ich stecke, und sei es der Körper einer riesigen, uralten, allmächtigen Pflanze. Niemals hätte ich zu hoffen gewagt, eine solche Verbindung jemals zu einer anderen Seele erfahren zu dürfen. Umso mehr schmerzt mein Herz, wenn ich daran denke, dass wir uns bald für immer Lebwohl sagen müssen, unabhängig davon, wie Mutter Naturs Unterfangen auf der Erde ausgeht. Dabei habe ich wohl nicht einmal zu Teresa so eine enge Beziehung, dass …

»Oh!«, rufe ich auf einmal aus.

Geistesgegenwärtig zieht Jack die Finger weg. »Entschuldige, fühlt sich das für dich im Lebensbaum komisch an? Ich wollte nicht …« Mehr sagt er nicht, sondern steht auf und wendet sich nun ganz mir zu.

»Nein, das ist es nicht«, entgegne ich. »Aber gerade habe ich an Teresa gedacht und nun funktioniert es: Ich kann sie vor mir sehen, klar und deutlich!«

»Das ist gut.« Mit hoffnungsvoller Miene steckt Jack die Hände in die Taschen seiner blaugrauen Hose. »Bespricht sie sich schon mit Mutter?«

»Äh, nein … Sie …« Ich konzentriere mich auf das, was ich sehe und höre. »Sie telefoniert mit Daphne, einer Bekannten.«

In der Sekunde tauchen Mick, Jill und Kim auch wieder auf, scheinbar haben sie sich fürs Erste ausreichend mit ihren Wiskels ausgetauscht.

»Was gibt es Neues?«, will Kim wissen, während sie auf mich zuschreitet.

Auch Mick fragt: »Kannst du deine neu erlangten Fähigkeiten mittlerweile besser kontrollieren, Kristen?«

»Ja«, antworte ich, »ich sehe Teresa, aber Mutter Natur ist nicht bei ihr.«

Sogleich tauschen die vier Wächter ernste Blicke aus.

»Bist du dir sicher, dass es nicht an dir liegt?«, überlegt Kim mit strenger Stimme.

Jack holt Luft und will kontern.

Kim kommt ihm zuvor und ergänzt: »Beruhigt euch, ihr wisst, wie ich das meine.«

»Ich habe eben an Teresa gedacht«, erkläre ich. »Seitdem kann ich sie sehen, aber sie ist allein. Inzwischen telefoniert sie auch nicht mehr und scheint wieder nervös auf Mutter Natur zu warten und nach ihr Ausschau zu halten.«

Jill nickt. »Das ist auch das, was wir sehen, wenn wir an Teresa denken, aber wir hatten gehofft, dass wir Mutter bloß nicht mehr wahrnehmen können. Ebenso wie Teresa vielleicht. Doch wenn selbst *du* sie nach wie vor nicht sehen kannst, Kristen …«

»Ob sie immer noch mit dem Übertritt in die menschliche Dimension beschäftigt ist?«, wendet Jack sich an Mick.

Schwermütig schüttelt dieser den Kopf. »So lange? Unwahrscheinlich.«

Jill stockt der Atem und sie legt die zarten Hände auf die Wangen. »O nein, ihr wird doch nichts …« Zu sehr verstört sie die Vorstellung daran, als dass sie sie zu Ende aussprechen könnte.

Dabei ist ihre Angst berechtigt.

Es ist so viel Zeit verstrichen, dass wir uns allmählich diesem möglichen Szenario stellen müssen – so wenig uns das auch gefällt, mit jeder weiteren Sekunde wird es wahrscheinlicher.

Mutter Naturs Seele ist es schneller als meiner gelungen, in einen fremden Körper einzutauchen und ihn zu lenken.

Aber hat sie ihre Reise auf die Erde vielleicht nicht überlebt?

O mein Gott ...

Was ist mit meinem Körper passiert, ist er für immer verschwunden? Dann könnte ich niemals wieder in ihn zurückkehren!

Andererseits ...

Sollte Mutter Natur nicht mehr sein, wäre das sowieso nicht länger von Bedeutung.

»Ich überprüfe das«, vernehme ich von Kim, im darauffolgenden Augenblick führt sie auch schon die Finger zu ihren Schläfen und ist plötzlich verschwunden.

»Was hat sie vor?«, wundert sich Jill.

Überfragt hebt Mick die Hände. »Was weiß ich? Die Herbstwächterin handelt mal wieder auf eigene Faust.«

»Eine gute Wächterin weiß, wann sie Befehlen zu folgen und wann sie eigenständig zu denken hat«, melde ich mich zu Wort.

Alle drei schauen mich wie gebannt an.

»Weise Worte«, findet Mick, »wie sie auch von Mutter hätten stammen können.«

»Ob sie auch auf Kim Wind zutreffen bleibt abzuwarten«, ergänzt Jack mit einer unverkennbaren Anspannung in seiner klaren Stimme.

»Wollen wir mal sehen.« Bewusst konzentriere ich mich auf Teresa. Es funktioniert und ich kann beobachten, dass Kim auf einmal neben ihr auftaucht. Mit meinem nächsten Gedanken versuche ich zu bewirken, dass sie die Wächter auch in der Menschenwelt wahrnehmen kann. Und so geschieht es.

Dass meine beste Freundin darüber erschrickt, ist kaum verwunderlich.

Reflexartig holt sie sogar mit dem Arm aus und lässt ihre Faust auf die Herbstwächterin zu schnellen. Sofort reagiert Kim und fängt den Hieb mit einem sicheren Handgriff ab, dabei schaut sie Teresa in die Augen, förmlich ohne mit der Wimper zu zucken.

Als Teresa klar wird, wer vor ihr steht, murmelt sie: »O Mann, du bist es ...« Laut atmet sie durch.

»Hättest du so etwa Mutter Natur begrüßt?«, fragt Kim sie in trockenem Ton.

Da macht Teresa ein verzweifeltes Gesicht. »Keine Ahnung, vielleicht! Das ist alles neu für mich, okay? Bisher ist sie ja nicht aufgetaucht, stattdessen bist du nun hier, was soll mir das sagen?« Sie wird lauter und ihr Kopf wird rot. »Es ist schiefgelaufen, oder? Deswegen bist du doch hier! Der Körpertausch hat nicht geklappt und jetzt ... ist Kristen ...« Sie droht ihre zitternde Stimme ganz zu verlieren.

*Aber ich bin doch hier, Teresa! Ich lebe noch! Wie kann ich dir das verständlich machen, damit du nicht diesen Kummer verspürst?*

Weil eben genau das nicht geht, wird Teresa nun richtig wütend. »Ich sagte ja, das Ganze ist eine furchtbar schlechte Idee! Was kann ich denn nur ... Wie soll ich denn jetzt ... ohne ... Kristen ...« Schließlich verliert Teresa sich in heftigem Schluchzen. »Verdammt, ihr habt sie umgebracht und ...«

Plötzlich packt Kim sie an den Schultern und rüttelt leicht an ihr, damit sie ihr zuhört. »Jetzt mach mal halblang. Kristen hat die Prozedur überstanden und verweilt gerade im Baumpalast.«

Teresas grüne Augen blitzen auf. »Wirklich?« Erleichtert fasst sie sich ans Schlüsselbein. »Gott sei Dank!«

Auch mir geht es schon besser, da ich weiß, dass meine beste Freundin keine weitere Sekunde damit kämpfen muss, meinen angeblichen Tod zu verarbeiten. Ist Kim etwa deswegen zu Teresa gesprungen – um sie zu beruhigen?

»Dann geht es ihr also gut?«, fragt Teresa.

»Na ja, den Umständen entsprechend«, erwidert Kim ernst. »Wir haben den Kontakt zu Mutter verloren.«

Knallrot ist Teresas Gesicht nicht mehr, dafür nun aber kreidebleich.

»Bleib ruhig«, weist Kim sie an. »Aber halte dich bereit, in Ordnung?«

Teresa nickt.

»Falls Mutter doch noch bei dir auftaucht, was wir alle hoffen, wäre es gut für sie, ein einigermaßen vertrautes Gesicht zu sehen und in eurer Wohnung einen Unterschlupf zu haben, um alles weitere zu planen.«

»Ich werde hier auf sie warten«, bestätigt Teresa.

Nun nickt auch Kim. »Danke.«

»Wow«, höre ich Jack neben mir mit einer Mischung aus Erstaunen und Sarkasmus sagen. »Hat die große Kim Wind sich gerade bedankt und dann auch noch dabei gelächelt?«

»Tja.« Jill verschränkt die Arme vor dem Oberkörper. »Es geschehen eben noch Wunder.«

»Das habe ich genau gehört«, meint Kim, die wieder zu uns gesprungen ist.

Ihrer Körperhaltung nach zu urteilen bahnt sich das nächste Streitgespräch unter den Wächtern an, wie sie sich seit Beginn der Erderwärmung mehr und mehr zu häufen scheinen.

»Sei es drum«, kommt Mick einer hitzigen Diskussion zuvor und lässt seinen präsenten Blick durch die Runde schweifen. »Ein wahres Wunder ist genau das, was wir jetzt dringend brauchen.«

Er hat recht: Wenn Mutter Natur nicht in wenigen Momenten endlich auftaucht, sind wir ohnehin alle verloren. Ist sie von uns gegangen?

»O Mutter!«, ruft Jill schluchzend aus und fällt auf die Knie.

Ratlos zupft sich Mick am Vollbart. Und auch Jack schüttelt resigniert seufzend den Kopf. Selbst Kim scheint nicht mehr in Stimmung zu sein einen Spruch abzulassen.

»Ich weiß nicht …«, murmle ich und bringe damit den Baum wieder zum Leuchten, als ein gleichermaßen wohliges und mulmiges Gefühl in mir aufsteigt. »Irgendwie … habe ich kaum Angst …«

»Ja?« Hörbar stößt Kim Luft aus. »Schön für dich, dass du auf einmal behauptest, die Mutigste von uns allen zu sein. Aber steckt auch etwas dahinter?« Auffordernd nickt sie mir zu. »Dann lass mal hören, wie es jetzt weitergeht! Hast du das Zeug dazu, Kristen Miller aus Denver, schwere

Entscheidungen zu treffen und die große Verantwortung zu tragen, die es braucht, um des Lebensbaumes würdig zu sein?«

Ich entscheide mich dazu, mich von ihren Sprüchen nicht mehr provozieren zu lassen.

Stattdessen antworte ich ruhig, wenn auch nachdenklich: »So meinte ich das nicht, aber …« Wie soll ich das sagen?

Mick tritt näher an mich heran. »Ja, Kristen?«

Davon ermutigt, sage ich: »Ich kann es nicht genau erklären, aber tief in meiner Seele spüre ich, dass mein Körper, in den ich hineingeboren worden und mit dem ich über zwanzig Jahre verbunden gewesen bin, unversehrt ist.«

Jills lila Augen werden größer. »Das bedeutet … Mutter lebt?«

»Befindet sich dein Körper auf der Erde?«, fragt Mick.

Wieder leuchtet der Lebensbaum, als ich antworte: »Ich glaube schon. Doch, ich bin mir ziemlich sicher.«

Sichtlich konzentriert Kim sich, sie senkt den Blick, verengt die Augen, die so grün sind wie Teresas, und führt den Zeigefinger an die Schläfe. »Das kann nicht sein. Egal, wie stark ich an Mutter Natur denke, ich kann keine Verbindung zu ihr herstellen und sie nirgends in der menschlichen Dimension erspähen.«

»Müsste sie für uns nicht aufspürbar sein«, überlegt Jill, »wenn ihre Seele in Kristens Körper steckt?«

»Ich gehe davon aus, dass wir sie sehen können, sobald wir leibhaftig vor ihr stehen«, meint Mick. »Aber vielleicht fehlt uns die Fähigkeit, ihren Standort auf der Erde aus der Ferne ausfindig zu machen.«

Kim neigt den Kopf, was ihre orangeblonden schulterlangen Haare nach vorne schwingen lässt. »Weil Mutters Seele nicht dafür vorgesehen ist, von anderen aufgespürt zu werden?«

»Oder weil sie euch blockiert«, murmle ich vor mich hin.

Keine Sekunde später sind mir die irritierten Blicke vierer Jahreszeitenwächter sicher.

Kim zieht die Augenbrauen hoch. »Was?«

»Wie meinst du das?«, möchte auch Mick von mir wissen. »Warum in aller Welt sollte sie das tun?«

»Wäre sie dazu denn in der Lage, was denkst du?«, fragt Jack mich, anschließend intensiviert er den Blick auf die Rinde – und damit direkt in meine Seele. »Spürst du, dass *du* eine solche Blockade theoretisch errichten könntest, jetzt, wo du im Lebensbaum steckst?«

Gute Frage. »Ich weiß es nicht, ich denke nur laut über alle Möglichkeiten nach, so wie ihr.«

»Vielleicht hat Mutter jetzt in Kristens Körper überhaupt keine Kräfte mehr«, befürchtet Jill besorgt, »ganz anders als geplant. Nun ist sie irgendwo auf der Erde gestrandet, versehentlich weit von Teresa entfernt, und kann sich nicht mit uns verständigen.«

»Das ist doch zum Verrücktwerden!« Mit ihrer dunkelroten Stiefelette stampft Kim frustriert auf. »So kommen wir nicht weiter!«

Ein weiteres Mal nimmt der Ausdruck in Jacks eisblauen Augen, der allein mir gilt, mich gefangen … selbst wenn die Lage weniger ernst wäre, würde mich sein eindringlicher Blick fesseln. »Kristen«, bittet er mich inständig, »konzentriere dich noch einmal, so gut du nur kannst. Denk nicht an Teresa und nicht an Mutter Natur, sondern an deinen Körper, von dem du meinst, dass du ihn sowieso bereits spüren kannst.«

»Ich soll es erneut versuchen?«, frage ich. »Eben hat das nichts gebracht.«

Entschlossen redet er mir zu. »Deiner Seele ist es gelungen, sich mit dem Lebensbaum zu verbinden, aus dem unsere Mutter ihre Kraft schöpft und in dem sie die letzten Jahrzehnte gelebt hat. Das ist eine beachtliche Leistung, hörst du? Ich glaube an dich. Du kannst das tun, wozu wir nicht in der Lage sind. Du schaffst das. Hab Vertrauen in deine Fähigkeiten, aber sei nicht zu streng zu dir. Es ist doch nur logisch, dass nicht alles auf Anhieb klappt. Du musst dich erst einmal daran gewöhnen, im Lebensbaum zu sein.«

Einatmen. Ausatmen. »Okay.«

Und so versuche ich es, nein, ich tue es. Mit allem, was ich habe und bin, fokussiere ich aufs Neue diese eine Idee: den Gedanken an meinen eigenen Körper, der mir mehr als zwanzig Jahre lang treue Dienste erwiesen hat und irgendwo da draußen ist. Ich besinne mich auf den exakten Ton meiner Haut. Auf das Muttermal, das ich auf dem linken Unterarm habe. Auf die Narbe an meinem mittleren Rücken, die ich mir auf dem Schulausflug in der achten Klasse auf einen großen, alten Bauernhof außerhalb von Denver zugezogen habe. Auf dem Grundstück gab es einen großen Hund mit zotteligem dunkelgrauen Fell, der eigentlich lieb, aber etwas schreckhaft war, wenn Fremde in sein Territorium eindrangen. Als er mich anbellte und ich mich daraufhin zu ruckartig von ihm wegdrehte, führte eins zum anderen und er biss zu. Sofort wollte Teresa auf ihn zustürmen und ihn so richtig ausschimpfen, doch ich griff sie am Handgelenk und machte ihr klar, dass der Hund nicht böse, sondern überfordert ist. Nie werde ich vergessen, wie sie mich anschließend angesehen hat und meinte, dass dies eine kluge und gütige Sicht auf die Dinge wäre. Das ist es, womit ich die Narbe seitdem in erster Linie in Verbindung bringe. Diese kleine, helle, unvergleichliche Stelle an meinem Körper, die ich mir so oft im Spiegel angesehen habe, ist kein Makel, sondern ein Teil von mir und meiner bisherigen Lebensgeschichte. Wo ist mein Leib, den es auf der Welt kein zweites Mal gibt, jetzt?

Irgendetwas passiert.

Ein neues Bild flackert vor mir auf und wird schließlich schärfer. Was ist das? Oder besser: Wo ist das?

Ich sehe … grün. Eine sattgrüne Wiese mit geschwungenen Rasenkanten, wie ich sie schon des Öfteren zu Gesicht bekommen habe. Umgeben ist sie von einem rötlichen Sandweg und dazu passenden, roten Laternen. Spätestens als ich dahinter das historisch aussehende Gebäude mit dem spitzen Uhrenturm erkenne, habe ich keine Zweifel mehr: Das ist auf dem Campus der Universität in Denver.

»Ich empfange etwas …«, sage ich grüblerisch.

»Und was?«, hakt Mick nach.

Entschlossen befehle ich meiner Konzentration sich mit sich selbst zu multiplizieren.

»Ich …«

Da sehe ich zwei Menschen, die den rötlichen Sandweg zwischen dem

Gebäudekomplex und der Wiese entlang schlendern. Ausgelassen unterhalten sie sich, sie wirken vertraut miteinander und gut drauf. Einer von ihnen ist Sebastian, ein Bekannter von Teresa und mir aus unserer Campusclique, der mich neulich gefragt hat, ob ich mit ihm zum See fahren will.

*Und …*

*die andere Person …*

*bin …*

*ich?*

Verfügt der Lebensbaum über ein Herz, so rutscht mir dieses gerade nach unten bis in die Erde, in welcher der Stamm seine dicken Wurzeln hat.

»Das …« Ich suche nach den richtigen Worten. »Das glaube ich nicht!«

Beunruhigt verlagert Jack das Gewicht von einem Fuß auf den anderen.

*Um Himmels willen, was ist hier los?*

# XX.

**Kristen**

Fragende, ratlose, verwirrte, ungläubige Gesichter starren mich an, als ich den Wächtern schildere, was ich gesehen habe. Es ist ja ohnehin schon mehr als komisch für mich, meinen Blick auf meinen eigenen Körper gerichtet zu haben, während er von jemand anderem gelenkt wird. Dann auch noch zu wissen, dass die unvergleichliche Seele der Schöpferin allen Lebens gerade in ihm steckt, macht es auch nicht gerade leichter. Aber verfolgen zu müssen, wie Mutter Natur sich in meinem Leib absolut merkwürdig verhält, ist erst recht verstörend.

»Das ergibt doch überhaupt keinen Sinn«, gibt Kim in strengem Tonfall zu bedenken.

»Was genau macht sie denn jetzt?«, möchte Jill wissen.

Kurz überlege ich. »Schaut es euch selbst an. Konzentriert euch auf Sebastian Franklin auf dem Campus in Denver, dann könnt ihr auch eure Mutter vor eurem inneren Auge sehen.« Den zweiten Teil des Satzes gebe ich zischend von mir, mittlerweile steigt eine Wut in mir auf, von der ich noch nicht weiß, wie ich mit ihr umgehen soll. Aber wenn die Wächter meinem Vorschlag folgen, sollten sie sich selbst davon überzeugen können, dass meine verrückte Behauptung der Wahrheit entspricht.

Oder etwa nicht? Vermögen sie ihre Mutter selbst jetzt nicht zu sehen?

»Nun sehe ich sie!«, ruft Mick aus und taumelt zwei Schritte nach hinten. Dann rauft er sich die braunen Haare, wodurch er sich einige Strähnen aus dem Pferdeschwanz zieht. »Was macht sie da bloß?«

Spätestens in dem Moment habe ich wenigstens auf eine Frage eine Antwort und weiß, dass auch die Wächter sie sehen können.

»Wenn sie den Übertritt in die menschliche Dimension gut überstanden hat«, versucht Jill die Szene zu begreifen, »dann hätte sie sich doch längst bei

Teresa melden oder sonst irgendetwas unternehmen sollen!« Panisch schaut die Frühlingswächterin in die Runde. »Das war doch der Plan, richtig? Warum tut sie es dann nicht?«

»Schlimmer noch«, muss ich leider sagen. »Es wirkt, als würde sie mein Leben weiterleben. Warum sonst ist sie auf dem Campus, trägt mein hellgraues Shirt von der Uni, hat meinen roten Rucksack dabei und unterhält sich mit einem Bekannten von mir ...« Noch immer kann ich nicht glauben, was ich sehe! Sie kichert, spielt mit den braunen Haaren, lacht über Sebastians Sprüche, berührt ihn am Arm ... »Als würde sie mit ihm flirten?« *Also doch nicht ganz wie mein bisheriges Leben.*

Kim beißt die Zähne zusammen und verzieht missmutig das Gesicht. »Es ergibt keinen Sinn ...« Zweifellos wünscht auch sie sich, dass es nicht wahr ist.

*Und eigentlich kann es das doch auch gar nicht sein!*

Ernsten Blickes nickt Jack. »Gehen wir der Sache auf den Grund – sofort.« Er sieht seine drei Geschwister an. »Springt zu ihr und klärt das.«

»Was ist mit dir?«, frage ich ihn.

Da wendet er sich wieder mir zu und erwidert voller Entschlossenheit: »Wie gesagt, auch wenn du im Moment das mächtigste Wesen auf der Welt sein magst, ich lass dich nicht allein.«

»Das klärt sich hoffentlich sowieso schnell«, meint Mick zu mir.

Der Lebensbaum leuchtet auf. »Das muss es.«

Der Sommerwächter nickt mir zu und in der darauffolgenden Sekunde springen er, Kim und Jill davon. Und so bin ich wieder allein mit Jack auf der Wiese, in vertrauter Zweisamkeit, wie ich es mir unter anderen Umständen sogar wünschen würde. Lediglich bunt geschmückte Wildtiere, die auf der großen Wiese des Lebens weiden, umgeben uns mit einigem Abstand. Und jetzt? Einerseits frage ich mich, ob es gut wäre, wenn Jack die anderen begleiten würde. Andererseits verspricht es ein überaus schlechtes Zeichen zu sein, dass überhaupt jemand von ihnen nach Denver springen musste. Auch ich bin durcheinander und weiß nicht weiter.

Angespannt verfolgen Jack und ich die Geschehnisse auf dem Campus mit unserem inneren Auge. Mick, Jill und Kim tauchen vor Mutter Natur auf und versperren ihr den Weg, sodass sie stehen bleiben muss. Wie es aussieht, überrascht dies Mutter Natur keineswegs, sie macht auch keinen besorgten Eindruck, sondern bringt vielmehr ein freches Grinsen hervor. Dieser Ausdruck auf meinem Gesicht ist mir fremd. Was für ein komisches Gefühl ist es doch, das mit anzusehen ...

»Hallo, Kinder«, sagt sie zu ihnen und widmet ihnen nacheinander einen überaus selbstbewussten Blick.

Auch Sebastian hat inzwischen angehalten, zunächst schaut er vor sich, dann voller Verwunderung zu seiner Begleitung. »Was ist denn jetzt auf einmal los?«

Ja richtig. Die drei Wächter kann er weder sehen noch hören.

Doch längst beachtet Mutter Natur ihn nicht mehr und hält ihr Augenmerk mit leicht zurückgelegtem Kopf und einer befremdlichen Gelassenheit auf ihre Kinder gerichtet.

Mit wutentbrannter Miene nähert Mick sich ihr. »Du kommst sofort mit an einen ungestörten Ort, damit wir ...«

»Uns unterhalten können?«, fällt sie ihm mit einer unverkennbaren Selbstgefälligkeit ins Wort und setzt sich erhobenen Hauptes wieder in Bewegung. »Unbedingt.« Ohne mit der Wimper zu zucken, geht sie an ihm vorbei und lässt ihn stehen, noch bevor er sie hätte packen und mitziehen können.

So verdutzt, wie auch ich bin, schauen die drei Wächter ihr hinterher, ehe auch sie sich wieder regen und die Verfolgung aufnehmen.

»Kristen?«, ruft Sebastian ihr mehr als irritiert hinterher, ohne eine Reaktion zu erhalten. »Kristen!«

Anstatt sich noch einmal zu ihm umzudrehen, schreitet Mutter Natur in meinem Körper seelenruhig davon. Wort- und ratlos tauschen die drei Wächter Blicke aus, als sie ihr folgen.

»Sie wirkt nicht, als wollte sie uns aus dem Weg gehen«, meint Jack zu mir und tippt sich nachdenklich auf die Unterlippe.

»Muss ihr nicht auch klar gewesen sein«, überlege ich, »dass wenigstens ich sie aufspüren kann und wir sie zur Rede stellen würden, wenn sie so etwas macht ... was auch immer sie da eigentlich tut?«

Kaum habe ich diesen Gedanken laut ausgesprochen, wird das Grinsen in Mutter Naturs – beziehungsweise meinem – Gesicht breiter. Als würde sie mir damit antworten.

Jack nickt. »Und doch kommt es mir so vor, als wäre sie die Einzige, die sich auf die bevorstehende Unterhaltung freut.«

Mit den Wächtern im Schlepptau begibt Mutter Natur sich hinter ein kleines Häuschen, das zum Gebäudekomplex der Universität gehört. Zwischen diesem und dem mehrstöckigen Parkhaus hält sie an und wendet sich ihren Kindern zu. »Ich habe früher mit euch gerechnet. Hatte Kristen Schwierigkeiten damit, sich an den Lebensbaum zu gewöhnen?«

Beim besten Willen verstehe ich nicht, was hier los ist, doch die Arroganz in ihrer Stimme macht mich wütend und ich würde die Hände zu Fäusten ballen, wenn ich noch welche hätte. Stattdessen richten sich nun die Äste des Baumes auf.

»Kannst du uns mal verraten«, fordert Kim zornig, »was du hier treibst? Du hast dich nie bei Teresa gemeldet, was soll das?«

»Wir sind verwirrt, Mutter!« Das steht Jill auch in ihr zart gezeichnetes Gesicht geschrieben. »Wenn sich der Plan geändert hat, dann sag uns das doch!«

»Oder bist du neuerdings der Meinung, dass wir den wahren Plan gefährden würden, sobald wir eingeweiht wären?«, will Mick wissen.

Unheilvoll lacht Mutter Natur. »Oh, der Plan geht wunderbar auf, genauso wie ich es erwartet habe. Und eine Gefahr seid ihr für mich ganz sicher nicht.«

Schockiertes Schweigen kehrt ein.

Was hat sie gerade gesagt?

Wieso spricht sie, als wäre die Mission bereits erledigt … und als wären nicht all die Menschen, denen die Umwelt egal ist, ihr Feind, sondern …

Irgendjemand anderes?

Da richtet sie den Blick nach oben zum Himmel und zieht einen Mundwinkel weiter hoch.

Spätestens in dem Moment wird es mir klar: Sie kann Jack und mich deutlich hören!

»Mutter …« Jacks Lippen beben. »Hattest du überhaupt jemals vor, mit unserer Hilfe endlich eine Lösung für die Erderwärmung zu finden?«, will Jack von ihr wissen.

Nahezu genüsslich fährt sie sich durchs schulterlange Haar, als wäre es ihres und sie würde es lieben, es an ihren Fingerspitzen zu fühlen. »Wach endlich auf, Jack«, verlangt sie. »Ihr alle. Dafür kommt jede Hoffnung zu spät. Die Menschen sind viel zu stur, als dass sie ihre eigene Zerstörung und die Tausender anderer Arten auf diesem wunderschönen Planeten aufhalten würden.«

»Das verstehe ich nicht«, meint Jill. »Heißt das, dass du die Menschheit nun doch auslöschen willst?«

Kim schüttelt den Kopf. »Aber dann hätte sie die zweite Welle des globalen Winters niemals beendet.«

Das stimmt.

Wie passt all das zusammen?

Plötzlich durchfährt mich die Erkenntnis wie ein eisiger Schauer, der so intensiv ist, als hätte Jack Frost persönlich ihn mir mit seinen Kräften beschert.

Alles, was bislang passiert ist, war exakt so von Mutter Natur vorhergesehen!

Dass ich die Wächter sehen kann. Dass Jack davon erfahren hat und wir uns nähergekommen sind. Dass er die Idee hatte, die erste Welle des globalen Winters herbeizuführen. Dass er stärker geworden ist als seine Geschwister. Dass Jacks Umhang mir entgegengeflattert ist, woraufhin ich zurück nach Simerra gelangen wollte.

Und noch so vieles mehr.

Die anderen Wächter konnten nicht mit mir und Teresa wegspringen, als Jack seine Wiskels auf uns gehetzt hat, weil er sich bedroht gefühlt hatte. Später wiederum bekamen sie genügend Macht, um ihn unter Druck zu setzen, nicht aber, um den ewig scheinenden Winter auf der Erde eigenständig zu beenden.

Alles, was sich in letzter Zeit zwischen den vier Wächtern der Jahreszeiten zugetragen hat, hätte niemand anderes in Gang setzen können als Mutter Natur. Vielleicht hat sie all das schon seit Jahren vorbereitet.

»Du hast uns manipuliert …«, spreche ich meinen Vorwurf fassungslos aus und spüre einen stechenden Schmerz, weil es ist, als würde es spätestens in dieser Sekunde zur bitteren Realität werden. Und so wie zuvor Mutter Naturs Stimme für die Wächter jederzeit zu hören war, wenn sie es wollte, können sie nun meine Worte auch auf der Erde vernehmen.

»Was?«, vernehme ich empört zischend von Mick, der den bösen Blick auf seine Mutter schwenken lässt.

Diese bringt ihm das nächste freche Schmunzeln entgegen und hat kein Problem damit, seinem Blick standzuhalten. »So ist es. Ich wollte, dass Kristen den Körper mit mir tauscht. Und wie ihr seht …« Mit einem fiesen Grinsen breitet sie die Arme aus. »Hat es wunderbar funktioniert.«

Ich kann es nicht glauben!

»Das war dein Plan, Mutter?« Verachtend schnauft Kim. »Der Seelentausch – darum ging es dir von Anfang an?«

Hastig schüttelt Jill den Kopf, als versuche sie, diese katastrophalen Behauptungen abzuschütteln. »Aber … dass du zu den Menschen sprichst, ist Kristens Vorschlag gewesen … nicht deiner …« Rat suchend schaut sie zu Mick. »Oder?«

Dieser blickt ernst drein, zwischen seinen Augenbrauen hat sich eine tiefe Zornesfalte gebildet. »Zumindest hatten wir diesen Eindruck.«

»Genau das passiert, wenn man manipuliert wird«, bringt es Kim voller Enttäuschung auf den Punkt.

Als mir vollends klar wird, dass Mutter Natur insbesondere mich manipuliert hat, fühlt es sich an, als würde ich durch die golden schimmernden Blätter an den Ästen des Lebensbaumes keine Luft mehr bekommen. »Du hast … mich reingelegt …«

Sie hat sich mein Vertrauen in sie zunutze gemacht. Und meine Gefühle für Jack. Alles, einfach alles! All die Dinge, die nötig waren, um mich an diesen einen bestimmten Punkt zu bringen: dass ich mich dazu bereiterkläre, mit ihr einen Tausch unserer Körper vorzunehmen.

»Aber …«, setze ich an und habe noch immer damit zu kämpfen, es zu verarbeiten. »Warum? Wieso sollte ein so mächtiges Wesen wie du das wollen, wenn nicht dafür, um sich den Menschen zu offenbaren?«

»Mutter«, meint Mick mit mahnender Stimme, »als deine Seele einst in den Lebensbaum gedrungen ist, seid ihr zu einer Einheit verschmolzen. Dir muss doch klar gewesen sein, dass sich zumindest ein Teil deiner Kräfte auf eine andere Seele übertragen kann, sobald sie an deiner Stelle dem Baum innewohnt. Warum solltest du deine Macht aufgeben wollen?«

»Genau.« Jill streicht sich eine lila-blonde Strähne aus dem Gesicht. »Nur noch im Baumpalast hattest du vollumfängliche Macht und warst unsterblich, um auf ewig …«

»Und was bringt mir all das«, unterbricht Mutter Natur ihre zart gebaute Tochter und brüllt dabei derart heftig, dass sie rot anläuft und spuckt, »wenn die Erde doch nun mal stirbt? Von den Menschen kann ich mich schweren Herzens trennen, doch ohne die Erde kann ich im Gegensatz zu euch Wächtern unmöglich sein!«

Fassungslos starren wir alle sie an – ob nun neben ihr stehend oder von Simerra aus.

»Jahrzehnt um Jahrzehnt habe ich mit angesehen, wie die Menschheit ihre Dimension zugrunde richtet. Dabei wissen sie um das Problem, sie wissen es ganz genau. Ich habe ihnen vertraut, habe an sie geglaubt und das Beste gehofft, doch nichts passierte, nichts!«

»Mutter …« Kim macht ein erschrockenes Gesicht und zittert leicht. »Du hast deinen Glauben an die Menschen verloren. Ausgerechnet du.«

Die braunen Augen, die einst meine gewesen sind, verengen sich zu Schlitzen. »Tu nicht so scheinheilig, Herbstwächterin, du hast doch von allen immer am meisten über die Erdlinge geschimpft.«

Traurig schüttelt Kim den Kopf. »Aber doch nicht du, Mutter … Auf deinen Glauben habe ich immer gebaut!«

»Und ich bin es satt«, erwidert die Schöpferin voller Verbitterung in der Stimme, die einst meine gewesen ist, »diese immense Verantwortung auch nur einen Augenblick länger zu tragen. Die Erde wird sterben, schon sehr bald ist der unumkehrbare Punkt erreicht, und bis es soweit ist, will ich das Einzige tun, was ich jetzt noch für realistisch halte – und was ich nach allem, was ich getan und ausgehalten habe, verdammt noch mal verdient habe!«

Da hebt Jack, der bislang auffällig wenig von sich gegeben hat, sein Haupt etwas an – seine Körpersprache versetzt mich in Unruhe. »Und das wäre?«

Der Ausdruck in Mutter Naturs braunen Augen verändert sich, Vorfreude blitzt darin auf. »Ein Leben als Mensch unter anderen Menschen führen, voller Egoismus und Unbekümmertheit, ein endliches und sterbliches Leben, und gerade deswegen unbeschwert, verschwenderisch und frei.«

Würde ich noch über Hände verfügen, so würde ich sie mir jetzt vor den Mund, den ich ebenfalls nicht mehr habe, schlagen. »Du willst unter den Menschen leben, mit meiner Identität!«

»Dann soll der Körpertausch für immer sein?«, fragt Mick.

»Nein!«, rufe ich verstört aus. »Das geht nicht! Dazu habe ich mich niemals bereiterklärt!«

»Und was wird aus uns, ohne dich?« Jill ist den Tränen nahe. »Mutter! Du kannst uns doch nicht einfach im Stich lassen!«

Auch Kim fordert: »Mach das sofort rückgängig!«

»Auf keinen Fall«, stellt Mutter Natur mit strenger Stimme, die einst mir gehörte, klar. »Nach allem, was ich gegeben habe und durchmachen musste, habe ich mir ein paar unbeschwerte Jahrzehnte und einen natürlichen Tod verdient. Kristen, ab sofort gehört der Baumpalast dir und damit auch ein Teil meiner Kräfte. So lange, bis die Menschheit alles zugrunde gerichtet hat, obliegt es dir, über die Wächter zu herrschen. *Dafür* habe ich dich auserwählt.«

»Du meinst, um sich für dich zu opfern«, wirft Kim ihr knurrend vor.

Hilfe … Kann das bitte ein böser Traum sein, aus dem ich gleich aufwache?

Und warum ist Jack so ruhig?

Auch mich lähmt jedoch der Schock und macht mich sprachlos.

Aber irgendjemand muss etwas unternehmen, sofort!

Was kann ich tun?

»Ich will aus diesem Baum raus – auf der Stelle!« Schon versuche ich als Seele wieder aus dem Baumpalast zu weichen.

»Nicht!«, ermahnt Jill mich panisch, nachdem sie mich dies hat sagen hören. »Dann bist du schutzlos und hast nur wenige Augenblicke Zeit, um in einen anderen Leib zu fahren!«

Nickend stimmt Mick ihr zu. »Solange Mutter deinen Körper nicht freigibt, wäre das Risiko für dich zu hoch, Kristen.«

»Aber was kann ich sonst machen?«, frage ich verzweifelt. »Ich kann die Kräfte des Lebensbaums nicht gegen meinen eigenen Körper einsetzen, dagegen sperrt sich meine Seele automatisch. Ich ... will diesen Befehl geben, aber ... es geht nicht.«

»Uns wird nichts anderes übrigbleiben, als sie zu zwingen.« Mit einem Kampfschrei prescht Kim auf Mutter Natur los, packt sie fest am Hals und drückt sie runter.

Ächzend kracht Mutter Natur zu Boden und versucht sich aus Kims Würgegriff zu befreien.

»Weiche aus dem Körper!«, brüllt die Herbstwächterin sie an und langt noch fester zu.

Mutter Natur windet sich und keucht. Panisch schlägt sie um sich und versucht wieder und wieder sich zu wehren. Doch es gelingt ihr nicht. Schon ein Würgegriff Kims stämmiger Hände reicht aus, um Mutter Natur Schachmatt zu setzen und in ernste Schwierigkeiten zu bringen.

Als hätte sie nun, da sie in meinem Körper verweilt, so gut wie keine magischen Fähigkeiten mehr.

Ist das möglich – hat sie uns auch in dem Punkt eiskalt belogen, als sie meinte, dass sie auch weiterhin über ausgeprägte übernatürliche Fähigkeiten verfügen wird, um sie den Menschen zu zeigen? Hat sie wissentlich auf den Großteil ihrer Kräfte verzichtet und alles auf eine Karte gesetzt, völlig unerschrocken und radikal, um sich mein Leben unter den Nagel zu reißen?

Oder überrascht sie das gerade womöglich selbst?

»Warte«, meint Jack mit leiser Stimme, sodass ich es fast überhöre und mich frage, ob er das wirklich von sich gegeben hat ... und wen er meint.

Kim macht sowieso weiter.

Mutter Naturs Kopf läuft rot an, Panik blitzt in ihren braunen Augen auf.

Dabei zuzusehen, wie jemand meinem Körper die Luft zum Atmen nimmt, ist entsetzlich. Doch auch die anderen Wächter sehen dabei zu – sie sind auf Kims Seite, nicht länger auf der ihrer Mutter. Auch ich leiste kein Widerwort – denn welche Alternative hätten wir noch, um sie davon abzuhalten, mir meine Identität zu klauen?

Unter gequälten Geräuschen versucht diese sich zur Wehr zu setzen. Vergeblich. Die schwache Magie, über die sie noch verfügt, reicht dafür nicht mehr aus.

»Nein ...«, murmelt Jack und hält sich mit leidvoller Miene die Stirn.

»Gib auf«, knurrt Kim, »sonst stirbst du.«

Doch Mutter Natur denkt nicht daran. Sie will entweder dieses Leben haben – oder gar keins mehr.

Mein Körper ... er findet seinen Tod ...

Und mit ihm Mutter Naturs Seele, die den Untergang der Erde nicht miterleben will, koste es, was es wolle.

Mit knallrotem Kopf röchelt Mutter Natur, die Augen wirken aufgequollen, unkontrolliert zuckt sie.

Es ... ist vorbei ...

*Leb wohl, Mutter Natur. Leb wohl, Körper. Leb wohl, Hoffnung.*

Doch plötzlich blitzt ein grelles Licht auf, ein heftiges Dröhnen ertönt und eine Druckwelle schleudert Kim mehrere Meter nach hinten.

Was ...

Da erkenne ich Jack, er ist in die menschliche Dimension gesprungen und hat seine Schwester angegriffen!

»Jack ...«, flüstere ich schockiert.

Mit fest entschlossenem Blick steht er schützend vor Mutter Natur und baut sich kampfbereit vor den anderen drei Wächtern auf. In letzter Sekunde kann Mutter Natur nun wieder nach Luft ringen, schmerzerfüllt hustet sie und hält sich den Hals.

Ich kann es nicht fassen!

Nach allem, was Mutter Natur getan hat ...

Ist Jack auf ihrer Seite?

# XXI.

**Kristen**

»Verdammt, Jack«, bringt Mick aufgewühlt hervor, »verstehst du nicht? Auch wenn sie unsere Mutter ist – das können wir ihr nicht durchgehen lassen, das hat Kristen nicht verdient.«

»Sie muss ihre Taten rückgängig machen oder dafür bezahlen«, ruft Kim und kommt nur langsam wieder auf die Beine.

Jill ist die Erste, die sich mit ihrer Körperhaltung sichtlich bereit macht, um Jack notfalls anzugreifen. »Mutter hat uns im Stich gelassen – gilt das auch für dich?«

Mit überaus präsentem Blick schaut Jack Frost seine drei magischen Geschwister nacheinander an. »Auf keinen Fall lasse ich zu, dass ihr sie umbringt.«

Mutter Naturs Atmung beruhigt sich und auf ihren Lippen deutet sich ein zufriedenes Lächeln an, dessen Anblick mich verstört.

Nun ergreife ich das Wort und spreche durch die Dimensionen zu dem Winterwächter: »Jack, niemand von uns wünscht sich, dass eure Mutter ihr Leben verliert.«

Da richtet er sein Augenmerk auf sie und erwidert: »Um sie geht es mir nicht.«

Auf dem Gesicht, das ich über zwanzig Jahre lang im Spiegel gesehen habe, zeichnet sich ein siegessicheres Grinsen ab. In dem Moment wird mir klar, warum Mutter Natur es so gelassen genommen hat, dass wir sie aufgespürt haben, und auch gar nicht versucht hat sich zu verstecken. Offenbar hat Mutter Natur nicht damit gerechnet, dass Kim dazu bereit wäre, sie umzubringen. Oder sie hat deswegen nicht nachgegeben, weil sie ich sicher war, dass Jack sich für sie einsetzen würde.

»So ist gut, mein Sohn«, meint sie zu Jack, steht erhobenen Hauptes auf und richtet sich die Klamotten, die eigentlich mir gehören. »Bevor ich den Lebensbaum verlassen habe, habe ich heimlich noch dafür gesorgt, dass Jack wieder deutlich stärker ist als ihr. Daher tut ihr gut daran, euch ihm nicht entgegenzustellen, denn er ist mein persönlicher Leibwächter.«

»Jack ...« Das kann ich nicht glauben! »Nach allem, was war?«

»Weil du niemanden sterben lassen kannst, der so aussieht wie Kristen?«, will Jill von ihm wissen.

Schwermut prägt Jacks Blick, ohne dass er weniger entschlossen wirkt. »Zugegeben, auch das spielt eine Rolle, aber das ist es nicht allein.«

Fies und laut lacht Mutter Natur. »Begreift ihr es nicht? Dadurch, dass Kristen und ich die Körper getauscht haben, eröffnet sich für Jack eine unvergleichliche Gelegenheit.«

Ich ahne es und auch Micks Mimik verändert sich, als er meint dahinter zu steigen. »Du hattest Kristen gefragt, ob sie für immer in Simerra bleiben will«, sagt er zu Jack. »Jetzt, wo sie im Baumpalast ist und Mutter nichts mehr dagegen einzuwenden hat, geht dieser Traum für dich in Erfüllung und du bist derjenigen treu, der du das zu verdanken hast – Mutter.«

»Das darf nicht sein!«, meint Jill und sie wird richtig blass.

»Aber ... Das ...« Jack ringt nach Worten. »Ihr versteht das nicht! I-Ich ... kann doch nicht ...«

Jede Faser meiner Seele und des Lebensbaums ist erschüttert, als ich schon allein sein Zögern mitbekomme. Wie es scheint, ist er wirklich nicht auf unserer ... auf meiner Seite.

»Jack«, ermahnt Kim Wind ihn streng und zwischen ihren Fingern erscheinen viele Wurfsterne, »ich sage das jetzt nur einmal: Wenn du uns schon nicht hilfst, geh wenigstens aus dem Weg.«

Breitbeinig stellt Jack sich auf und ballt die Hände zu Fäusten. »Nein.« Auffordernd nickt er ihr und den anderen zu. »Mutter bleibt unversehrt. Lasst sie in Ruhe. Ihr darf nichts zustoßen.«

»Jack«, knurrt Kim laut.

Mick beschwört seinen roten Stab herbei und ich frage mich, ob er seine Kräfte im Kampf damit besser kontrollieren kann. Auch Jill tritt näher heran und schlägt mit ihren Ranken auf den Boden, um sich bereit zu machen.

Ich rufe flehend seinen Namen.

Doch Jack schüttelt den Kopf und es blitzt eine Art Eisfeuer in seinen hellblauen Augen auf. »Ich kann sie nicht im Stich lassen.«

Trotz allem, was war, hängt er noch immer an ihr …

Immer noch böse grinsend zieht diese sich einige Schritte zurück und lässt ihren sogenannten Leibwächter sein Werk verrichten.

»Dann lässt du uns keine andere Wahl«, sagt Kim und bewegt sich auf ihn zu.

»Nicht!«, rufe ich panisch aus.

Doch es ist zu spät. Mick, Kim und Jill greifen Jack an, welcher sich wiederum bereitmacht für seinen Gegenschlag.

Mit einem gewaltigen Kampfschrei, den sie wohl braucht, um sich endgültig zu überwinden, geht Kim als Erste auf ihn los. Kraftvoll feuert sie ihre Wurfsterne auf ihn ab und zaubert sich in der nächsten Sekunde neue zwischen die Finger. Jack allerdings verlangt es kaum mehr als seine Konzentration und eine präzise Handbewegung ab, damit die scharfkantigen Sterne abrupt in der Luft stehen bleiben, so extrem gefrieren, dass sich lauter kleine Eiskristalle auf ihnen bilden, und zu Boden krachen. Nahezu mühelos kann er sich daraufhin Jill und Mick zuwenden, die ihn nun ebenfalls attackieren. Jeden Hieb der dornigen Ranken, jeden Energiestrahl aus dem roten Zauberstab und jede weitere scharfe Wurfwaffe kann Jack mit einem frostigen Zauber abwehren.

Fassungslos verfolge ich den Krieg unter den vier Geschwistern und bange um ihrer aller Leben. Ein Teil von mir betet dafür, dass Jack diesen Kampf verliert, ohne Schaden davon zu tragen, und schon dafür hasse ich mich selbst. Aber worauf sonst könnte ich jetzt noch hoffen?

»Gebt auf«, fordert er von ihnen, »ich will euch nicht verletzen, aber ich lasse mich nicht umstimmen.«

»Du hast dich für die falsche Seite entschieden!«, brüllt sein Bruder ihm entgegen.

Mit weiteren Wurfsternen, Dornenranken und gezackten Dolchen, die Mick, Jill und Kim sich herbeizaubern, versuchen sie Jack zu überwältigen. Aber jedes Mal erweist er sich als so viel stärker als sie alle zusammen und kann ihre Angriffe aufhalten, ohne sich selbst auch nur einen einzigen Gegenstand heraufbeschwören zu müssen.

Als sie drei merken, dass ihre Angriffe zwecklos sind, halten sie inne und starren Jack entsetzt an. Meine Aufmerksamkeit schwenkt zu Mutter Natur und ich muss feststellen, dass sie nun umso arroganter grinst.

»Also gut«, sagt Mick und lässt seinen roten Zauberstab verschwinden, anschließend tauscht er Blicke mit Kim und Jill aus, die daraufhin ebenfalls ihre Waffen hinfort zaubern.

Kapitulieren sie?

Doch stattdessen fügt der Sommerwächter an: »Du hast es nicht anders gewollt.« Er gestikuliert kräftig mit den Händen. »Das ist dein Ende, Jack Frost.«

Seine Schwestern tun es ihm gleich, sodass sich plötzlich der Himmel verdunkelt und es über der düsteren Wolkendecke mächtig donnert und grollt. Da verstehe ich, was hier gerade passiert: Die drei Wächter bündeln ihre Energie, um kurzzeitig das Wetter unmittelbar um Jack herum zu beeinflussen und gegen ihn einzusetzen.

»Vorsicht«, ermahnt Mutter Natur Jack mit ernstem Blick nach oben.

Auch er schaut zum Himmel. »Ich sehe es.«

Die anderen drei bewegen ihre Hände weiter und ein unvergleichliches Unwetter braut sich zusammen. Stockfinster ist es inzwischen, die Luft ist dick und schwül, sie knistert, gleichzeitig zieht ein Sturm auf und wird stärker.

»Letzte Warnung, Mutter«, meint Mick. »Mach den Körpertausch rückgängig, kehre in den Baumpalast zurück und überleg dir mit uns eine Lösung, die für alle gut ist.«

Dem schließe ich mich an: »Ich bitte dich! Zusammen finden wir einen Weg. Dafür bin ich auch bereit dir zu verzeihen.«

Doch ihr böser Blick macht deutlich, dass sie nicht vorhat, seiner Aufforderung zu folgen oder mein Angebot anzunehmen.

»Das ist *meine* letzte Warnung«, erwidert Jack und spannt ebenfalls sichtlich die Muskeln an. »An euch alle drei.«

Da passiert es. Mit einem wutentbrannten Schrei setzt Mick die Energie, die er und die beiden anderen gesammelt haben, frei. Ein gewaltiger Wirbel aus Blitzen, Sonnenstrahlen und einer steinschleudernden Windhose jagt durch die finstere Wolkendecke hindurch auf die Erde hinab.

Zutiefst erschrecke ich über die grell aufleuchtende Kulisse und den mächtigen Knall. Das könnte nicht nur Mutter Naturs, sondern auch Jacks Ende sein!

Doch auch diesmal reagiert dieser schnell, hebt die Unterarme vors Gesicht und sendet dem Naturspektakel seinen eigenen hellblau leuchtenden Lichtstrahl entgegen, der unfassbar groß ist.

Als beide Gewalten aufeinandertreffen, entsteht eine gigantische Druckwelle, die sich zu allen Seiten entlädt. Das Häuschen, hinter welches die Wächter sich mit Mutter Natur zurückgezogen haben, zerfetzt die Welle völlig, aber auch in den größeren Gebäuden in der unmittelbaren Umgebung zerspringen die Fenstergläser.

Zahlreiche Menschen, die sich auf dem Campus befinden, kreischen erschrocken und schmerzerfüllt auf, viele von ihnen schleudert es weg oder sie stürzen zu Boden. Sie prallen gegen die Gebäude, die roten Laternen oder andere Gegenstände, schürfen sich die Haut auf, bekommen die Glassplitter der zerbrochenen Fenster ab. Vor allem Letzteres erinnert mich unweigerlich an die Eiszapfen, mit denen Jack einst in Denver um sich geschossen hat – mehr als damals muss ich mich nun ein weiteres Mal fragen, ob ich mich in ihm getäuscht habe. Während um die Wächter herum Chaos ausbricht, bleibt Mutter Natur ruhig stehen, ihr ist zwar eine gewisse Anspannung anzusehen, doch nach wie vor sucht sie hinter Jack Schutz und vertraut darauf, dass er zu ihr steht und in der Lage ist, ihren Willen durchzusetzen. Sie und ich, wir beide haben auf Jack Frost gesetzt, doch so gegensätzlich, wie die Seiten sind, auf denen wir nun stehen, kann er nur zu einer von uns halten. Und es sieht so aus, als hätte er seine Entscheidung unwiderruflich getroffen.

Kaum breitet sich diese bittere Erkenntnis in meinem neuen Körper, den sie Lebensbaum nennen, aus, nimmt der Kampf zwischen den Wächtern seinen weiteren Lauf. Verzweifelt greifen Mick und seine Schwestern mit neuem Unwetter an. Entschlossen stellt Jack sich ihnen entgegen und wehrt die Attacken ab. Eine Welle der Zerstörung rollt über das Universitätsgelände und weit darüber hinaus, legt meine Heimatstadt in Trümmern.

Schließlich verlassen die Wächter den Campus und wüten auf den Straßen Denvers. Autos wirbeln durch die Luft wie Federn, Geschäfte, die es seit Jahrzehnten gegeben hat, zerbersten unter der Wucht der magischen Druckwellen und Gewitter. Masten mit Ampeln, die bislang noch jedem Wetter getrotzt haben, reißt es aus dem Asphalt und sie stürzen um. Zwischen Schutt und Asche flüchten, schreien und leiden Menschen, die nicht wissen, wie ihnen geschieht. Als schließlich sogar meine geliebte Universitätsbibliothek zusammenstürzt und sie unter ihren Trümmern unschuldige Menschen begräbt, ist es, als würde man mir das Herz aus der Brust reißen – dabei besitze ich nicht einmal mehr eines, jedenfalls nicht als Organ.

»Das reicht, ihr habt es nicht anders gewollt!«, brüllt Jack wütend, nicht etwa, um mit seiner nächsten Handlung das Leiden der Menschen zu beenden, sondern weil er der Taten seiner Geschwister überdrüssig ist.

Im nächsten Augenblick bewirkt sein Zorn, dass sich sämtliche Energie, die er nur abrufen kann, bündelt und auf die anderen drei entlädt. Hellblaue, breite Lichtstrahlen erfassen Mick, Jill und Kim und schleudern sie viele Meter weit durch die Luft. Ächzend vor Schmerz kommen sie auf dem harten Boden auf, verwundet und verdreckt, am Ende ihrer Kräfte. Und das schon nach einem einzigen Gegenangriff, den Jack gestartet hat.

*Hilfe, Jack ist unglaublich mächtig geworden, dafür hat Mutter Natur zweifellos gesorgt. Sein Dickkopf dürfte das Übrige tun.*

Entschlossen schreitet er auf sie zu.

»Jack, nicht!«, flehe ich verängstigt und laut. »Du bringst sie um!«

»Nur wenn sie mich dazu zwingen.« Er nähert sich ihnen weiter.

*Das droht das Ende der übrigen Wächter zu sein!*

Schließlich ist keiner von ihnen auch nur ansatzweise so stark wie er, nicht einmal Mutter Natur ist es noch. Sie war bereit ihre Kräfte zu verlieren, um ihr Ziel zu erreichen.

Allerdings ...

*Ein* Wesen gäbe es, das über mehr Macht verfügen könnte als Jack Frost:

Mich.

Als er zu seinem womöglich finalen Schlag gegen seine Geschwister ausholt, kann ich nicht mehr denken, ich funktioniere nur noch, mit dem verzweifelten Wunsch, die anderen vor dem sicheren Tod zu bewahren.

Kaum jagt Jack den größten hellblauen Lichtstrahl, den ich je gesehen habe, auf die anderen, fasse ich einen bestimmten Gedanken und rufe laut »Nein!« aus.

In der darauffolgenden Sekunde saust mit unfassbarer Geschwindigkeit aus dem Baum, der Jack am nächsten ist, ein goldenes Energiebündel dem Lichtstrahl entgegen. Auf halber Strecke zwischen Jack und den anderen treffen sie aufeinander, bei der Kollision wummert es extrem laut, grell leuchtet es zu allen Seiten auf und die neue Druckwelle, die dadurch entsteht, überrollt Denvers Innenstadt – und jeden Menschen, der es bislang noch nicht geschafft hat, sich in Sicherheit zu bringen.

Doch der hellblaue Strahl und das goldene Bündel heben sich dadurch nicht etwa gegenseitig auf, sondern kämpfen verbittert gegeneinander an, beide Kräfte versuchen sich durchzusetzen und die andere Macht zu verschlucken.

»Kristen!«, ächzt Jack angestrengt sowie überrascht. Mit sämtlicher Energie, die er noch aufbringen kann, und verengten Augen ringt er darum, mit seinem breiten Lichtstrahl standzuhalten. »Warum tust du das?«

Alle Achtung, er ist wirklich stark. Es bricht mir das Herz, ausgerechnet gegen ihn zu kämpfen. »Ich kann nicht zulassen, dass du deine Geschwister tötest.«

»Das will ich eigentlich nicht, das musst du mir glauben, doch es ist leider notwendig geworden.«

In meiner Fassungslosigkeit entlasse ich ein Schnaufen in die Welt. »Wie kannst du nur ernsthaft denken, dass das der richtige Weg ist?« Ist er seiner Mutter ähnlicher, als ich mir vorstellen konnte?

Mit der Enttäuschung, die mich in diesem Moment beherrscht, verstärke ich das goldene Energiebündel weiter. Dadurch entsteht nun ein Ungleichgewicht, sodass das Bündel, das aus dem Baum kommt und meiner Kraft entspringt, den hellblauen Lichtstrahl zurückzudrängen beginnt.

Dies scheint Jack Schmerzen zu bereiten und er ächzt abermals gequält auf. »Kristen, bitte ...«

Mit jeder Sekunde kommt die goldene Energie weiter auf ihn zu, verschluckt seine Kraft immer mehr und verspricht ihn auseinander zu reißen. »Hör auf, Jack«, flehe ich weinend, »ich will das nicht tun. Bitte! Du darfst nicht auf der Seite deiner Mutter stehen!«

»Das tue ich nicht«, erwidert er keuchend. »Ich bin auf deiner Seite, nur auf deiner.«

Der hellblaue Lichtstrahl wird kleiner, als ich den Winterwächter frage: »Aber ...« Das verstehe ich nicht – denkt er ernsthaft, es gäbe auch nur eine einzige Zelle in mir, die befürwortet, was er hier anrichtet? Er zerstört meine Heimatstadt, bringt unzählige Menschen in Gefahr und ist kurz davor gewesen, die anderen Wächter und damit auch drei der Jahreszeiten auszulöschen. »Du kannst deine Mutter nicht gehen lassen – glaub mir, ich will das eigentlich auch nicht, aber ... «

»Nein«, widerspricht er entschlossenen Blickes, »aber wenn meine Geschwister Mutter Natur etwas antun, kannst du niemals wieder zurück in dein altes Leben.«

Erstaunt halte ich inne. »Was?« Das goldene Energiebündel, das ich mit meinen Gedanken aus dem irdischen Baum heraus kontrolliere, wird schwächer, sodass es sich nicht weiter bedrohlich in Jacks Richtung ausbreitet.

»Wenn deinem Körper etwas zustößt, Kristen, kann deine Seele nie in ihn zurückkehren und du wärst für immer im Baumpalast gefangen. Dann würdest du definitiv auf ewig in Simerra bleiben.«

»Und ...« Ich versuche es zu begreifen. »Das würdest du gar nicht wollen?« Dabei hat er mich vor gar nicht so langer Zeit um genau das gebeten – in Simerra zu bleiben.

Entschieden schüttelt er den Kopf. »Nicht auf diese Art, nein, auf keinen

Fall. Wie könnte ich glücklich damit sein, wohl wissend, dass du nicht freiwillig bleibst, sondern es dir aufgezwungen wurde, weil man dich reingelegt hat?«

*Wow, was?* »Darum geht es dir?«

Mit leicht aufeinander gedrückten Lippen nickt er. »Ich habe mich in dich verliebt, Kristen. Unwiderruflich und frei von Grenzen. Und das bedeutet vor allem eins: dass dein persönliches Glück für mich an oberster Stelle steht. Über allem anderen, und mag dies noch so kurzsichtig sein.«

»O Jack ...«, schluchze ich ergriffen.

Das goldene Energiebündel löst sich auf, daraufhin lässt auch er den hellblauen Lichtstrahl erlöschen.

»Das ist in der Tat ziemlich kurzsichtig ...« Ich weiß wirklich nicht, ob ich gerührt oder besorgt sein soll. »Es ist zwar gleichzeitig auch das Romantischste, was ich je zu hören bekommen habe ... aber wirklich verdammt kurzsichtig.«

Er lacht, während ihm gleichzeitig eine Träne des tiefen Bedauerns über die blasse Wange rinnt. »Ja, ich weiß, und doch kann ich es nicht ändern.« Er wendet sich an die anderen drei Wächter, die sich gerade gegenseitig hochhelfen. »Tut mir leid, aber das ist *mein* Weg.«

Mick wischt sich Staub und dunkelblaues Blut von der Stirn. »Nun verstehe ich deinen Blickwinkel, Bruder. Nicht dass ich ihn anstandslos befürworten würde, aber ich verstehe ihn.«

Respektierend nicken die beiden sich zu.

»Es ging uns nie darum, dir zu schaden, Kristen«, beteuert Jill.

»Ja, ich weiß ...«

»Seht ihr?«, meldet sich Mutter Natur zu Wort und tritt selbstbewusst, nein, selbstgefällig vor. »So, wie ich entschieden habe, ist es für alle gut. Ich habe das Bestmögliche für alle herausgeholt – seid also nicht gierig und gebt euch damit zufrieden. Findet euren Frieden damit, auf diese Weise wird es euch so lange wie nur möglich gut gehen.« Sie hebt den Kopf an. »Wie auch immer, nun ist alles, wie es sein soll. Ich weiß es am besten, ich bin eure Mutter und Schöpferin.«

»Aber *schöpfen* heißt nicht *hintergehen und im Stich lassen*«, kontert Kim, der noch immer anzusehen ist, dass Mutter Naturs Taten sie ganz besonders getroffen haben. Sie wendet sich an Jack. »Was ist, ziehen wir jetzt endlich wieder an einem Strang?«

»Um *was* zu tun?«, lautet seine Gegenfrage.

Mutter Natur verschränkt die Arme vor dem Oberkörper. »Um euch zu vertragen und in eure Schlösser zurückzukehren, wo ihr hingehört.«

Jack atmet ein, um etwas zu erwidern.

»Nein, ihr werdet etwas anderes tun«, komme ich ihm zuvor und lasse damit abermals den Lebensbaum, umgeben von bunt geschmückten Wildtieren, aufleuchten.

»Ich bin ganz Ohr«, antwortet Jack mir.

»Und ich bin gespannt.« Kim verlagert das Gewicht von einem Fuß auf den anderen.

Jill hingegen schaut verunsichert in die Runde. »Kristen klingt wie unsere neue Gebieterin, oder? Heißt das, sie nimmt ihre neue Rolle als Mutters Nachfolgerin an?«

»Finden wir es heraus«, erwidert Mick. »Was sollen wir deiner Meinung nach jetzt tun, Kristen?«

Tief atme ich durch, jedes einzelne meiner goldenen Blätter saugt frischen Sauerstoff in sich ein. »Ich möchte … dass ihr mich umbringt.«

»Was?«, rufen alle durcheinander, auch Mutter Natur.

»Kristen!« Jack reißt entsetzt die Augen auf. »Das kann unmöglich dein Ernst sein.«

Kim zieht eine rotbraune Augenbraue hoch. »Was soll das bringen? Außer dass Jack mir wohl für immer die Ohren volljammern würde.«

# XXII.

**Kristen**

»Ich spreche von meinem Körper«, stelle ich klar. »Ihr Wächter, ich möchte, dass ihr ihn zerstört.«

Sichtlich zuckt Mutter Natur zusammen.

»Dazu wärst du bereit?«, fragt Mick voller Erstaunen.

Wenn ich könnte, würde ich nun nicken. »Ja, das bin ich.«

Schockiert bringt Mutter Natur meinen Leib zum Schnaufen. »Das *kannst* du nicht wollen!« Sie fängt zu gestikulieren an. »Denk doch nur an deine Familie und deine Freunde. Willst du ihnen wirklich aufbürden, um dich trauern zu müssen?«

Ich kann nicht fassen, was ich da zu hören bekomme.

»Nur wenn ich deinen Körper weiter steuere«, fügt sie an, »bleibt ihnen dieses Leid erspart.«

*Hm …*

»Und wünschst du dir nicht, dass es den Menschen, die dir nahestehen, immer gut geht?«, will sie von mir wissen.

»Doch, natürlich wünsche ich mir das für sie – mehr als alles andere.« Spätestens in diesem Augenblick treffe ich eine Entscheidung. »Aber wie gut könnte es Teresa, meinen Eltern und den anderen schon gehen, wenn sie Tag für Tag belogen werden würden?«

Als Mutter Natur klar wird, wie ich darüber denke, wird sie blass.

»Du hast dich entschieden, Mutter Natur, nun, das habe ich auch. Freiwillig willst du meinen Körper nicht mehr hergeben, dann soll ihn niemand haben. Denn dass diejenigen, die mir die Welt bedeuten, über Jahre hinters Licht geführt werden, kann ich nicht zulassen.«

»Kristen«, redet Jack mit eindringlichem Ton in seiner tiefen, klaren

Stimme auf mich ein. »Wenn es dazu kommt, dann gibt es für dich wirklich kein Zurück mehr ... Bist du dir dessen bewusst?«

Abermals muss ich tief durchatmen. »Ja, Jack, das bin ich. Und noch etwas weiß ich: Ich möchte nicht nur freiwillig in Simerra bleiben, sondern ich bin auch bereit im Lebensbaum zu verweilen und über seine immensen Kräfte zu wachen.«

Hoffnungsvoll lächelt Jill und nickt. »Wenn jemand die Besonnenheit und Güte dafür besitzt, dann du, Kristen.«

Ihre Worte rühren mich und bestärken mich, zu meiner Entscheidung zu stehen. »Es bedeutet mir viel, dass du das sagst. Denn ob man würdig ist, kann man nie selbst sehen, sondern stets nur die anderen.«

Zu meiner Überraschung ergreift Kim das Wort und meint: »Du gibst deine Hoffnung in die Menschen nicht auf, Kristen, und treibst auch mit uns Wächtern keine perfiden Spiele.«

Mick strafft die Schultern. »Dann ist es beschlossen. Nicht wahr?«

Im darauffolgenden Moment sind sämtliche Augen auf den stärksten aller Wächter gerichtet – den berüchtigten Jack Frost. Vor wenigen Minuten erst hat er unter Beweis gestellt, dass er dazu in der Lage ist, Mutter Natur vor seinen Geschwistern zu beschützen. Sollte er dies noch immer im Sinn haben, wäre ich gezwungen, meine neuen Kräfte gegen ihn einzusetzen und ihn sehr wahrscheinlich ums Leben zu bringen, um meinen Entschluss durchzusetzen – sofern ich das jemals übers Herz bringen könnte. Wie also steht er nun dazu, meinen alten Körper zu vernichten?

»Jack«, redet Mutter Natur auf ihn ein, »lass dich nicht darauf ein, du würdest es bitter bereuen.«

Mit ratloser Miene wendet er sich ihr zu.

»Sei ehrlich zu dir selbst«, fordert sie forsch von ihm, »weder bringst du es fertig, den Körper der Frau zu töten, die du liebst, noch könntest du auf mich verzichten. Ich bin deine Mutter, Jack, und das werde ich auch immer sein. Dich und alle anderen habe ich erschaffen, vergiss das nie. Gönn mir das, was mir nach all den Jahrtausenden zusteht. Dafür kannst du dich darauf verlassen, dass ich da bin, wann immer du mich brauchst.«

Da verengen sich seine eisblauen Augen zu Schlitzen. »Du *hast* mich verlassen, als ich dich am meisten gebraucht hätte. Und zwar als du Kristens Körper gestohlen und dich aus dem Staub gemacht hast.«

Ein Stein fällt mir vom Herzen, als ich ihn das sagen höre, denn damit ist alles gesagt ... alles, was ich im Moment wissen muss. Jack hat sich entschieden – für das Gute, für das Richtige, gegen seine Mutter.

Das wird auch ihr gerade klar. »Nein!«, widerspricht Mutter Natur panisch und fuchtelt wild mit den Händen herum. »Also gut, Kristen, ich respektiere deinen Entschluss und mache dir in meiner Gnade folgenden Vorschlag: Lass mich die nächsten zwanzig Jahre ein menschliches Leben genießen, danach bekommst du deinen Körper zurück und hast noch genügend Zeit auf der Erde. Bis dahin kannst du mit Jack und den anderen in Simerra bleiben, in dem Wissen, dass du deine Familie und Freunde wiedersehen wirst. Klingt das nicht wunderbar?«

»Zugegeben, das klingt verlockend«, erwidere ich. »Doch du sprichst von Gnade und Güte, obwohl du uns eiskalt belogen und hinterhältig im Stich gelassen hast.«

»Zehn Jahre!«, versucht sie doch ernsthaft mit mir zu verhandeln.

Doch ich bleibe standhaft – das muss ich einfach. »Ich glaube dir kein Wort mehr. Dafür hast du insbesondere deine Kinder zu oft eiskalt angelogen.«

»Okay, okay, ist ja gut!«, gibt sie sich in ihrer Verzweiflung geschlagen, als sie merkt, wie ernst ich es meine. »In Ordnung. Wir tauschen wieder. Sofort.«

»Nein«, spreche ich mit so gewaltiger Stimme wie niemals zuvor ein Machtwort. »Ich kehre nicht mehr auf die Erde zurück.« Das kostet mich den größten Mut, doch ich weiß, dass es richtig und das Beste für alle ist, und deswegen will ich diesen hohen Preis bezahlen. »Aber dafür gelangst du auch niemals wieder in den Lebensbaum und kannst somit auch nicht mehr seine unglaubliche Macht missbrauchen.«

Ihr stockt der Atem. »Nein ...«, bringt sie erschrocken hervor.

In einer Linie stellen die vier Wächter sich auf, Seite an Seite zu einer geschlossenen Einheit, wie es schon immer sein sollte. Mit bedauernden, aber entschlossenen Gesichtern schreiten sie auf ihre Mutter zu und kreisen sie schließlich ein.

»Das könnt ihr nicht machen«, gibt sie entrüstet von sich und lässt den Blick panisch von Gesicht zu Gesicht wandern. »Mick, du warst schon immer das Schlauste unter meinen Kindern, du musst doch ...«

»Spar es dir«, fällt er ihr zornig ins Wort – weil er tatsächlich zu klug ist, um sich jetzt noch von ihr manipulieren zu lassen.

Alle vier setzen zum finalen magischen Hieb gegen sie an.

Verzweifelt und wutentbrannt brüllt sie und rennt auf Jack zu, ballt die Hände zu Fäusten und schlägt zu. Nicht dass sie Jack damit auch nur ansatzweise etwas entgegenzusetzen hätte ... das ist nicht mehr als eine Kurzschlussreaktion.

»O Mutter ...«, murmelt der Winterwächter voller Trauer darüber, sie so zu sehen.

»Jack«, sage ich zu ihm, »ich glaube an dich.«

Seine Geschwister gebrauchen nun ihre Magie, um den Anfang zu machen. Jill zögert zwar einen Moment lang, doch nachdem Mick sie entschlossen sowie flehend angesehen hat, kann auch sie sich dazu durchringen, ihre Kräfte einzusetzen. Und so schickt jeder der drei anderen Wächter einen Lichtstrahl auf ihre Mutter, weil ihnen keine andere Wahl mehr bleibt. Schmerzerfüllt windet Mutter Natur sich und ächzt, sodass Jill in Tränen ausbricht, ihren Angriff aber ebenso wenig abbricht wie die anderen. Der hellblaue Energiestrahl, den Jack daraufhin losschickt, ist es, der Mutter Natur schließlich das Leben aushauchen soll.

Mein alter Körper, er verkrampft sich.

Grelles Licht leuchtet auf und überblendet die Straße.

Ein letzter Aufschrei.

Dann sackt der Leib ohne jegliche Spannung zu Boden, das Licht verschwindet und es wird mucksmäuschenstill.

Jill ist die Erste, die das Schweigen bricht. Ihre Wangen sind mit Tränen benetzt und ihre Lippen zittern, als sie auf die Knie fällt. »Hätten wir nur eine Sekunde länger damit gewartet ...« Sie atmet schwer, nein, sie keucht und starrt auf den leblosen Körper. »Dann hätte ich es wohl nicht durchgezogen.«

Mick tritt näher an sie heran und legt fürsorglich die Hand auf ihre Schulter. »Nun ist es vorbei.« Er reicht ihr die Hand, um ihr hochzuhelfen, was sie dankend annimmt. »Ich bin stolz auf dich, kleine Schwester. Auch wenn ich nie gedacht hätte, dass ich das in einem solch traurigen Zusammenhang einmal sagen müsste.«

»Leider hat uns Mutter keine andere Wahl gelassen.« Kim blickt um sich. »Unsere Ergebenheit gilt den Menschen, mit deren Schicksal unseres eng verbunden ist, und unserer neuen Oberwächterin.« Hoffnungsvoll nickt sie. »Dir, Kristen.«

Tausend Gefühle übermannen mich zur selben Zeit und strömen durch mich hindurch. Meinen Körper dort liegen zu sehen, leblos und blass, wissend, dass das Herz darin nicht mehr schlägt und es auch niemals wieder tun wird, ist seltsam und vor kurzer Zeit noch unvorstellbar für mich gewesen. Und doch habe ich mich bewusst für diesen Weg entschieden – nicht um den Menschen in meinem Leben den Rücken zu kehren oder um Mutter Natur zu bestrafen, sondern voller Zuversicht. Zu sehen, wie die vier Wächter ihren Zusammenhalt wiedergefunden haben, befeuert meine Hoffnung.

Gerade will Jack etwas sagen und es sieht aus, als würde er seine Worte an mich richten wollen, da weicht ein goldenes Licht aus meinem menschlichen Körper. »Was ist das?«, wundert er sich.

Das goldschimmernde Leuchten steigt weiter auf.

Schluchzend folgt Jills Blick der Energie. »Ist das Mutter Seele?«

»Ist sie noch rechtzeitig aus dem Körper gewichen?«, fragt Kim.

»Aber normalerweise kann man Seelen nicht sehen«, gibt Mick zu bedenken, »auch wir nicht, egal in welcher Welt.«

Da verschwindet das goldene Licht auf einmal von der Bildfläche, nur um im nächsten Moment unmittelbar vor dem Lebensbaum und somit vor mir wieder aufzutauchen.

»Sie ist hier!«, rufe ich erschrocken aus, während das Energiefeld auf mich zu rast, als wolle es gewaltsam in den Lebensbaum eindringen und mich daraus verdrängen.

»Was?« Voller Anspannung führt Jack die Finger zu den Schläfen und kommt zu mir gesprungen. »Verteidige dich!« Schon setzt er zu einem Angriff an.

Doch ich horche in mich hinein und entscheide mich für einen anderen Weg, denn ich glaube, das ist nicht Mutter Naturs Seele, nicht in dem Sinne, sondern irgendetwas anderes. »Warte.«

Gehorsam hält Jack inne, wenn auch mit Furcht um mein Wohlergehen. Im selben Augenblick springen auch die anderen drei Wächter her.

Ungebremst dringt das Licht in den riesigen Baum ein, das versetzt mich in Angst und Schrecken, doch ich will auf mein Gefühl vertrauen und schauen, was passiert. Vorsichtshalber mache ich mich auf das Schlimmste gefasst und rechne damit, als Seele aus dem Baum verbannt zu werden oder direkt in ihm zu sterben.

»Kristen!«, ruft Jack mehr als nervös.

Auf einmal verspüre ich eine wohlige Wärme, die sich im ganzen Baum ausbreitet. Es ist, als könnte ich diese Wärme nicht nur fühlen, sondern auch riechen, hören und schmecken. Eine unfassbar intensive Energie durchströmt mich und verleiht mir ungeahnte Lebenskraft.

Jack kommt näher und macht sich abermals kampfbereit, nicht wissend wogegen.

»Es geht mir gut«, versichere ich ihm.

Als ihm klar wird, dass ich noch immer im Lebensbaum bin und nicht in Gefahr schwebe, atmet er erleichtert durch.

»Was ist das?« Ehrfürchtig tritt Jill an den Baum heran und legt behutsam die zarten Finger auf die alte, dicke Rinde. »Was ist gerade passiert?«

»Ich glaube ...« Abermals horche ich tief in mich hinein. »Ein Teil von Mutter Naturs Bewusstsein hat überlebt und ist soeben mit mir und dem Baum zu einer Einheit verschmolzen.«

Mick lächelt verhalten. »Dann lebt ein Teil von ihr in dir weiter. Hoffentlich die Güte, die einst das Größte in ihr war, bevor der Kummer sie krank machte.«

»Hach, wie schön«, murmelt Jill und fasst sich ans Schlüsselbein.

Auch Kim schreitet nun auf mich zu. »Das ist wirklich ein trostspendender Gedanke. Hoffen wir, dass sich alles zum Guten wendet.«

»Nun bekommen die Menschen eine letzte Chance«, sage ich, »und es liegt an ihnen, sie zu nutzen.«

»Von hier aus werden wir über ihre Jahreszeiten wachen, wie es unsere Bestimmung ist.« Mit dem Ausdruck in seinen roten Augen zeigt Mick mir, dass er meine Zuversicht teilen will. »Es ist mir eine Ehre, dich dafür an unserer Seite zu wissen, Kristen.«

»Nein«, entgegne ich, »es ist *mir* eine Ehre.«

»Jaja, alle sind geehrt«, meint Kim und seufzt leicht genervt. »Ist das damit geklärt? Dann können wir uns wieder den wichtigen Dingen widmen.«

Jill zieht einen Mundwinkel hoch und schüttelt den Kopf.

»Anscheinend kehrt bereits ein neuer Alltag ein«, kommentiere ich Kims Kommentar.

»Scheint so.« Micks Worte gelten der Herbstwächterin. »Einige von uns sind schon wieder ganz die alten.«

Innerlich lächle ich. »Na ja, nicht ganz.« Schließlich würde ich Kim inzwischen ohne zu zögern mein Leben anvertrauen.

»Aber sie hat recht«, sagt Jack. »Es gibt noch etwas, das wir erledigen müssen.«

Ich verstehe, worauf er hinauswill. »Mein Körper ...«

Entschlossen nickt er mir zu. »Soll ich ihn herholen?«

*Hm ...*

Kurz denke ich darüber nach, dann weiß ich, was ich darauf antworten möchte.

***

Ich habe Teresa noch nie komplett in Schwarz gekleidet gesehen. Umso schöner finde ich es, dass sie sich dennoch treu geblieben ist und nicht etwa ein streng wirkendes Kleid trägt, sondern eine schwarze Latzhose über einem T-Shirt.

»Kristen war meine beste Freundin und wird es immer sein. Noch immer kann ich es nicht richtig fassen, dass sie bei dem großen Unwetter ums Leben gekommen ist. Ihr Tod hinterlässt eine Lücke, die niemals wieder zu füllen sein wird.«

Wäre ich mit meinem neuen Körper, dem Lebensbaum, noch dazu in der Lage zu weinen, so würde ich nun ganze Bäche … nein, Wasserfälle heulen.

Dann jedoch verändert sich der Ausdruck in ihrem Gesicht, die Trauer weicht aufflammender Zuversicht. »Außer von den wunderbaren Erinnerungen, die wir mit ihr verbinden. All den Spaß und all die Abenteuer, die wir mit ihr erlebt haben, und all die Liebe, die sie uns geschenkt und von uns empfangen hat.«

Glückerfüllt lausche ich ihren Worten ungesehen aus der Ferne und genieße auch das Privileg, genau verfolgen zu können, wer zu meiner Beerdigung gekommen ist: meine Eltern, einige andere Verwandte, Teresas Eltern und ihr Bruder Chuck, Kommilitonen von der Uni, Kollegen meines Nebenjobs im Restaurant und ein paar andere Menschen, deren Lebenswege sich im Laufe der vergangenen zweiundzwanzig Jahre mit meinem gekreuzt haben. Ich hätte mir keinen besseren Abschied aus der menschlichen Dimension vorstellen können. Nie hätte ich es für möglich gehalten, einmal meine eigene Beerdigung zu beobachten – oder dass es schon dieses Jahr dazu kommen würde. Und doch kann ich meinen Frieden damit finden, das spüre ich.

»Diese Liebe ist unendlich und lässt Kristen in uns weiterleben«, fährt Teresa mit der Trauerrede fort. »Ich weiß: Sie ist jetzt an einem besseren Ort.«

Einige Zeit später nehmen die Gäste von meinem leblosen Körper im dunkelbraunen Sarg Abschied und sprechen Teresa Dank für ihre bewegende und positiv gestimmte Ansprache aus. Auch meine Eltern zählen zu ihnen und haben nie infrage gestellt, dass meine beste Freundin für die Rede die richtige Person ist – genau wie ich.

So ist Teresa auch später die Letzte, die noch auf dem Friedhof steht und auf mein zugeschüttetes Grab blickt, auf dessen Stein mein voller Name, mein Geburts- und mein Sterbedatum stehen, gefolgt von ihren liebevollen Worten: *Du bist das goldene Licht, die Wärme und die Liebe.*

Und als sie nun bemerkt, dass auf einmal farbenprächtige Blüten um sie herumwirbeln und ein Windstoß ihre Wangen streichelt, schaut sie lächelnd zum Himmel und weiß einmal mehr, dass ich nicht fortgegangen bin.

Daraufhin erscheint Kim neben ihr, soeben ist sie in die menschliche Dimension gesprungen und ein letztes Mal verleihe ich Teresa die Fähigkeit, sie wahrzunehmen. »Das war eine schöne Beerdigung«, meint Kim zu ihr und schreitet weiter auf sie zu. »Kristen bedeutet es viel, dass du die Rede gehalten hast.«

Ohne ihr Lächeln zu verlieren, nickt Teresa. »Mir auch. Zu wissen, dass sie im Baumpalast weiterlebt, ist für mich ein großer Trost, aber so oder so hätte ich es mir nicht nehmen lassen, eine Ansprache zu ihrem Gedenken zu halten.«

»Vorhin hast du gesagt, sie sei nun an einem besseren Ort.« Wissbegierig legt Kim den Kopf zurück. »Denkst du das wirklich?«

»Nun, es ist definitiv ein *anderer* Ort«, antwortet Teresa.

Nicht nur Kim lacht daraufhin, sondern auch ich.

»Es geht ihr gut«, lässt Kim sie wissen. »Sie hat ihren Platz gefunden und ist nicht allein.«

Teresas Lächeln wird breiter. »Ja, das habe ich gehofft, und es ist schön zu hören, dass es stimmt.«

Mit einer gewissen Verlegenheit, die mir verrät, dass Kim Teresa noch immer mehr mag, als sie zugeben würde, kratzt die Herbstwächterin sich am Hinterkopf. »Dann kannst du nach vorne blicken?«

Die Wärme, die daraufhin von Teresas Blick ausstrahlt, strömt förmlich bis in mich hinein. »Das werden wir hoffentlich alle tun. Denn mal ehrlich: Welche Alternative haben wir?«

Kim lässt ihre Worte auf sich wirken und dreht den Kopf etwas, sodass eine Person in ihren Fokus gerät, die in einiger Entfernung am Eingang des Friedhofs steht und sich mit Teresas Eltern unterhält. Es ist Daphne. Dann richtet Kim ihr Augenmerk wieder auf Teresa und meint: »Das ist wahr.«

Sie beide haben recht. Es liegt in der Natur eines jeden Lebewesens, an der Hoffnung festzuhalten und Mut zu fassen. An dem Tag, an dem wir diese Natur verlieren, ist wirklich alles verloren.

Ich gebe meinen Glauben an die Menschen nicht auf. An ihre wahrhaftige Natur, ihren guten Kern, ihren Verstand und ihre Gutmütigkeit. An ihre Liebe für das Leben und die Umwelt – beides ist eng miteinander verknüpft, man muss nur die Fähigkeit in sich wiederfinden, es wahrhaftig zu sehen und danach zu handeln.

***

Kopfüber hängt Jack in mir, dem Lebensbaum, genauer gesagt an einem meiner Äste. Mit angewinkelten Beinen baumelt er herunter, wie er es gern tut, und betrachtet die Welt, in der wir leben, auf dem Kopf.

»Und?«, frage ich ihn. »Gefällt dir unser neues Zuhause?«

Ein breites Grinsen zeichnet sich auf seinem bildhübschen Gesicht ab und steht ihm ausgesprochen gut. »Und wie.« Mit einem sicheren Satz, wie ich es von ihm kenne, springt er ab, macht einen Salto und landet gekonnt auf den Füßen. »Das ist deine Meisterleistung, Kristen.«

Ich lache. »Denkst du?«

Er schwenkt den Kopf, sein eindringlicher Blick und sein herzliches Lächeln gelten mir. »Wer weiß, das wird die Zeit zeigen. Vielleicht übertriffst du dich schon bald selbst. Aber das hier …« Glücklich atmet er durch und betrachtet das, was vor uns liegt. »Das ist wirklich die beste Idee seit langem.«

Auch ich sauge den Anblick der Kulisse, die uns umgibt, nur zu gern ein weiteres Mal in mich auf und kann mir beim besten Willen nicht vorstellen, dass ich mich jemals daran sattsehen werde. Noch immer erblüht die sattgrüne Wiese, auf der bunt geschmückte Wildtiere weiden. Doch nicht weit von mir in meinem Baumpalast entfernt stehen sie um mich herum aufgestellt: das Blumenschloss der Frühlingswächterin Jill Bloom, das Sonnenschloss des Sommerwächters Mick Shine, das Laubschloss der Herbstwächterin Kim Wind und natürlich das Eisschloss des Winterwächters Jack Frost. In ihnen tummeln sich die Wiskels und verrichten ihr Werk, indem sie den vier Wächtern Bericht erstatten. Die Wächter selbst hingegen können ihre Schlösser regelmäßig verlassen und mir oder sich gegenseitig einen

Besuch abstatten. Zwar ist es ihnen vorher auch schon möglich gewesen, zu den anderen Schlössern zu springen, doch die geographische Nähe, die jetzt zwischen ihnen herrscht, symbolisiert das, was wir ab sofort und für den Rest unseres Lebens sind: eine Familie. Mehr denn je haben die vier magischen Wächter zueinandergefunden – und ich bin nun ein Teil dieses Bundes. Niemals wieder soll sich einer von uns vernachlässigt oder einsam fühlen. Wie es ihrer Mutter in ihrem Leid ergangen ist, soll uns auf ewig daran erinnern.

Dennoch ...

Was Jack und mich betrifft ...

»Hey«, reißt er mich aus meinen Gedanken und neigt den Kopf, »was ist los, was hast du?«

Verunsichert lache ich. »Woher weißt du, dass mich etwas beschäftigt?« Schließlich habe ich kein Gesicht mehr, das mich verraten könnte.

Jack tritt näher an mich heran. »Das spüre ich einfach.«

»Ja?«, staune ich.

»Ich kann dich förmlich grübeln hören.« Mit dem Zeigefinger fasst er sich an die Schläfe. »Ich bekomme dich nun mal nicht aus meinem Kopf, Kristen.«

Seine Worte und die Art und Weise, wie er mich dabei ansieht, berühren mich tief in meinem Innersten.

»Verrätst du mir nun, woran du gerade gedacht hast?«, fragt er und zaubert sich einen Schneeball in die Hand, um ihn sich selbst zuzuwerfen wie einen Baseball.

Mir entfährt ein Seufzen. »Mir ist nur gerade so richtig klar geworden, dass es zwischen uns niemals wieder so sein kann, wie es gewesen ist.«

Er hält mit dem Werfen inne und seine ungeteilte Aufmerksamkeit ist mir sicher. »Was meinst du?«

»Na ja ... Als wir miteinander getanzt und uns geküsst haben und so ...« Das Händchenhalten, das Streicheln, das Spazierengehen oder zusammen Schlittschuhfahren ...

Seine eisblauen Augen werden größer und er lässt beinahe den Schneeball fallen. »Ja?«

Schwermut kommt in mir auf und trübt meine Freude über die wunderbare und einzigartige Familie, der ich nun angehören darf. »Solche Dinge werden wir niemals wieder machen können.« Es schmerzt, es laut auszusprechen, aber gleichzeitig tut es auch irgendwie gut und jede Faser meines neuen Körpers sehnt sich danach zu erfahren, wie Jack auf meine Bedenken reagiert.

Doch alles, was er im ersten Moment tut, ist erleichtert und auch amüsiert aufzulachen. »Darüber machst du dir Sorgen?« Inständigen Blickes fragt er dann: »Weil es dir schon schrecklich fehlt, diese Sachen mit mir anzustellen – ist es das, was du mir sagen willst?«

Verlegen lache ich, ehe ich antworte: »Es könnte uns schon bald beiden fehlen und dann zwischen uns stehen.«

Diesmal ist er derjenige, der seufzt, allerdings hat er dabei ein selbstbewusstes Schmunzeln auf den Lippen. »Kristen ...« Voller Zärtlichkeit legt er seine starke Hand auf meine Rinde, sodass eine Art Stromschlag durch mich hindurch fährt. »Wir werden unsere Zweisamkeit schon zu genießen wissen, dessen bin ich mir sicher.«

Spätestens in der Sekunde wird mir bewusst, dass er recht hat. Diese Erkenntnis und die Empfindungen, die seine Berührung in mir auslöst, beflügeln mich, als hätte ich tausend Schmetterlinge in mir.

Noch immer ruht sein Blick auf mir und er fängt an mich zu streicheln. »Spürst du das?«, will er von mir wissen.

Glücklich lache ich und lasse damit den Lebensbaum golden aufleuchten. »Und wie ich das tue.« Anschließend erzeuge ich eine sanfte Brise, die er in seinen dunklen Haaren fühlen soll.

Sein Lächeln gilt mir und mir allein. »Ich auch.«

# Epilog

**Jack**

Ich verstehe es jetzt, Mutter, zumindest in Ansätzen, denke ich. Vor Anbeginn der Zeit hast du sämtliche Energien auf der Erde und in Simerra erschaffen. Voller Güte und Gnade hast du den Menschen dabei zugesehen, wie sie ihr Leben leben, und uns darin gelehrt und überwacht, den Zyklus und das Gleichgewicht ihrer vier Jahreszeiten zu erhalten und zu gestalten. Doch je weiter die Menschen sich entwickelten, umso mehr verloren sie ihre eigentlich tief in sich verwurzelte und unabdingbare Verbindung zu dir, der Natur. Jahrzehnt für Jahrzehnt hast du ihr zerstörerisches Treiben mit angesehen und in deiner immensen Liebe für die Erdlinge viel Geduld aufgebracht, stets in der Hoffnung, dass sie sich dir wieder widmen und alles zum Guten wenden würden, ehe es zu spät sein würde.

Der Weg, für den du dich schließlich entschieden hast, ist keiner, auf den wir, deine vier Kinder, dir noch länger folgen konnten. Knapp acht Milliarden Menschen aufzugeben und die Hoffnung in sie zu verlieren, kann nicht der rechte Pfad sein – jede Zelle in mir weigert sich, das zu glauben, und damit bin ich nicht allein. Wir wollen an die Menschen glauben. Auch ohne sie könnten wir vielleicht eine neue Bestimmung finden, doch sie wäre unmöglich ein Trost. Wenn wir die Erde retten wollen, dann gemeinsam mit der Menschheit. Im Laufe der Zeit sind mir und meinen Geschwistern die Menschen zu sehr ans Herz gewachsen, als dass wir sie hätten im Stich lassen können. Und so wie es dir nie an Liebe für die Menschheit gefehlt hat, sondern dich Leid und Verzweiflung zu deinen Taten bewegt haben, so wollten wir Wächter uns nie gegen dich stellen, sehr wohl aber auf die Seite der Menschen, auch weit über Kristen hinaus. Wo auch immer du nun bist, Mutter, vielleicht wirst du dies eines Tages verstehen.

Aus tiefster Überzeugung führen wir dein Vermächtnis fort und halten an deiner Liebe und deinem Glauben in die Menschheit fest, wie du es jahrtausendelang getan hast und es dich ausgemacht hat. Manche Dinge sind nun sogar besser als vorher: Seit Kristen in mein Leben getreten ist, fühlt es sich an, als wäre ein fehlendes Puzzleteil zu mir zurückgekehrt. Mit ihrer Güte und ihrem Mut ist sie für die Menschen ein Gewinn und diese täten gut daran, dies zumindest zu erahnen. Zusammen mit Kim, Mick und Jill haben wir nun jedenfalls ein schönes neues Zuhause – das ist meine Familie.

Und zu dieser werde ich auch dich, Mutter, immer zählen. Die Erinnerung an dich trage ich auf ewig in meinem Herzen, also wünsche nicht, dass es gefriert. So oder so habe ich nicht vor, es jemals wieder dazu kommen zu lassen. Frei von Verbitterung oder der Suche nach oberflächlicher Aufmerksamkeit will ich mein weiteres Leben an der Seite derer verbringen, die ihm seine wahre Bedeutung verleihen. Mehr denn je ist es fortan meine Berufung, den Menschen unvergessliche Winter zu bescheren – mit all den fantastischen und gefährlichen Facetten, die dazugehören.

Ob unsere fortwährende Hoffnung darauf, dass die Menschen ihr eigenes und unser Schicksal zum Guten wenden werden, naiv ist, wird sich zeigen. Kristen, meine Geschwister und ich glauben an sie … noch können sie es schaffen, aber es bleibt wirklich nicht mehr viel Zeit. Stark ist jedoch mein Glaube daran, dass die Erdlinge uns überraschen werden, und sei es in letzter Sekunde. Ich denke, das habe ich von dir. Jedenfalls haben wir uns dazu entschlossen, uns ihnen auch weiterhin nicht zu offenbaren. Innig hofft Kristen, dass dies die richtige Entscheidung für alle ist. Sie glaubt fest daran. Und ich habe beschlossen ihre Überzeugung über meine eigene zu stellen. Im ersten Moment ist mir das nicht leichtgefallen, aber ich vertraue ihr. Mit allem, was ich habe und bin.

Mehr denn je will ich künftig mit wachen Augen durch die Welt schreiten. Wer seinen Blick fürs Unerwartete, gar Unmögliche öffnet, hat die Chance, Wunderbares zu entdecken.

Mögen die Menschen die Momente, die ihnen noch bleiben, um das Unheil aufzuhalten, weise nutzen. In jedem Fall will ich mir niemals wieder vorwerfen müssen sie zu bedrohen. Es muss einen anderen Weg geben. Den des

Vertrauens. Deinen ursprünglichen Pfad, den deine Verzweiflung dich hat vergessen lassen. Wir, deine Kinder, werden es nicht vergessen, Mutter. In uns lebt deine Liebe weiter – und somit auch du. Vielleicht ist deswegen ein Teil von dir in den Baumpalast zurückgekehrt und wird uns ab sofort auf unserem Weg begleiten. So oder so sollst du unvergessen bleiben.

# Nachwort

Liebe Leser*innen,

als sich die Idee für eine Geschichte über Jack Frost in meinem Kopf formte und ich die ersten Zeilen fürs Konzept zu Papier brachte, wurden mir zwei Dinge schnell klar: Erstens war es mir wichtig, meine ganz eigene Interpretation von Jack Frost zu erschaffen, einer volkstümlichen Figur, über die man sich seit Jahrhunderten Geschichten erzählt. Und zweitens ist es mir ein Anliegen gewesen, im Zusammenhang mit den Jahreszeiten und insbesondere dem Winter die ernsthafte Problematik der globalen Erderwärmung aufzugreifen.

Die Welt steuert auf eine Klimakatastrophe zu, die sich ab einem gewissen Punkt nicht mehr aufhalten lässt. So wie diese Katastrophe von uns Menschen in Gang gesetzt wurde, so liegt es jetzt und genau jetzt an uns, sie zu stoppen und den Schaden, der bereits angerichtet wurde, so gering wie nur möglich zu halten, anstatt ihn weiter zu vergrößern.

Noch haben wir die Chance, den zukünftigen Generationen eine Welt zu hinterlassen, in der sie gut und gerne leben können. Doch der Umschwung muss nun kommen und leider passiert bisher viel zu wenig viel zu langsam. Nicht immer liegt dies nicht an Desinteresse, sondern manche fragen sich, ob es überhaupt einen Unterschied macht, wie sie im Einzelnen ihren Alltag gestalten. Dabei kann jeder seinen Beitrag leisten und schon mit kleinen Schritten Gutes für ein großes Ganzes bewirken, wenn nur genügend Menschen mitziehen.

Ich möchte nun gar nicht als Moralapostel rüberkommen, zumal ich keine Umweltaktivistin bin. Es stimmt zwar, dass ich unter anderem schon lange kein Auto mehr habe, seit acht Jahren in kein Flugzeug mehr gestiegen bin, kaum noch Fleisch esse, meinen Plastikverbrauch reduziert habe, Strom aus erneuerbaren Energien beziehe und dem Anbieter zusätzlich eine

Förderungspauschale zahle, regelmäßig an Tierschutzorganisationen sowie Tierheime spende und auf meinen Wasser- und Stromverbrauch achte. Und vielleicht ist unter den Punkten, die ich soeben genannt habe, etwas dabei, bei dem du dir denkst: »Hey, das könnte ich in Zukunft auch so handhaben.« Jedenfalls gibt es auch bei mir noch viel Luft nach oben, wenn es darum geht, die Natur unseres Planeten zu schützen und nachhaltiger zu leben.

So oder so denke ich, dass wir unseren ökologischen Fußabdruck nur dann endlich merklich verbessern können, wenn wir offen(siv) darüber sprechen. Vielleicht kann auch meine Geschichte über Jack Frost und Mutter Natur einen kleinen Teil dazu beisteuern.

Davon abgesehen zaubert mir die Vorstellung davon, dass Jack, Kristen und die anderen über unsere vier Jahreszeiten wachen und glücklich als zusammengeschweißte Familie in Simerra verweilen, immer wieder aufs Neue ein Lächeln ins Gesicht. Sollte dies das Einzige sein, was du aus dieser Geschichte mitnimmst, so würde es mich bereits riesig freuen.

Carina alias C. R. Scott

# Glossar

**Menschen auf der Erde**

Ben Cooper - Umweltschützer
Chuck Heart – Teresas Bruder
Daphne Brown – Teresas Freundin
Kristen Miller – Studentin
Mitch Miller – Kristens Vater
Sarah Miller – Kristens Mutter
Sebastian Franklin – Kristens und Teresas Bekannter
Teresa Heart – Kristens beste Freundin

**Wächter in Simerra**

Jack Frost – Wächter des Winters, lebt im Eisschloss
Jill Bloom – Wächterin des Frühlings, lebt im Blumenschloss
Kim Wind – Wächterin des Herbstes, lebt im Laubschloss
Mick Shine – Wächter des Sommers, lebt im Sonnenschloss
Mutter Natur – Schöpferin allen Lebens, lebt im Baumpalast
Wiskels – Bewohner und Helfer der Wächter in Simerra

# Danksagung

An dieser Stelle möchte ich mich von ganzem Herzen beim Label *Impress* des Carlsen Verlags dafür bedanken, dieses Projekt ermöglicht zu haben.

Nicole aus der Redaktion hat an die Geschichte geglaubt und mir in den Monaten vor der Umsetzung geholfen den Plot zu verfeinern. Ohne ihre Impulse und ihre Begeisterung wäre der Roman nicht so geworden, wie er vorliegt.

Auch die liebe Fam Schaper, die nicht nur selbst Autorin bei Impress ist, sondern sich auch um das eigentliche Lektorat meines »frostigen« Manuskripts gekümmert hat, hat entscheidend zur Endfassung beigetragen. Dank ihr hat »Jack Frost« einen wunderbaren Feinschliff bekommen.

Ferner bedanke ich mich bei Alice Ann Wonder, die ebenfalls schreibt und mit so manchem Werk beim selben Verlag unter Vertrag steht. Wir sind miteinander befreundet – Alice hat nicht nur damals den Kontakt zwischen Nicole und mir hergestellt, sondern mir auch beratend zur Seite gestanden, als ich »Jack Frost« geplottet habe. So manche zauberhafte Idee von ihr ist als Detail in die Geschichte eingeflossen.

Mein Dank gilt zudem Lilia Ellis, einer aufstrebenden Kinderbuchautorin, die freundlicherweise das fabelhafte Gedicht geschrieben hat, das sich am Anfang dieses Romans befindet. Es fängt die Stimmung des Winters perfekt ein und stellt in meinen Augen eine wunderbare Einleitung dar.

Die Zusammenarbeit mit diesen tollen Büchermenschen hat nicht nur Spaß gebracht, sondern das Werk auch besser gemacht. Deswegen war es mir ein Bedürfnis, diese Danksagung zu schreiben und mitzuveröffentlichen. Wir Autoren müssen keine Einzelkämpfer sein. Und wir sollten es auch nicht.

DIE MACHT DER GEFÜHLE
TAUCH EIN IN ROMANTISCH-FANTASTISCHE GESCHICHTEN.
IMPRESS
#IMPRESSBOOKS
ALLES VON IMPRESS HIER:
IMPRESSBOOKS.DE

# Romantische Märchenadaptionen

Jennifer Alice Jager
**BEING BEASTLY. DER FLUCH DER SCHÖNHEIT**
ISBN 978-3-551-30076-8
Softcover
Auch als E-Book erhältlich

**Als die schöne Valeria** erfährt, wen sie heiraten soll, ist ihr wohlbehütetes Leben auf einen Schlag vorbei. Graf Westwood benimmt sich mehr wie ein Biest als ein Mann von Stand. Doch dann stößt Valeria auf magische Windlichter, die ihr einen ganz anderen Grafen zeigen …

Jennifer Alice Jager
**PRINZESSIN FANTAGHIRO. IM BANN DER WEISSEN WÄLDER**
ISBN 978-3-551-30121-5
Softcover
Auch als E-Book erhältlich

**Fantaghiro** ist nicht nur die Jüngste von drei Königstöchtern, sondern auch die Wildeste. Tagtäglich setzt sie sich über alle Regeln des Hofs hinweg und streift oft stundenlang in den verbotenen Weißen Wäldern umher. Bis sie plötzlich nur mit einem Stock bewaffnet dem gut aussehenden Schwertkämpfer Alessio gegenübersteht …

Jennifer Alice Jager
**DIE NACHT DER FALLENDEN STERNE**
ISBN 978-3-551-30122-2
Softcover
Auch als E-Book erhältlich

**Niemals trüben Wolken** den Blick auf das Firmament des Landes Havendor. Der Mond leuchtet stets und die Sterne flüstern sich Legenden über den silbernen Thron der alten Könige zu … Als direkte Nachfahrin und rechtmäßige Regentin hat Luna die Erzählungen schon immer geliebt, aber nie geglaubt. Bis eines Nachts die Sterne vom Himmel fallen und zu Männern werden – den Kriegern der Mondkönigin.

**WWW.IMPRESSBOOKS.DE**

Impress
*Die Macht der Gefühle*

Unser Versprechen für mehr Nachhaltigkeit
- Klimaneutrales Produkt
- Papiere aus nachhaltigen und kontrollierten Quellen
- Hergestellt in Europa

FSC www.fsc.org
MIX
Papier aus verantwortungsvollen Quellen
FSC® C083411

**Impress**
Ein Imprint der Carlsen Verlag GmbH
Dezember 2021

Lektorat: Fam Schaper
Umschlagbild: shutterstock.com / © He She It / (c) alexsol / © WrongBird / © Soraluk Chonvanich
Umschlaggestaltung: formlabor
ISBN 978-3-551-30449-0
www.impressbooks.de